KB161002

연극 소개하기

희곡의 A부터 Z까지

연극 소개하기

희곡의 A부터 Z까지

G.B.Tennyson 원저 / 김계숙 옮김

한국학술정보(주)

서 문

　이 책은 초보 학생을 위한 연극 개론과 보다 수준 높은 학생들을 위한 연극 참고서적으로 쓰였다. 지침 목적은 명확하고 질서 있는 방식으로 연극 공부의 핵심 원칙을 설명하려는 것이다. 그리스 연극으로부터 현재 연극에 이르기까지 모든 표준이 되는 연극 문학 작품을 참고하고 예로 들면서 전체로서의 연극을 강조했다. 연극의 본질에 대한 일반적인 토론에서 시작하여 모든 희곡의 주요 요소(플롯, 언어, 성격)에 할애한 장과, 희곡의 유형과 극장에 대한 주요 역사적 접근의 공연 양상 처리법을 거쳐 마지막 장에서는 희곡 읽기와 분석 방법에 이르도록 설명했다. 이 책은 문헌 목록과 비평 용어와 연극 용어 사전으로 끝을 맺는다.

　이 책의 통합적 요소는 공연을 위한 청사진과 문학의 즐거움을 위해 읽힐 문서로서 희곡 자체에 초점을 맞춘다. 예를 들어 연극의 본질에 대한 토론은 희곡의 본질에 대한 토론이다. 플롯과 언어와 성격에 관한 장은 이러한 구성 요소가 희곡 그 자체인 통합체를 만들어 내기 위하여 어떻게 작용하는가를 보여 주는 데 관여한다. 연극의 장르를 다루는 장은 유형의 개념의 가치를 보여 주도록 고안되었다. 즉 희곡의 의도와 움직임을 어떻게 명확하게 하느냐와 극작가가 단일한 통합 행위의 개념을 실현하기 위하여 그것들을 어떻게 사용하는가를 보여 주는 것이다. 연극 공연에 관한 토론은 고전 그리스로부터 현재에 이르기까지 연극 활동이 왕성했던 기간 동안 사용되었던 극장 건물의 특징적 유형에 관한 고찰을 통해 각 극장 구조가 어떤 공연과 행위 양식에 알맞은가를 설명하는 방식으로 조정했다. 이 두 장은 또한 함께 연극의 짧은 역사를 구성한다. 끝으로, 분석에 관한 장은 독자에게 희곡을 해석하는 목적과 방법을 지시한다. 특별한 논제를 조금 더 추구하는 데 관심이 있는 사람들을 위해 연극 영역 내에서 주제에 따라 나누어진 문헌 목록이 있다.

이 책의 이례적 양상인 책 말미의 연극 용어 사전은 특별히 주목할 만한 가치가 있다. 용어 사전에는 연극 공부를 하는 도중 자주 접하게 되는 문학 용어와 연극 용어가 포함된다. 대부분의 용어는 이 책에서 사용되며 처음 나올 때 설명이 되지만, 용어 사전은 독자가 교재를 검토하기 전이나, 중간 그리고 후에 독자적으로 사용할 수 있게 되어 있다.

이 책은 연극의 본질에 관한 이론적 진술에서 시작하여 독자가 희곡의 요소와 희곡과 공연의 유형, 역사상 연극의 여정을 성취하도록 하고 분석과 해석의 지침으로 끝내서, 독자가 광범위하게 일반적으로 이해하면서 실제로 그 앞에 놓인 어떤 희곡을 분석할 때는 그가 새로이 얻은 지식을 적용할 수 있게 하였다. 그러므로 통합적 요소는 읽기 자료를 읽는 것이건 상연을 위한 자료를 읽는 것이건 연극 공부의 핵심 요소로서 희곡 그 자체에 초점을 두었다.

이 책을 준비하면서 본인은 여기서 기꺼이 감사를 드릴 몇몇 사람들로부터 현명하고 따뜻한 충고의 도움을 받았다. 그들은 보스턴 대학의 리처드 에스 빌 교수, 프린스턴 대학의 알란 에스 도우나 교수, 텍사스 에이 엔드 엠 대학의 캐럴 디 레이버티 교수, 채플 힐의 노스캐롤라이나 대학의 윌리엄 에이 맥퀸 교수이다. 그들의 충고는 많은 부분을 향상시켰으나, 다른 남아 있는 부족한 점은 물론 본인의 잘못이다. 본인은 또한 원고를 쳐 준 엘렌 콜 양과 로스앤젤레스 캘리포니아 대학의 직원, 자료를 조사하고 용어 사전을 만드는 데 큰 도움을 준 루스 밴 주일 여사에게, 그리고 작품 전체를 정독해 준 아내에게 감사를 표한다. 끝으로 본인은 노스캐롤라이나 대학교의 많은 학부생과 대학원생에게 감사를 표하고 95, 195, 486 강의실 영어에 진지한 흥미를 보인 유 씨 엘 에이(UCLA) 학생들이 이 작업을 즐겁게 해 주었다는 것을 밝힌다.

로스앤젤레스, 캘리포니아

1966년 7월

역자 서문

  30여 년간 학생들에게 희곡을 강의하며 학생들이 본격적으로 희곡작품을 읽기 전에 필요한 것은 희곡 이론을 습득하는 것이라는 사실을 알게 되었다. 기초적 이론이 튼튼해야 보다 정확하고 완전하게 작품을 이해하고 비평할 수 있는 것이다. 희곡 이론에 관한 책은 수없이 많지만 대부분의 책이 한 학기 동안 다루기에는 너무 광범위하거나, 지나치게 방대했다.

  G. B. Tennyson의 *An Introduction to Drama*는 오래전에 나온 책이지만 양도 적당하고, 희곡 이론의 정수만 모아 놓은 책으로 교재로 사용하기에는 가장 알맞은 책이다. 더군다나 그의 문장은 읽으면 읽을수록 감칠맛이 나는 명문이다. 그러나 학생들이 읽기에는 만만치 않은 까다로운 문장이기 때문에, 학생들의 공부에 도움을 줄 역서가 필요하다는 것을 절감하여 작업을 시작하였다.

  기존의 역서도 몇 권 있지만, 이 책의 번역 지침은 되도록 원문에 충실하자는 것이다. 독자에게 희곡 이론을 소개하는 것이 주목적이지만, 문장의 정확한 뜻을 파악하여 명문의 묘미를 만끽하고 어려운 문장을 해결하는 즐거움도 누리게 하자는 것이다. 그러므로 의역을 하면 자연스러운 문장이 될 수 있는 것도 원문에 충실한 직역을 고집한 부분이 상당히 있다. 또한 이 책이 절판되어 국내에서 원서를 구하기 어려운 사정을 감안하여 뒤에 원문을 함께 수록하였다.

  그러나 욕심에 서둘러 책을 펴내다 보니까 약간의 오역, 오자 등이 있는 것을 발견하게 되어 일괄 재검토하여 다시 개정판을 내게 되었다. 그리고 이전에는 영어 단어를 우리말로 명기할 때 되도록 발음에 충실한 표기를 택했으나, 이번에는 좀 이상한 부분이 있더라도 외래어 표기법에 따랐다.

끝으로 이 책의 번역을 기꺼이 허락해 준 UCLA의 명예교수 G. B. Tennyson 에게 깊은 감사의 뜻을 표하며, 이해관계를 초월하여 이 책의 출판을 맡아 주신 한국학술정보(주)에도 심심한 감사의 뜻을 표한다.

번역 초기 작업부터 교정까지 열심히 도와준 이미영 선생에게도 고마움을 표한다.

2010년 2월 초

김 계 숙

차 례

1장 연극의 본질

　'Drama'는 '*하다*', '*행동하다*'라는 의미의 그리스어에서 유래된다. 'Theater'는 '*구경하다*', '*보다*'라고 하는 그리스어에서 유래된다. 이 두 가지 개념, 하는 것과 보는 것은 상호 보완적이고 가장 넓은 의미, 즉 연극의 희곡과 공연을 다 포함하는 의미에서 연극 연구 범위의 정의를 내린다. 이러한 근저가 되는 개념은 연극 비평에서 반복적으로 나타나는 수많은 공통적인 쌍들의 배후가 된다. 즉 희곡과 공연, 대본과 제작, 원문과 상연, 작가와 연기자, 창조와 해석, 이론과 실행이다. 간단히 말하면 그 근본 개념은 연극 연구 전반의 영역과 핵심을 포함한다.

　명확성과 편의상 연극 그 자체의 개념과, 추상적인 면에서 연극의 본질부터 우리의 연구를 시작해 보자. 무엇이 연극의 핵심인가? 무엇이 연극을 '연극'으로 만드는가? 그러한 질문은 아리스토텔레스의 형식적인 비평이 시작될 때부터 계속되어 왔다. 그 질문은 연극 개론을 탐구하는 사람들에 의해 거의 끊임없이 계속되어 왔다.

　이미 진술된 몇몇 정의를 고려해 보자. 한 사전적 정의는 연극은 "산문이나 시로 행동에 맞게 쓰인 글로, 인생 혹은 인물을 표현하기 위한 것이거나, 행동과 그것을 기초로 한 어떤 결과를 목표로 하는 대사로 이야기를 말하는 것"[1]이라고 진술한다.

　17세기 극작가이자 비평가인 존 드라이든의 잘 알려진 정의는 이러하다.

---

[1] 웹스터의 『신 국제 사전』, 판권 1913 G.&C. Merriam Company, Publishers of Merriam-Webster Dictionaries의 허락하에 인용했음.

"희곡은 *인류에게 기쁨과 교훈을 주기 위해 인간의 본질을 지배하는 열정과 유머와 그것을 지배하는 운명의 변화를 재현하는, 인간 본질의 올바르고 생생한 이미지여야 한다.*"

19세기 독일의 비평가 프라이타크는 다음과 같이 제시하였다. "열정 그 자체를 위해 재현하는 것이 아니라 행동으로 이끄는 열정을 재현하는 것이 극예술의 과업이다. 사건 그 자체를 위해 재현하는 것이 아니라 인간의 영혼에 영향을 미치는 것을 표현하는 것이 극작가의 사명이다." 최근에 연극비평이 복잡 다양해지면서 우리는 수많은 정의를 접하게 되었다. 과거 반세기쯤 전의 비평으로부터, 다음 초기 비평에서 최근에 이르기까지 열두 가지의 예가 뒤따른다.

> 연극은 대사나 몸짓에 의해 직접적으로 표현된 행동이나 밀접하게 연결된 일련의 행동 재현이다. . . . 그것의 주된 문제는 인간 의지의 행동과 반응이고, 그것은 사건의 연속으로가 아니라 원인과 결과로서의 핵심적 관계에 대한 관점으로 다루어진다.[2]

> 그러므로 연극을, 그것이 만들어지고 가장 완벽한 상태에서 모습을 드러내는 극장과 분리시키는 것을 유리하다고 생각하는 것은 불가능하다. . . . 위대한 거장의 뛰어난 연극은 단 하나의 예외도 없이 읽히기보다는 공연되기 위한 것이었다.[3]

> 연극 기술은 연기도 희곡도 아니며, 장면이나 춤도 아니고, 이러한 것들을 구성하는 모든 요소로 이루어져 있다. 행동은 바로 연기의 정신이고, 언어는 희곡의 몸체이다. 선과 색채는 장면에서 가장 뛰어난 것이고, 리듬은 바로 춤의 핵심이다.[4]

> 연극은 완전한 행동의 모방이고, 공감을 자아내는 인간의 관심에 부응하고, 끊임없이 흥미진진하고 끊임없이 관련된 사건 속에서 발전되며, 대사와 상징, 인생의 현실과 상태에 의해 연기되고 표현된다.[5]

---

2) 엘리자베스 우드브리지, 『연극, 법칙과 기술』(Boston: Allyn and Bacon, Inc., 1926), p. xiii. Orig. publ. 1898, by Lamson, Wolffe and Co., Boston.

3) 브랜더 매슈즈, 『연극 연구』(Boston: Houghton Mifflin Co., 1910), p. 3.

4) 에드워드 고든 크레이그, 『연극의 기술에 관하여』(London: William Heinemann, Ltd., 1957), p. 138. Orig. publ. 1911.

5) 더블유 티 프라이스, 『연극의 기술』(New York: Brentano's, 1913), p. 1.

정확하게 전달된 감정은 모든 훌륭한 연극에서 위대한 바탕이 된다. 감정은 행동과 성격 부여, 대사에 의해 전달된다. 그것은 주로 두 시간 반을 초과하지 않고 무대의 실제적인 물리적 조건하에 전달되어야 한다. . . . 그것은 작가를 통해 직접적으로가 아니라, 연기자들을 통해 간접적으로 전달되어야 한다.[6]

연극에서 필수적인 요소는 재현, 체현, 행동이다.[7]

연극을 정의해야 한다면 그것은 반드시 *극장 용어로 인생의 창조와 재현*으로 되어야 한다.[8]

연극은 살아 있는 사람에 의해 무대 위에서 연기되는 어떤 것이다.[9]

인생의 모방, 강화, 질서 부여이다.[10]

희곡은 실제로 읽기 위한 문학이 아니다. 진정한 희곡은 3차원적이다. 그것은 우리 눈앞에서 걷고 이야기하는 문학이다.[11]

반드시 행동이 있어야 한다. 즉 사건과 상황은 긴장, 갑작스런 변화와 절정을 수반하면서 제시되어야 하고 . . . 그 관념은 연기술에 대한 가능성을 포함해야 한다.[12]

연극의 기본적인 전제는 희곡은 항상 정해진 한계 내에서 인생에 집중하고 인생을 국한시켜야 한다는 것이다.[13]

이들 정의는(그리고 그들은 단지 이용할 수 있는 전체의 일부분이지만) 함축적이든 표현되었던 간에 공통적으로 행동이라는 핵심적 요소를 지닌다. 이와 같이 사전에서 우리는 '행동에 맞는', 드라이든의 '인간 본질의 생생한

---

6) 조지 피어스 베이커, 『극적 기술』(Boston: Houghton Mifflin Co., 1919), p. 46.

7) 프레드 밀레, 지 이 벤트리, 『연극의 기예』(New York: Appleton-Century Company, 1935), p. 4.

8) 엘리자베스 드류, 『연극의 발견』(New York: W. W. Norton & Company, Inc., 1937), p. 12.

9) 오르메로드 그린우드, 『극작』(London and Toronto, Ont.: Sir Issac Pittman & Sons, Ltd., 1950), p. 150.

10) 알란 에스 다우너, 『희곡의 기예』(New York: Holt, Rinehart and Winston, Inc., 1955), p. vii.

11) 마조리 불톤, 『연극의 해부』(London: Routledge and Kegan Paul, Ltd., 1960), p. 3.

12) 로날드 피콕, 『연극의 기예』(London: Routledge and Kegan Paul, Ltd., 1960), p. 158.

13) 제이 엘 스티안, 『연극의 요소』(Cambridge, England: Cambridge University Press, 1960), p. 70.

이미지', 그리고 다른 이들의 '걷고 말하는 문학', '극장 용어로 인생의 창조와 재현', '살아 있는 사람들에 의해 무대 위에서 연기되는 어떤 것', '제시하기 위해 고안된 이야기', '재현, 체현 그리고 행동', '완전한 행위의 모방', 그리고 '행동의 제시' 등을 본다. 실제로 모든 정의 가운데 행동에 대한 공통분모는 우리를 연극 언어의 근본적인 의미와 모든 연극 이론가와 비평가 중에서 최초이며 여러 면에서 가장 만족할 만한 그리스 철학자 아리스토텔레스에게로 되돌려 놓는데, 그는 기원전 4세기 『시학』에서 연극에 대한 사상을 정착시켰다.

행동

아리스토텔레스의 독자는 그가 내린 연극 정의의 핵심이 '인간 행동의 모방'이라는 개념에 있다는 것에 일반적으로 동의한다. 아리스토텔레스는 비극은 "*연기의 형태*로 행동을 모방하는 것"이라고 피력했다. 이것에서 그는 분명하게 어떤 초보 학생이라도 행동으로 생각할 수 있는 것을 언급하고 있었다. 즉 희곡을 공연하는 사람의 실제적인 움직임과 대사, 무대 위에서의 그들의 '연기하는' 상황이다. 실제로 만약 비전문가에게 연극에 대해 정의를 내리라고 한다면 아마도 이런 종류의 행동에 의거하여 정의를 내릴 것이며, 다음과 같이 표현할 것이다. "연극은 사람들이 관객을 앞에 두고 무대 위에서 연기하는 이야기이다." 그러한 행동에 대한 기본적인 관점은 그것이 처음에는 언급할 필요조차 없을 정도로 너무 명백해 보일지라도 놓쳐서는 안 되는 것이다.

그러나 무대 위의 직접적인 육체적 행동 말고, 비전문가 자신이 '이야기'에 관해 언급할 때 다루는 보다 넓은 차원의 행동이 있다. 왜냐하면 우리들은 "어떤 종류의 행동인가?"라고 바로 질문하기 때문이다. 마술사와 곡예사는 연극을 공연하는가? 그들은 확실히 즉각적인 종류의 행동을 보여 주고 있다. 그러나 대개는 그들이 연극 공연을 하는 것으로 간주하지 않는다. 무대 위에서의 움직임 그 *자체*만으로 연극이라 특징짓기에는 충분치 않다. 그러므로 연극에서 행동에 대해 피력할 때 우리는 주로 움직임과 대사 그 이상의 것을 언급한다. 우리는 주로 배우가 공연하고 있는 사건의 총체적인 유형을 언급한다. 이렇게 비전문가의 정의에서 우리는 의미 있는 인간 행동의 차원을 암시하는 '이야기'란 단어를 본다. 우리는 연극에서 사건의 유형을 추상적이거나 단순히 장식적인 동작의 유형으로서가 아니라, 어떤 종류의 이야기를 하고, 인간 생활을 반영하거나 그것에 기초를 두는 것으로 여긴다. 행동은 이야기를 하는 것이므로 그것에는 몸짓과 움직임뿐만 아니라 대사와 휴지도 포함된다.

어떤 이론가들은 극작가가 생각하고, 연기자들이 실연하는 행동을 연기자들에게 실제로 일어났거나 최소한 우리가 보는 형태 그대로 일어날 수 있었던 것으로 제한하려 한다. '아리스토텔레스의 일치'(즉 시간, 장소, 행동의 일치)를 남용하는 것은 그러한 사상에 근거하고 있다. 그렇지만 『시학』에서 아리스토텔레스는 '모방된' 인간의 행동은 우리가 보는 형태로서 실제로는 결코 일어날 수 없었던 행동임을 인정한다. 그의 유일한 요구는 그것이 어떤 개연성을 지니는 것이다. 그러한 개연성은 물리적 법칙이라는 것에 의해 제한받을 필요가 없다. 그러므로 아리스토텔레스는 '일어날 것 같지 않은 가능성'보다 '일어날 것 같은 불가능성'을 옹호한다. 그러한 표현은 단순한 말장난이 아니라 그것은 어떤 유명한 연극이라면 반드시 지녀야 할 절대적으로 필수 불가결한 예술적 형성의 요소를 암시한다. 심지어 실제적인 사건을 모델화한 작품에서조차도(그것보다 순전히 허구적임을 주장하는 작품이 훨씬 수가 많다), 무대 위에 재현된 행동은 희곡의 토대를 형성하는 역사적 상황 속에서 발생했던 것과 정확히 똑같을 수 없다. 그것은 그렇게 될 수도 없다. 인생은 좀처럼 예술만큼 잘 형성될 수 없다. 사건은 때로는 장시간에 걸쳐 일어난다. 인생에서 행동의 중요성은 때로는 오랜 시간이 지난 후에 나타난다. 그러나 연극에서는 모든 것이 하나의 목적을 향해 형성되고 방향이 설정되어야 한다. 이것은 달리 말해서 연극은 항상 어느 정도까지는 상징적이라는 것이다. 무대 위의 육체적 움직임과 대사는 그 자체를 넘어선 뭔가를 재현한다. 그리고 재현되는 그것은 궁극적으로 연극의 보다 큰 행동이다.

물론 행동의 원칙은 그 행동이 재현되는 방식에 관해 거의 말하지 않는다. 그 방식은 각기 다른 연극적, 문학적, 사회적 관례에 따라 시대별로 달라진다. 그러나 연극이 항상 각기 다른 시대와 경향에 대해 중심적 핵을 지니고 있다면, 행동은 특별한 환경에 대한 반영 이상의 뭔가를 의미해야 한다. 유행과 기호가 변하더라도 인간 생활의 근본적인 진실은 변하지 않고, 연극의 행동은 우선 원칙적인 것과 관련이 있기 때문이다.

"어떤 종류의 원칙들인가?"라는 문제가 제기될 수 있다. 한 가지 답변은 연극은 갈등이라는 견해이다. 또 다른 대답은 모든 희곡엔 위기가 있다는 것이다. 그러한 설명은 행동과 행위의 사상에 대한 핵심을 찌르는 것이다. 창가에 앉아 책을 읽는 한 남자가 뭔가를 하고 있다. 그러나 누가 그러한 행위를 희곡으로 구성할 것인가? 행동은 그것보다 훨씬 능동적이어야 하고 그것은 어떤 목표를 향해야만 한다.

우리는 종종 '극적'이라는 단어를 사용한다. 그리고 일상생활에서 '연극적'이라는 단어는 뭔가 흥미진진하고 신기하고, 맹렬하고, 도발적이고, 혹은 불타오르듯 화려한 것을 의미한다. 반면 그것은 전와될 수도 있지만, 그러한 용법은 여전히 극에서 행동의 중심부에 놓여 있는 사상을 암시한다. 연극이 모방하는 행동은 자극된 열정에 의한 인간 행동, 운명에 있어서 상승과 하강, 의지의 갈등, 불운과 재난, 용감한 행위와 좀 더 대담한 언어, 폭행과 승리이다. 그것은 인간 생활의 자료이다. 가장 복잡하고 고양된 연극에서도 그 핵심부에서 기본적인 갈등을 식별하는 것은 가능하다. 예를 들어 『햄릿』에서 그 갈등은 여전히 사랑과 증오, 욕망과 거부로 나타난다. 이들은 자연스럽게 상승과 하강을 포함하고, 작용과 반작용의 갈등과 인물을 포함한다. 그리하여 우리는 단순한 일상생활에서조차도 일종의 연극을 볼 수 있다. 이것은 인간 관계와 만남의 기본적인 리듬을 포함하기 때문이다. 관습적으로 연극이 아이들 놀이보다는 좀 더 강력한 갈등을 야기하는 것을 알지만, 거기에는 가장 고양된 것과 인간 행동의 가장 근본적인 것을 이어 주는 고리가 있다.

연극을 풍요롭게 해 주는 인간 감정의 원천은 연극이 폭넓은 호소력을 지니도록 해 준다. 텔레비전 광고에 축소판 연극이 유행하는 것을 주목하라. 왜 상업 광고 제작자들은 이웃 간의 대화나 수선공에게 출장비를 주는 등의 짧은 이야기를 묘사하는 데 값비싼 몇 초를 소모하는가? 그것은 이처럼 사소한 상황에 이어지는 흥미가, 아무리 정확하고 과장된 것이라도 사실을 기술하여 얻을 수 있는 것보다 무한히 크기 때문이다. 연극은 소수를 위한 배타적 형식이 아니다. 반대로 우리는 연극이 가장 완전하고 만족스럽고 고도로 발달되었으며, 대중오락의 매개체였던 시대를 발견한다. 이 경우 셰익스피어의 연극이 바로 떠오르겠지만, 고전 극장의 거대한 시설 규모만 보더라도 연극의 대중적 호소력이 엘리자베스 시대에 국한된다는 개념은 배제해야 한다. 대중적 호소력이나 보편성은 우리 모두에게 반응을 불러일으키게 하는 요소를 전제로 한다. 연극의 행동은 무엇보다도 그래야만 한다.

갈등과 충돌의 기본적인 행동 이외에도, 주어진 희곡은 주어진 특유의 시간의 특별한 행동을 구상화할 것이다. 그러나 이들 특별한 행동은 그 극의 총체적인 의미 있는 행동에 기여할 것이다. 한 예를 들어 보면 『맥베스』에서 마녀들은 본질적으로 흥미 있는 존재이고, 그러한 점에서 우리의 관심을 끈다. 그러나 그들은 또한 맥베스 운명의 상승과 하강에서 하나의 목적을 제시하고 그것에 대한 우리의 이해 형성을 돕는다. 따라서 그 연극은 그 특별한 것을 극 전체의 목적을 위해 사용하면서 특별하고 가끔 특이한 것에 대한 우리의 관심을 파헤친다.

우리는 이제 행동을 모든 연극의 필수 불가결한 요소로 본다. 첫째는 동작, 대사, 무대 연기자의 몸짓으로, 둘째는 연기자의 동작이 묘사하고, 관객에게 명시하는 양식, 즉 인간 생활에 근거한 양식으로이다. 이것은 보다 더 명백해져야 한다. 연극은 반드시 행동에 중점을 두어야만 한다. 본질적으로 연극은 그 행동을 *재현*한다. 이제 연극의 정의에 있어서 필요 불가결한 요소인 모방의 개념을 살필 시점이다.

모방

　우리는 이미 무엇이 합리적으로 모방할 수 있는 행동을 구성하는가 하는 문제를 언급하면서 모방에 관해 다루었다. 우리는 이미 모방될 수 있는 것이 실제로 일어나지 않았던 것을 포함할 수 있음을 언급했다. 이것은 모순으로 보일 수도 있는데, 그것은 존재하지도, 또 하지도 않았던 것을 우리가 어떻게 모방할 수 있는지 의아해 하기 때문이다. 그 문제는 '모방'이라는 단어 그 자체(그리스어로 '*미미시스*')에 있으며, 그 용어가 유용하게 쓰여 왔고, 다른 말, 아마도 *재현, 연출, 묘사, 표현, 투사* 등등의 말로 대치될 수 있다고 믿을 만한 충분한 이유가 있다. 많은 연극 학도들은 이것들을 특별히 제한된 형식 속에 존재하는 것을 베낀다는 좁은 개념에 국한시키지 않기 때문에, 그러한 용어들을 사용해 왔다. 우리가 그것을 어떻게 부르든지 간에, '모방'이라는 용어에 대한 이해 폭을 넓혀야만 한다. 모방은 상상 혹은 공상을 배제하지 않는다. 연극과 관련지어 이 용어를 사용한 장본인이라 할 아리스토텔레스는 일어날 것 같은 불가능성을 정당화하려고 애썼다. 만약 뭔가 불가능한 것이 있다면, 우리는 그것을 결코 볼 수도 없었고, 따라서 베낄 수도 없다. 그러면 어떻게 우리가 일어날 것 같은 불가능성을 모방할 수 있는가? 단지 우리의 상상력과 이해력을 사용함으로써, 불가능한 사건이 일어났다면 어떻게 일어날 것인가를 설득력 있게, 그리고 실제 있었던 일처럼 보여 주는 것이다.

　한 번 더 '단순한 단어'로 인해 혼란에 빠질 위험은 크다. 연극의 개념을 공식화하는 것이 어렵다고 포기해서는 안 된다. 그 대신, 우리는 우리가 사용하는 단어를 될수록 명확하게 만들도록 노력해야 한다. 이렇게 우리는 연극에서 모방이 우선 무대 위에서의 재현과 연관이 있음을 말할 수 있다. 즉 물리적인 용어로 일관성 있고 의미 있는 행동을 구성하는 사건들을 연출하는 것이다. 그것은 또한 희곡 그 자체의 양식과 극작가의 창조를 말한다. 연기자만이 모방을 하는 것이 아니라 희곡 그 자체도 또한 모방을 한다. 이와 같이 연기자와 극장 기술자들이 희곡을 재현하는 관점에서뿐만 아니라, 희곡 그 자체가 행동을 재현한다는 관점에서 모방을 말할 수 있다. 만약 『오이디푸스 왕』을 인간적 연약함을 깨닫는 자기 인식에 관한 극이라고 한다면, 우리는 또한 그 극이 이 경험에 적합한 행동을 재현(모방)한다고 말한다.

모방은 행동이 조직화되고 표현되는 방식이라는 의미에서 단지 문자 그대로 베끼는 그 이상을 의미한다. 왜냐하면, 모방되는 것은 *마음의 행동*이 될 수 있기 때문이다. 그러한 경우에, 그 '모방'은 상상적이어야만 하고 그리고 가장 환상적인 사건과 환경도 여전히 '인간의 행동'으로 받아들여질 수 있다. 이와 같은 종류의 '모방'과 행동의 해석은 또한 연극에서 중요한 사상적 요소에 접근하도록 해 준다. 언어를 다루는 어떠한 형태도 사상이 빠질 수는 없는데, 그것은 언어가 우리의 사상을 표현하는 수단이기 때문이다. 이와 같이, 희곡은 그것의 의지와는 상관없이 그 안에 사상이 있으며, 대부분의 극작가들은 그들의 희곡 속에 사상을 지니는 것에 만족해 왔다. 중요한 의미에서, 희곡 혹은 어떤 문학 작품의 충분한 이해는 사상의 충분한 이해(그리고 아마, 어떤 이들에게는 완전한 수용)를 의미하는 것이라 논할 수 있다.

모방을 하나의 개념으로 보기를 주저하는 학생들은 모방이 적용되지 않을 것을 증명하기 위해 과학 소설 작품을 즐겨 인용한다. "누가 우주 밖의 삶을 '모방'할 수 있나?"라고 그들은 묻는다. 그렇게 멀리서 찾을 필요가 없다. 가장 유서 깊은 희곡에도 순수하게 상상적인 장면과 상황이 있다. 누가 실제로 코카서스의 바위에 묶인 프로메테우스를 보았는가? 그 단언된 사건 몇 세기 후에 살았던 아이스킬로스는 분명 보지 못했다. 그러나 그는 고도의 비현실적인 사건, 즉 그 일어날 것 같은 불가능성을 모방하여 『결박된 프로메테우스』를 썼다. 금세기의 『R. U. R』 같은 과학 소설 영상이나, 『푸른 초원』과 같은 우화적 공상은 연극이 상상적인 장치와 초자연적인 인물을 다루는 것을 멈추지 않았다는 것을 상기시켜 준다.

그러므로 모방은 외형적인 모습에 충실함을 가리키는 것이 아니다. 모방은 공연 시 규칙적으로 가면과 다른 '비현실적'인 요소들을 사용하는 연극에 익숙한 이론가가 공식화한 것인데 어떻게 그럴 수 있는가? 아니, 모방은 사실주의를 배제하지는 않는다 하더라도 '사실주의'와 필연적인 관련이 없다. 오류는 모방이라는 용어가 아니라 예술의 궁극적 척도로서의 사실주의에 대한 대중적 개념에 있다. 대중적 개념에서, 사실주의는 그것이 인생의 외적인 *외형*에 충실한 만큼 그렇게 인생의 *개념*에 충실하지는 않다. 그러나 그 용어는 양쪽 의미로 다 사용되어서 쉽게 혼란을 일으킨다.

대중적 관례에서 사실주의는 일반적으로 실증할 수 있는 사실로서, 우리가 보고 아는 것에 부합하는 예술 작품을 의미한다. 그러한 의미에서, 연극은 오랫동안 결코 사실적이지만은 않았다. 가면과 높은 구두를 신은 그리스극, 자유롭게 바꿀 수 있는 공간과 독백을 지닌 엘리자베스시대 극, 수사학적인 낭독조 대사의 독일 낭만주의 극, 인생*이나* 연극의 외형에 대한 자기의식적 도전의 현대 부조리극은 모두 사실적인 것과는 거리가 멀다. 그렇지만 이러한 많은 연극에 대해서, 모방의 개념은 예술 이론의 최고로 군림하고 있다. 햄릿은 연기자들에게 '자연을 비추어 주는 거울 역'을 해 줄 것을 당부한다. 그 말이 의미하는 것은 무엇인가? 그는 사진기가 보여 주는 외형적인 사실의 정확한 반영을 원했었는가? 만약 그렇다면 연기자들은 크게 실패했고, 셰익스피어도 마찬가지이다. 우리는 오히려 셰익스피어의 거울이 반영하는 것은 행위의 유형과 인간의 행실이지 그들의 머리 모양이 아니라고 결론지어야 한다.

따라서 모방은 의미 있는 인간 행동이(아테네나 우주 공간의 은하수에서) 관객을 위해 배열되고 재현되는 방식과 관련이 있다. 그것은 제한이 아니라 확대를 부르는 개념이다. 독자로서, 우리는 그것을 희곡의 배열과 극작가의 개념 배열에 적용할 수 있다. 관객으로서는 무대 위 연기자의 연기력에 적용할 수 있다.

어떤 의미에서 모방은 행동에 관해 말하는 또 다른 방식이다. 우리는 이야기를 구성하는 사건의 유형을 모방하거나 혹은 연출한다. 연기자는 그들의 행동(언어와 침묵 포함)이 다른 행동과 연극을 이루는 더 큰 행동에 연결되도록 행동한다. 극작가의 모방과 연기자의 재현에 의해, 우리는 희곡이라는 것을 보고 듣는다. 모방이 어떻게 연기하고 행동하는 것으로부터 보고 관람하는 것에까지 이르는가를 보는 것은 어렵지 않다. 총체적 행동은 희곡에 의해 포착되고, 많은 사람들 앞에서 연기자에 의해 재현된다. 이와 같이 우리는 다시, 연극의 범위를 알게 된다.

연극과 극장, 하는 것과 보는 것 — 우리는 이러한 사상으로부터 그렇게 멀리 떨어져 있지 않은 것 같다. 우리는 물론 근본적인 것에 관해 말하고 있다는 것을 기억해야 한다. 희곡의 전체적 움직임과 방향을 포함하는 행동은 단순한 움직임 그 이상이다. 궁극적으로 그것은 정신적으로 상당히 중요한 동기와 사상을 포함한다. 공연의 전체적 영역을 포함하는 모방은 연기자가 대사를 외우는 그 이상의 것이다. 궁극적으로 그것은 극작가의 개념과, 무대 위에 희곡을 사실화할 때 기여하는 조명과 음향 같은 기계적인 문제를 포함한다.

다시 말해, 희곡의 모든 다양성과 함께, 행동과 모방은 우리에게 작품이 한 가지 목표를 향해 설정되었다는 것을 상기시켜 주는데, 그것은 요약하기 어려울 뿐만 아니라 복잡할 수도 있다. 그러나 희곡이 제시하는 것은 관련 없는 장면의 연속이 아니라 하나의 통일체이다. 그러므로 우리는 많은 종속적 리듬에 의존하는 하나의 중요한 지배적 리듬을 본다. 묘사와 재현으로서 인식한 모방의 사상은 독립된 하나의 통일체로서, 희곡이 그 자체의 세계를 소유하는 것을 상기시켜 준다.

행동과 모방은 물론 대체로 추상적이다. 그들은 연극의 본질과 관련이 있다. 그럼에도 불구하고, 하나의 희곡은 그 이상의 것이다. 행동과 모방은 반드시 극도의 구체적인 수단을 통해 인식되어야 한다. 이들 수단은 우리에게 연극의 본질을 보는 또 다른 방법을 제시한다. 그것들은 연극의 구성요소로 불릴 수 있다.

연극의 요소

연극을 현실화시키는 수단에 접근하는 하나의 방법은 희곡 작품의 구성 부분을 살펴보는 것이다. 아리스토텔레스는 희곡의 핵심적인 여섯 가지 요소를 플롯, 사상, 인물, 어법, 음악, 장관이라고 했다. 그 목록은 아직도 유용하다. 음악을 더 이상 불가결한 요소로 여기지는 않지만, 희곡에서의 그것을 좀처럼 반대할 수는 없을 것이다. 광의의 의미에서, 음악은 우리가 여전히 연극에서 추구하는 특징인 리듬과 조화를 상징할 수 있다. 어법과 장관의 경우 용어 사용이 근소하게 다르다 하더라도, 다른 요소는 똑같이 필수적이다. 어법이라면 일반적으로 언어로 이해할 것이고, 광경이라면 무대 공간, 장치, 의상, 소도구, 그리고 음향 효과 같은 것으로 이해할 것이다.

희곡의 요소에서 중요한 것은 그것들이 적절한 양으로 재현되어야 한다는 것이다. 모든 성분은 서로 어울려야 한다. 그것들은 이미 '희곡의 전체적 행동'이라 언급했던 한 가지 목적을 향해 설정되어야 한다. 통일체를 이루기 위하여 결합되는 다양성이 희곡의 가장 두드러진 특성이다. 희곡의 다양한 요소들은 연극을 동시에 문학, 공연, 시각, 청각 그리고 순간 예술로 만드는데 그것은 많은 필수적 요소들이 종이 위에 존재하는 것이 아니라 희곡의 공연으로 존재하기 때문이다.

우리가 연극 용어를 극예술의 전체적 영역의 의미로 생각할 때, 지금까지는 하나의 문서로서의 희곡의 중요성을 지나치게 강조해 온 것 같다. 그러나 이것은 우리의 의도가 아니다. 왜냐하면 넓은 의미에서의 연극은 희곡뿐만 아니라 극장에서의 공연이기 때문이다. 이와 같이, 행동과 모방이 우선적으로 희곡과 극작가의 본질을 명확히 하는 방향으로 설정되었다고 언급한 반면에, 연극은 또한 극장과 연기자(고대 영어 용어를 사용하면)를 포함한다. 극작가의 대본이 모방한 행동은 다음에는 반드시 극장에서 공연하는 연기자에 의해 의미 있게 모방되어야 한다. 연극에의 적절한 역사적 접근은 작품의 취향과 형태 못지않게 연기술과 극장 구조 변화에도 많은 관심을 기울일 것이다. 종종, 취향과 형태의 변화는 대체로 연기술과 건축술의 다양함으로 결정되었다. 인쇄물을 통해 연극 공부를 시작하는 사람들에게는 자연히 모든 문제를 한 번에 성취할 수 없는 한계가 있다. 희곡 자체의 공부로 연극에 대한 이해를 발전시키는 것이 가능*하다*. 그러나 학생들은 희곡과 극장, 혹은 극작가와 연기자 사이에 항상 존재하는 긴밀한 관련을 놓쳐서는 안 되는데, 그것은 이 모든 것들이 연극의 본질을 구성하기 때문이다.

연극의 본질을 고찰하면 할수록 그것은 더욱 다양하고 복잡해 보인다. 그러나 우리가 마음속에 행동의 중심 요소를 간직한다면, 다른 요소 — 희곡, 극작가, 극장, 배우 — 모두가 필수적인 것으로 보일 수 있다. 그것들은 모방된 행동을 사실화하는 수단이다. 연극은 그것의 사실화를 위해 많은 다른 종류의 서비스를 요구하기 때문에, 그것은 협조적인 예술 형태이고 위대한 혼합 예술 형식이다. 오페라(어떤 이들에게는, 단순히 음악 연극인)만이 목표에 이르기 위해 여러 가지 다양한 자료를 사용하는 예술이라는 점에서 우선 연극과 우열을 다툰다.

구성 요소의 다양성은 연극의 강점이기도 하고 약점이기도 하다. 연극 제작에서 손이 많이 가는 어려움은 약점이고, 보답이 가능한 연극적 국면의 여지는 강점이다. 연극에는 정말로 우리를 즐겁게 해 줄 수 있는 것이 다수 있다. 어떤 관람객은 조각품에서와 마찬가지로 무대 위 사람의 집단과 배치로부터 똑같은 즐거움을 얻는다. 어떤 이들은 무대 위의 색채와 유형의 배열에서 회화의 지배 원리를 본다. 다른 것 중에서, 시극은 시가 제공할 수 있는 모든 즐거움을 지닌 시작품이다. 사람들이 작곡에 관해 하는 것처럼 희곡의 편성과 리듬을 이야기하는 것은 공상적인 것이 아니다. 이것과 그리고 더 많은 것이 연극에서 얻을 수 있는 즐거움이다.

학생, 심지어 독자로서의 학생도 다양함에 압도당할 수 있다. 그는 그것을 공정하게 검토하기 위해 희곡의 다양한 영역 사이를 능숙하게 누비는 방법을 배워야만 한다. 이것이 우리가 연극에서 행동의 우위성을 주장하는 이유이다. 그렇게 해서 독자는 사상에서 공연까지 희곡의 총체성을 이해하기 위해 노력할 것이다. 하나의 문학적 시도로서의 연극 연구에 반대하여 논쟁하는 사람들이 있다. 말들이 비문학적 요소를 침해하기 쉽다고 그들은 주장한다. 예를 들어 어떻게 원본이 충분히 광경을 전달할 수 있겠는가? 그리고 사실상, 문학 작품으로서 연극 연구는 모든 연극이 서재극, 즉 공연되기 위해서가 아니라 읽기 위해 쓰인 극으로 읽힐 위험을 영원히 감수해야 한다. 그러한 논쟁에 대한 유일한 답은 연극을 읽는 것은 단순히 더 많은 상상력을 요구한다는 것이다. 이해력과 상상력을 가지고 읽는 연극은 우리를 더 훌륭한 관객으로 만들 것이다. 심지어 가장 완고한 연극인조차도 그것에 좀처럼 반대할 수 없다.

왜 연극인가?

연극의 본질에 대해 알게 되어서도 여전히 물어도 좋을지 확신이 서지 않는, 입가에 맴도는 질문이 있다. "왜 이 모든 수고를 하는가?" 분명히 연극은 보는 바와 같이 수많은 재능과 수많은 육체적 정신적 자원을 요구하는 가장 복잡한 예술 형식 중의 하나이다. 심지어 희곡을 읽는 것조차 다른 문학 형태가 요구하는 것보다 더 많은 노력과 상상력을 요구한다. 사람들은 왜 그렇게 하는가? 왜 시집에서 시를, 소설에서 인물을, 춤에서 움직임을, 그리고 권투 시합에서 흥미를 얻지 않는가?

이들 무례해 보이는 질문이 실제로 연극의 본질에 대한 질문의 핵심이다. 그러한 질문은 모든 예술 형식에 제기되는 것이지만, 관객이나 독자에게 그렇게 많은 요구를 하는 형식은 거의 없기 때문에 연극에 특별히 해당되는 질문이다. 많은 손쉬운 대답이 떠오른다. "사람들은 그들이 좋아하기 때문에 한다."거나 "항상 연극이 있어 왔는데, 그것을 계속해야 하지 않는가?"이다. 그러나 이러한 대답은 단순히 실질적인 해답을 숨기는 것이다. 연극은 다른 어떤 형식에서 할 수 없는 방법으로 인간의 욕구를 충족시켜 주기 때문에 남아 있다. 반격을 받을 수도 있는 이 대답은 다른 예술에도 적용된다. 그것은 사실이다. 시는 시가 하는 것을 다른 어떤 것이 할 수 없기 때문에 쓰인다. 음악은 다른 어떤 형식도 음악이 만족시켜 주는 요구를 충족시켜 주지 않기 때문에 계속 연주되는 것이다. 결론적으로 예술은 다른 것의 대체물이 아니다. 우리는 야구 경기가 없기 때문에 극장에 가지 않는다. 우리는 연극이 다른 오락 형태와 공통적 요소를 지닌다 하더라도, 연극 그 자체를 위해 극장에 간다. 우리가 왜 계속 연극을 보는가에 대한 질문은 실제로 왜 다른 예술을 계속하는가 하는 문제와 마찬가지이다. 대답은 우리는 반드시 해야 하기 때문이다. 예술의 모든 부자연스런 관례에도 불구하고, 연극은 우리의 천성적 욕구에 응하며, 본질에 있어 전적으로 자연스럽다.

아마 여기서 "왜 연극인가?"라는 질문과 함께, 우리는 또한 연극의 다른 기본적인 단어를 기억하게 된다. 우리는 '연극' 그리고 '극장'이라는 단어들 뒤의 기본적인 사상으로서 하는 것과 보는 것에 대해 이야기해 왔다. 똑같이 중요한 것은 '희곡'이란 단어이다. 영어만이 그리스어에서 유래하지 않은 연극 용어를 지니고 있는 것은 아니다. 모든 게르만 언어가 그렇다. 독어에서는 일상적으로 극작에 희곡(*Spiel*)이라는 용어를 썼고, 그것과 함께 연극의 다양한 활동을 나타내는 합성어가 생기며(*Schauspiel*, play; *Schauspieler*, actor: *Schauspielhaus*, theater), 이것은 고대 영어의 용어인 'play', 'playhouse', 'player', 'playwright' 등등과 비슷하다. 극작에 적용되는 'play'라는 단어는 즐거운 활동이나 운동(어린이들의 '놀이')의 현대적 용어와 그러한 활동(놀이를 '하다')을 나타내는 동사를 파생시킨 바로 그 단어에서 유래한다. 연극은 일종의 놀이이다. 또한 그것은 재미있다. 이 개념이 상실되면, 연극 그 자체가 상실된다는 교훈을 몇몇 극작가는 결코 알지 못한다. 연극은 관객과 연기자가 함께 참가해야만 하는 놀이이다. 그것은 극작가와 연기자를 필요로 하고, 또한 극장과 연극의 손님도 필요로 한다.

그것 외에, 어떤 예술도 연극만큼 전인적 인간에 기여하는 것은 없다. 연극은 다른 예술에서 볼 수 있는 많은 요소를 포함하고 있기 때문에, 그것의 호소력은 대단히 광범위하다. 우리는 일반적으로 아리스토텔레스가 『시학』에서 음악과 광경을 비극의 일부분으로 거론했던 사실을 잊는다. 그러나 우리는 연극 공연이나 장엄한 무대 장치에서 배경 음악을 사용할 때 어색함을 느끼지 못한다. 우리는 언어의 소리, 의상의 화려함, 연기자의 우아함, 조명의 미묘함, 적절한 음향 효과 속에 사로잡히길 기대한다. 우리는 이 모든 것과 그 이상을 위해 극장에 간다. 우리는 통일체를 이루는 독특한 혼합물과 어디에서도 찾아볼 수 없는 그 무엇 때문에 극장에 간다. 심지어 희곡을 읽을 때도, 우리는 희곡으로부터 다른 어디에서도 찾을 수 없는 체험을 하기를 기대한다. 즉 갑작스럽게 빨라지는 대사, 마음속 무대로의 인물의 의외의 입장 등이다.

테니슨 경의 시 "마리아나"를 생각해 보자. 그것은 『오는 말에 가는 말』에 나오는 "호로 둘러싸인 농장의 마리아나"라는 대사에서 영감을 얻었을 뿐이다. 그러나 그 대사는 연극의 행동에 깊이 새겨져 있어 우리에게 언어와 움직임뿐만 아니라, 상황의 전개, 구성, 인물을 상기시켜 준다. 짧게 말하면, 연극은 독창적으로 우리에게 의미 있는 인간 행동을 제시해 준다. 연극에서 의미 있는 행동은 단순한 육체적 행동이 아니라 소위 '정신의 움직임'이라고 불리는 것이다. 즉 그것의 행동과 연출은 그것들이 우리의 전체적 이해와 전체적 존재를 향해 말하기 때문에 의미가 있다. 이 세대가 세속적인 세대가 아니라면, 행동과 모방, 즉 연극의 모든 것은 우리 영혼에 얘기한다는 이러한 명제를 설명할 수 있을 것이다.

연극의 본질이 고상하며 동시에 진부하고, 희곡과 공연 속의 많은 요소가 모방된 인간 행동의 개념을 맴돌고 있다고 인정한다면, 어떻게 학생이 연극에 가장 잘 접근할 수 있을까? 가장 좋은 접근 방법은 순서대로 연극의 주요 성분, 즉 희곡의 요소를 살펴보는 것이다. 다음 장에서 우리는 우선 플롯과 구조를 통해 본 희곡의 거대한 통일성을 살펴보고, 연극의 언어와 성격 요소로 옮겨 갈 것이다. 그 다음 장은 연극의 주요 형태와 실질적인 연극의 다른 요구 사항을 다룰 것이다. 끝으로, 우리는 학생들이 희곡을 분석하는 데 사용할 수 있는 방법을 고찰할 것이다.

2장 플롯과 구조

　연극의 가장 포괄적인 요소는 플롯으로, 아리스토텔레스는 플롯이 희곡, 언어 그리고 인물을 인식하고 기억하는 방법이므로 그것을 비극의 영혼이라 불렀다. 즉 우리는 이러한 것들을 상호 관련된 맥락 속에서 이해하며 이것이 바로 우리가 '플롯' 그리고 '플롯 구조'라고 부르는 양식이다.

　'플롯'이라는 용어는 한 평의 땅이라는 말에서 유래하며, 직접적으로는, 기초안, 도형 혹은 도표를 가리키는 단어의 사용에서 유래한다. 이 용어는 문학에서 비유적으로 이야기 속 사건의 계획 혹은 책략을 나타내기 위하여 사용된다. 좀 계시적인 것은 '플롯'이 어떤 목적(정치적 목적을 위한 흉계나 음모처럼 주로 비천한 것)을 성취하기 위한 책략 혹은 구상을 의미하는 비유적인 다른 뜻으로 사용되는 것이다. '플롯'의 이러한 사용은 이 용어가, 심지어 문학적인 맥락에서도, 고안과 조작을 암시한다는 것을 상기시킨다. 어떤 비평가는 플롯이 없으면 연극이 없을 것임에도 불구하고, 플롯은 나쁜 것이라고 생각하는 것 같다. 중립적으로 사용될 때, 플롯은 단지 이야기 속에서 함께 어울려 종결을 짓는 사건의 배열을 의미한다. 긍정적인 의미에서, 플롯은 문학 작품 속에서 구상과 질서의 총체적인 범주이다.

플롯의 본질

플롯은 연극에만 유일한 것이 아니다. 소설, 단편 소설, 심지어 설화시에도 플롯이 있다. 그러나 대부분 연극과 소설하고만 관련지어 생각된다. 설화 자체만으로는 플롯이 필요 없는데, 그것은 설화가 모든 관련된 일련의 사건이기 때문이고, 이 관련성은 이것이 동일한 사람에게 일어났다는 것뿐일 수도 있다. 이와 같이 민속 주인공의 공적은 순전히 설화적이다. 즉 그것은 연속성은 있지만 필수적으로 플롯을 갖춘 것은 아니다. 플롯은 설화가 연결, 관계, 원인, 결과 등을 보여 주기 위해 형성되고 배열될 때 나타난다. 이 엠 포스터의 이야기와 플롯에 관한 유명한 구분은 원했던 바와 같이 명료하게 이러한 경우를 보여 준다. " '왕이 죽고 그 다음 여왕이 죽었다'는 하나의 이야기다. '왕이 죽고 그 다음 여왕이 슬픔으로 인해 죽었다'는 하나의 플롯이다."[1]

플롯은 작가에 의해 생각되고 표현된 원인과 결과를 포함한다. 이것이 바로 플롯 속에 연속성과 행동뿐만 아니라 술책, 선정, 질서, 그리고 목적이 있는 이유이다. 플롯은 통일성과 신뢰성을 추구한다. 우리는 이따금 플롯과 구조가 동전의 양면임을 가리키는 '플롯 구조'라는 표현에 접한다. 구조에 대해서는 뒤에 알아보겠지만, 지금 주목해야 할 것은 플롯 구조를 말하는 것은 상승과 하강을 얘기하며, 플롯의 이야기를 말하는 것은 원인과 결과에 관해 얘기한다는 것이다.

물론 원인과 결과의 관계 또한 구조에 있어 핵심적인데, 그것은 이것이 없으면 필연적인 상승과 하강이 없을 것이기 때문이다. 사건의 연속 그 자체는 갈등을 얽히게 하고 해결하는 어떤 양식을 포함하진 않지만, 원인과 결과에 대한 묘사는 그러한 양식을 포함한다. 이러한 면에서, 비평가들이 셰익스피어가 그의 이야기를 잘 알려진 책이라든가 역사 속의 에피소드에서 얻어오긴 했지만, 플롯은 그 자신의 것이었다고 말하는 의미를 알 수 있을 것이다. 반복해서, 셰익스피어는 『안토니와 클레오파트라』에서의 이노바버

---

1) 이. 엠. 포스터 「소설의 양상」 (New York: Harcourt, Brace and Company, Inc., 1927), p. 130.

스, 『오셀로』의 이아고처럼 소재 자료로부터 단역 인물을 취한다. 그는 그 인물에게 소재에서는 거의 볼 수 없던 성품이나 특성을 부여할 뿐 아니라, 그들로 하여금 플롯이 그의 행동에 의해 영향을 받을 정도로 행동에 참여하게 한다.

이것이 이 일이나 저 일이 발생하도록 하는 것을 보여 주는 플롯이라 불리는 양식이다. 옛 표현에서 "플롯이 두터워진다."라고 말하는 것은 우리 앞에 놓인 상황에 영향을 끼칠 힘이 극 속에 도입된다는 것을 의미한다. 두터워지는 정도가 클수록, 음모의 요소가 커질 것이고, 보통 그 음모가 어떻게 해결될 것인지를 보면서 긴장의 요소도 커진다. 그렇다면 플롯은 갈등의 매듭을 풀고 묶는 사건의 순서이다.

플롯을 논의할 때, 우리는 습관적으로 대립자나 *적대인물*과 갈등을 겪는 주인공 혹은 *주역*에 관해 이야기한다. 이 두 단어는 경쟁 혹은 갈등을 의미하는 그리스어 *아곤*에서 유래한 것이다. 왜냐하면 방대한 극 속에서, 플롯의 중심과, 희곡의 리듬이나 구조의 중심, 인물의 동기와 언어의 핵심에 놓여 있는 것은 갈등이기 때문이다. 모든 문학에는 기본적인 세 가지 플롯이 있다는 일반적인 개념은, 여러 가지 종류의 플롯과 무한히 다른 플롯을 구축할 수 있는 세 가지 기본적인 갈등 개념에 대한 전와라 할 수 있다. 흔히 인용되는 세 가지 기본적인 갈등은 다음과 같다. 1) 또 다른 개인과 갈등을 빚는 개인, 2) 자기 자신과 갈등하는 개인, 3) 외부적인 힘이나 다른 힘(예를 들면, 사회, 초자연적인 요인)과 갈등하는 개인이다. 우리는 또 다른 기본적 갈등, 다른 집단이나 개인 혹은 권력과 갈등하는 한 집단의 갈등 같은 것을 당연히 첨가할 수 있다. 하우프트만의 『직공들』(1892)과 오케이시의 『쟁기와 별들』(1926)은 이러한 집단 갈등을 구현한다.

그러나 이와 같은 기본적인 갈등은 플롯이 해결되는 방법에 관해 명백히 말해 주진 않는다. 그것은 단지 방향을 제시하고 앞으로 일어날 쟁점에 관해 암시해 줄 뿐이다. 플롯 그 자체는 사건이면서, 서로 간의 관련이 될 것이다. 더구나 주어진 한 편의 희곡은 한 가지 이상의 갈등 유형을 구현할 것이다. 햄릿은 오랜 시간 동안 자기 자신과 갈등에 빠져 있다. 그는 또한 클로디우스나 폴로니어스 같은 다른 인물과도 갈등하고 있다. 결국은 다른 인물들이 모두 함께 햄릿이 싸워야만 하는 덴마크 왕궁을 형성한다.

특별한 플롯을 토의하기 위해, 우리는 일반적인 양식에 희곡의 특수성이라는 살을 붙여야만 한다. 이렇게 하는 것은 매우 중요한데, 그 이유는 이렇게 하지 않으면 희곡의 지배적인 사상을 놓치게 될 것이기 때문이다. 우리는 종종 영원한 삼각 플롯에 관해 듣게 되는데, 좀 더 정확히 말하면 이것은 영원한 삼각 *상황*인 것이다. 왜냐하면 그러한 상황에 근거한 플롯은 작품에 따라 상당히 달라질 것이기 때문이다. 예를 들면, 쇼의『캔디다』에서의 영원한 삼각관계는 나이 많은 유부녀에 대한 감수성이 강한 젊은 시인의 사랑을 보여 주고 있다. 그의 경쟁자는 그 여인의 남편이다. 결국, 캔디다 자신이 남편을 선택하는 결론을 내린다. 세속적인 한 여자와 번갈아 가정을 꾸려 나가는 두 명의 세속적인 남자가 그녀의 사랑을 얻기 위해 투쟁하는 플롯과 얼마나 다른가! 결국 그녀는 두 남자를 똑같이 택한다. 이것은 노엘 카워드의『생의 책략』의 플롯이다. 상황은 여러 번 반복될 수 있지만 플롯은 자주 변한다.

플롯의 유형

플롯은 단순 혹은 복잡, 단일 혹은 이중, 느슨한 혹은 팽팽한 플롯으로 분류된다. 단순 플롯은 직선적인 상황이 복잡함 없이 제시되는 것이다. 대부분의 현대극은 이러한 종류이다. 이 경우 갈등을 야기하지만 궁극적으로 해결되는 어떤 새로운 힘에 의해 분열되는 상황이 발생한다.『욕망이라는 이름의 전차』는 좋은 예다. 스탠리와 스텔라의 가정 질서는 스텔라의 언니 블랑쉬의 도착으로 파괴된다. 이로 야기된 갈등은 본질적으로 집안 문제이며, 이 세 사람은 함께 행복하게 살 수 없다. 이 부부의 친구가 블랑쉬에게 관심을 갖는데, 결혼 이야기가 오갈 때, 스탠리는 블랑쉬의 배경과 약점을 폭로하고 자신이 그녀를 유린함으로써, 두 사람이 맺어질 경우 얻을 수 있는 희미한 희망까지 앗아간다. 결국 블랑쉬는 정신 병원으로 이송된다. 이 작품에서 강조하는 것은 실제로 플롯의 뒤얽힘보다는 블랑쉬의 성격과 그녀가 야기한 자신의 몰락 과정이다. 플롯은 상당히 직선적인 것이고, 교묘함이 없는 것은 아니지만 정교한 복잡성이 없다. 플롯의 복잡성 그 자체가 플롯의 좋고 나쁨을 보증하는 것은 아니다. 복잡함의 정도와 플롯의 뒤얽힘은 극작가가 작품 속에서 시도하고 있는 일의 결과가 되어야만 한다.

만약 짧은 지면에 플롯의 명확한 요약이 가능하다면, 우리는 단순한 플롯과 콩그리브의 『세상 돌아가는 법』같이 복잡한 플롯을 대조해 볼 수 있다. 고도로 세련된 풍속 희극 『세상 돌아가는 법』은 미라벨과 그가 밀라망과 결혼하는 것을 반대하는 사람들 사이의 갈등이다. 주로 반대하는 사람은 밀라망의 숙모인, 위시포트 부인인데, 그녀는 미라벨이 그녀와 사랑에 빠진 척하면서 그녀를 기만했던 것 때문에 반대한다. 그러나 플롯('플롯팅')은 미라벨과 마우드 부인의 일인데, 위시포트 부인은 그들의 결혼을 반대하는 것과는 별도로 밀라망을 시골 사촌에게 결혼시키려는 음모만을 꾀하기 때문이다. 실질적인 플롯의 뒤얽힘은 위시포트 부인의 호의를 얻기 위한 미라벨의 계획과, 미라벨의 결혼 계획을 파기하기 위한 마우드 부인과 그녀의 연인(위시포트 부인의 사위인 페인올)의 반대되는 책략이다. 미라벨은 자신의 하인을 위시포트 부인의 하녀와 결혼케 하고는, 하인을 가공의 숙부 롤런드 경으로 가장시켜 위시포트 부인에게 청혼하라고 종용한다. 그 계획은 마우드 부인이 편지를 보내 이 사실을 폭로하고(이 편지는 위시포트의 하녀가 가로챘다), 그리고 직접 나타나 위시포트 부인에게 진실을 알리기 때문에 실패했다. 그러나 위시포트 부인의 딸에 의해 또 다른 플롯에서의 전환이 발생하는데, 그녀는 해고당한 하녀로부터 마우드 부인과 자기(위시포트 부인의 딸) 남편의 불륜에 대한 증거를 확보했다. 그녀의 남편, 페인올은 아내의 모든 재산을 그의 명의로 바꾸어 놓고, 미라벨과 아내 사이의 불륜의 증거를 날조하고 있었다. 또 다른 극적 전환을 겪은 후에야 페인올의 사기에 대한 미라벨과 여러 하인의 폭로, 그리고 페인올 부인의 돈이 미라벨에게 일찍이 넘어간 일이 발각되는 등, 위시포트 부인은 비로소 사위의 협잡과 마우드 부인과의 애정 행각에 대해 알게 된다. 따라서 그녀는 미라벨을 용서하고 밀라망과의 결혼을 허락한다.

이렇게 간단한 개요만으로도 플롯이 얼마나 복잡할 수 있는가와, 그렇지만 여전히 무대에 올릴 만한 가치가 있다는 것을 보여 준다(비록 콩그리브의 작품에 대한 초기의 혹평은 부분적으로 복잡한 플롯의 결과였음에도 불구하고). 더군다나 개요는 극작가가 발견과 반전이라는 고색창연한 요소에 얼마나 깊이 의존하고 있는가를 명백하게 보여 준다. 행과 불행의 반전과 더불어 진정한 상황이 무엇인지를 발견하는 것은 모든 종류의 극이 지니는 공통 성질이다. 희극은 전환과 반전을 심화시키고 확대시키기 위해 종종 속임수와 오해를 첨가한다. 그러므로 정교하게 플롯이 짜인 작품은 진지한 것이든 희극적인 것이든 이러한 요소들 없이는 이루어질 수가 없다.

단일 플롯과 이중 플롯의 구별은 주로 그리스극과 그리스극에서 유래한 그 이후의 작품(예를 들어, 프랑스 신고전주의 작품)에 대한 답습으로 이루어지는데, 이들 작품에서의 관행은 한 가지 이야기를 제시하는 것이다. 다양한 사건이 행동을 형성하는 점에서 이야기가 복잡해질 수 있지만(특히 관객에게 잘 알려진 선행된 사건일 경우), 모든 사건은 직접적으로 똑같은 이야기에 연결된다. 이와 같은 희곡이 아이스킬로스의 『결박된 프로메테우스』인데, 이 작품에서 모든 행동은 제우스의 뜻을 거역하고 인류를 도왔다는 오만함 때문에 벌을 받는 거인 프로메테우스가 묶여 있던 코카서스의 황량한 바위에서 일어난다. 비록 많은 선행 사건이 프로메테우스에 의해 언급되고 결부되지만(제우스를 노하게 한 그의 행동 내력을 포함), 행동 그 자체가 결코 산을 떠난 적은 없다. 발생한 모든 사건은 특히 그곳에서의 프로메테우스의 운명과 연결된다. 일곱 명의 인물과 코러스가 전체 *등장인물*을 구성하고 있다. 프로메테우스를 제외한 여섯 명은 그를 바위에 묶거나 제우스로부터 전갈을 가져오고, 그에게 충고와 위안을 하는 인물이다. 이 작품의 플롯은 후기 그리스극의 플롯보다 더욱더 단순하고 꾸밈이 없는데, 그것은 플롯이 단순히 제우스가 프로메테우스를 냉혹히 벌하는 것이기 때문이며, 제우스는 그 거인을 한동안 괴롭히고 결국에는 그를 지상의 동굴로 던져 버린다.

후기 그리스극은 관례적인 의미에서 보다 많은 플롯을 지님에도 불구하고 핵심적인 이야기와 직접적으로 관련되지 않은 행동은 묘사하고 있지 않다는 점에서 단순하다. 심지어 자체적으로 독립된 이야기로 존재하는 선행 사건도 희곡에서 행위로 이끄는 환경을 형성하는 한도 내에서만 언급된다. 따라서 소포클레스의 『안티고네』도 이야기의 배경은 광대한 테베 전쟁(특별히 아이스킬로스의 『테베에 항거하는 일곱 사람』에서 다루어졌지만)이지만, 『안티고네』의 플롯은 테베를 공격하는 동안 살해된 오빠의 적절한 장례식을 보장할 것을 주장하며 크레온 왕의 명령에 저항하는 안티고네의 주장이다. 플롯과 분규는 단지 여덟 명의 인물과 코러스를 요구하며, 그 상황은 다른 그리스 비극과 매우 동일하다. 에우리피데스의 『엘렉트라』는 『결박된 프로메테우스』나 『안티고네』보다 많은 뒤얽힌 플롯을 지니고 있지만, 이것도 엘렉트라와 오레스테스가 어머니(클뤼템네스트라)와 그녀의 연인(아이기스토스)을 살해하면서 그들의 아버지(아가멤논)의 살해에 복수하는 방법을 전개하는 점에서는 똑같이 단순하다. 이 희곡에서, 에우리피데스는 아홉 명의 인물(그중 두 사람은 대사가 없다)과 핵심적인 코러스를 요구한다.

대조적으로 이중 플롯은 엘리자베스 시대와 후기 희곡의 특징이다. 이러한 작품에서는, 두 가지 이야기가 극 내내 함께 진행된다. 보통 한 가지는 다른 하나에 종속되며 부차적 플롯이라 부른다. 노련한 극작가는 상호 관계와 중요성을 보여 주기 위해 두 가지를 한데 얽지만, *그것들은 별개의 이야기다.* 『세상 돌아가는 법』에서 미라벨과 밀라망의 핵심 플롯의 부차적 플롯으로서 마우드와 페인올의 음모라는 플롯을 들 수 있지만, 셰익스피어의 『헛소동』(1599)과 같은 희곡에서 보다 더 명백하게 이중 플롯의 예를 볼 수 있다. 복잡한 주요 플롯은 클라우디오와 히어로의 연애 사건과 결혼을 위한 노력이지만, 그 희곡에서 셰익스피어는 또 다른 이야기를 만들어 내는 재주를 보이는데, 그것은 총각으로 자처하는 베네딕이 오만한 숙녀 베아트리체에게 하는 우스꽝스런 구애이다. 그 장면에서, 뛰어난 연기자들에게 부각되는 베아트리체와 베네딕 사이의 찬란한 대사와 역할의 호소력은, 흔히 두 사람의 부차 플롯이 주된 이야기를 가리게 만든다. 더군다나 주된 이야기가 적당히 희비극일 때 부차적 플롯은 희극이므로, 관중들은 히어로에 대한 클라우디오의 사랑을 둘러싼 분명히 비극적 사건을 구원해 줄 방책으로 베아트리체와 베네딕의 장면을 반긴다. 그러나 4막에서, 셰익스피어는 두 개의 플롯을 같이 합하며(극의 다른 곳에서도 역시 겹치지만, 행동보다는 성격 면에서), 일단 혼란과 오해가 풀어지자, 이 희곡은 두 쌍의 결혼식으로 끝나게 되어, 네 사람의 연인 모두와 두 개의 플롯이 적절히 어우러지고 해결된다. 여기서 요점은 베아트리체와 베네딕의 이야기가 『헛소동』에 대한 우리의 흥미와 즐거움을 배가시켜 주지만, 그래도 그것은 클라우디오, 히어로, 돈 페드로, 돈 존을 포함한 주요 플롯과는 다른 이야기라는 것이다. 『헛소동』이 18명의 인물과 많은 전령, 하인, 경비를 필요로 하는 것은 놀라운 일이 아니다.

부차적 플롯을 처리하는 극작가의 기술 중 한 가지 방법은 전체의 태피스트리 속에 부수적인 이야기를 짜 넣는 것이다. 셰익스피어는 희극과 비극 모두에 있어 특별히 뛰어나다. 극문학에서 가장 유명한 부차적 플롯은 아마도 『리어왕』에서 글로스터 부차 플롯일 것이다. 리어왕에게 일어나는 일이 직접적으로 글로스터나 그의 아들까지 필요로 하지는 않아도, 이중 플롯은 큰 주제의 중요성을 상당히 확대시키고 많은 면에서 영향을 미치기 때문에, 우리는 부차적 플롯 없는 『리어왕』을 거의 상상할 수 없다. 명시된 이 극은 하인, 리어왕의 종, 경비, 전령, 군인뿐 아니라 배역 명단에 명시된 20명의 인물 없이는 공연될 수 없을 것이다. 그러므로 이중 플롯은 상연과 효과에 있어 보다 정교함을 필요로 하며 단일 플롯보다는 넓은 캔버스와 같다.

팽팽한 것과 상반되는 느슨한 플롯은 플롯의 구상을 강조하는 정도를 가리킨다. 느슨한 플롯의 극은 모든 인물과 행동에 그 상황을 복잡하게 하거나 푸는 역할을 거의 부여하지 않는 것이다. 20세기 초의 정적인 드라마와 아일랜드의 많은 단막극은 느슨한 플롯이다. 강조하는 것은 인물, 분위기, 무대 장치이다. 싱의 아일랜드 연극 『바다로 가는 기사들』(1904)은 외로운 해안의 오두막에서 몇몇의 사람들이, 바다에서 실종된 모리아의 마지막 남은 아들에 대한 확실한 소식을 기다리는 것, 그 이상의 플롯은 없다. 마테를링크의 정적인 연극 『침입자』(1890)는 다가오는 죽음(무대에는 나타나지 않는 인물에 다가오는)을 점진적으로 인식하고, 이 경험이 그 죽어 가는 여인의 가족에게 미치는 효과만을 '플롯'으로 지닌다. 감정과 경험의 상황을 투사하는 것이 주된 목적인 표현주의 운동의 많은 극에서도, 플롯은 느슨하다고 말할 수 있을 것이다. 오닐의 『털북숭이 원숭이』(1922)는 양크가 행동의 결과와는 상관없이 행동하는 많은 사람들(일반적으로 인물로서보다는 힘 혹은 감정으로 제시되고 있다)과 접할 때 일어나는 일련의 에피소드로 구성되어 있다. 그들은 단지 당시의 분위기와 양크가 겪는 경험에 기여한다. 실제로 극 속에서 네 사람만이 이름을 지니고, 나머지 사람들은 '아주머니', '두 번째 기술자', '경비원', '조직의 비서' 등으로 적절히 표현된다. 팽팽한 플롯은 대조적으로 다양한 사람들의 의도적인 연루를 요구하는데, 각자는 특별한 충동과 다른 사람과 관련된 어떤 일을 하도록 이끄는 욕망을 지녔다. 힘, 감각, 의인화된 추상성이 인물 중에서 두드러지게 헤아려지는 극에서는 쉽게 팽팽한 플롯을 갖기 힘들다.

팽팽하게 구성된 극은 지극히 사소한 일도 플롯을 복잡하게 만드는 데 한몫하고, 끝까지 설명되지 않은 채 남겨지는 인물이나 행동이 없다. 팽팽한 플롯은 특히 뒤에 영국으로 넘어간 19세기 프랑스 극인 잘 짜인 극(피에스-비엥-페트)과 관련된다. 스크리브의 1840년의 연극 『물잔』이나 사르두의 『종잇조각』(1860) 같은 극들은 이러한 프랑스 전통의 예다. 전자는 계시적으로 '원인과 결과'라는 부제가 붙여졌는데, 그것은 이 극의 플롯이 깔끔하고 상세하게 전개되기 때문이다. 후자는 플롯을 뒤얽히게 하는 원인이 되었던(읽지 않은) 고소장을 여주인공이 태우는 것으로 끝나는데, 그녀는 이 연극의 종결 대사로서 "모든 것이 단지 한 장의 종이 때문이었구나!"라고 말한다. 영어권 학생들이 보다 더 접근하기 쉬운 것은 잘 짜인 극의 영국 대표자인 아서 윙 피네로와 헨리 아서 존스의 연극으로, 예를 들면, 피네로의 『두 번째 탱커레이 부인』(1893)과 존스의 『데인 부인의 방어』(1900)가 있다.

지나치게 조심스럽게 구성된 극에 대한 비평은 그러한 극은 때때로 플롯 때문에 인물과 사상을 희생시킨다는 것이다. 즉 이러한 극에서는 인물과 효과가 다양한 성향과 외형을 지닌 인간의 복잡한 상호작용으로 다루어지기보다는 형식으로 축소될 수 있다. 극을 팽팽하게 구성하는 것은 분명히 잘못이 아니다. 이의는 플롯이 유일한 요소가 되어 다른 요소들을 집어삼킬 것 같을 때 제기된다.

한편, 플롯이 소홀히 될 때, 극작가는 때로 복잡함을 풀기 위해 *기계에서 온 신(데우스 엑스 마키나)*과 같은 것에 의존해야 한다. 이 용어는 초자연적인 존재를 무대 위에 내려보내(무대 기기나 장치를 통해, 그러므로 '기계에서 온 신') 문제를 해결하는 그리스극의 무대 장치에 처음 적용되었지만, 현재는 어떤 불가능한 상황으로부터 인물을 구출하기 위한 일어날 것 같지 않은 방법에 적용된다. 즉 미지의 친척의 갑작스런 출현, 병으로부터의 기적적인 회복, 외계의 괴물을 쫓아내기 위한 지진과 같은 대격동의 도입 같은 것이다.

*기계에서 온 신*에 대해 반감을 느끼는 것은 연극에서 플롯 속에 반영되는 '인물'과 '인물의 동기'란 용어가 일반적으로 뜻하는 것보다 중요하다는 것을 반영한다. 우리는 인물에게 *강요하는* 것처럼 보이는 플롯보다는 인물 속에서 *우러나오는* 플롯 쪽을 더욱 선호하기 마련이다. 이상적으로 말해, 플롯은 인물 상호작용 결과이지, 인물을 움직이게 하는 냉담한 책략이 아니다. 어떤 상황에서 인물을 구출하기 위한 장치를 사용하는 것은 그 상황과 인물이 조화를 이루고 있지 않다는 것을 암시한다. 대조적으로, 외관상으로는 클로디우스가 기도하는 것을 보았기 때문에 햄릿이 그를 죽이는 것을 망설였을 때, 플롯은 햄릿의 성격과 그가 클로디우스를 발견한 상황 때문에 진전된다. 따라서 플롯의 충분한 토론은 필수적으로 사건의 상승과 하강(일반적으로 플롯 구조에서 명명하는)에 의해 생성된 긴장의 강화와 완화에 대한 고찰을 하게 하는데, 그 이유는 플롯의 원인과 결과의 고리가 끝없는 연속이 아니라, 원인들이 주요 사건과 일련의 필연적인 결과로 이끌기 위해 결합하는 진행적인 것이기 때문이다.

플롯 구조

아리스토텔레스가 행동은 "단일하고, 완전하고 어떤 고결한 것"이어야 한다고 말했을 때(*고결함*은 위엄과 중요성을 의미하는 것으로 여길 수 있다), 비극에 대하여 말한 것이기는 하나 이 개념을 어떤 희곡에도 합법적으로 확대 해석시킬 수 있는데, 특별히 행동이 완전해야 한다는 기준이 그러하다. 우리는 최소한 시작, 중간, 끝이라는 잘 알려진 공식을 기대하고 그렇기 때문에 극장에서 나올 때나 혹은 희곡을 다 읽었을 때, 고찰하고 있는 희곡에서 총체성과 유기적 통일성을 느끼게 된다.

우리가 보았듯이, 플롯의 원인과 결과의 양식은 또한 상승과 하강을 갖는데, 대부분의 작품에서 막에 의해 윤곽이 잡힐 수 있다. 막은 전체적 행위의 명백하고 통일된 부분을 가르는 희곡의 주요한 형식적 구분을 의미한다. 물론 이러한 구분은 그것이 플롯을 반영하는 만큼 플롯 구조의 *원인이 되지*는 않는다. 5막, 4막, 3막의 전통적인 극에 몇 가지 구조적 양식이 설정되어 있는데, 그것은 주어진 극에 대하여 어떤 엄밀한 양식으로도 규정지을 수 없음에도 불구하고, 많은 극에 일반적으로 폭넓게 적용되어 왔다. 구조에 대하여 가장 잘 알려진 분석은 독일의 비평가 구스타프 프라이타크가 5막 극을 위해 설정한 것이다. 프라이타크는 엘리자베스 시대 5막 극 비극과 특별한 관련이 있는 다음의 다섯 가지 영역을 구별하였는데, 도입, 상승 행동, 위기 혹은 절정, 하강 행동 혹은 회귀, 그리고 파국이다.[2]

---

2) 프라이타크가 든 예는 『햄릿』으로, 이 작품의 구분은 아래와 같다.
　도입: 1막 1장, 2장, 3장, 자극적인 힘: 1막 4장, 5장
　상승 행동: 2막 1장, 2장(첫 번째 단계), 2막 2장(두 번째 단계), 3막 1장(세 번째 단계), 3막 2장(네 번째 단계)
　위기(절정): 3막 3장, 4장, 비극적 힘: 3막 4장, 4막 1장, 2장, 3장
　하강 행동(회귀): 4막 4장, 5장, 6장(첫 번째 단계), 4막 7장(두 번째 단계), 5막 1장(세 번째 단계)
　파국: 5막 2장

　좀 더 자세한 내용을 알기 위해서는 엘리아스 맥이완이 번역한 구스타프 프라이타크의 『연극의 기술』(Chicago: Scott, Foresman and Company, 1894)을 볼 것.

5막 구조

　프라이타크의 용어는 실제로 일련의 많은 희곡에 적용되기도 하지만, 그러한 용어는 플롯 구조의 일반적인 설명에 주로 사용된다. 도입부(일반적으로 1막의 첫 번째 부분)는 희곡의 장면을 설정하고, 다음에 이어지는 것을 이해하는 데 필요한 최소한의 정보를 관객에게 제공함으로써 행동을 시작한다. 이것에 대한 다른 용어는 '제시'이다. 제시를 다루는 전통적인 방법 중에서, 종속적 인물들이 주인공과 그가 처한 상황을 토론하면서(그렇게 정보를 제공하면서) 극을 시작하는 것처럼 흔한 것은 없는데, 예를 들어 『안토니와 클레오파트라』의 개막에서 필로가 데메트리오스에게 한 대사가 그것이다. 또 다른 성공적인 방법은 해설자(손톤 와일더의 『우리 읍내』에서 '무대 감독' 같은)나 서막을 포함한다. 영화에서, 이와 똑같은 수단이 종종(그리고 비연극적으로) 도입부의 사진 장면으로 행해진다.

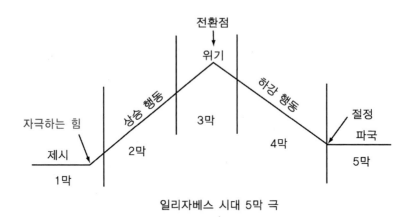

일리자베스 시대 5막 극

　직접적으로 주인공과 핵심 상황을 다루며 극을 시작할 때는 보다 더 뛰어난 기술이 필요하지만, 셰익스피어는 『리어왕』에서 이것을 능란하게 처리한다. 그 작품은 리어왕이 자신의 왕국을 분할해 주는 것으로 시작되며 이것이 수많은 연차적인 고통의 원인이 된다. 에드워드 올비의 『누가 버지니아 울프를 두려워하라?』는 조지와 마서 두 주인공 사이의 극도로 격앙된 언쟁 장면으로 시작되는데, 그들은 점점 강도 높게 극 내내 같은 종류의 언쟁을 계속한다.

도입부는 관객의 이해를 위한 필수적인 배경을 제공할 뿐만 아니라, 극의 주요 갈등을 일으키는 시점이 된다. 정적인 상황이 외부 힘의 도입에 따라 파괴된다고 말할 수 있을 것이다. 이것은 '자극적 순간' 혹은 '자극하는 힘'이라 불리어 왔다. 이것은 종종 새로운 인물(때로 '촉매'라고 부른다)이라는 형식으로 나타나는데, 새로운 행동과 반응을 자극하는 장본인이 바로 그 사람이기 때문이다.

자극의 힘 다음에 오는 것을 '상승 행동'이라 부르며 5막 양식에서 2막과 3막의 일부분을 차지한다. 이 부분에서 극의 속도는 상승하여, 사건이 행동을 진전시키고 분규를 증진시킨다. 물론, 어느 특별한 상승 행동을 토의하기 위해서는 이야기, 인물, 언어, 플롯을 언급하는 것이 필요하다. 예를 들어 『안토니와 클레오파트라』에서 상승 행동을 식별할 때 우리는 알렉산드리아에 있는 안토니에게 전해진 로마의 내전과 아내의 죽음에 관한 소식에 대해 얘기할 것이다. 이것이 이집트에서의 화려한 안토니의 삶을 파괴하는 일련의 사건의 시작이다. 이 행동은 계속 상승하거나 위기까지 다다른다.

'위기'라는 말은 분리하다를 의미하는 단어에서 유래한 것으로, 위기의 정점은 또한 '전환점'으로 알려져 있다. 이것은 행동이 절정에 이른 점으로, 그 이후부터는 반드시 한 가지 방향으로 흘러가야만 한다. 극에서 모든 것은 위기까지 올라가든가 아니면 떨어지든가 해야 하고, 비극에서 위기는 주인공이 그의 행동 진로를 바꾸는 뭔가를 발견하는 것으로 나타날 것인데, 그것은 인식이 될 것이다. 최고의 감정적 고조(절정)가 후에 올 수 있지만, 위기는 다양한 원인, 힘, 반대되는 힘이 만나 나머지 행동이 반드시 흘러가야 할 방향을 결정하는 행동 중 분규의 정점을 재현한다.[3] 『안토니와 클레오파트라』의 예를 계속하면, 위기는 안토니가 해전에서의 참패로 권력뿐 아

---

3) '위기'와 '절정'이라는 용어는 흔히 번갈아 사용되는데, 특히 현대 희곡에서는 위기와 절정이 함께 일어나는 경우가 흔하기 때문에 더욱 그러하다. 엄격히 구별하면, '위기'는 구조적 요소와 플롯 요소이고, '절정'은 관객의 흥미가 최고점에 이른 경우이다.

니라 명예도 잃었음을 인식하는 3막 10장과 11장일 것이다.

위기 혹은 전환점 후에 오는 행동은 '하강 행동'이라 부르는데, 그것은 정점 혹은 분리점부터 행동이 하강하는 것을 의미한다. 이 행동은 논리적 결과로서, 전환점에 도달하기 위한 상승 행동에서 결합된 원인의 주요 결과이다. 때때로 '비극적 힘'이라는 용어는 하강 행동을 가속화시키는 사건을 말하는데, 일종의 상승 행동을 일으키는 자극적인 힘에 상응하는 요소이다. 『안토니와 클레오파트라』에서는 안토니가 클레오파트라를 따라가기 위해 돌아섰을 때, 안토니가 도주했다고 보고하는 부분일 것이다.

하강 행동 그 자체는(또한 '회귀'라고 부르는데) 종종 긴장의 완화 장면에 의해 처음 드러난다. 그리고 이 행동은 관객의 흥미가 느슨해진 것을 암시하는 것 같지만, 파국을 지연시키고 그 상황에 새로운 흥미와 강렬함을 더하는 사건으로 활기를 띤다. 이 새로운 사건은 방향의 변화를 약속하는 듯하며, 비극에서는 자명한 결과가 뒤바뀔 거라는 희망을 약속하는 듯하다. 이러한 반작용을 '마지막 서스펜스의 힘'이라 부른다. 『안토니와 클레오파트라』에서 옥타비우스의 전령과 클레오파트라가 의견을 주고받는 4막 13장은 하강 행동의 완화 장면 같은 것이고, 4막에서 안토니가 또 다른 전쟁을 위해(물론 패배하지만) 군대를 규합하는 것은 마지막 서스펜스의 힘이다.

'파국'(문자 그대로, *하락*)은 모든 선행 사건의 피할 수 없는 결과이다. 비극에서, 이것은 보통 주인공과 다른 인물의 죽음으로 나타난다. 『안토니와 클레오파트라』에서 4막의 끝 장면은 안토니의 죽음을 가져오고, 5막에서는 클레오파트라를 사로잡기 위한 옥타비우스의 음모에도 불구하고, 이집트 여왕은 결국 스스로 목숨을 끊는다. 1막의 어리석음, 2막과 3막의 책략과 분규, 4막에서의 이들 사건을 반전시키려는 마지막 결사적인 노력은, 5막에서 클레오파트라의 마지막 노력과 병행하여 최후의 하락을 불가피하게 만들었다.

도입부, 상승 행동, 위기, 하강 행동 그리고 파국의 전통적 구조 양식은 막의 구분에서 항상 그렇진 않지만 고전극, 신고전극, 엘리자베스 시대 연극에 꽤 성공적으로 적용할 수 있다(이 같은 극은 또한 뒷장에서 논의할 용어로 이루어진 세 가지 양식으로 다룰 수 있다). 다섯 부분 양식을 단지 이것이 많은 희곡, 특히 비극에 적용될 수 있음을 보여 주기 위하여 『안토니와 클레오파트라』(완벽한 예증과는 거리가 있지만)에 적용시켰다. 실제로 비극이 종종 극적 구조에 대한 양식을 제공했으므로, 우리는 이 양식이 가장 적합한 것이 아닐 수 있음에도 불구하고, 극이 이 비극 양식에 맞지 않는다고 쉽게 작품을 평가절하할 수 있다. 그러나 '위기'와 '파국' 같은 용어는 전문적인 면에서는 중립적이고 어떤 종류의 희곡에도 분명히 있는 것임에도 불구하고, 죽음, 재난과 관련되어 그 용어를 비극에 한정시키는 경향이 있다. 실제로 모든 다섯 구분 용어가 희극이나 다른 유형의 극보다는 비극에 보다 더 적용된다는 것은 흔한 일이다.

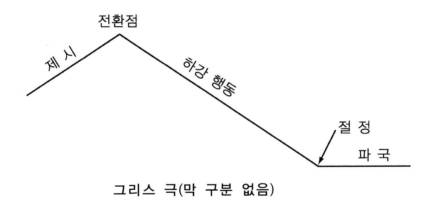

그리스 극(막 구분 없음)

고전적 구조

그리스극은 분명히 막 구분은 없지만, 다섯 구분 용어로 분석될 수 있다. 그러나 그리스극은 엘리자베스 시대 연극이나 현대극과는 달리 관습적으로 상승 행동보다는 하강 행동이 더 많이 있다. 그리스극에서의 전환점은 두 가지 이유로 일찍 나타나는데, 첫째, 행동은 전체 이야기의 마지막 몇 시간에 한정되어 있으므로, 상승 행동의 대부분이 연극이 시작하기 이전에 발생하였고, 둘째, 그리스극은 잘 알려진 전설에 근거한 것이므로, 관객들에게 알려지지 않거나 막연히 알려진 이야기보다 도입부가 덜 필요하다. 현대극은 흔히 너무 독창적이어서, 현대극 구조에 대한 용어가 단순화된 것이라도 더 많은 전개 부분을 요구한다.

현대의 3막 구조

극에서 주요한 구조적 요소를 나타내는 다른 체계가 있는데, 오늘날에 거의 사용하지도, 알려지지도 않은 것으로 고전적인 후기 그리스의 '프로타시스'(도입부), '에피타시스'(전개 혹은 상승 행동), '카타스타시스'(정점 혹은 위기), 그리고 '카타스트로피'(하락 혹은 결말)의 네 가지 부분이 있다. 보다 폭넓게 통용되는 것은 주로 자명한 용어로, '도입부'(혹은 제시), '분규'(혹은 상황), 그리고 '해결'(혹은 대단원)이다. 이러한 구분은 사실상 모든 극에 적용되며, 특별한 장르를 내포하지 않는 폭넓은 행동 양식을 암시한다. 이것은 5막 극에도 적용될 수 있고, 수많은 현대극의 흔한 3막 구분과도 잘 부합되는 이점이 있다.

도입부 혹은 제시는 어떠한 체계나 용어에도 동일한데, 그 이유는 극의 상황이 제시되어야 하고 인물에 관한 정보가 제공되어야 하기 때문이다. 이것은 일반적으로 1막 안에서 일어난다. 분규는 2막에서 일어나며, 플롯을 복잡하게 하고 행동을 추진시키는 사건을 포함한다. 3막 극에서, 2막은 강한 통고, 흔히 위기로 끝난다. 이것은 현대적 표현으로 '2막의 커튼'으로 알려졌는데, 고도의 긴장감과 막의 자극적 종결을 의미한다. 해결은 하강 행동과 다섯 구분에서의 파국을 포함하며, 현대극에서는 3막에 해당된다. '대단원'이라는 용어는 해결과 동의어로 널리 쓰이는데, 그것은 문자 그대로 풀기를 의미하며, 매듭을 묶고 푸는 것과 같은 기본적 갈등이라는 극적 구조의 해석을 암시한다.

현대극에서 사용하는 보다 간단한 용어는 훨씬 더 자유로운 구조를 나타내지만, 그것은 또한 긴장과 이완, 분규와 해결과 같은 기본적인 양식이 여전히 극 구조의 바로 핵심임을 보여 준다. 기본적인 양식이 얼마나 영속적인가를 깨닫는 방법은 할리우드 공식인, "소년은 소녀를 만나고, 소년은 소녀를 잃고, 소년은 소녀를 얻는다."를 회상해 보는 일이다. 이 공식은 이어 "소년은 소녀를 얻는다."는 말로 간단히 축약될 수 있다. 여기서 이 공식은 해피엔딩의 플롯으로 진술되지만, 양식을 뒤엎지 않고 "소년은 소녀를 얻고, 소년은 소녀를 잃는다."로 불행하게 개작하는 것은 쉬울 것이다. 이 두 가지는 제시, 분규, 해결이라는 양식에 의존한다.

현대극의 구조를 분석하기 위한 기본으로서 세 가지 구분을 사용한다면, 우리는 이러한 구분에 근거한 변형을 볼 수 있다. 조지 버나드 쇼는 입센의 극작법이 제시-상황-논쟁이라고 주장했는데, 많은 사람들이 이 세 가지는 입센의 작품보다는 쇼 자신의 작품에 보다 잘 적용된다고 말했다. 사실상 쇼의 작품은 제시-논쟁-논쟁의 양식을 보인다고 비난받았지만, 그러나 이것은 지나치게 편파적인 평일 수 있다. 쇼의 작품도, 입센의 작품 못지않게 규칙적으로 뒤얽히고 해결되는 갈등을 그린다. 그 갈등이 흔히 사상이라는 사실 때문에, 그 사상은 필연적으로 사람을 통해 제시되어야 하며, 이 사람들이 다른 사람과 갈등을 일으킬 의지를 지니고 있다는 사실이 모호해질 필요는 없다. 『헤다 가블러』(1890)에서의 입센의 현대 여성에 대한 탐구는 그 자체가 전통적인 분석에 적합하며, 심지어 희곡의 4막 구분은 고전주의 비평의 네 가지 구분, 즉 프로타시스, 에피타시스, 카타스타시스, 카타스트로피(죽음과 재난으로서의 카타스트로피의 의미 포함) 방식에도 맞는다. 『캔디다』(1897)에서의 쇼의 현대 여성에 대한 고찰은, 토론과 장황설에도 불구하고, 영원한 삼각 상황(두 남자와 한 여자)을 맴돌며, 여전히 한 남자가 그 여자를 얻고 다른 사람이 그녀를 잃는 결말로 갈등이 해결된다. 이것은 모든 극이 반드시 똑같은 방식으로 진행되어야 한다거나, 모든 구조가 동일해야 한다는 것을 말하는 것은 아니다. 이것은 단지 연극의 기본 양식이 많은 공통점을 지니고 있고, 개별적인 작품 분석에 관한 유용한 출발점을 제공한다는 것을 강조할 따름이다.

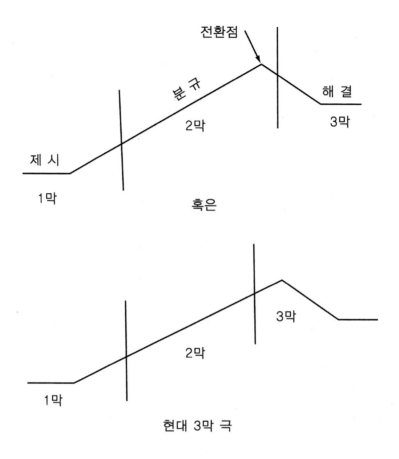

혹은

현대 3막 극

　실제로 극의 주요 요소는 종종 밑에 깔린 양식을 바탕으로 행해지는 변화와 변형이다. 우리가 그렇게 기대하므로 양식을 뒤엎거나 확인하는 데 있어 변화가 보다 강력할 것이다. 우리가 만약 『캔디다』를 사랑의 삼각관계에 관한 것이라며 관찰을 중단한다면 결코 『캔디다』를 분석한 것이라 할 수 없는데, 그것은 그 희곡을 또 하나의 '소년이 소녀를 만난 이야기'로 믿을 수 있기 때문이다. 그리고 『캔디다』가 진정으로 무엇인지 알기 위해서는, 플롯 또한 상세히 조사해야만 한다. 쇼는 영속적인 양식을 사용했으나, 그는 놀랍고도 기지가 넘치는 새로운 목적을 위해 그것을 사용했다. 그것을 이해하기 위해서는 플롯을 위해 구조를 초월해야 하고 언어와 인물을 위해 플롯을 초월해야 한다. 그러나 이것들을 모두 한 번에 취하면 쇼가 그의 작품에서 개발한 양식이 모호해질 수 있고, 궁극적으로는 그가 해낸 것의 의미가 모호해질 수도 있다.

현대극 구조

많은 현대극 속에서, 우리가 지금까지 언급한 그런 종류와 구조는 존재하지 않거나 그렇게 두드러지게 명백하지 않다. '부조리극'은 특히 해결이나 상황의 정연한 배열이 없는 한, 종종 희곡의 전통적 정전을 무시하는 듯하며, 그 용어 자체가 좀처럼 해결을 암시하지 않는다. 그러나 여기서 다시 우리는 구조가 희곡 사상에 얼마나 핵심적인가 하는 예를 볼 수 있는데, 왜냐하면 부조리극은 흔히 이 세계의 불합리성과 부조리를 우리에게 보여 주는 일에 전념하므로, 불가능한 상황의 논리적 해결을 좀처럼 바랄 수 없다. 그 대신 많은 부조리극의 순환 효과 그 자체는 가장 중요한 논평 중의 하나를 구성한다. 그 구조는 무의식적으로나마 양식, 조직, 인생의 의미를 전제로 하는 전통적 양식이 결여되어 있으므로, 절망이나 무의미라는 주제를 강화하기 위해 고안된다.

그러나 이 모든 것이 그러한 작품에는 극적인 갈등 요소가 없다는 것을 의미하는 것은 아니다. 이와 반대로, 그러한 극들은 종종 갈등 해결이 불가능하다는 것을 강조하기 위해 오히려 갈등이 많다. 우리는 부조리극과 많은 다른 현대극의 구조 문제를 갈등이 어떻게 *해결되는가*보다는 어떻게 *정교하게* 제시되는가의 관점으로 접근할 수 있다. 심지어 우리는 종종 위기로 향하는 움직임과 연이은 그것으로부터의 하강을 분간할 수 있다. 올비의 『누가 버지니아 울프를 두려워하랴?』의 경우(부조리 작품은 아니지만 또한 순수한 전통극도 아니다), 그 구조는 양파 껍질과 유사하다. 주인공들의 삶이 애증 관계의 핵심에 다다를 때까지 한 껍질 한 껍질씩 벗겨진다(상당히 눈이 맵게). 어떤 의미에서 극 전체가 제시인데, 그것은 극작가가 배경 설명을 감춰 두거나 아마 점차적으로 드러내 줄 뿐이라고 말할 수 있기 때문이다.

그러나 이것은 결국 전통적인 긴장 요소이다. 더군다나 극 전체가 상대방에게 가장 타격이 심할 곳을 공격하는 조지와 마서의 소름 끼치는 본능의 제시로 보일 수 있지만, 그들의 상호 공격은 관객의 흥이 절정에 오른 다음에 오는 위기로 치닫는 행동 양식에 매우 근접하며, 심화되는 강렬함이 있다. 올비가 3막에 각각 붙인 '재미와 놀이', '발푸르기스의 전야제', '액막이' 등의 제목은 이와 같은 기초적인 유형을 암시한다.

'재미와 놀이'는 두 사람의 관계를 설정하고 젊은 시절 조지와 마서를 비춰 주는 외부의 부부(부지중의 촉매)를 소개한다. '발푸르기스의 전야제'(튜턴족의 전설에 나오는 광란의 마녀 안식일)는 조지와 마서가 세운 모든 관계가 공격을 받게 되는 시점까지 분규를 가중시킨다. 관례적인 용어에 의해, 전환점은 조지가 그들 부부가 가공적으로 만든 아들이 죽었다고 결론짓는 2막의 커튼이 내릴 때 도달한다. 이 시점 이후, 연극이 진전되는 것은 한 가지 방향이다. 전통적인 용어로 '액막이'에서 절정은 조지가 마서에게 '아들'이 죽었음을 실제로 알리고, 이 때문에 두 사람이 최후의 결사적인 싸움을 할 때 도달된다. 이 막은 전체적으로, 조지 부부의 지난 관계의 망령을 내쫓는 일과 연루된다. 이 극은 손님 부부가 떠난 후에 조지와 마서가 수라장 같은 과거의 삶 속에서 그들 자식을 보고 미래를 명상하며 무겁게 막이 내린다. 조지는 '매우 부드럽게' '누가 버지니아 울프를 두려워하랴.' 하고 노래하고, 변모한 마서는 이전보다 훨씬 더 자신을 이해하게 되어 "나 . . . 요. . . 조지 . . . ."라고 답한다.

아마도 상황의 정교함과 그것의 해결이라는 용어 두 가지를 동시에 분석하기에 『누가 버지니아 울프를 두려워하랴?』만큼 적당한 현대극은 없다. 베케트의 『고도를 기다리며』와 이오네스코의 『대머리 여가수』('반연극'이라는 부제가 붙은) 같은 '부조리'극은 정확히 관객들이 극장에 올 때 가지는 전통적 기대감을 뒤엎는 것으로 효과를 노린다. 관객은 제시-분규-해결을 기대하지만 대신 제시-논쟁-미해결을 얻는데, 이것 자체가 극작가가 하려는 논평의 일부분을 구성한다. 그러나 연극의 오래된 양식을 진정 무시하는 부조리극(이것은 일반의 상상보다는 수가 적다)이 새롭고 유익한 방향을 제시할지는 두고 볼 일이다. 수많은 관객이 베케트의 『플레이』(1963)처럼 2막이 1막과 똑같고, 작품 자체가 흔히 정적이라고 하는 것 그 이상인 2막 극을 보기 위하여 극장에 가고 싶어 할지는 의문이다.

그러나 대부분의 극은 고도의 실험극까지도, 갈등 상황을 맴돌며 응집될 것이다. 그 상황을 다듬고 발전시키는 것은 그 극이 어떻게 합쳐지고 부분들(배경, 언어, 인물, 무대)이 어떻게 총체성에 기여하는가를 분석하는 시발점을 제시할 것이다.

장

구조를 다루는 데 있어서, 우리는 보통 막으로 구분되는 희곡의 큰 단위에 주목해 왔다. 장 또한 그 자체의 구조를 지니고 있으며, 학생들은 장의 양식을 알아야 한다. '장'이라는 말은 *천막*이라는 의미의 그리스어 *스케네*에서 유래되는데, 연기 구역 뒤쪽에 서 있는 지붕이 있는 둘러싸인 장소로 배우들이 연기를 하지 않을 때 물러나 있는 곳이다. 원어는 단지 둘러싸인 장소만을 의미했지만, *스케네*와 후에 *스케노테크*나 소도구를 넣어 두는 창고가 연극의 배경을 보강하는 데 이용되었으며, 그 후 연극에서 이 단어는 연극의 물리적 장치의 의미를 지니게 되었다. 비록 그리스 사람들 자신은 그 말을 그렇게 사용하진 않았지만 그들은 이 창고를 연극의 시각적인 범위를 늘리는 것으로 사용했으며(종종 그곳을 궁전의 전면으로 만드는), 그렇게 해서 *스케네*와 연극의 장소의 관계가 자연스럽게 이루어졌다. '장'이라는 말은 *무대 배경*과 *무대 디자인*과 같은 관련된 말들과 같이 오늘날에도 그 관계를 지속한다. 그럼에도 불구하고 이것은 이 단어를 행동의 일부분을 의미하는 것으로 사용하는 것과는 다르다. 그것에 적절한 그리스 단어로는 *에피소디온*(원래는 합창조의 송시 사이의 대사를 말하는 부분)이 있었는데, 이것은 대충 현대극의 막에 상당하는 단편을 가리켰다. 더 작은 단위는 지적되지 않았다. 그러나 오늘날 우리는 '장'을 행동이 벌어지는 장소뿐만 아니라 그 행동 자체의 보다 더 작은 단위로서 사용한다.

행동의 단편을 의미하는 '장'의 사용은 공통되는 배경막이나 물리적인 배경에 의해 개별적인 대사에 수여되는 통일성으로부터 유래한다. 그 물리적인 장치가 바뀔 때, 그 행동은 새로운 국면으로 접어든다. 르네상스 연극의 급격하게 바뀌는 장치에서, 물리적 배경은 그리스 연극에서는 유래를 찾아볼 수 없을 정도로 바뀌었다. 즉 새로운 장소마다 전체적 행동의 새로운 분절이 있었다. 그러므로 '장'이란 말은 *무대 장치*에 적용되었을 뿐만 아니라, 상당히 독자적으로 막보다 더 작은 희곡의 일관성 있는 단위에 적용된다. 오늘날 행동에 적용되는 것으로서 '장'이란 말은 하나의 물리적인 장치와의 배타적인 관련성을 중단하고, 그 행동의 장소가 변하건 변하지 않건 간에 행동의 어떤 단위에 적용된다. 이 원칙은 전반적 행동의 한 분절이 통일성과 자체의 정체성을 가졌는지의 여부이다. 그리하여 두 인물 간의 만남은 하나의 장으로 지칭되고, 행동이 한 명 혹은 여러 인물의 등장으로 앞으로 흘러갈 때, 우리는 두 개의 행위가 똑같은 장소에서 일어나더라도 다른 장이라 이야기한다. 여기서 그 기준은 분명히 극의 리듬이다. 속도에 있어서 변화가 발생할 때마다(다른 인물의 추가나 장소의 변화로 상승이건 하강이건) 우리는 다른 장이라 이야기한다.

장에 관한 좀 더 기술적인 명시에 있어(프랑스의 신고전주의 극이나 엘리자베스 시대 연극의 현대 인쇄판처럼) 새로운 장은 장소나 화자가 바뀔 때마다 구분되고 헤아려질 것이다. 그러나 현대 희곡에서는 이 같은 형식적인 분할은 별로 사용되지 않는다. 일반적으로 장소의 변화만이 절대적으로 새로운 장의 명시를 요한다. 현대극의 하나의 막은 대본상으로는 어떤 형식적인 구분 없이 다양한 인물 간의 여러 가지 장으로 구성될 수 있다. 어떠한 경우에도 이 구별은 공연보다는 인쇄 관례에 더 해당된다. 엘리자베스 시대 연극에서는 장에서 장으로의 변화가 공연 시에는 공식적으로 표현되지 않았는데, 현대 활자본에서는 그것이 매우 강조되고 있다. 물론 장소의 변화는 커튼을 내리든 안 내리든, 그리고 프로그램이 새 장을 명시하든 안 하든 간에 관객들이 인지할 수 있을 것이다. 극을 논함에 있어 우리는 총체적 작품의 어떤 통일된 작은 요소를 언급하기 위해 '장'이라는 용어를 사용할 것이다.

장이 막과 전체로서의 극의 작은 단위이기 때문에, 이론가들은 장을 극의 보다 큰 구조를 작은 범위로 요약하는 것으로 인식해 왔다. 따라서 모든 장은 전체로서의 극과 마찬가지로 상승과 하강이 있다. 그렇게 생각되므로, 장은 행동의 통일성을 지닌 에피소드이다. 이러한 종류의 장을 분석할 때, 학생들은 장이 강조하는 점과 방향을 결정하기 위해 극 전체의 일반적인 구조 양식(혹은 최소한 행동의 상승과 하강 개념)을 적용할 수 있다. 장의 구조에 관해 어떤 분석가들은 장이 극 전체의 보다 큰 다섯 부분 구조를 반영하는 것이라는 걸 발견하지만, 그 구조가 보다 작은 규모를 반영하는 것을 알려면 형식적인 장 구분을 넘어 장을 함께 모은 그룹으로 옮겨 갈 필요가 있다. 확실히 다섯 부분의 양식은 엘리자베스 시대의 소위 '파노라마식 무대'라고 일컫는 폭넓고 유동적인 무대를 명시한 극의 장에는 적용되지 않을 것이다. 셰익스피어의 작품에서 '장'이라 부르는 많은 것은 극히 짧다. 이와 같은 장이 설정되는 원리는(후에 편집자들의 결정이기 때문에) 바로 장소의 변화이다. 보다 엄격한 이론은 장이란 같은 인물과 같은 장소로 된 막의 모든 단위이기를 요구하지만, 연극을 하는 동안 다른 인물이 등장하더라도 그 장은 똑같다고 여겨지기 때문에 장소의 원칙만이 보다 자주 일컬어진다. 그러나 한 번 장소가 변하면, 그 장도 변하는 것으로 간주되었다.

아직도 장에 관한 핵심적인 쟁점은 장이 시간, 장소, 인물의 변화를 보여 주느냐 마느냐가 아니라 "장이 전체 행동에 더해지느냐?" 하는 문제이다. 즉 장이 우리의 이해와 흥미에 보탬이 되느냐, 그것이 전체의 연극을 발전시키느냐, 아무리 요약된 것이라도 그 자체의 통일성을 가지느냐 하는 것이다. 이 모든 것은 장소와 인물이나 다섯 부분 양식의 구조적 반복에 관한 엄격한 요구에 들어맞지 않는 장에 의해서도 잘 성취될 수 있다. 학생들은 다섯 부분의 분석을 많은 작품의 많은 장에 유익하게 적용할 수 있겠지만, 그러한 분석도 다음의 『안토니와 클레오파트라』에서 발췌하여 전문을 옮긴 두 장에는 명백하게 적용되지 않을 것이다.

시저: 토로스!

토로스: 네 각하?

시저: 육상으로 치지 마라. 해전이 끝날 때까지는 조용히 하고 전쟁을 일으키지 마라.
도를 지나치지 마라.
이 두루마리에 쓰인 대로 해라. 우리의 운명은 이 한 번의 공격에 달려 있다.

퇴장

《9장. 또 다른 평원.
안토니와 이노바버스 등장》

안토니: 우리의 대대를 시저의 전열이 보이도록 언덕 너머에 배치해라. 그곳으로부터
우리는 전함의 수를 볼 수 있고, 그에 따라 진행해라.

퇴장

장소와 인물의 원칙에 관한 일관성이 이 두 개의 장에서 유지되고 있지만 (비록 신고전주의적인 *장의* 연속은 아니지만) 이것을 다섯 부분의 구조로 분석하는 것은 어려울 것이다. 여기서 장을 구분한 분명한 원칙은(후에 편집자들에 의해 적용되었다) 단순히 장소 변화의 원칙이다. 그러나 장으로서 취급될 때 이 발췌문은 나름대로의 통일성과 작품 속에서 상당한 중요성을 지니고 있다. 무엇보다 먼저 장소가 그렇게 빨리 바뀌는 것은 이 막의 이 부분을 위해 고안한 속도에 도움이 된다. 장과 대사의 빠른 속도는 전쟁의 흥분과 움직임을 암시한다. 바로 그 배열이 속도의 가속화를 요구한다. 관객은 무대 위를 질주하는 병사들에게 고조된 관심을 보이지 않을 수 없다. 그리고 이곳의 막이 넓다는 것을 인식하지 않을 수 없다. 영화 편집의 효과와 같이(셰익스피어의 기술이 종종 비교되어 온) 평원의 한쪽에서 다른 곳으로 이곳에서 번쩍, 저곳에서 번쩍하며, 단편에서 하나의 총체적인 상을 축적한다.

이 두 개의 짤막한 장은 그 극의 전후 관계에서 더욱더 큰 역할을 한다. 그것은 옥타비우스 시저가 해전을 결정함으로써(그는 해전에 강하다) 전략적으로 우월하다는 것을 보여 주고, 안토니의 해전을 받아들이는 어리석음

(그는 해전에 약하다)을 즉시 대비시켜 나타낸다. 결국 8장과 9장이 3막(13개의 장으로 구성된)의 위기에 선행되어 그것을 형성한다. 그 위기는 다음 장에서 보고된 안토니의 해전에서의 패배와, 그 군사적인 패배에 연이어 뒤따르는 개인적인 위기이다. 이 두 장의 각각의 대사와 동작은 3막의 행동과 관련 있으며, 궁극적으로는 극의 총체적 행동과 관련이 있다. 이 두 장은 이 극의 전반적인 상승 행동의 일부분이고, 좀 더 작은 규모로는 3막의 연속적인 전쟁에서 상승 행동에 속한다. 구조를 분석함에 있어서 우리는 작품이 나아가는 방법을 이해하기 위해 각 장의 연관성을 결정해야 한다.

앞서 언급했듯이 플롯 구조는 항상 극 자체 속의 사건으로 우리를 회귀시킨다. 그렇게 하는 것은 잘하는 것인데, 회귀한다는 것은 사건 저변에서 식별해 낸 추상적 양식이 구체적인 사건과 극의 요소에 의해 입증되어야 하고 그렇지 않으면 극이 생명력을 잃게 된다는 것을 상기시키는 것이기 때문이다. 무엇보다 먼저 플롯과 구조는 반드시 극의 언어와 인물에 대한 관찰로 이끄는데, 그것은 이들이 극적인 경험을 그렇게 생생하고 직접적인 것으로 만드는 현존성을 극에 부여하기 때문이다.

3장 희곡의 언어

　말의 종류와 선택을 의미하는 언어 혹은 화법은 인물과 복잡하게 뒤얽힌 관련 때문에 연극에 있어서 고립시키기 가장 어려운 요소 중의 하나이다. 희곡의 언어의 적합함을 판단하기 위해서, 우리는 그것이 말하는 인물과 얼마나 잘 맞아 들어가는가를 고려해 본다. 우리는 인물을 크게는 그가 사용하는 언어에 의해 파악한다. 우리는 계통을 파괴할 수 없다. 우리는 단지 차례대로 각각의 부분을 강조할 수 있을 뿐이다. 결과적으로, 본 장은 언어에 관해 집중적으로 다룰 것이며, 다음 장에서는 인물에 관해 다룰 것이다.

　소설과 여타 문학 형태가 대사를 가질 수 있거나 보통 가지고 있다 하더라도, 희곡에서만이 대사가 언어의 *전부*이다. 지문을 제외하고 극작가는 다른 어떤 말도 사용하지 않는다. 따라서 대사는 소설 혹은 시에서보다 연극에서 더욱더 중요한 역할을 하고 있다. 모든 실용적인 목적에서 연극의 언어에 관한 연구는 극적인 대사에 관한 연구이다. 물론 지문에 적절한 자리가 있는데, 그 자리가 무엇인가를 조사함으로써 시작할 것이다. 그러나 그것을 성립시키거나 깨는 것은 바로 희곡의 대사이다.

　희곡의 대사가 그렇게 중요하기 때문에 우리는 본격적으로 그것의 많은 부분을 요구한다. 대사가 성취하기를 적절히 요구할 수 있는 모든 직무 가운데서 대사가 진정한 희곡의 과업에 이바지하는가 하는 것이 가장 두드러진 것이다. 우리가 기억하기에 희곡의 진정한 과업은 행동의 모방이다. 대사(그리고 그 문제에 있어서 지문)는 필수적인 것임에도 불구하고, 희곡의 한 가지 구성 요소이며, 유일한 요소이다.

대사의 우위성에도 불구하고 희곡의 언어에 관한 연구를 지문으로 시작할 것인데, 그것은 지문은 일상생활의 언어와 같지만 극적인 대사의 특별한 언어와 똑같은 목적으로 설정되었기 때문이다.

지문

옛날 희곡에는 지문이 거의 없었다. 초기 극작가들은 보통 특정한 극장 혹은 극단과의 친밀한 관계를 즐겨서, 광범위한 지문이 필요 없었다. 그러나 현대극에서는 작품이 먼저 쓰여지고, 그리고 그 극을 위한 연출가를 찾고 극단을 모집했다. 이러한 이유 때문에 지문은 확실한 도움이 된다. 그러므로 실질적으로 현대극에서만 행동이 발생하는 장소와, 등·퇴장의 일반적 표시뿐만 아니라 성격과 그 분위기에 관한 정보를 제공하는 참으로 광범위한 지문을 발견한다. 그러한 희곡에서 독자들은 특별한 매력과 행동에 관한 그림을 채울 정보의 원천을 갖게 된다.

지문은 광범위하건 혹은 간단하건 간에 그 스스로 설명한다. 그것은 극단이 무대 위에서 작품을 현실화하는 것을 돕는 지침서이다. 그것은 시간과 장소의 설명으로부터 특정 행동에 관한 지시와 인물에 대한 해석까지 범위가 미친다. 주주이자 때로는 그의 희곡을 공연한 극단(왕실극단)의 연기자였던 셰익스피어는, 엘리자베스 시대의 프롬프터 대본은 아마도 지문으로 가득 차 있을지라도, 우리가 보는 인쇄물에는 비교적 적은 지문을 제시했다. 셰익스피어의 지문은 입장과 퇴장(이것도 항상 있진 않지만) 이상의 것을 거의 지시하지 않으며, 행동이 발생하는 장소(이것도 항상 그러하지 않지만) 이상의 것을 거의 지시하지 않는다. 따라서 보다 광범위한 셰익스피어의 지문이 있으면(햄릿이 무대에 처음 등장하기 전의 지문 같은, 즉 "*햄릿 등장, 책을 읽으면서*" 등) 우리는 그것을 매우 가치 있게 평가한다. 우리는 셰익스피어가 원했던 햄릿의 상에 관한 많은 부분을, 그가 작품 속에 썼던 지문에 의해 정당하게 추론해 볼 수 있다.

현대극에서는 지문이 너무 많기 때문에 초창기 희곡과는 반대되는 상황이 펼쳐진다. 중요한 요소들이 세세한 덩어리 속에 묻혀 있기 때문에, 그것을 간과할 수도 있다. 현대 극작가는 행동에 대한 논평 이상의 광범위한 지문을 사용한다. 지문은 배경, 인물 연구, 때로는 방이나 장소의 외형에 관한 세부 사항을 제공한다. 사실주의 연극의 목적이 실제적인 장소와 환경을 눈으로 볼 수 있게 하고 그 중요성을 상징적으로 강조하고 있기 때문에, 초창기에는 대사에 의해 암시되었던 많은 부분이 현대극의 지문에서는 대신 상세하게 설명된다. 독자는 극작가가 창조하려고 하는 분위기와 기분을 감지하기 위해 이러한 지문이 필요하다. 관객은 이러한 분위기와 기분을 공연을 통해 제공받는다. 그러나 이러한 제공도 대본의 지문에 의존할 것이다.

지문에 열중했던 극작가의 고전적 예는 조지 버나드 쇼였다. 그는 지문을 인용하는 모든 방식으로 사용했고, 뿐만 아니라 보통 그의 작품은 때로는 극의 즉각적인 관심사와는 거리가 먼 광범위한 주제에 걸친 방대한 서론으로 갖추어져 있다. 쇼의 서문이 전혀 지문이 아니라 하더라도, 쇼의 작품에서는 때로 언제 지문이 끝나고 언제 일반적인 쇼 방식의 논평이 시작될지 말하기 어렵다. 그의 작품 『시저와 클레오파트라』를 예로 들면, 관례적인 서문과 긴 지문이 있지만 그것은 또한 두 개의 서막, 혹은 한 개의 서막과 그 대체물, 그리고 끝머리에 "클레오파트라의 대머리 치료"와 클레오파트라, 브리타누스, 줄리어스 시저의 성격과 같은 문제를 다루는 여러 쪽의 주석이 붙어 있다.

이러한 자료가 도움이 되긴 하지만 그것이 극적 언어의 핵심은 아니다. 대사가 그것이다. 학생들은 한 구절의 지문과, 대사 하나만 읽으면 각각에서 전혀 다른 뭔가가 일어나고 있다는 것을 인지하게 된다. 지문이 정보를 주는 산문의 본질이 있다면, 반면 대사는 구어체 언어이며, 열띤 논쟁이 백과사전의 설명과는 다르듯이 지문과도 다르다. 연극의 진정한 언어를 이해하기 위해, 우리는 극적인 언어 그 자체의 특별한 본질을 알아야 한다.

대사

'대사'란 말은 그리스어에서 유래된 것이며, *대화하다*는 뜻을 지닌다. 따라서 이것은 적어도 두 사람의 화자를 전제로 한다. 그러므로 우리는 A, B 두 사람 사이의 대사를 생각한다. 이 말은 또한 개별적이고 집단적인 극 속의 모든 대사를 의미하게 된다. 그러므로 우리는 한 인물에 관한 특정한 대사, 혹은 두 사람 혹은 그 이상의 인물들 간의 대사, 혹은 전체 희곡의 대사에 관해 언급할 수 있다.

연극이나 다른 형태 속의 모든 대사는 말하는 사람의 특성을 나타낸다고 추정할 수 있으므로, 어떤 의미에서는 정보를 주는 것이다. 우리는 모든 대사가 주어진 순간의 분위기와 기분에 기여한다고 추정할 수 있다. 대사가 둘 혹은 그 이상의 사람들 사이의 일종의 만남을 전제로 하기 때문에, 우리는 감히 모든 대사는 본질적으로 극적이라고 말할 수 있다. 그러나 극적인 대사는 특별한 의무, 힘, 그리고 한계를 지닌다. 극적 대사의 특별한 본질은 필수적으로 그것이 성취해야 하는 기능에서 비롯되며, 이러한 것들은 드라마 그 자체의 본질에 의해 정해진다.

극적 대사는 극작가가 희곡의 행동에 관한 개념을 현실화하기 위한 주요 수단이다. 그것은 희곡의 신성한 요소로 남는데, 그 이유는 쓰인 대사는 공연하기까지는 희곡 그 자체이기 때문이다. 그러므로 최고의 지문은 대사에 의해 요구된 것이다. 한 인물이 행동 속에서 발생하는 어떤 것에 관해 논평할 때, 그것은 반드시 그때 발생해야 하며, 그렇지 않으면 희곡을 다시 써야 한다. 왜냐하면 극적 대사는 극작가의 제1의 도구이므로 극작가는 이것을 효과적으로 사용해야 하는 의무를 지니는데, 그렇지 않으면 그의 희곡은 실패한다. 소설가와는 다르게 극작가는 그의 관념을 전달하기 위해 문어체 서술문 속에 피신할 수 없다. 그것은 대사에 의해서나 대사가 명하는 행동에 의해 전달되어야 한다. 그러나 극작가는 극적 대사만 유일하게 가장 폭넓은 진술을 가능하게 한다는 사실에 의해 보상을 받는다. 극적 대사는 소설 속의 인물이라면 어색하거나 터무니없어 보일 말을 인물이 하게끔 허용한다.

연극의 상황에서 나오는 극적 대사는 경제성, 적합성, 속도 그리고 기교로서 특징지어질 수 있다. 경제성은 행동의 우위성 때문에 무대 대사가 단순히 기분이나, 어조, 순간적인 의향을 지시할 수 없다는 것을 의미한다. 그것은 또한 행동을 진전시켜야 한다. 대사에서 움직임의 어떠한 소모도 있을 수 없다. 이것은 모든 대사가 반드시 속도가 빠르거나 간결해야 한다는 것을 의미하는 것은 아니다. 즉 그것은 대사가 직면한 상황에 맞고 상황을 발전시키고 앞으로 추진시키기 때문에, 관객의 흥미를 유지시켜야 한다는 것을 의미한다. 수없이 많은 경우, 길고, 기준에 맞는, 심지어 느린 속도의 대사도 이렇게 할 것이다. 그럼에도 불구하고, 이와 같은 대사는 예를 들어 나름대로는 어울리겠지만 헨리 제임스의 소설의 대사에서는 찾아볼 수 없는 경제성을 지닐 것이다.

극적 대사의 적합성은 두 가지 면을 지니고 있다. 대사는 어떤 작품의 인물에도 적합해야 하지만, 희곡에서 적합성은 인물의 성격뿐만 아니라 직면한 상황도 포함한다. 대사는 한편으로는 분명하고 명민한 모든 방식으로, 말하는 사람에 적합해야 하며, 다른 한편으로는 상황과 말이 건네지는 사람들에게도 적합해야 한다.

경제성과 적합성은 물론이고, 우리는 극적인 대사에서 속도의 필요성을 인식할 수 있다. 대사는 독백에서라도, 인물이 대사를 하기 위해 행동을 중단하는 경우는 결코 있을 수 없다. 이러한 것은 후에 토의되겠지만, 지금은 독백 그 자체가 속도를 가지고 있으며 그 속도는 주변 장의 속도와 전체로서의 희곡에 관련된 것임을 강조해야 한다. 밀턴의 서사시 『실낙원』의 제5권에서 8권 사이에 천사 라파엘은 아담과 담화한다. 대부분은 라파엘이 이야기하고 아담은 가끔가다 평을 한다. 이 대사는 라파엘이 아담에게 천국에서의 전쟁사(즉 과거의 사건)를 말하는 것이므로, 어떠한 행동도 요구하지 않는다. 모두 합치면 약 삼천 행이 라파엘의 이야기에 충당되고 있는데, 거의 셰익스피어의 한 작품 전체에 해당하는 길이이다. 밀턴의 대사는 훌륭하게도 그의 목적과 서사시의 본질에는 부합되지만, 극적 대사에는 그렇지 못하다.

 끝으로 대사는 소위 기교라 불리는 특성을 지닌다. 아마도 이것이 무엇보다 가장 중요하다. 그것은 극적 대사의 모순은 대사가 자연스럽게 들리기 위해 반드시 인위적이어야 한다는 것이다. 아마도 늘 제때에 딱 들어맞는 말을 하는 사람은 거의 없을 것이다. 예를 들어, 사건이 발생한 *후*에 반박할 말이 생각나지 않은 사람이 어디 있겠는가? 그러나 희곡에서 인물들이 말 때문에 당황하는 경우를 발견하기는 거의 드물지 않은가? 햄릿이 극도로 긴장한 순간에도 그 자신을 고상하게, 고귀하게, 감동적으로 표현하는 것을 우리는 당연하게 받아들인다. 그 사실을 인식하든 않든 간에 우리는 극적 대사의 인위성에 관한 관례를 받아들인다.

 대사는 교묘하게 고안되어야 하기 때문에, 희곡을 문학적인 면에서 간주하는 것은 적절하다. 친구들 사이의 가벼운 대화에서 문학을 기대할 수는 없지만, 희곡의 대사에서는 그것을 기대한다. 우리가 극장에 가는 이유가 바로 이 부분이다. 이것은 대사가 반드시 조작적이거나 인위적인 것같이 *들려야* 하는 것을 의미하는 것은 아니다. 그것은 단지 현실에서는 인위적으로 *들린다*는 것이다. 이것은 또 하나의 연극의 역설인데, 특히 사실주의 연극에서 우리는 대사가 '자연스럽고', '현실적이고' 혹은 '납득이 가는' 것이라 확신할 때 매우 칭찬한다. 심지어 비사실주의적 연극에서도 우리는 연극의 관례 속에 주어진 대사는 그것 자체의 범주 내에서 설득력 있고 납득이 가는 것이어야 한다고 기대한다. 다시 말해서, 리어왕을 극장 밖에서 만날 것이라 믿지 않지만, 희곡을 판단함에 있어서, 우리는 리어왕이 그처럼 말하기를 기대한다. 우리는 리어왕이 아무리 정확하게 말할지라도, 웨일즈의 광부 혹은 캘리포니아의 파도 타는 사람의 언어로 말한다면 상당히 *부*자연스럽다는 것을 발견할 것이다. 대사에 대해 수많은 요구가 이루어진다는 것을 인식한 극작가는 대사를 통해 성격, 어조, 기분, 행동을 동시에 유지시켜야 한다. 이 모든 것이 한 편의 희곡으로 되어야 한다. 이러한 일에 있어서의 성공은 오로지 기교적인 노력을 통해서만 얻게 된다.

대사의 관례

　우리가 말한 대사는 그 자체가 하나의 관례로, 즉 극작가와 관객의 동의하에 생겨난 것이다. 언어는 최종 분석에서 항상 적절한 것이므로, 연극에 관련된 모든 사람들은 인물이 자신과 다른 인물에 관한 것을 드러내는 방식과, 희곡의 행위를 진전시키는 방식으로 말한다는 것에 일종의 협약으로 동의한다. 이러한 동의는 연극 그 자체의 관례의 일부분이다. 그것이 없다면 연극은 존재할 수 없다.

　대사에 덧붙여서, 주어진 시대의 고유한 연극 공연의 특별한 관례가 있다. 이것의 가장 두드러진 것은 시극으로, 여전히 현대극에서 이따금씩 마주치는 유형이다. 그러나 고전극과 르네상스 극에서는 시극이 예외가 아니라 규칙이었다. 연극에서의 운문의 문제는 후에 다룰 것이며, 여기서 우리는 인물이 대사를 하는 방식으로서 운문을 인정하는 관례는 주로 종속적인 관례를 만들어 낸다는 것을 강조해야 한다. 이와 같은 부차적인 관례의 하나가 독백인데, 이것은 또한 현대극에서는 거의 생소한 엘리자베스 시대 시극에서 나온 대사의 관행이다. 이것은 학생들의 관심을 끌기에 충분히 가치가 있다.

　'독백'은 혼자 *이야기하는 것*을 의미한다. 엘리자베스 시대 드라마의 모든 독자들은 독백과 친밀한데, 특히, 『햄릿』의 유명한 독백에 친숙하다. 독백의 원칙은 전적으로 인위적이다. 독백은 일종의 자기 자신에게 말하는 것이지만, 그것은 그보다 더 예리하게 설정되어 있다. 엘리자베스 시대 연극에서 인물은 보통 매우 긴장된 순간에 독백을 한다. 이러한 대사는 중얼거려서는 안 되고 분명하게 전달되어 관객에게 충분한 효과를 거두어야 한다. 독백에서 화자에겐 무대 위에 응답자가 없다. 그는 관객을 위해 큰 소리로 생각하는 것이다. 그러므로 독백은 항상 자신을 진심으로 바라보는 인물을 재현한다. 그것은 결코 관객에게 잘못된 정보를 주거나, 오도하거나, 혹은 그 순간 다른 인물을 끌어들여서는 안 된다. 화자가 충분히 자기 자신을 이해하지 못하거나 관객이 그를 보는 것과 똑같은 견지에서 자신을 보지 못 할 수도 있지만(『리어왕』의 사생아 에드먼드가 그 예다), 대부분의 경우 그는 자기 자신과 발생한 사건을 이해하기 위해 애쓰는 인물이다. 고급 드라마와 심오한 인물 분석의 순간은 독백 속에서 이루어질 수 있다.[1]

초기 연극의 또 다른 관습인 '방백'을 독백과 혼동해서는 안 된다. 방백에서 화자는 직접적으로 관객 혹은 무대에 있는 인물 중 몇 사람(전부가 아니다)에게 말한다. 방백은 관례적으로 독백보다 짧으며, '무대 속삭임'으로 전해지는 단 한 줄의 대사만으로도 구성될 수 있다. 특히 방백은 일어나고 있는 행동을 논한다. 방백은 사고의 산물인데도 불구하고, 독백처럼 사고의 과정을 보여 주지 않는다. 우리는 아마 구식의 멜로드라마에서 지금은 희극적인 악한의 방백에 친숙하지만, 그것만이 단 하나의 가능한 종류는 아니다. 방백은 희극에서 빈번히 사용되었고, 특히 동정심을 유발하는 책략가가 그의 계략이 맞아떨어지는 것을 관찰할 때 이용된다. 독백과 마찬가지로, 방백은 고도로 세련된 연극에서만 가능한 대사의 관례이며, 그 연극에서 관객은 한 장면을 단지 엿듣거나 엿보는 시늉을 해서는 안 되지만, 연극의 인위적 본성이 관객과 연기자에게 자유롭게 받아들여진다. 현대극에서는 손톤 와일더가 상당한 효과를 거두며 사용했다.

과거의 보다 더 세련된 연극에서 나온 대사의 다른 관례가 있는데, 말싸움(풍속 희극에서 재치 있는 말의 교환)이나, 희곡의 서언과(이나,) 에필로그를 전하는 화자의 이용과 같은 것이다. 엘리자베스 시대 연극에서 그러한 화자는 종종 고전적인 합창 무용에서 파생된 것으로 '코러스'라 불렸다. 그러나 때때로 코러스를 사용했던 셰익스피어는 또한 주요 인물인 프로스페로가 『태풍』의 에필로그를 말하게 한다. 에필로그나 서언은 중간 전달자 없이 관객에게 전해졌고, 관습적으로 운이 맞는 이행 연구로 되었다. 서언은 주로 극작가가 보여 주려는 '보잘것없는 수고'에 대해 관객이 몰입하기를 바라는 것이며, 에필로그는 관객이 공연을 즐겼고 그의 작품을 호의적으로 생각하기를 바라는 극작가의 희망을 나타낸다.

---

1) '모놀로그'라는 단어는 독백과 동의어로 쓰이지만, 대개의 경우 이 용어는 한 연기자가 여러 역을 맡아하고 그에게 닥친 경험과 그에 대한 반응을 얘기하는 특별한 극작술을 지칭한다.

대부분의 이 같은 극적 언어의 관례는 현대극에서는 찾아볼 수 없는데, 그 이유는 그것이 현대극이 가장 추구해 온 현실의 환상을 약화시키는 경향이 있기 때문이다. 모든 것 중에서 독백이 사라진 것이 가장 유감스러운 것일 수 있는데, 이 관례는 극작가로 하여금 어떤 소설가나 시인보다 인물의 성격을 통찰할 수 있게 하였기 때문이다.

대신, 근래 희곡, 예를 들어, 아서 밀러의 희곡에서 우리가 발견할 수 있는 것은 독백을 상기시키는 장치를 지닌 실험이다. 『세일즈맨의 죽음』에 나오는 윌리 로만이나 『전락 이후』의 캔턴 등 밀러의 인물들은 회상하거나 사색에 잠긴다. 그리고 관객을 위해 그들의 사상은 안개를 관통하는 것처럼 종종 인물과 사건의 등장을 통해 무대 위에 형체가 부여된다. 묘사된 사건의 의미는 항상 이른바 사건을 불러일으키는 인물의 사고 기능이다. 『전락 이후』는 확대된 독백처럼 주로 한 인물의 마음을 투영하는 것이다. 관례적인 사실주의를 통해서는 불가능했던 효과를 얻기 위한 다른 기술은 베르톨트 브레히트와 손톤 와일더 같은 작가들에 의해 실행되었고, 이들은 인물들이 직접 관객에게 말을 건네는 극을 썼는데, 이러한 방법으로 현실의 환상은 브레히트의 소위 '소외 효과'에 의해 깨어진다. 『우리 읍내』에서 와일더는 또한 환상을 깨는 해설자로서 무대 감독을 이용했으며, 관객을 행동의 상징적인 분위기로 이끌고 간다. 똑같은 장치가 테네시 윌리엄스의 『유리동물원』에서 사용되었는데, 여기서 해설자인 탐은 또한 이 이야기의 주인공 중 한 사람이다.

이러한 모든 고안의 핵심인 독백, 직접적인 연설, 사상의 시각화 등은 단순한 대사를 넘어 극작가의 전체적인 관념과 극적인 재현 방식의 틀까지 포함한다. 그러나 대사의 경우, 이러한 인위적인 관례를 학생들은 의식적으로 인위적인 것으로 인식해야 하고 연극에서(종종 매우 효과적이고 감동적일 뿐만 아니라) 필수적인 것으로서 받아들여야 한다. 단순한 말 교환의 변형은 일반적으로 극의 범위를 확대하고 극작가가 그의 개념을 보다 완전하게 전달하게 해 주는 장치이다.

운문극

   최초의 희곡은 시에서였다. 그리스극은 운율적으로 보다 복잡한 합창 형식의 송시가 번갈아 나오는 대사를 약강격으로 그린다. 영국에서 시는 17세기를 지나서까지 인정된 형식(적어도 비극과 진지한 극에 있어서는)이었다. 엘리자베스 시대 연극은 약강 5보격 무운시로 쓰였다. 약강격은 시의 각 단위(음보라 불리는)가 두 개의 음절을 가질 때, 두 번째의 음절이 강조되고 첫 번째 음절은 약하게 발음되는 것을 의미한다. 즉 *today, beside, at once* 에서 같이 ⌣— (약음, 강음)를 말한다. 5보격은 각 행에 5개의 단위, 혹은 음보가 있음을 의미한다. 그러므로 약강 5보격은 한 행에 다섯 개의 *약강 음보*를 가진 시이다. 전체적인 시행은 강세가 짝수 음절들에 주어지므로 열 개의 음절을 포함할 것이다. 무운시는 시에 운이 없는 것을 의미한다.

   이와 같은 명칭은 단순히 기술적인 최소치를 제공하며, 그 자체로는 거의 운문극의 미묘한 리듬과 특별한 매력을 설명하기 어렵다. 그것은 시적 기술에 대한 세심한 고찰을 향한 첫발자국으로 받아들여질 수 있다. 게다가 약강 5보격은 시형의 많은 양식 중 하나일 뿐이다. 이것의 중요성은 이것이 영어 운문극에서 광범위하게 사용된다는 데 있다. 이것은 또한 그것이 연극적 유형 외에서 항상 무운으로 되는 것은 아니지만, 설화시, 서정시 등 모든 시에서 영어로 가장 광범위하게 사용되는 운문 형식이다. 그것은 약강 5보격 시가 시극의 지배적인 형식이며, 영어권 연극 학도들이 잘 알아야 할 하나의 형식이기 때문이다.

   극작가가 약강 5보격의 한도 내에서 창조할 수 있는 대사의 다양성은 엄청나다. 셰익스피어의 생애를 통하여, 우리는 운율의 엄격한 준수에서부터 가장 느슨하고 가장 가공적인 것까지 그가 이러한 운문을 사용하면서 끊임없이 발전시키고 다듬은 것을 알 수 있다. 초기 셰익스피어의 작품인 『리처드 2세』에 나오는 건트 존의 다음과 같은 대사는 상당히 규칙적이고, 때로는 운이 있는 약강 5보격의 예이다.

오, 하지만 죽어 가는 사람의 말은

장엄한 음악처럼 경청하지 않을 수 없고

말수가 적을수록 함부로 흘려버릴 수는 없다고 하는데

그건 고통 속에서 숨 쉬는 그들의 말속에는 진실이 숨 쉬고 있기 때문이오.

마지막 말을 하는 사람의 말은

겉치레 말을 하는 젊고 안이한 이들의 말보다 더 경청하게 되오.

인간의 종말은 이전의 그의 삶보다 더 주목받게 되고

지는 해와 끝나가는 음악도

달콤함의 끝맛처럼 달콤함이 지속되오.

오랜 과거사보다 더 기억 속에 새겨지기 마련이오.

나의 삶의 조언은 들으려 하지 않았지만,

리처드도 나의 죽음의 슬픈 이야기엔 귀를 기울이려 하네.

(2막 1장 5-16)

전술한 12행에서 적어도 10행은 운이 맞는데, 아마도 이 극의 일반적인 경우보다도 약간 더 많은 것이다. 이러한 운율은 일반적으로 규칙적이다[그러나 행의 시작에서의 변화를 주시하고, 특별히 약약강격(∪∪—)과 강약격(—∪)으로 시작하는 9행과 10행을 주시하라]. 학생은 리듬과 의미를 놓치지 말고 그러한 운문을 읽는 법을 배워야 한다. 전술한 예에서 대표적인 행의 엄격한 운율 기호[2]를 다음과 같이 읽을 수 있을 것이다.

심오한 음악처럼 주목하게 만드네

Enforce attention like deep harmony

그러나, 음절 'force'와 음절 'ny'에 똑같은 강세를 주는 것은 이치에 어긋나는 반면, 정상적인 강세를 주는 것은 강약약격(—∪∪)으로서의 조화

---

2) 위의 예에서, 엘리자베스 시대의(현대가 아닌) 발음은 attention에서 'on'이 개별적인 음절의 특질을 지닐 것이다. 그러므로 괄호를 치고 약세 표시를 했다. 이와 같이 예외적인 약세 음절 외에도, 약강 5보격에서 흔히 볼 수 있는 변형은 특히 연의 시작이나 끝에 다른 4개의 잘 알려진 운율 음보를 사용하는 것이다(트로키: 강약, 아나페스트: 약약강, 댁틸: 강약약, 스폰디: 강강).

운율과 운율 분석을 더 자세히 알고자 하면, 학생들은 시의 일반적인 개론이라 할 수 있는 야곱 코르그의 『시 입문』(New York: Holt, Rinehart and Winston, Inc., 1964)의 페이지 20부터 31까지 참고할 것.

를 연출할 것이다. 조화를 이룬 마지막 음절이 'force'나 'har'보다는 약하지만 정상적인 강세보다는 더 큰 강세를 받는다는 절충안은 충격적임에 틀림없다. 운문의 대사는 계속적으로 소리에 의미를 그리고 의미에 소리를 잘 맞출 것을 요구한다. 각각의 희곡은 약강 5보격을 기본으로 하는 어느 정도의 변화와 그 자체의 리듬을 갖는다. 셰익스피어의 후기작 『태풍』의 다음 대사는 대조를 보여 준다.

> 우리의 잔치는 이제 끝이 났다. 우리의 연기자들은,
> 내가 앞서 말했듯이, 모두가 정녕들이고
> 공기 속으로 사라졌다.
> 기초 없는 건축물의 환영처럼,
> 구름에 덮인 탑들도, 호화스런 궁전도,
> 엄숙한 신전들도, 거대한 지구 자체도,
> 그렇지, 존재하는 모든 것들은, 녹아서,
> 이들 사라져 간 환상적인 광경처럼
> 어떠한 황폐함도 남기지 않는다.

(4막, 1장 148-156)

9행은 운율이 없다. 두 행은 행의 중간에서 문장이 끝난다. 아마도 그 구절에서는 어떠한 행도 전적으로 규칙적인 약강 5보격의 행이 아니지만, 전체적인 리듬은 부인할 수 없다. 따라서 동일한 극작가라도, 생의 여러 단계에서 다른 소재를 가지고 동일한 기본적인 운율 형태 내에서 모든 방법의 변화를 시도해 볼 수 있다.

극작가들 간의 차이점은 어쨌든 매우 크다. 학생이 운문극의 어조와 리듬을 이해하려 한다면 운문의 특성인 그러한 차이점들을 이해해야만 한다. 더군다나 이와 같은 문제들은 단지 서두일 뿐이다. 연극 언어, 특히 풍부하게 채색된 운문극의 언어는 다른 문학 작품의 언어와 마찬가지로 똑같이 주의 깊게 분석해야 마땅하다.

시행의 작시법, 운율, 리듬은 운문극 특성의 일부에 불과하다. 최근에 셰익스피어나 말로와 같은 극작가의 언어 심상에 상당한 관심이 쏠리고 있다.

희곡 독자들은 그러한 문제에 특별한 관심을 보이는 입장에 있는데, 그것은 그들이 구절을 읽고 또 읽을 여유가 있기 때문이다. 이어, 이것은 독자가 그를 도와줄 공연을 볼 수 없을 때 작품의 짜임새를 경험하는 방법이 된다.

심상에 의해서, 문학 비평은 감각에 호소하는 언어의 총체적 복합성을 이해한다. 하나의 형상은 근본적으로 하나의 그림이다. 그러므로 우리가 생각하는 첫 번째 종류의 심상은 시각적이다. 『로미오와 줄리엣』에서 밀실의 로렌스 신부는 날이 밝는 것을 묘사한다.

> 회색 눈빛의 아침이 찌푸린 밤에 미소를 짓고,
> 장기판 무늬를 한 동쪽 구름이 흐릿한 줄무늬로
> 얼룩진 어둠이 술고래처럼
> 태양신의 불같은 바퀴와 밝은 길로부터 비틀어지누나.3)
>
> (2막, 3장, 1-4)

이것은 주로 색채(회색 눈빛의)와 시각적 대조(줄무늬와, 얼룩진 어둠)를 통해 눈에 호소한다. 많은 심상은 이러한 종류이다.

그러나 티. 에스 엘리엇의 『가족 재결합』(1939)에서 해리의 다음과 같은 대사 속의 언어에 관해 말하면서 우리는 또한 심상이라는 용어를 사용한다.

> 당신들은 모른다
> 하수구에서 거칠고 유독한 냄새가 나는 것을. . . .
> 새벽 3시 고풍의 침실에서의 말하지 않는 슬픔의 소리,
> 나는 내 자신의 경험을 말하지 않고
> 단지 보다 친밀한 수단에서
> 비교하게 하려 할 뿐이다. 나는 지독한 냄새와
> 새벽의 슬픔으로 찬 옛집이고

---

3) 엘리자베스 시대 연극에서 과거 접미사(-ed)가 개별적인 음절로 발음되는 것을 나타낼 때 사용된 두 가지 인쇄 관례를 주목하라. 하나는 뚜렷한 강세 부호로 이와 같이 발음되는 모든 음절을 표시하는 것으로, 'And fleckèd darkness'와 'grey-eyed morn'이다. 다른 방법은 'e'가 발음될 때*만* 글자를 적고, 아닐 때는 다음과 같이 소유격 부호로 나타내는 것으로, 'The grey-eye'd morn'과 'flecked darkness'이다. 후자는 엘리자베스 시대 관행에는 가까웠으나 현대 독자에게는 뚜렷한 강세 부호만큼 의미가 크지는 못하다. 그러나 학생들은 두 가지 방법을 다 알아야 하고, 희곡을 읽기 전에 주어진 교본은 어느 방법을 사용하고 있는지 판별해야 한다.

이 모든 것 안에서 과거는 현재이며, 모든 타락은
상환할 수 없다.[4]

　앞의 구절에서, 방의 어둠에 대한 암시를 제외하고는, 심상은 다른 감각, 후각, 청각, 심지어는 촉각에까지 호소한다. 시인도 말하듯이, 그는 '보다 친밀한 매개체로 비교할 수 있게' 애쓰고 있다. 심상은 우리가 체험한 것에 호소하는 언어의 사용으로, 정신과 감정의 상태를 똑똑히 알게 해 준다.

　학생들은 이러한 것을 『맥베스』에서 의상의 심상, 『햄릿』에서의 질병의 심상, 『오셀로』에서의 동물 심상, 그리고 『리어왕』의 고통의 심상으로 고려하고자 할 것이다. 산문극은 필연적으로 심상이 부족하진 않다. 그러나 운문극은 이러한 일에 집중하며 보다 다양한 방법으로 독자의 언어적 창의성에 도전하고 있는 것처럼 보인다.

　운문극의 가치에 관한 문제는 언제나 생긴다. 그러나 문제는 초기에만 생기는데, 그것은 일단 운문극을 읽고 보는 법을 이해하게 되면, 전적으로 그 형식에 끌리고, 운문극이 인간이 창조한 극적 예술의 최상의 형태라고 하는 모든 시대 대다수의 비평가들 의견에 기꺼이 동의할 수 있기 때문이다. 왜 그래야만 하는지 정확히 예시하기란 쉽지 않다. 유사한 문제를 관찰하면서 (특히, 시의 본질과 우아함), 토마스 칼라일은 "모든 열정적인 언어 자체는 음악적으로 된다. . . . 모든 심오한 것들은 노래이다. 노래, 그것은 우리에게 매우 핵심적인 요소인 듯하다"라고 말했다. 즉 리듬이 있고 음악적 언어인 시는 본질적인 것만으로 열정적이며 심원한 느낌의 말에 가장 적합한 언어라는 것이다. 그 이유를 이해하는 한 가지 방법은 음악 배경이 없는 우수한 영화를 상상해 보는 것이다. 이야기와 사건은 거기에 남아 있다. 심지어 말도 남는다. 그러나 뭔가 핵심적인 것이 빠졌다. 전체에 대한 우리의 반응을 심화시키고 강화시키는 뭔가가 빠졌다. 시는 운문극 속에서 최소한 꼭 그만큼 기여한다. 음악 배경과는 달리, 시는 언어에 *첨가되지* 않기 때문에 비교

---

4) 티. 에스. 엘리엇 『가족 재결합』(London: Faber & Faber Ltd., and New York: Harcourt, Brace and Company, Inc., 1939), p. 28. 이 인용문이 시처럼 리듬 있는 산문이면서도 운율적으로 자유로운 것에 주목하라.

가 너무 미약하다고 생각될 수도 있다. 우리는 운문극에서 시를 제거하고 여전히 극을 가질 수 없는데, 그것은 시가 언어*이고* 언어가 시*이기* 때문이다. 시가 음악처럼 전인에 끼치는 효과에 바로 비교의 힘이 있다.

정글의 북소리나 군악 소리가 청자에게 미치는 영향을 관찰하는 것은 흔한 일이다. 아마도 정신보다 육체가, 몸 전체가 반응을 보일 것이다. 우리는 전체 신경조직을 통하여 육체적인 반응을 보인다. 발은 박자를 맞추고, 손은 박수를 치고, 척추는 따끔따끔 아프다. 여전히 북소리와 행진곡은 단지 가장 확실한 음악적 예에 불과하다. 얼마나 더 마음을 *끄느냐* 하는 것은 좀 더 복잡하고 고양된 작곡 형식의 효과이며, 형식은 섬세한 양식과 대위법으로 몸과 마음에 형언할 수 없이 복잡하고 풍부한 반응을 일으킬 정도의 기본적으로 가락이 맞는 박자를 부가한다. 시의 기원이 노래와 가락이 맞는 발성에 있다는 것을 기억할 때(*송시, 발라드, 서정시* 같은 단어의 원래 의미를 비교하라), 시가 산문의 본래의 지적인 효과를 초월하여 전인에 미치는 영향력을 지닌다는 것을 관찰하는 것은 창의적이라기보다는 불가피한 일이다. 따라서 시는 음악보다 더욱 지적인 호소력을 가진 거와 마찬가지로, 산문보다 더욱 심오하고 광범위한 영역을 지닌다. 또한 연극의 영혼인 행동의 힘을 고려해 볼 때, 시극은 산문극에서 볼 수 없는 영역을 지니게 되며, 이 문제에 있어서는 다른 어떤 심미적 형태 이상이라는 것을 이해할 수 있다.

운문극은 연극의 복합적 성질의 모든 이점—행동, 의미, 장관, 인물 등등—을 가지고 있으나, 가장 순수한 지적 반응에서부터 목 속에 응집되는 투박함이나 긴장의 순간에 무의식적으로 꼬이는 근육에 이르기까지 공감의 전 범위를 망라하는 형태로 표현한다. 최초의 그리스극이 시나 음악의 한 유형으로 "디오니소스를 찬양하기 위해 보통 플롯 연주에 맞춰 잔치꾼들이 부른 일종의 서정시나 혹은 합창곡풍의 찬가"[5][6]라는 사전적 의미를 지닌 주신 찬가에서 생기고, 더 나아가 "거칠고 불규칙한 선율이나 과장되고 열정적인 대사로 쓰인 시"라는 것을 기억하라.

---

5), 6) 웹스터의 『신 국제 사전』 저작권 1913 by G. & C. Merriam Company, publishers of the Merriam- Webster Dictionaries의 허락하에 인용함.

이로부터 위대한 그리스 비극이 발전되었는데, 여기서 인간의 심오한 사상이 특히 코러스 중에서, 보완물로 율동적인 동작을 요하는 율동적인 말로 표현되었다. 그러므로 시는 우리의 가장 동물적인 반응과 지성의 최고점에서 동시에 울린다. 심오한 의미에서 시는 고상한 사상과 심원한 인간 경험에서 나오는 '자연스러운' 언어이다. 그 무엇이 연극보다 이에 더욱 적합할 수 있는 것일까?

산문극

현대극의 많은 부분을 형성하는 산문극은 예외적으로 특별한 작품 내에 그 자체의 시를 지닌다. 첫 번째로 마음에 떠오르는 예가 20세기 초반의 아일랜드 연극이다. 많은 이러한 극에서 우리는 일종의 시적인 산문을 취급하고 있다. 아일랜드파의 주동자 중의 한 사람인 윌리엄 버틀러 예이츠(1865-1939)는 때때로 운문으로 극을 썼지만 아일랜드파의 대부분의 다른 극작가들은 분명한 산문으로 썼다. 그러나 비평가들은 존 밀링턴 싱(1871-1909)이 희곡에서 이룩한 다른 특징만큼 자주 '시'에 대해 언급해 왔다. 여기 싱의 단막극『바다로 가는 기사들』(1904)의 한 구절이 있다.

> 모리아: 그런 사람은 바다를 잘 알지 못하지. . . . 바틀리는 지금 길을 잃었을 거야. 이몬을 불러 흰 판자로 좋은 관이나 만들라고 해야지, 그들을 보내고 난 살 수 없을 거야. 나에겐 남편이 있었어, 그리고 남편의 아버지도, 그리고 이 집에는 여섯 아들이 있었어 — 여섯 명의 훌륭한 남자들, 매번 낳을 때마다 난 산이었지만 그들은 세상에 왔지 — 그들 중 일부는 찾았고, 일부는 찾지 못했지만, 그들은 지금 모두 가 버렸어. 스티븐과 숀은 폭풍에 잃었고, 나중에 골든 마우스의 그레고리 만에서 찾았어, 그리고 그들 중 둘의 시체가 한 판자에 실려 저 문으로 운구되었지.7)

7) 존 밀링톤 싱, 『전작집』(New York: Random House, Inc., 1935), pp. 93-94. Orig. publ. by George Allen & Unwin Ltd., London, copyright 1905.

이 구절의 시적인 부분은 언어의 생소함에 있고("little the like of him"과 "a husband's father"), 이름과 장소의 낭만적인 소리("Eamon"과 "Bay of Gregory of the Golden Mouth"), 그리고 일부분은 각 행의 음악적인 억양에, 그리고 설명보다는 감지하는 것이 쉬운 특성에 있다. 다른 현대 산문 희곡은 분명히 덜 시적이지만, 그 속에서도 자주 일종의 시를 찾을 수 있다. 다음 대사는 테네시 윌리엄스의 『유리 동물원』(1945)에서 아만다의 말이다.

> 저녁마다 춤을 춘다! ― 오후에는 길고 긴 드라이브! 피크닉 ― 사랑스러운! ― 그토록 사랑스러운 5월의 시골 ― 레이스 모양의 황갈색 나무들, 말 그대로 수선화의 홍수! ― 내가 수선화에 미칠 듯했던 봄이었지! 수선화는 완전한 꿈이 되었어. 어머니가 말했지 "얘야 수선화를 더 놓을 방이 없단다." 그래도 나는 여전히 더 많은 수선화를 가져왔지. 나는 수선화를 볼 때마다 "멈춰! 멈춰! 나는 수선화를 보고 있어!"라고 말했지! 나는 젊은 남자들이 나를 도와서 수선화를 따 오도록 했어. 아만다와 수선화! 그것은 즐거운 농담이었어! 결국 수선화를 담을 꽃병이 더 이상 없었어. 모든 공간이 수선화로 꽉 찼어. 수선화를 담을 꽃병이 없다고요? 좋아요, 내가 직접 안지![8]

이와 같은 예는 유능한 극작가에 의해 만들어진 감동적 언어는 자연스럽게 시를 지향하는 경향이 있다는 것을 보여 준다. 극작가는 극적 표현에 시가 있듯이 반드시 그의 대사를 '조성'해야만 한다. 그는 어떤 한 지점에서 다른 지점으로 움직이기 시작해야 한다. 그가 희곡을 조성해 나가는 방식에서 한 가지 유추가 이루어질 수 있다. 그것은 오로지 논리적인데, 왜냐하면 개인적인 대사는 장과 행동을 구성하기 때문이다. 잘 쓰인 대사나 일련의 대사에서 긴장은 희곡 전체가 그렇듯이 정점까지 상승하다가 하강한다.

물론 비타협적인 사실주의 연극에서, 극작가는 위에서 인용한 것과 같은 명백하게 시적인 구절을 피하기 위해 애를 쓸 것은 사실이다. 가능하다면 그는 자신의 희곡이 일상적인 생활의 외형에 충실하게 보이도록 애쓸 것이다. 자연주의자들은 무대 위에서 '생의 한 부분'을 제시하기 바란다고 주장한다. 시는 말할 것도 없고, 시적 산문은 그들의 목적에 거의 적합하지 않

---

8) 테네시 윌리엄스, 『유리동물원』(London: Martin Secker & Warburg, Ltd., and New York: Random House, Inc., 1945), pp. 65-66.

다. 그럼에도 불구하고 우리는 선입관 때문에 오도될 수 있고, 사실주의자의 성공 때문에 사실주의 희곡에도 있는 미묘한 시를 볼 수 없게끔 된다.

　현대 사실주의 연극의 아버지로 평가받는 입센은 언어에 민감한 사람이라면 감지할 수 있는 모든 언어의 박자와 억양과 기교적인 반복을 포착하여 중산층의 언어로부터 시를 창조한다. 헤다 가블러가 계속해서 덩굴 잎사귀와 레프보르그의 '어린이', 테아의 금발 모티프로 돌아갈 때, 입센은 자명하게 산문적인 언어를 가지고 메아리와 반복을 통해 시와 상징주의 작업을 하고 있다. 입센이 사실주의 시기 이전에 이미 운문극을 썼다는 것은, 산문으로 그런 일을 할 수 있는 그의 능력에 대한 실마리가 될 것이다.

　클리포드 오데츠가 직업 권투에 관한 공황시대 연극에서 이민 온 아버지 보나파르트의 대사를 쓸 때, 그 또한 억양과 반복에 대해 민감하다.

> 너는 인생이 좋지 않다고 여기지, 인생은 좋은 거야, 씨기와 안나는 싸우지 ─좋아! 그들은 사랑하거든 ─ 좋지! 너는 인생이 좋지 않다고 말하지. . . . 글쎄 그렇게 말하는 것이 재미있나. 그렇지 않지? 거리를, 겨울과 여름 ─ 나무들, 고양이들 ─ 나는 이 모든 것을 사랑해.[9]

　외국어 말투의 도움을 받지 않고도, 오데츠는 조와도 유사한 효과를 내려고 시도한다.

> 달리자! 바로 그거야. 우리는 달린다. ─ 머리는 맑아져. 우리는 밤새 달릴 거야. 헤드라이트를 켜고 밤길을 누비면, 아무도 너를 모를 거야! 너는 이 세상 꼭대기에 있는 거야 ─ 아무도 비웃지 않아! 그래 ─ 속도를 내! 우리는 이 세상을 떠나는 거야. ─ 독자적으로![10]

　여기서 오데츠는 단순한 의사 전달 이상의 시적 주문 같은 것에 이르는 효과를 위해 반복을 사용한다.

　최근의 극작가들에서 우리는 언어 감각이 감소된 어떤 작가도 발견할 수

---

9) 클리포드 오데츠, 『황금 소년』(New York: Random House, Inc., 1937), p. 34.
10) 오데츠, p. 214.

없다. 사무엘 베케트는 『게임의 끝』(1957)의 붕괴된 인물 가운데 한 사람인 햄이 다음과 같은 대사를 하도록 한다.

> 그것이 종말이고 내가 거기에 있을 거야, 나는 무엇이 종말을 가져올 수 있었는지 무엇을 가질 수 있었는지 모르면서.... (*그는 주저한다*).... 왜 그렇게 시간이 걸렸는지. (*휴지*) 내가 그리 있을 거야, 오랜 움막에서, 홀로 침묵을 대하면서.... (*그는 주저한다*).... 그리고 정적을. 내가 만약 평화를 누리고 조용히 앉으면 소리도, 움직임도 모두 끝날 거야. 모든 것이 끝나버리지. (*휴지*) 나는 아버지를 불러야만 해 그리고 불러야만 해.... (*그는 주저한다*).... 나의 아들도.[11]

그러므로 고도의 구조와 조심스럽게 선택된 언어의 극단적인 형태로서 지향하는 것일지라도, 모든 극적 언어에는 시를 지향하는 경향이 있다. 모든 대사는 조심스럽게 선택된다. 모든 대사는 그것이 대사로 존재할 때, 이미 시로 한 발자국 다가선 것이다. 이것은 산문극이 단지 변장한 시라는 말은 아니다. 산문극은 산문극이다. 그것은 단지 학생들에게 연극의 산문에도 우리가 보통 시에 해당되는 것으로 생각하는 어떤 미묘함과 리듬이 있을 수 있다는 것을 경고하는 것이다. 물론 그것은 언제나 특별한 종류의 시이다. 그것은 연극의 필요성에 기여하기 위해 고안된 *극적인 시*다. 성실한 학생은 극적인 대사의 본질, 즉 그것의 특별한 기능과 가능성, 그리고 넓은 의미에서 우리가 시라 부를 수 있는 것이 되기 위한 잠재적 성질 등을 알고 싶어 할 것이다.

마지막으로 모든 극적 언어의 특성을 묶어 보면, 그것들은 총체적인 효과에 기여한다. 한 편의 희곡은 어떤 어조와 분위기를 지닌다. 말만으로는 그것을 전달 못 하지만, 그것들은 그것을 전달하는 데 주요한 역할을 한다. 후에 희곡의 사상을 고려해 볼 때, 우리는 희곡에서 사상과 관념에 대한 판단을 지시하는 것이 언어라는 것을 기억할 것이다. 희곡이 통일체인지 단순히 흥미 있는 대사와 활기찬 행동의 집합체인지를 결정하도록 돕는 것이 언어이다. 우리의 귀속에 계속 맴도는 것은 바로 위대한 희곡의 *언어*인 것이다.

---

11) 사무엘 베케트, 『게임의 끝』(London: Faber and Faber Ltd., and New York: Grove Press, Inc., 1958), p. 69.

4장 성격

연극 비평은 '성격'이라는 용어를 희곡의 인물의 성격과 특성을 칭하는 것으로 사용한다. 이 용어는 원래 '표시를 위한 도구'를 의미하였는데, 주로 자르거나 예리하게 새기는 것이다. 후에 그것은 표시 그 자체를 의미하게 되었다. 그리하여 우리는 알파벳 문자, 즉 글자나 숫자를 가지게 되었고, 후에 소유를 나타내는 것들을 포함하는 모든 종류의 상징이나 표시를 갖게 되었다. 비유적인 의미에서 성격은 비록 외형상이지만, 사람이나 표시된 사물의 사실적이고 내적인 본질을 가리키는 외모나 특징에 적용할 수 있게 되었다. 마침내, 성격은 오늘날 우리가 생각하는 것을 의미하게 되었다. 즉 '사람이나 사물이 다른 것들과 구별되는 성질이나 특징의 전부',[1] 특히 인간의 가장 핵심적인 요소를 구성하는 정신적이고 도덕적인 특성을 가리킨다. '나쁜 성격'의 인물은 매력 없는 외형적인 모습의 사람을 의미하는 것이 아니라, 항상 저속하거나 혐오스러운 도덕적 기질을 지닌 사람을 의미한다.

연극에서 성격에 관심을 지님으로써, 우리는 극작가가 창조한 인물의 본질의 가장 심오한 양상에 관심을 갖는다. 우리는 이러한 인물을 그들 존재의 선택된 순간에서만 보고 어떤 행동과 연관 지어서만 보기 때문에, 우리는 내심의 본질에 대한 중요한 것들을 보는 것을 전제로 하거나(연극의 한 관례로서) 아니면 성격에 관해 전혀 토론하려 하지 않을 것이다. 그렇지만, 희곡은 오히려 그러한 성격에 관한 것보다는 행동을 나타내므로 우리가 실

---

1) 웹스터의 『신 국제 사전』, 판권 1913 by G. & C. Merriam Company, Publishers of the Merriam-Webster Dictionaries의 허락하에 인용함.

제로 하는 일은 성격을 *추론하는 것*이다. 주어진 일련의 사건 속에서 어떤 사람들이 어떻게 행동하는가를 관찰함으로써 우리는 그들의 성격이 어떤지를 추론할 수 있다. 성격에 관해 관심을 가지는 이유는 헤라클레이토스의 "성격은 곧 운명이다"라는 말로 요약될 수 있다. 즉 성격 그 자체는 어떤 결과를 야기하는 원인이기 때문이다.

성격 제시

희곡의 성격을 분석함에 있어, 학생들의 첫 번째 관심사는 어떻게 성격이 제시되나 하는 것이다. 극작가가 성격을 제시하기 위한 두 가지 수단, 즉 대사와 행동을 지녔다는 것은 이미 명백해졌을 것이다. 이용 가능한 범위 내에서 지문과 그 밖의 설명은 물론 도움이 되지만, 근본적인 수단은 대사와 행동에 있다. 언어와 성격, 성격과 행동은 모두 다양하게 얽혀 있다. 예를 들어 우유부단한 햄릿이라는 개념에 동의한다면, 우리는 민첩하고 결단력 있는 행동을 취하는 데 실패한 그 자신을 나무라는 독백을 근거로 그렇게 하기 쉬울 것이다. 만약 햄릿이 결국 우유부단하지 않다고 주장한다면, 우리는 그가 행동하기 이전에 진실을 확인하기 위한 그의 시도(망령이 진짜냐 혹은 악마가 보낸 것이냐?)와 행동을 방해하는 외적인 힘(클로디우스의 기도, 햄릿의 영국으로의 추방) 때문에 행동할 수 없었음을 인용한다. 즉 우리는 그가 말하고 행한 것을 고려함으로써 햄릿의 성격에 관해 판단을 내린다.

화자가 말하는 것이 화자 자신에 관한 것이 아니라 하더라도, 그 어느 누구보다도 화자 자신에 관해 드러낸다는 것이 연극 비평의 일반적인 규칙이다. 『햄릿』에서 클로디우스왕은 극 초반에서 젊은 왕자에게 다음과 같이 말한다.

다정하고 훌륭하도다. 햄릿,
부친에 대해 이런 애도를 표하는 것은.
그러나 반드시 알아야 한다. 너의 부친은 부친을 잃었고,
그 부친도 그의 부친을 잃었다. 그리고 유족들은
자식으로서의 의무로 일정기간 동안
애도의 슬픔 속에 있어야만 한다. 그러나
완고한 애도는 불효한 고집이니라.

(1막 2장 87-94행)

그는 계속해서, 햄릿에게 애도의 분위기에서 벗어나 그와 거트루드 왕비와의 행복한 가족에 합류하길 종용한다. 이 대사는 햄릿의 슬픔을 관객이 인지하기를 강조하는 반면에, 햄릿의 끊임없는 애도와 아버지의 죽음과 현재의 불미한 가족 관계에 대한 그의 부단한 관심 때문에 불편을 느끼고 의심을 하게 되는 클로디우스를 더욱 드러낸다. 희곡을 통해, 클로디우스가 햄릿에 대해 우려를 표명하거나 햄릿이 정말로 미쳤는지를 확인하기 위해 첩자를 고용할 때, 우리는 햄릿보다도 클로디우스에 관해 더 많이 알게 된다. 더군다나 희곡에서 인물은 다른 인물들뿐만 아니라 다른 사건에 대한 반응을 말하므로, 그렇게 그들이 사건에 관해 어떻게 생각하는지를 드러낸다. 그러므로 성격의 경우 최고의 증인은 바로 인물 그 자신이다.

우리는 또한 다른 사람들로부터 증언을 얻는다. 화자, 그 상황, 그리고 희곡에 따라 그러한 증언은 극도로 계시적이고 정확할 수 있다. 반면에 희곡의 인물들은 삶 속에서 종종 그러하듯이, 흔히 다른 사람들에 의해 오도된다. 그들은 외형을 현실로 취한다(물론 경우에 따라 두 가지가 조화를 이룰 수도 있겠지만). 연극의 많은 발견과 필연적인 반전은 한 인물(혹은 상황인데, 최종적인 분석에서 그건 보통 성격이다)의 진정한 본질에 관한 발견이다. 인물들이 자기 자신에 관해 말하는 것과 다른 인물들이 그들 자신에 관해 말하는 것으로 우리는 성격 제시의 풍부한 출처를 갖게 된다.

성격 제시의 또 다른 출처는 행동이다. 그것은 사실상 언어라는 동전의 다른 면이기도 한데, 왜냐하면 희곡의 언어는 보통 사람들이 서로 상황, 사건, 행동에 관해 말하는 것이기 때문이다. 그들은 행동 과정 중에 이야기하고 그

렇게 해서 행동은 대사를 유발하고, 대사는 행동이 무엇이고, 그 행동에 속해 있는 인물들에게 그것이 의미하는 것이 무엇인지를 정의하는 것을 도와준다.

성격 제시의 이러한 요소들, 대사와 행위는 현실 생활과 그렇게 다르지 않은데, 그것이 연극이 관객을 흡수하는 이유 중의 하나이다. 우리는 다른 사람들과의 관계 속에서 우리가 만나는 사람들의 본질을 배우는 것과 마찬가지로, 희곡의 과정 속에서 그것을 배운다. 우리가 아는 어떤 사람이 계속해서 지키지 못할 약속을 할 때(즉 그의 말과 행동이 일치하지 않을 때), 우리는 그의 성격에 관해 판단을 한다. 얼마나 엄하게 그를 판단할 것인가는 그가 지키지 못한 약속의 중요성에 달려 있다. 극장에서 차이점은 극작가가 사건과 희곡의 언어를 선택해서 정돈해 놓기 때문에, 우리가 일상생활에서 하는 것처럼 그렇게 오래 기다릴 필요가 없다는 것이다. 성격은 극장에서처럼, 우리에게 경험과 존재의 응집된 핵심을 제공한다.

모든 희곡은 비록 유형적이라도, 어떤 성격 제시를 제공한다. 그러나 더욱 복잡하고 가치 있는 희곡은 인물의 완전한 상뿐만 아니라 소위 성격 발전까지도 보여 준다. 그러한 희곡을 통하여 인물 전체나, 최소한 몇 인물에 대해 우리의 관점을 끊임없이 확대하고 적응시킨다. 우리가 만나는 인물은 완성된 결과로서 우리에게 노출되는 것이 아니다. 우리가 그를 보고 있는 동안에 인물은 발전하고 변화한다. 『리어왕』의 첫 번째 장면에서 군주는 군왕으로서의 위엄에 대한 요구를 감안하더라도, 오만하고 자부심 강한 인물로 보이게끔 말한다('짐'이란 호칭을 사용하면서).

        내 딸들아, 짐에게 말하여라
    (이제 짐은 통치와 영토권,
    나라의 근심을 모두 양도할지니)
    너희들 중 누가 가장 짐을 사랑하는지 말해 주겠니?
    좋은 성품의 소유자에게 가장
    큰 자비를 베풀 것이다. 고네릴,
    맏딸아, 먼저 말해 보아라.

                                    (1막 1장 49-55행)

그러나 4막의 끝에서(이제 제1인칭 '나'로) 말하는 리어왕은 완전히 변한 사람이다. 그의 성격은 계속해서 더욱 심오하고 자기를 이해하는 쪽으로 발전하였다.

> 나는 아주 어리석은 바보 늙은이,
> 팔십이 넘었고, 한 시간이라도 적지가 않아.
> 사실, 솔직히 말해,
> 나는 제정신이 아닌 게 두려워.
>
> (4막 7장 60-63행)

성격 분석에서 학생들은 그가 정적인(단순한, 변화 없는) 혹은 발전적인(변화 있는, 활력 있는) 성격을 다루고 있는지를 고려해야 한다. 그는 판단을 내리기 위해 인물의 언어와 행동을 관찰해야만 한다.

주로 미결 탐정극 종류의 희곡에서는 인물들이 마지막 가능한 순간까지 그들의 진정한 모습을 드러내지 않아, 관객은 성격에 대해 전반적으로 확신할 수 없다. 그 불확실성은 사실상 희곡의 모든 인물에게 확대될 수도 있는데, 그들 중 다수는 관객이 추정을 계속하도록 불길한 빛 속에 모습을 드러낸다. 이러한 극작법은 종종 19세기 멜로드라마에서 쓰였는데, 아직도 영화의 주재료가 되고 있다. 이러한 작법의 논리적 배경의 일부분은 윌키 콜린즈의 유명한 공식, "그들을 웃겨라, 그들을 울려라, 그들을 기다리게 하라" 속에 표현되고 있다. 이러한 작품에서, 성격 발전을 이야기하기는 힘들지만, 이런 종류의 극 속의 인물에 관해 알게 되는 모든 것은 여전히 언어와 행동을 통해 얻어진다는 것이다.

신뢰성과 동기

언어와 행동에 의해 제시된 성격의 많은 양상 가운데, 성격의 신뢰성에 대한 우리의 평가만큼 크게 나타나는 것은 없다. 이것은 극작가에 의해 창조된 인물이 그의 성격과 어울리게 행동하느냐 혹은 거꾸로, 그의 성격이 그의 행동과 일치하는가의 여부를 말하는 것이다. 우리는 그를 한 인간으로 믿고 있는가? 그의 슬픔, 기쁨, 분노 혹은 증오심은 설득력이 있는가? 이 질문은 한 희곡 작품을 평가함에 있어서 중추적 요소인데, 그것은 그 희곡이 우리의 관심과 애정을 끌지 아닌지에 대한 중추적 요소이기 때문이다.

인물에 대한 믿음이란 무엇*인가*? 신뢰성을 고려해 볼 때, 우리는 연극에 대해 합법적으로 기대할 수 있는 것과 그렇지 못한 것을 이해해야만 한다. 아리스토텔레스가 행동에 있어서 일어날 것 같지 않은 가능성보다 일어날 것 같은 불가능성을 선호한 것을 기억하라. 우리는 이 기준을 성격에도 적용해야 한다. 우리가 성격에서 개연성을 찾을 때 통계적인 개연성을 추구하는 것이 아니다. 우리는 소위 '심리적인 개연성'을 추구하는 것인데, 그것은 희곡의 인물은 주로 통계적으로 예외적이며 그렇지 않으면 우리의 특별한 관심을 끌 만할 가치가 없을 것이기 때문이다. 동시에 그들은 중요한 면에서 전형적인데, 그렇지 않으면 우리는 그들의 일반적인 적절성을 볼 수 없을 것이다. 우리는 그들이 비전형적으로 전형적이라 말할 수 있을 것이다. 우리가 그들에 대해 기대하는 것은 51% 혹은 그 이상의 모든 사람들이 주어진 상황 속에서 필연적으로 무엇을 하거나 믿을 것인가가 아니라, 문제가 되는 특별한 인물이, 우리가 아는 주어진 그 시점까지, 주어진 그 상황 속에서 무엇을 하고 믿을 것인가 하는 것이다.

연극이 진행되면서, 우리는 각각의 인물에 관해 점점 많은 정보를 얻게 되고, 이러한 면에서 극의 매 순간은 성격 제시로 가득 찬다. 우리가 정보를 얻을 때, 우리는 무의식적으로 그것을 발전해 가는 일관적인 인물상에 적용하고 우리가 알고 있는 그의 과거 행위에 그의 계속적인 행위를 맞추어 본다. 그 인물이 어떤 설득력을 가지려면, 우리는 명백히 일관된 성격의 유형을 감지해야만 한다. 연극의 도처에 있는 변화와 역전은 성격부여에 있어서 '성격에서 벗어나다'라는 흔한 용어가 상기시켜 주듯, 전적인 붕괴가 아니다. 왜냐하면 우리는 들어갈 형태, 즉 일관성 있고 일치된 형태를 가정할 때만 벗어날 수 있기 때문이다.

　성격에서 자주 추구되는 또 하나의 특성인 동기는 실제로 신뢰성의 특별한 양상이다. 우리가 오필리아와 그녀에게 일어난 일을 알기 때문에, 그녀의 자살이 수긍이 간다고 말하는 것은, 그녀가 그런 일을 하기에 적절한 동기부여가 있다고 말하는 것이다. 이것은 모든 젊은 아가씨들이 같은 상황에서 그녀처럼 할 거라는 것이 아니라 단지 최소한 *그녀*는 그렇게 할 것이며, 최대한 비슷한 성격의 어떤 아가씨들 또한 그렇게 할 수 있을 것이라는 것이다. 동기는 특별히 의미 있는 충동과 행위에 적용한다. 우리는 한 인물이 그가 그렇게 행동하기에 적절한 이유를 그의 기질상 지니고 있다고 믿어야 한다.

　성격에 있어서 신뢰성에 대한 전반적인 문제는 극문학 역사상 유명한 사례를 고찰함으로써 잘 밝혀졌는데 그것이 『오셀로』이다. 17세기 후반의 비평가 토마스 라이머는 그것을 셰익스피어의 작품의 극단적인 예외로 다루면서, 마침내 그것을 "피비린내 나는 소극"으로 불렀다. 그가 그렇게 한 것은 주로 신뢰성과 동기의 문제 때문이었다. 시간의 연속성에 관한 매우 성가신 문제에 덧붙여(여기서는 다루지 않을 것이다), 라이머는 그가 생각하기에 있을 것 같지 않고 동기가 없는 인물에 대해 이의를 제기했다. 예를 들어, 그는 오셀로 같은 무어인이 베니스 군대에서 그렇게 높이 승진한 것을 믿기 어렵다고 생각했으며, 실제로 '고상한 데스데모나가 어느 시골 하녀보다 더 나을 것이 없을 때', 셰익스피어처럼 베니스인을 '극도로 민감한' 사람들이라고 생각하는 것이 어리석다는 것을 알았다. 결국 그는 이아고가 '우리가 아는 다른 군인들'과 달리 그렇게 철저히 악한이어야 하는 것이 '가장 참을 수 없는' 것이라는 것을 알았다. 라이머는 셰익스피어가 자신이 창조한 이아고가 일관성이 없다는 것을 알고 있었지만, "상식과 본성에 어긋나는 뭔가 새롭고 놀라운 것으로 관객을 즐겁게 해 주기 위해, [셰익스피어]는 우리에게 이 세상에서 수천 년 동안 그들 [군인들]에 의해 지속적으로 보인 트이고, 솔직하고 꾸밈없는 군인 대신에 막히고, 위선적이고, 거짓된, 아첨하는 악당을 보여 주었다"라고 말했다.

　라이머의 첫 번째 이의는 그렇게 중요한 것이 아닐 수도 있다. 현재의 독자들은 라이머가 군인은 어떤 군인이든지 "트이고, 솔직하고, 꾸밈없는" 사람이어야 한다고 간주하는 것에 덜 쏠릴 수 있지만, 만약 그 비평을 단순히 고지식한 것이라고 배제시킨다면 우리는 라이머의 요점을 놓치게 된다. 이러한 이의는 1) 관객은 그들만의 성향과 편견을 가지고 있다. 그리고 2) 극작가가 성공하기를 바란다면, 그는 그러한 성향을 고려해야만 하고 그러한 편견을 없애려는 어떤 인물을 그럴듯하게 만들기 위해서 노력해야 된다는 것을 시사한다(호크후스의 『대리인』을 둘러싼 현대적 논쟁의 일부분이 이러한 관심들로 활기차게 되었다). 그렇지만, 라이머 자신이 『오셀로』에서 성격 동기에 대해 제기한 이의는 이러한 종류의 반론 그 이상이다. 여기서 취향이 변한다고 방치될 수 없는 하나의 쟁점이 제기된다. 라이머는 이아고가 승진의 기회를 놓쳤기 때문에 '오셀로와 카시오에게 불만을 느끼게 되는' 몇 가지 이유를 가지고 있음을 인정한다. 그러나 그는 무엇이 이아고로 하여금 동족이며 아내가 모시는 데스데모나를 거역하게 하는가라고 묻는다. 데스데모나를 죽이라는 교사는 단순히 군인답지 못할 뿐 아니라(군인의 성격에 관한 그의 앞선 주장을 참고) '그것은 남자답지 못하고, 자연스러운 점이 하나도 없다'는 것을 보여 준다고, 즉 라이머는 이아고가 인간성의 한계를 뛰어넘어 전적으로 사악해지기 위해 동기 없는 악행을 보여 주고 있다고 말한다. 라이머는 이런 악랄함을 단지 셰익스피어가 관객을 놀라게 하기 위해 지닌 욕망으로 돌릴 수 있다. "시인은 예상과 어긋나게 모든 것을 해야만 한다. 즉 인간의 상상력을 초월하는 끔찍하고 놀라운 뭔가로 여전히 관객을 놀라게 하는 것이다."

이아고의 동기에 관한 광범위한 부정에 만족하지 않고, 라이머는 다른 인물의 동기에 의문을 제기한다. 데스데모나는 단지 우리가 그녀를 어리석다고 여길 경우에만 그럴듯하다고 그는 생각한다. 로드리고는 상상할 수 없을 정도의 얼간이라고 여기며, 오셀로 그는 무어인이기 때문에 우선적으로 사람들이 그로부터 어떤 것도 기대하기 힘들다는 전제하에서만 타당할 수 있다는 것을 알 수 있다. 그는 이 작품 전체를 "일어날 법하지 않은... 것들로 넘친다."고 하였다. 그러므로 신뢰할 수 없다고 규정한다. 무엇보다도 라이머는 어떻게 모든 이러한 유혈과 살인이 잘못 놓인 손수건 하나 때문에 일어났다는 개념을 받아들일 수 있는지에 대해 알고자 한다. 그것이 부인의 양말대님이었다면, 그 경우는 다를 수 있었을 것이다.[2] 다시 말해서, 라이머의 분개에 대한 우리의 흥미(혹은 그의 흥미에 대한 우리의 분개) 때문에 『오셀로』에서의 동기 문제가 전적으로 근거 없는 것이 아니라는 주장을 모호하게 해서는 안 된다. 오셀로는 거의 발광 지경까지 질투심으로 가득 차 *있고*, 이아고는 거의 믿을 수 없을 정도로 사악*하다*. 로드리고는 고전적인 의미의 얼간*이다*. 희곡의 맥락 속에서 어떤 인물 혹은 모든 인물이 신뢰성의 범주를 넘는지 아닌지 하는 것은 부질없는 질문이 아니다. 여기서 우리의 관심은 신뢰성 문제의 범주와 중요성을 알려는 것뿐이기 때문에 그 문제는 넘어가겠지만, 셰익스피어의 비극에 있어서 가장 격론을 일으킨 문제 중의 하나가 실제로 『오셀로』가 비극인지 아닌지에 관한 것이라는 것을 언급해야만 한다. 그리고 그 논쟁의 원인이 된 대부분이 오셀로의 복잡한 성격에 있다는 것도 마찬가지다. 우리가 그의 행동을 광증 때문이라고 한다면(왜곡된 성격이나 신경증에 반대되는 것으로서), 우리가 이해한 바로서의 비극에 관해 이야기하는 것이 아니다. 반대로 오셀로가 근본적으로 정상이고 잠재적인 고귀함을 지녔다고 주장한다면, 우리는 손수건이라는 경미한 '증거'를 가지고 그가 취한 극단적인 조치를 그의 성격과 일치되고 적절한 동기가 부여된 조치라고 정당화하고 합리화해야 하지만, 그 일은 가능하긴 하지만 쉽지만은 않다.

본래의 흥미와는 별도로, 『오셀로』에 대한 라이머의 이의는 신뢰성과 동기가 일반적으로 중요하다는 것으로 돌아간다. 성격의 이러한 양상은 희곡의 주어진 인물 혹은 인물들의 한계를 훨씬 초월한다. 성격은 행동의 부분이기 때문에, 성격의 신뢰성의 문제는 작품 전체에 대한 직접적인 결과를 지닌다. 예를 들어, 우리가 라이머의 비평을 인정한다면, 다시 말하여 『오셀로』는 "피비린내 나는 소극이다"라는 그의 결론과 비슷한 결론을 피하기는

---

2) 라이머 비평의 본문은 『토마스 라이머의 비평서』, Curt Zimansky, ed.(New Haven, Conn.: Yale University Press, 1956), pp. 132-164를 볼 것.

어렵다. 이와 같이 적절치 못한 동기를 지닌 인물은 의미 없는 행동을 저지른다. 보잘것없는 멜로드라마의 손쉬운 예가 도움이 된다. 왜 더티 데스몬드는 그렇게 악독한가? 이유가 없다. 왜 그 여주인공은 그렇게 정숙한가? 그것에도 역시 이유가 없다. 성격의 신뢰성과 동기가 무시된 작품은 오늘날 라이머가 『오셀로』를 광대극으로 생각했던 것처럼, 똑같이 광대극으로 받아들여질 것이다. 우리는 그러한 작품들을 믿을 수 없기 때문에 비웃는다. 이것은 바로 설득력 없는 성격부여에 대한 벌이다.

유형 인물

연극이 유형 인물, 혹은 고정 인물, 즉 미리 정해지고, 엄격하고 정해진 양식에 따라 행동하는 틀에 박힌 인물을 그렇게 광범위하게 사용하는 데는 최소한 두 가지 이유가 있다. 첫 번째 이유는 실제적인 것으로, 시간은 연극에서 절박한 관심사다. 극히 드문 예(유진 오닐의 『상복이 어울리는 엘렉트라』는 가장 유명한 예이다)를 제외하곤, 연극은 몇 시간 내에 공연되어야만 한다. 셰익스피어는 "두 시간의 무대의 교류"를 말한다. 현대 극장에서 관례적으로 8시 30분에 오른 막은 11시까지 다시 내려져야 한다. 그렇지 않으면 대중교통을 이용하는 대중들이 집으로 귀가할 수 없을 것이다. 그렇게 짧은 시간에(디킨즈의 소설을 크게 낭독하는 데 필요한 시간과 비교해 보아라!), 모든 인물의 성격을 충분히 묘사하고 탐구할 수 없다. 유형 인물은 극작가가 어려운 장애를 넘어서는 것을 돕는다.

그러나 더 중요하고 고귀한 이유가 있다. 유형 인물은 인간의 경험과 어긋나는 것이 아니다. 그들은 인간 경험의 산물이다. 음악은 국제적인 언어라 한다. 구두쇠와 상사병 걸린 젊은이, 무시당한 여자, 책략가(좀 더 일반적으로 사기꾼), 거짓말쟁이, 방랑객과 수백 가지 이상의 것들이 똑같이 보편적이다. 극작가는 그러한 인물들을 처음부터 끝까지 새로 꾸며 내지 않았다.

그들은 주변 세계에 존재하는 자료를 택해서 무대 위에 올린다.

우리는 쓸모없는 유형 인물을 갖고 있다고 믿어서도 안 된다. 아서 밀러는『세일즈맨의 죽음』속의 윌리 로만의 묘사에 대하여 세일즈맨과 세일즈맨협회로부터 수많은 연락을 받았다고 말한다. 어떤 사람들은 그가 그 인물을 그려 낸 방식을 칭찬도 했고 어떤 이들은 비난도 했다. 그러나 분명히 그들은 모두 *세일즈맨의 입장에서* 그렇게 했다. 즉 그들은 윌리 로만과 같이 그렇게 고상하게 그려진 인물까지도 세일즈맨의 유형으로 받아들였다. 밀러의 의도에 관해 우리들이 무엇을 생각하든, 돌아다니는 세일즈맨에 대해 듣는 순간 어떤 상이 마음속에 떠오른다는 점에 대해서는 동의해야만 한다. 그것은『세일즈맨의 죽음』이라는 책표지에 그려진 그림, 다소 헝클어진 옷을 입고, 모자를 쓰고, 가방을 들고 있는 한 남자의 영상과 동떨어진 것이 아니다. 밀러가 사고파는 것에 대한 미국인의 선입견에 대해 인식하고, 주인공의 직업(심지어 어떤 특징조차도)을 세심한 주의를 기울여 선택했기 때문에, 우리가 유형 인물에 대해 생각할 것이라는 것은 불가피한 일이다. 그것을 의심하는 자는 누구든지 이러한 생각을 하면서『세일즈맨의 죽음』을 읽어야 할 것이다.

그리스극에서 가면의 사용과 '인물'이란 단어 자체는 우리에게 어떤 지배적인 성질의 중요성을 상기시킨다. 그리스 가면은 개인이 아니라 적당한 경우에 표현되는 감정(기쁨, 노여움, 슬픔)을 묘사하였다. '인물'이라는 말은 라틴어인 *persona*에서 유래한 것으로 배우가 쓰는 가면을 의미한다. 그러므로 *등장인물*은 문자 그대로는 *연극의 가면*을 의미한다. 현대극이 고전극보다 상대적으로 개인에게 더 많은 관심을 갖지만, 유형의 양상은 소멸되지 않았다. 어떤 경우에 이것은 의식적으로 현대 작가에 의해 강조되어 왔고, 가장 현저한 예가 유진 오닐의『위대한 신 브라운』(1926)에서 성격의 변화를 묘사하기 위해 가면을 사용한 것이다.

유형의 강점을 가리키는 또 하나는 극장 용어에서 전속 레퍼토리 극단이라는 용어가 계속하여 빈번히 사용되는 것이다. 전속 레퍼토리 극단이란 용어는 극장의 전속 레퍼토리 극단이나 연기자 집단에 의해 개발된 것을 의미하는데, 특정한 극의 공연을 위해서가 아니라 일정 기간 동안 여러 편의 극을 공연하기 위해 모인 극단이다. 이러한 집단은 레퍼토리 극단과 유사한데, 여기서 '레퍼토리'는 같은 집단에 의해 공연이 가능한 작품 목록을 의미한다. 현재 이 용어는 대체로 여름 전속 레퍼토리 극단에 한정되어 있으나, 그것은 특정한 극을 위해 연기자를 모집하고, 공연이 끝나면 그 집단을 해체하는 브로드웨이 체제와는 다른 극단 모임을 가리킨다. '전속 레퍼토리 극단'(stock company) 혹은 '고정 인물'(stock character)에서 'stock'이란 말은 선반에 있어 쓸 수 있는 재고품이나 상품같이 저장되어 있는 것을 의미한다.

전속 레퍼토리 극단은 19세기에 왕성했다. 연기자들은 희곡에 반복되어 나타나는 어떤 종류의 역할을 표현하기 위한 몇 가지 용어를 개발했다. 실제로 연기자들은 외양과 태도가 어떤 고정된 유형에 적합하기 때문에, 사전에 선발되었다. 오늘날 이러한 예는 소위 '유형 선발'이라 불리며, 정도에 따라 차이는 있으나 현존하는 거의 모든 극단에서 행해진다. 전속 레퍼토리 극단에서 가장 필요로 하는 유형 인물은, 극작가가 생활 속에서 빌려와 관례적인 극, 특히 진지하거나 희극적인 객실 극에서 자주 사용한 유형이다. 여기에는 '젊은 남자 주역'(주인공이나 사랑을 하는 남자 역할), '천진난만한 소녀 역'(사랑을 하는 젊은 여자 역할), '악역' 혹은 '악당', 조연 남녀, 성격 배우, 제2성격 배우, 말단 배우와 단역이 있다. 이러한 용어는 특히 19세기의 멜로드라마와 객실 극에 적합하였지만, 얼마나 광범위하게 적용되었느냐 하는 것은 주목할 만하다.

예를 들어, 이와 같은 유형적 배역을 해내기 위해 그들의 능력에 따라 선발된 연기자들로 된 전속 레퍼토리 극단이 있다고 가정해 보자. 이것을 근거로 우리는 어떻게 『햄릿』의 배역을 정할 것인가? 젊은 남자 주역은 햄릿이 될 것이고, 천진난만한 소녀 역은 오필리아, 여자 성격 배우는 거트루드 왕비, 조연 배우는 호레이쇼, 악한 역은 클로디우스, 남자 성격 배우는 폴로니어스, 저급한 희극 배우는 무덤 파는 사람, 그리고 단역들은 극단의 다른 배우들 중에서 맡게 될 것이며, 각자 모두 열정적인 연기자들일 것이다. 레어티즈 역을 맡을 기대할 만한 주인공('제2젊은이')이 있을 것이며, 로젠크란츠와 길턴스턴 역을 맡을 말단 배우와 그렇게 등급이 내려간다. 레퍼토리나 전속 레퍼토리 체제하에 운영되었던 엘리자베스 시대 연극에서조차도, 어떤 개인적인 특징이 배역을 정하는 데 작용했다. 셰익스피어 자신이 왜 『햄릿』에서 유령 역할을 하였는지를 추리하는 것은 흥미 있다.

이것은 『햄릿』이 단지 유형 인물의 편집일 뿐이라는 것을 암시하는 것이 아니라, 그들의 개성에도 불구하고 『햄릿』의 인물들은 일상생활에서와 마찬가지로, 우리가 인지할 수 있는 광범위한 범주 내에 속한다는 것을 암시한다. 출생과 지리적 조건, 나이와 교육에 의해서 우리 모두는 다른 집단이 아니라 다양한 집단에 맞아떨어진다. 더구나 우리 모두는 하나의 집단이나 다른 집단에 속하려는 어떤 육체적인 특징을 갖는다. 비유적인 의미이긴 하지만, "너 카시우스는 여위고 배고파 보이는 표정을 하고 있어"라는 『줄리어스 시저』 속의 대사는 카시우스 역할을 혈색 좋고, 뚱뚱하고, 육중한 인물이 맡는 것에 반론을 제기한다. 우리는 또한 육십 대의 늙은 여인이 천진난만한 소녀 역할을 맡을 수 없다고 안심하고 말한다. 때때로, 천진한 소녀 연령을 훨씬 넘긴 훌륭한 여배우가 아마도 『로미오와 줄리엣』에서의 줄리엣을 연기하려고 애쓸 것이다. 에텔 배리모어는 43세에 그 역할을 하겠다고 주장했다. 그러한 경우 재능과 경험이 젊음의 결핍을 채울 수가 없다(물론 현대극에서, 대부분의 어린 소녀 줄리엣도 그 역할을 하려면 나름대로의 어려움을 지니고 있다).

지금까지 추려 본 유형들은 주어진 희곡에서 모든 세련된 방식을 해낼 수 있는 광범위한 유형이다. 실제로 그들은 충분히 적응력이 있기 때문에 유형 인물들을 논의할 때, 문제 되는 유형은 전속 레퍼토리 극단 연기자들의 일반적인 유형보다 훨씬 더 특수화되어 있다. 그러므로 우리가 지니는 유형은 1) 친숙하고 보편적으로 인식된 인간의 삶의 조건(나이, 태도, 외모)에 근거한 광범위한 명시, 2) 다양하고 특별한 사회적 문화적 조건과 가치(직업, 주된 관심 교육)를 반영하는 고도로 개발된 유형이다. 이렇게 좀 더 정교한 유형까지도 놀랄 만한 지속적인 특징들을 지닌다.

지금까지 있어 온 모든 유형 인물에 대한 정통한 개요는 없다. 가장 흔히 접하는 명백하고 광범위한 유형들은 다음과 같다. 바보, 허풍쟁이, 거짓말쟁이, 사기꾼, 책략가, 실수꾼, 말참견 좋아하는 사람, 구두쇠, 겁쟁이들이다. 이들 유형 모두가 많은 사람들에게 공통되는 경향을 지닌 어떤 인물을 과장된 형식으로 가리키고 있음을 주목하라. 유형 인물을 통해 인간 본성의 약점에 대해 집중함으로써, 희극 작가는 행위의 기준을 표현하거나 암시할 뿐 아니라 그 본질을 비추어 주는 거울을 보여 줄 수 있다. 이러한 많은 광범위한 유형은 진지한 극 속에서도 역시 볼 수 있다. 그렇지만, 이러한 극 속에서 그들의 결점은 보통 희극에서보다 좀 더 심각한 결과를 지닌다. 따라서 우리는 악한, 살인자, 사기꾼, 반역자, 욕쟁이, 호색가, 뚜쟁이, 타락한 젊은이를 생각하게 된다.

　　이러한 광범위한 유형은 특정한 시대와 특정한 시간에 그들 자신의 모습을 보이므로, 우리는 즉각적이고 지엽적인 관심을 보이는 특정한 유형과 접하게 된다. 예를 들어 배빗은 위선과 속물주의의 전형적인 미국 판이다. 유형 인물에도 심지어 어떤 유행이 있다. 예를 들어, 남부 고딕학파의 극작가(소설가)는 남부 미인(그녀 자신이 유형)을 절망적이고 나이 먹은 색정광으로 바꾸어 놓았다. 20세기 극작가들은 입법자의 모습을 타락한 정치가로 만들어 버렸다. 희극 쪽에서 보헤미안(19세기에는 소외된 예술가의 진지한 유형이었다)은 비트족의 소극적인 모습이 되었다. 그러므로 유형 인물은 현시대적 사상도 반영한다. 희극적인 모습의 과거의 무어 흑인은 더 이상 존재하지 않는다. 대신 또 다른 유형의 흑인인 진지하고 억압당하는 반항아가 출현하는 듯하다. 그러므로 유형 인물은 정적이지 않고, 개별적인 무대 인물이 하는 것처럼 변화하는 관점을 표현할 수 있다. 때때로, 기본적인 유형에 새로운 아류가 접목되는 것이 우리로 하여금 이전에 파악하지 못했던 근본적인 유사성을 깨닫게 한다.

개별적 인물

어느 시점까지는 유형 인물이 극 속에 자주 나올 뿐만 아니라, 그들의 전형성은 작품에서의 그들의 기능을 이해시키기 위한 방법을 우리에게 제공한다. 멜로드라마와 소극에서 우리는 그러한 유형이나 극단적으로 희화화된 유형을 쉽게 접하게 된다. 그러나 비극이나 고급 희극 같은 더욱 지적인 극 쪽으로 옮겨 가면, 유형은 보다 강한 개별성을 지니게 된다. 셰익스피어가 오셀로 인물을 창조함에 있어(고귀하고 허세부리는 무어인의 유형과 접목한 전통적인 흑인 악한) 엘리자베스 무대의 두 가지 유형의 아프리카인의 특징을 사용한 것을 관찰하는 것은, 오셀로의 분석을 종결짓는 것이 아니라 시작하는 것이다. 허풍쟁이 폴스타프처럼, 악한으로서의 클로디우스처럼, 복수심에 가득 찬 아들 햄릿처럼, 이 밖에도 더 많은 수십 명의 유형처럼, 오셀로는 유형 자체를 초월한다. 유형적인 특징은 여전히 남아 있지만 전부가 아니다. 위대한 극작가는 극 중 인물을 유형 인물에서 개별 인물로 바꾼다.

유형 인물의 개별화를 가장 용이하게 해 주는 희곡의 요소는 관객 앞에 직접적으로 드러내는 배우의 육체적 존재이다. 극작가가 서술적인 구절을 사용할 수 없는 점에서 소설가와 비교되는 한계점을 지니고 있다면, 그는 실제적 인간의 도움과 협조를 받게 되는 이점을 지닌다. 배우가 의도적인 유형 인물을 어떤 다른 인물로 만들려 하지 않고 공연 시 극작가의 사상을 실현시키려 하므로, 배우의 육체적 존재의 현실성과 직접성은 어떤 인물의 순수하게 전형적인 것을 감소시키는 경향이 있다. 개별성이 유형에 억눌리는 것을 보고 낙담하는 사람은 살아 있는 배우가 어떤 역할이든 필연적으로 개별성을 보여 줄 것이라는 것을 생각하면 위안이 될 것이다. 이와 같은 생각은 독자가 실제로 배우이기도 한 희곡 읽기를 부드럽게 해 줄 것이다.

이러한 관찰은 앞서 연극의 가면과 유형을 강조한 것과의 갈등을 의미하는 것이 아니다. 좀 더 생각해 보면 유형과 개별성의 이중성이 역설만큼이나 갈등도 제공하지 않는다는 것을 알 것이다. 즉 배우의 당연한 존재는 현실감과 개별성을 부가해 주지만, 동시에 연극의 상징성은 작품의 모든 인물을 보편화시키는 쪽으로 작용한다. 이 두 가지는 함께 작용하기 때문에, 희곡과 인물은 동시에 개별적이며 유형적이다.

유형적인 대신에 개별적인 인물이나, 유형적 요소를 넘어 개별적인 인물은(일상생활에서처럼) 그 자신만의 특징을 보이는 사람이다. 햄릿의 모든 유형성에도 불구하고 그는 그 이상의 사람이다. 즉 햄릿은 존재의 본질, 즉 선과 악, 진실과 허위, 적절한 가족 관계 등등의 문제를 숙고한다. 그는 단순히 복수극의 전형적인 주인공처럼 부친의 살인자에 대한 복수심으로 가득 찬 사람이 아니다. 사실상 이렇게 큰 문제에 관한 햄릿의 생각은 그를 많은 사람들의 눈에 또 다른 유형적인 인물, 즉 '현대적 인간'으로 만들었다. 그러나 이것은 전적으로 다른 종류의 유형성이다. 햄릿과 같이 완전히 현실화된 개인은 많은 사람들이 지니고 있는 사상과 태도를 *재현*한다. 그렇게 함으로써 그도 그 자신을 유형으로부터 벗어나게 한다. 바로 개별성을 통해 그는 항상 한두 가지의 지배적인 감정이나 특징과 관련된 유형의 한계를 벗어난다. 그러나 햄릿은 여러 면에서 인간적인 경험을 다룬다.

그러나 주어진 인물이 개별적임을 주장하는 것과 그것을 보여 주는 것은 별개의 것이다. 필연적으로 유형은 개별적인 인물보다 더 증명하기 쉽다. 개별적인 것을 지나치게 일반화하는 것은 그들을 유형이나 최소한 어떤 집단의 일원으로 되돌리는 위험을 감수하는 것이다. 연극에서 개별적인 인물의 종류를 열거하기란 쉽지 않다. 그렇게 하는 것은 단지 그들이 지니고 있는 최소한의 개별적인 특징에 따라 개별적인 인물들을 분류하는 것이다. 그 대신, 연극에서 완전히 현실화된 인물들은 우리가 일종의 영원한 존재를 지닌 것으로 믿을 수 있는 인물이 된다. 연극 학도로서 우리는 개별적 인물이 속한 범주가 아니라 그들을 접했을 때 그들을 아는 방법에 관심이 있다.

유형 인물에서 개별적인 인물을 구별하는 '규칙'을 쉽게 만들 수 없다 하더라도, 그렇게 하는 문제는 실제보다 더욱 어려워 보인다. 학생들은 개별적 인물이 어떤 유형적 특징을 지니고 있을 때라도, 개별적인 인물을 유형적 인물과 구별하는 데 별로 어려움을 겪지 않는다. 그러한 구별의 열쇠는 희곡을 읽고 봄으로써 최고로 연마될 수 있는 기술인 희곡에 대한 민감한 반응에 있다. 우리는 하나의 유형이면서 유형이 아니기도 한 폴스타프를 잠시 관찰함으로써 그러한 반응이 의미할 수 있는 것을 알 수 있다.

고전적인 허풍쟁이 병사는 무엇보다도 그의 용기에 관해 허풍을 떨지만, 그 허풍은 철저하게 비겁함을 가리는 것이다. 그는 보통 다른 사람의 선심에 힘입어 생활하거나 그를 두려워할 만큼 어리석은 사람들을 등치며 산다. 반면에 그는 영원히 못된 장난에 좌우되는데, 그건 그의 속임수가 그에게 가장 성공적으로 실현되기 때문이다. 결국 그는 자신의 터무니없는 행동에 의해 부지불식간에 수많은 유머를 제공하는 것을 제외하고는 극도로 혐오스러운 인간이다. 폴스타프의 많은 부분은 유형의 영원한 특징에 의거하여 분석될 수 있다. 그러나 폴스타프는 그 이상이다. 그는 허풍스러우면서도 비겁하다. 그러나 그는 어떤 단순한 허풍쟁이도 할 수 없었던, 즉 그 자신을 비웃을 수 있다.

『헨리 4세』[1부]에서 폴스타프와 할 왕자는 흉내놀이를 하는데, 할 왕자는 그의 부친 헨리 4세를 흉내 내고, 폴스타프는 할 왕자를 흉내 낸다. 왕은 아들의 조잡한 친구(다시 말하여 폴스타프) 때문에 아들을 책망하는 것으로 그려진다. 왕으로서 할 왕자는 말한다.

> 너에게는 늙은 똥보 같은 악마가 붙어 다니지. 술통 속의 남자가 바로 네 친구야. 왜 너는 그 변덕쟁이, 더러운 외설로 가득 차고, 수종에 걸려 퉁퉁 붓고, 거대한 대포 부대, 오장육부가 가득 찬 가방, 뱃속에 소시지로 가득 찬 잘 구워진 매닝트리의 황소, 늙은 악당, 머리가 희끗희끗한 불법자에, 불한당, 허영덩어리와 관계를 갖느냐?
>
> (2막 4장 492-501행)

할 왕자로서 폴스타프는 아버지가 말씀하시는 자가 누군지를 조용히 묻는다. 왕이 말하는 자가 폴스타프임을 알게 되자, 그는 다음과 같이 답변한다.

> 폴스타프: 왕이여, 그자는 제가 압니다.
> 왕자: 네가 알고 있다는 것을 나도 안다.

폴스타프: 그러나 그가 내 자신보다 더 나쁜 사람이라는 것을 알고 있음을 말하는 것은 내가 아는 것 이상을 말하는 꼴입니다. 그가 늙었다는 것은 안됐지만 그의 백발이 그것을 증명하고 있습니다. 그러나 그가 오입쟁이라는 것은(미안한 말이지만) 내가 확실하게 부정합니다. 만약 설탕이 든 포도주를 마시는 것이 잘못이라면, 신이여 악한들을 구하소서! 만약 늙은이가 즐기는 것이 죄라면, 그렇다면 내가 아는 많은 늙은 주객들은 지옥에 떨어져야 합니다. 만약 뚱보가 증오를 받아야 한다면, 그렇다면 파라오의 여윈 소가 사랑을 받아야만 합니다. 각하, 피토를 쫓아내 주십시오, 바돌프를, 포인즈를 쫓아 주십시오. 그러나 사랑스런 잭 폴스타프, 친절한 잭 폴스타프, 진실한 잭 폴스타프, 용감한 잭 폴스타프, 그는 늙었기 때문에 잭 폴스타프는 더욱 용감하므로 그를 해리의 친구로 놔두십시오. 그를 해리의 친구로 놔두십시오. 뚱보 잭을 쫓아내는 것은 이 모든 세상을 쫓아내는 것입니다.

(2막 4장 510-527행)

그 어떤 허풍쟁이도 그에 대한 왕의 비난에 대해 그렇게 응답할 수 없을 것이다. 왜냐하면 어떤 허풍쟁이도 자신에 대해 이 같은 농담은 할 수 없기 때문이다. 폴스타프는 그것을 할 뿐만 아니라 그것을 즐긴다. 그의 응답은 자기를 너무 잘 이해한 것(할이 그를 비난한 것에 대한 희극적인 반전과 함께 합쳐진)이므로 우리는 폴스타프를 그의 악행에도 불구하고 더욱더 사랑한다. 실제로 감상적인 사람들로 하여금 전쟁터에서의 폴스타프의 비겁함에 대해 용서하게 하고, 그리고 할 왕자가 헨리 5세가 되었을 때, 당연한 일이지만 폴스타프와 자신의 옛 행동을 냉담하고도 불충하게 부인한 것에 대해 할을 비난하게 하는 것은 바로 폴스타프의 인간적이고 개인적인 면이다. 폴스타프가 단순한 허풍쟁이 병사 유형 이상의 인물이라는 것은 『헨리 5세』에서 정부 퀵클리가 폴스타프의 죽음을 보고하면서 그가 천당에 갔을 것이라고 확언할 때 전적으로 믿을 만하다. 그녀는 "그가 침대보를 만지작거리고, 꽃을 가지고 장난치며, 그의 손가락 끝을 보며 미소 짓고 있는 것을 보았다." 하였고, 그가 "푸른 초원을 지껄이고", " '신이여, 신이여, 신이여'라고 외쳤다."[3]고 말한다.

극작가는 연극에서 가장 오래되고 가장 진부한 유형인 유형적 인물로 시

---

3) 윌리엄 셰익스피어, 『헨리 5세』. II. 3.

94

작할 수 있겠지만 그로 하여금 개별적 인물로 끝을 내는 것을 막을 수 있는 것은 아무것도 없다. 연극 학도들은 똑같은 방향을 따라 나아갈 수 있다. 그들의 말과 작품에 의해 유형적인 것에서 개별적인 것들을 알게 될 것이다.

성격 분석

연극에서 성격 분석은 언어 분석을 위협하는 것과 똑같이 잘못된 역점에 영향받기 쉽다. 그것은 희곡으로부터 분리된 요소가 될 수 있다. 극작가 존 하워드 로슨은 다음과 같이 썼다. "연극은 성격이 어떤 신비스러운 방식으로 묘사될 수 있는 독립된 총체라는 가정에 사로잡혀 있다."4) 로슨의 주장은 성격이 총체적인 행동에 있어서 사건을 통해서만 명시될 수 있다는 것이다. 우리는 연극이 단순히 성격을 제시하려는 구실이거나, 더욱 나쁘게 말해 '인물들을' 표현하려는 구실이라는 견해에 맞서기 위해 그러한 언질을 필요로 한다.

그렇다면 성격 분석은 무엇을 할 수 있는가? 그것은 우리를 전체로서의 희곡의 의미와 역점으로 인도할 수 있다. 우리가 보고 있는 종류의 인물에 대해 알게 되면, 우리는 또한 우리가 그를 좋아하는지 여부에 관한 감정을 갖게 된다. 그러므로 인물은 호감이 가는, 호감이 가지 않는, 중립적인 인물로 여겨질 수 있다. 마지막 범주는 주로 단역들(하인들, 시종들, 호위병들)이 차지한다. 중요한 차이점은 호감이 가거나 호감이 가지 않는 사이에 있다.

한 인물이 전적으로 호감이 가거나 호감이 가지 않는다고 가정해서는 안 된다 하더라도, 그 용어가 그 자체를 설명한다. 그것에는 많은 정도의 차이가 있다. 햄릿과 호레이쇼는 둘 다 호감이 가는 인물이지만, 똑같은 정도는 아니다. 로젠크란츠와 길던스턴은 클로디우스와 함께 호감이 가지 않는 인물이지만, 전자 두 사람은 희극적으로 호감이 가지 않는 반면에, 왕위를 강

---

4) 존 하워드 로슨, 『극작의 이론과 기술』(New York: G. P. Putnam's Sons, 1949), p. 279.

탈한 왕은 흉악스럽다. 희곡에서 인물에 대한 호감과 인정에 대한 정도는 극작가가 관객이 그의 개념을 이해하도록 하는 데 사용된다.

인물에 대한 호감이나 적대감에 대한 요소에, 그가 어떤 종류의 인물인가(유형적, 개별적)를 가늠하는 방법과 눈앞에 닥친 상황에서 그가 행한 것을 첨가할 때, 우리의 판단이 옳다면, 우리는 희곡 자체와 조화를 이루며 나아간다. 성격이 희곡의 요점이 아닐지라도, 성격의 개념 없이는 그 희곡은 요점이 없게 된다. 『햄릿』을 성격을 참조하지 않고 판단해야 한다면, 우리는 단순히 그 희곡이 어떻게 왕자가 수차례의 지연 끝에 부친의 살해자라고 믿는 숙부인 왕을 살해하는 것에 성공했으며, 살해의 마지막 작업에서 숙부뿐만 아니라 왕자 자신과 그의 어머니, 젊은 귀족 모두가(그 밖의 여러 인물들이 차례로 죽었다) 어떻게 죽었는지를 보여 주는 것일 뿐이라고 말해야 할 것이다. 주인공의 성격에 대해 알고 있는 것이 없다면, 왕자는 정신이 나가서 현명치 못하게 사회 속에 내팽개쳐진 것처럼 보인다.

다행히도 작품을 지속적으로 참조하면, 성격을 무시하거나, 다른 한편으로는 행동에서부터 성격을 추출해 내는 것을 둘 다 막아 줄 것이다. 희곡에서 벗어난 인물은 모두 다른 것들을 흡수하여 "레이디 맥베스는 아이들을 몇 명이나 가졌나?"와 같은 그런 유명한 질문을 낳는 경향이 있다. 그러나 억눌린 인물은 희곡을 사례나, 기껏해야 감상적인 신문 기사로 전락시키는 경향이 있다. 우리는 왜곡된 것들을 정정하기 위해(비록, 분명히 때로는 역사적 지식에 의해 도움을 받을 수 있지만) 작품이나 주어진 극장의 관례 등으로 되돌아간다. 더군다나 우리는 계속해 작품 그 자체를 되돌아봄으로써, 성격은 대사와 같이 희곡 속에 배어 있고, 희곡은 하나의 사물이라는 것을 쉽게 잊을 수 없게 된다.

5장 희곡의 유형

　문학은 전통적으로 장르 혹은 유형으로 구분되어 왔고, 그것은 생물학에서 식물과 동물 왕국의 구분 방식으로 분류하는 것이다. 그러나 문학에서 범주는 더욱 유동적이다. 유형 구분의 원칙은 유사성을 구별하는 데 필수적이다. 그러므로 하나의 집단으로서의 희곡은 소설이나 시와 구별된다. 주요한 희곡의 범주에서 다양한 소구분(비극, 희극 등등)은 좀 더 식별이 가능하게 도와준다. 비록, 오늘날의 엄격한 장르 분류가 많은 비평가들로부터 비난받고 있지만, 어느 정도의 분류는 불가피하다. 단순히 연극을 시나 소설과 구별되는 연구 분야로서 고려하는 것도, 문학에서 유형 구분을 인정하는 것이다.

　연극의 주요 장르에 대한 용어는 우리 모두에게 친숙하다. 비극, 희극, 멜로드라마, 소극이 그것이다. 과거에 사용했던 것처럼(특히 1850년 전의 연극에 있어서) 이러한 용어들은 희곡의 두 가지 양상을 제시하고 있다. 첫째로 가장 중요한 것은 유형의 제시는 연극의 *일반적인* 효과를 분류하는 것을 도와주는 것이다. 즉 예를 들면, 밝고 유쾌한 것과 대조되는 슬프고 비극적인 것의 구분이다. 둘째로, 유형의 제시는 또한 스타일과 형식의 *특별한* 양상을 언급할 수 있다(주로 특정한 시대에 사용한 극작술의 어떤 관례). 그러므로 『안티고네』, 『햄릿』, 『마리아 스튜어트』는 모두 비극이지만, 그것들은 극작상의 똑같은 특징을 보여 주지 않는다(예를 들어 통일성). 장르 용어들이 어떻게 사용되어 왔는가를 알기 위해서는 유형의 일반적인 정의와 과거 다양한 시기에 유형이 보여 주었던 특징을 이해하는 것이 필수적이다. 유형 제시의 사용에 대한 이런 두 가지 인식이 없이는, 연극 비평뿐만 아니라 오래된 희곡의 많은 특징을 오해하기 쉽다. 이것을 인식함으로써 희곡의 연구를 일관성 있는 형식면에서 정리할 수 있고 과거 연극의 실례를 이해할 수 있게 된다.

비극

'비극'이라는 용어는 *염소의 노래*를 의미하는 그리스어에서 나왔다. 그것의 기원은 너무나 오래돼서 염소와 연관된 것이 염소가 공연 중에 희생물로 받쳐져서인지, 그 염소가 상품이었기 때문인지, 혹은 그 연기자들이 염소 가죽을 입었기 때문인지 아무도 모른다. 단지 형식이 어떤 기록보다도 앞선다는 것과 그것이 원래 후에 주신이 된 풍요와 부활의 신 디오니소스의 의식을 축하하는 것과 연관이 있는 종교적인 의미를 지니고 있는 것만은 확실하다. 또한 중세 시대 서구 연극의 독립된 발전 이면에 종교적 기원이 있다는 점은 주목할 만한 가치가 있다. 그러한 근원은 우리에게 연극이 인간의 깊은 열망에서 비롯되고 그러한 열망을 둘러싼 어떤 신비로움을 지닌다는 것을 상기시킨다.

하나의 연극적 형태로서의 비극은 기원전 오륙백 년 전 고대 그리스에서 최초의 전성기를 이루었다. 그곳에서 그 형식은 여전히 종교적 기원으로 채색되어 그것과 불가분의 것으로 생각되는 많은 특성들로 특징지어졌다. 후대 비평가들에 의해 '규칙'으로 굳어진 아리스토텔레스(기원전 384-322)의 기술적인 작품은, 비극은 곧 그리스 비극을 의미한다는 개념을 상당히 강화시켰다. 그러나 또한 엘리자베스 시대 비극, 프랑스의 신고전주의 비극, 그리고 그 밖의 비극이 있다. 이러한 것들은 항상 그리스 비극의 특정한 것에 상응하지는 않지만, 그것들은 똑같은 본질과 똑같은 비극적 비전에 근접하는 뭔가를 포착하는 듯하다.

그러면 비극의 본질은 무엇인가? 일반적으로 이해할 때, 비극은 단순히 불행하게 끝나는 연극이다. 그러나 연극 연구에서 비극적인 것과 단순히 슬픈 것을 구분하는 것은 관례이다. 한 가지 사건을 예로 들면 트럭에 치인 새끼 고양이의 죽음은 비극적이라기보다는 슬프거나 가슴 아픈 일이다. 불행한 사고를 당한 대상이 새끼 고양이보다 좀 더 관심을 끄는 것이라 하더라도, 또한 그것이 어떤 관심을 끄는 인간이라 할지라도, 그 사건은 여전히 비극적이라기보다는 가슴 아픈 것이다. 왜냐하면 비극은 어떻든 간에 희생자들을 숭고하게 해야만 하기 때문이다. 비극적 사건은 친구와 친척들에 미치는 직접적인 영향을 초월한 의미를 지닌다. 그것은 인생의 의미에 대한 전반적인 이해에 대해 언급하는 하나의 보편적 타당성을 지녀야만 한다.

우리가 비극에서 기대하는 바는 일상생활이나 예외적인 불행한 상황도 넘어선 위엄성과 중요성이다. 과거에는 이 중요성이 부분적으로는 시에 의한 언어의 고양과, 주로 귀족이나 상류층과 같은 인물의 중요성에 의해 제시되어 왔다. 이것은 아마도 많은 사람들이 깨닫고 있는 이상으로 도움이 되는 관행이라 하더라도, 여전히 관례이다. 내면의 고귀함이 주인공에 의해 성공적으로 성취될 수 있고, 사건들이 인간의 운명, 정의의 의미, 의지의 한계와 같이 궁극적인 인간 문제의 용어처럼 의미 있는 것으로 인식될 수 있는 형태를 보여 주고 있다면, 대부분의 비평가는 산문으로 얘기하는 사회적으로 낮은 계층인 인물의 가능성을 기꺼이 인정한다. 아리스토텔레스는 비극이 관객들에게 연민과 공포의 감정을 불러일으킬 것이고 이와 같은 감정을 정화시킬 것(카타르시스)이라고 말했다. 그러나 비극의 효과를 언급하더라도, 우리는 비극이 기분 전환보다는 보다 위압적이고 흥분보다는 보다 고귀하기를 기대한다.

이런 모든 것 외에도, 여전히 문제는 남아 있다. "비극적인 것은 무엇이고 우리는 그것을 어떻게 인식할 수 있는가?" 이것을 이해하는 궁극적인 바탕은 존재의 의미와 목적에 대한 각자의 견해를 내포하는데, 그것이 바로 비극이 지향하는 바이기 때문이다. 비극은 보다 큰 현실의 부분적이며 종속적인 차원으로서의 인생관에 의존한다. 그것은 초월적인 세계, 즉 우리가 알고 이해하는 세계를 넘어서 존재하며 의미를 지닌 세계에 대한 믿음을 요구한다. 그 초월 세계는 우리의 세계보다 앞서 있고 우월하기 때문에, 그것의 존재는 아무리 잘 알려지거나 잘 통제되었다 할지라도 우리 세계 속에 신비스러운 요소를 투사한다. 비극은 초월적인 세계가 구현하는 위대하고 궁극적인 의미와 인간의 만남이다. 보다 구체적으로, 비극은 인간이 저 너머 세계의 목적(종종 인간에게 미지의 것임에도 불구하고)에 어긋나게 자신을 던지는 것이다. 조우는 극적 상황의 가장 핵심적인 결과를 낳는다. 그러나 이 만남은 상대가 안 되는 대결이므로, 인간은 2천5백 년 전에 프로메테우스가 그랬듯이 패배하기 마련이다. 그러나 그 갈등과 상실 속에 세상의 의미를 비춰 주는 한 줄기 빛이 있다. 이것이 바로 『결박된 프로메테우스』는 비극이고, 『해방된 프로메테우스』는 비극이 아닌 이유이다.

이 점에서 혼동이 일어나기 쉽다. 비극은 그것의 *주제*로 초월적 세계를 지니지 않는다. 즉 비극은 확실히 신학이 아니다. 왜냐하면 연극은 다른 형태에도 그렇듯이 세상의 인간이 주체가 되어야 함을 비극에 요구한다. 비극은 근본적인 가정으로서 여전히 일상적인 현실보다 더 큰 초월적 현실이 *있다*는 개념을 지닌다. 그리고 그러한 가정 없이는 맥베스나 오이디푸스, 햄릿이나 프로메테우스의 상황은 비극이 아니라 역사적 사건이 되어 버린다. 실제로 현대적 용어로서 '역사적 사례'는 우리 시대의 비극의 문제에 대한 뭔가를 암시한다. 비극은 초월적 현실을 가정하기 때문에, 많은 비평가들은 오늘날 비극이 불가능하다고 주장한다. 현대인은 우리가 아는 물리적 우주 너머의 영역은 더 이상 볼 수 없다고 말한다. 널리 통용되는 현대적 견해는 인간은 근본적으로 많은 육체적 부분의 통합체이며, 식물학자가 대마초의 전부를 파악하거나 공학자가 선외 모터 전부를 파악하듯이 인간 전체가 포착되어야 한다는 것이다. 이들의 어떤 부분이나 전체에 무슨 일이 일어나든지 간에 그것은 자연적이거나 혹은 우연적인 것일 수 있지만(식물은 시들어 죽을 수 있고, 선외 모터는 아마 충돌로 파괴될 수도 있을 것이다), 그것은 거의 비극이라 불릴 수 있다. 이와 같은 분위기에서 비극은 단지 하나의 역사적 개념이 되고 만다. 그러한 시각이 우리의 지적인 삶을 지배하는 정도까지는, 그것이 비극의 창조를 방해하고 있을지도 모른다. 모든 것을 잃는 것은 아니라 할지라도, 관객으로서도 우리는 과거의 비극에 대해 어떠한 공감도 지니게 되지 않을 것이다. 그러나 과거의 비극이 정확히 우리가 초기 연극에서 가장 찬양하는 부분이다. 불행하게 끝이 나는 희곡에 대해서도 우리는 충분히 공감한다. 그러나 불행을 넘어서는 희곡을 위하여 우리는 과거의 비극작품으로 돌아간다.

그러므로 비극은 불행하게 끝나는 희곡 그 이상의 것이다. 그것도 또한 인생의 궁극적인 문제 파악에 이르고, 가장 고양된 순간의 인간을 보여 주며, 어떻든지 간에 관객을 과거보다 더 나은 인간이 되게 하는 것이다. 과거에 이 정의에 들어맞는 희곡을 창조하기 위해 다양한 방법이 사용되어 왔다. 어떤 관행은 특별한 연극적 시대와 전통에 한정되었다. 다른 관행도 너무 자주 다른 시대, 다른 장소와 마주쳤기 때문에, 장르 그 자체에 불가피한 것으로 되었다. 과거의 가장 유명한 비극 종류의 주요한 특징을 관찰하는 것도 유형을 좀 더 깊이 이해하는 데 기여할 것이다.

그리스 비극

아리스토텔레스가 그리스 비극 이론의 대변자이긴 하지만, 그가 자신의 이론을 발췌하는 데 사용한 것은 그리스 극작가의 관행 그 자체이다. 그가 관찰한 것이 결코 '법'이나 '규칙'은 아니지만, 놀랄 만큼 명확하고 체계적으로 기술되어 있어서 그의 이론은 그리스 비극 관행에 있어서 가장 뛰어난 논평으로 남아 있다. 아리스토텔레스는 그리스 비극이 그가 '비극의 정신'이라 불렀던 플롯에 지나치게 의존한다고 말했다. 그러나 항상 그렇듯이 성격은 플롯과 밀접한 관계가 있다. 그것은 분리하기보다는 강조할 문제이다. 그리스 비극은 운명 비극이라 불리는데, 그러한 명칭은 주인공의 성격 이외의 힘에 할당된 압도적인 역할을 암시한다. 대조적으로, 셰익스피어의 비극은 운명이나 숙명 혹은 어떤 강력한 외부의 힘이 종종 중요한 역할을 하지만,

성격비극으로 불려 왔다.

그리스 비극을 정의함에 있어 아리스토텔레스는 그것을 "진지하고 완전하고 어떤 위대한 행동의 모방"이라 불렀다. 그는 주인공이 운명의 변화를 경험하게 될 것이라고(반전 혹은 *페리피타이어*) 했으며, 그 반전은 행운이 불행으로 혹은 불행이 행운으로 될 수도 있다는 것을 암시했다(그러나 두 번째 유형은 비극의 주성분이 되진 않는다). 비극은 주로 행운이 불행이 되는 전환을 포함할 뿐만 아니라, 주인공과 종종 다른 인물의 재난이나 죽음으로 끝나는 파국으로의 전환을 포함한다. 그리스 비극에서 반전은 뭔가에 대한 깨달음, 흔히 주인공이 이전에 알지 못했던 자기 자신에 관한 진실을 깨닫는 인식(*아나그노리시스*)을 초래한다. 또한 주요 인물의 고통이 있다(*페이소스 혹은 스파라그모스*). 이러한 것들을 경험하는 주인공은 일반적으로 다른 사람보다 평균 그 이상이지만 완벽하지는 못하다. 그는 주로 자신의 몰락을 초래하는 데 일조하는 비극적 결함(*하마르티아*)을 지니는데, 주인공의 결함과는 별도로 작용하는 냉혹한 운명이 있을 수도 있기 때문에 항상 유일한 원인이 되는 것은 아니다. 그리스 시대 주인공에게 가장 일반적인 비극적 결함은 *휴브리스* 혹은 *하이브리스*(과도한 자만심)로, 소포클레스가 쓴 동명의 작품의 오이디푸스가 보여 주는 것과 같은 것이다.

사실상 『오이디푸스 왕』은 그리스극의 관행을 특히 잘 보여 주고 있기 때문에, 아리스토텔레스가 비극을 논함에 있어 하나의 예로 사용한 극이다. 모든 그리스 비극이 아리스토텔레스의 범주에 그렇게 쉽게 들어맞는 것은 아니지만, 소포클레스의 『안티고네』와 『엘렉트라』는 일반적으로 잘 들어맞는다. 『오레스테이아』는 덜 들어맞지만, 총체적인 의미와 효과 때문에 우리는 그것을 비극으로 여긴다. 세부적인 것은 다를 수 있지만, 그리스 비극은 '의도, 고난 그리고 지각'(전통적으로 *포이마, 파씨마, 마씨마*)으로 불리는 하나의 유사한 일반적 양식을 따른다.[1] 그것은 시에 있어 특별한 정형적 양식과

---

[1] 이 문맥에서 'passion'은 원래 이 단어의 본래 의미, 즉 *suffering*과 *pain*(라틴어 *patior, passus*에서 파생)을 뜻한다. 이것은 'patient'(라틴어 *patiens*)와 유사하다.
  케네스 버크의 『동기의 문법』(Cleveland: The World Publishing Co., 1962); 프랜시스 퍼거슨의 『연극의 사상』(Garden City, N. Y.: Doubleday & Company, Inc., 1953) 또한 볼 것.

병행된다. 일반적으로 다섯 개의 합창 송시와 균형을 이루는 다섯 개의 주요한 행동과 대사의 구절이 있다. 그리하여 후에 5막으로의 고전적 구분이 이루어졌다. 첫 번째 구절은 *서언*으로 제시로 이어진다. 다음엔 코러스가 오케스트라로 들어갈 때 부르는 노래인 *파로도스*가 뒤따른다. 그리고 대사와 행동은 에피소드로 진전되고, 각각의 에피소드는(*에피소디온*) 비극적 송가(*스타시몬*)로 이어진다. 송가에 있어서 대사를 읊는 동안 코러스는 한 방향으로 이동하여 *스트로피*(혹은 전환)가 되며, 그리고 반대 방향, 즉 *안티스트로피*(혹은 역전환)로 돌며 같은 운율로 *스토로피*에 대한 응답을 한다. 마지막으로 코러스는 중앙에 멈추어서 서정 송가, *에포드*(혹은 정지)를 부른다. 그리고 다음의 *에피소디온*이 시작된다. 마지막 에피소드 후에 집단이 극장에서 떠나는 코러스의 퇴장, *엑서더스*가 이어진다. 이러한 특징은 초기 제식에서 생겨난 것이다. 그것은 힘과 동력의 주 원천인 그리스 비극에 위엄과 고도의 진지함을 부여한다. 이미 언급했듯이, 그리스 비극은 시간, 장소, 행동의 삼일치의 준수가 특징이다. 즉 묘사된 행동은 한 장소에서 24시간 이내에 발생한다. 더구나 그것은 부수적 플롯이 없는 하나의 단일한 행동이다.

다른 시대의 비극에서는 스트로피, 안티스트로피 그리고 에포드나 심지어 통일성조차도 찾는 것이 헛된 일이며, 비극의 좀 더 일반적인 특징만 찾을 수 있다. 높은 지위의 인물, 고양된 언어의 사용, 그리고 고난과 인식이 따르는 갈등과 반전의 일반적인 양식은 대부분 위대한 비극에서 쉽게 식별할 수 있다.

엘리자베스 시대 비극

엘리자베스 시대의 비극을 이야기할 때, 말로와 웹스터 같은 극작가도 포함하긴 하지만 우리는 주로 셰익스피어의 작품을 의미한다. 셰익스피어의 비극은 많은 부분에서 그리스 비극과 다른데, 부분적 이유는 물리적으로 여타 극장과 다른 연극적 배경에 있다. 그럼에도 불구하고 이 두 가지 비극 유형은 한 가지 중요한 점에 있어 어떤 유사성을 지닌다. 즉 엘리자베스 비극은 교회의 성찬식에서 나온 중세 시대에 발생한 기독교 이야기를 극화시킴으로써 발전했다. 다시 말해서 그리스 비극처럼 그것의 기원은 종교적 축제이다. 엘리자베스의 이면 배경이 되는 중세 연극은 일반적으로 '성찬식극'이라 지칭된다.

성찬식 극은 종종 잔존해 있는 가장 오래된 예인 *쿠엠 쿠에르티스* 시구에 의해 일반적으로 설명된다. *쿠엠 쿠에르티스*의 뜻은 "당신은 누구를 찾고 있습니까?"이며, 십자가에 못 박힌 예수님의 무덤에서 천사가 세 명의 마리아(성처녀, 마리아 마그달린, 예수님의 추종자 클레오파스의 아내 마리아)에게 말한 것이다. 이 장면은 부활절 때 교회 성찬식에서 극화되었다. 연극의 시구는 성찬식의 성서구절을 확대한 것이다(다른 데에서는 대사의 형태이다). 다른 교회 축제를 위한 다른 시구들도 있다. 이러한 것에서 기적극(성인들의 전설에 근거한)과 신비극(성서 이야기를 찬미하는)이 생겨났다. 14세기에는 도덕극(덕과 악의 추상적 개념을 사용한 교훈적 연극)이 독자적으로 발전했다. 엘리자베스 시대 연극을 포함한 그 이후의 연극은 이 모든 것들로부터 발전하였고, 일부 초기의 종교적 경향이 엘리자베스 시대의 비극 작가들의 관행에 특색을 부여한 것으로 생각된다.

엘리자베스 연극에는 또한 고전적 이론(대부분 로마의)과 약간 혼합된 것이 있다. 엘리자베스 비극에 많은 것은 특히 풍부한 수사어구다. 폭력 장면은 로마 시대의 비극 작가 세네카(기원전 5세기경-기원 65년)의 영향을 받았다. 그럼에도 불구하고 비극적 몰락의 관념은 또한 중세적인 것이다. 중세 기독교 비극은 높은 위치에서 낮은 위치로 떨어지는 인간의 몰락이라 했는데, 그 개념은 그리스 비극의 반전과 거리가 먼 것도 아니다. 그러나 중세 시대에 이 개념은 희곡보다는 설화시에서 예시되었다. 셰익스피어의 비극뿐만 아니라 대부분의 역사극을 포함하는 엘리자베스 비극은 흔히 반전, 고통 그리고 마침내 죽음으로 끝나는 인식의 형태를 보여 준다. 셰익스피어의 주인공은 리어의 오만함, 맥베스의 야망 같은 성격적 약점 때문에 고통받는 높은 지위의 사람이다. 고전 비극에서 자주 일어나듯이, 셰익스피어 비극 또한 고뇌와 파국 속에서도 일종의 초월적 승리를 창조해 낸다. 그것은 물질적 승리가 아니라 이겨 내기 힘든 삶의 장애와 역경으로부터 나오는 보다 강해 보이는 정신적 승리인 것이다.

다른 비극과 마찬가지로 셰익스피어 시대에는 고귀함과 격조 높은 시와 상당히 감동적인 장면을 통해 전달되는 인간 경험의 한계가 있다. 그러나 단순성으로 주목되는 그리스 비극과는 달리, 엘리자베스 비극은 특히 풍부한 플롯과 부수 플롯의 자유로운 사용이 두드러진다. 이러한 것들은 주 플롯을 반영하고 강화시키지만, 그리스 비극의 가차 없는 단일 초점과 분명히 대조된다. 셰익스피어는 또한 비극에 저급한 삶과 희극 장면을 포함한다. 이 같은 장면은 그것의 효과가 상황을 완화시키기보다는 흔히 상황의 강도를 고조시킴에도 불구하고, 다소 부적절하게 '희극적 구원'이라 칭해진다.

아마도 셰익스피어의 비극적 실행의 가장 뛰어난 예는 『리어왕』(1606)일 것이다. 그리스 비극과의 외형적인 차이에도 불구하고, 리어왕은 그리스 비극의 특징으로서 인용되는 것, 즉 '의도, 고난, 인식'과 매우 유사한 종합적인 양식을 보여 준다. 발단이 되는 의도는 리어왕의 왕국 분할이다. 그것은 반전과 매우 심한 고통(고난)을 야기하는 가족의 갈등을 일으킨다. 그것은 리어왕의 궁극적인 인식과 또한 재난에 의해 절정에 이르게 된다. 리어왕의 고통은 전적으로 부당한 것이 아니지만, 그의 고통이 격동적이고 총체적이기 때문에 죄에 비해 도가 지나치다. 『리어왕』과 다른 위대한 비극들과의 공통점은 이 극이 모든 위대한 비극과 같이 한계에 직면해서 삶의 한계와 인간의 위엄성을 깨닫고, 삶의 비극적 의미를 구현하는 행동이라는 것이다. 연극에서 항상 그랬듯이, 비극적 시각은 여전히 추상적 언급으로서가 아니라 비극적 행동 그 자체인 행위로 현실화된다.

엘리자베스 시대 비극은 복수 비극과 가정 비극과 같은 부수적인 장르로 더 세분화될 수 있다. 엘리자베스 시대 연극의 철저한 연구는 특히 다른 극보다 『햄릿』을 복수극이라고 간주할 때, 그것들을 고려해야만 할 것이다. 여기서 부수적 유형을 다룰 만한 여유는 없다. 그러나 후기 비극은 간단하게 살펴보아야 한다.

후기 비극

17세기 코르네유(1606-1684)와 라신(1639-1699)의 프랑스 신고전주의 연극은 그리스의 연극적 관행을 새롭게 강조하였다. 신고전주의 연극은 엄격하고 정확하게 '일치성'을 준수하였는데, 종종 주제 문제 자체는 라신의 『앤드로마크』(1667)와 『페드르』(1677)에서처럼 그리스 신화에서 빌려왔다. 프랑스는 또한 고전을 찬미하는 다량의 비평을 산출했으며, 이러한 비평은 프랑스와 다른 곳의 연극 이론과 실제에 상당한 영향을 미쳤다. 17세기 말에 영웅극이라 일컫는 연극의 유형이 영국에서 생겨났다. 그것의 많은 작가들 중에는 존 드라이든이 포함되어 있는데, 그의 『그라나다 정복』(1670)은 이 유형의 완전한 대표작이다. 간략히 말해, 영웅극은 서사시의 많은 특징을 연극으로 전이시킨 것이다. 영웅극에 있어서, 갈등은 사랑과 명예 간에 생긴다. 주인공들은 그들의 삶보다 더 위대하고, 여주인공들은 때때로 번민에 빠져 있는 고결한 처녀일 뿐이다. 어느 정도의 과장은 영웅극과 밀접한 관계가 있는 듯하다. 그런 유형은 또한 화려한 문체 속에 내재되어 있는 숭고한 감정의 구절들을 자아낸다. 드라이든과 같은 영웅극 형태의 극작가는 안토니와 클레오파트라의 변형인 『사랑만을 위하여』(1678)에서 영국 신고전주의 극의 좋은 예를 만들었다.

18세기 영국에서는 이미 언급한 '가정 비극'이라 일컫는 유형이 비극을 지배하고 있었는데, 그것은 평균의 재능과 재산을 가진 사람에게 닥치는 불행을 주로 다룬다(이러한 유형은 후기 사상과 경향에 의해 변형되어 재등장하는데, 19세기의 사회 문제극 그리고 20세기의 『세일즈맨의 죽음』과 같은 일상생활에 관한 진지한 연극이 그것이다). 그러나 18세기의 비극은 단지 가정극이지만은 않았다. 18세기 말에 가면서 또 다른 유형인 낭만 비극이 독일에서 생겨났다. 이러한 장르는 실러(1759-1805)와 괴테(1749-1832)의 희곡에서 절정에 이르렀다. 독일의 낭만 비극에서는 갈등이 주로 이상과 현실 사이에서 생겨난다. 주인공은 출생이 그렇지 않더라도 인생의 가차 없는 불완전성에 대항하여 슬픔을 느끼는 고귀한 성품의 사람이다. 그 형식은 단기간만 성황을 이루었고(예를 들어 괴테의 작품도 모두가 이런 유형은 아니다), 19세기의 선정적인 멜로드라마에 흡수당하였다. 19세기 중반에 오늘날 현대극이라 불리는 것이 시작된다.

현대극에서 비극의 문제는 너무나 논쟁이 분분해서 아마도 결코 해결될 수 없을 것이다. 현대극은 전통적인 비극을 거의 불가능하게 하는 변화된 세계관을 반영한다. 현대극에서는 '문제극', '진지한 극', '가정극' 등등을 이야기하는 것이 비극의 광범위한 윤곽을 찾으려고 시도하는 것보다 오히려 더 쉽다. 그리스 시대, 엘리자베스 시대, 혹은 신고전주의 시대 같은 과거의 주어진 연극에 나타난 비극의 특별한 관행은 자연히 현대극에서는 표현되지 않는다. 그러나 더욱 중요한 것은 과거의 극작가들로 하여금 관례대로 일하게 해 주었고 여전히 비극의 사상을 포착할 수 있게 하는 삶의 비극적 감각이 명백히 결여되어 있다는 것이다.

멜로드라마

'멜로드라마'라는 단어는 *노래가 있는 연극*을 의미하지만, 음악이 상당히 오랫동안 멜로드라마의 핵심적 특징이 아니었기 때문에, 그것은 더 이상 현대적 정의의 일부분이 아니다. 오히려 멜로드라마라고 불리는 낭만극의 비음악적인 특성이 그 단어의 의미에서 지배적이 되었다. 이러한 특성은 선정주의, 감상주의 그리고 비극과 유사한 행동 양식이다. 냉혹하게 보면, 멜로드라마는 동기보다 행동을 특징으로 한다. 즉 유형적이거나 고정적인 인물과 관객을 열광시키는 선정적인 사건이나 윤리관, 권선징악이 특징이다. 좀 더 중립적으로 볼 때, 멜로드라마는 관객을 감동시키기 위해 기존의 연극적 장치를 충분히 사용하여 진지한 행동을 재현하는 유형이다. 그것은 불행하게 혹은 불행하지 않게 끝날 수도 있을 것이다. 성격과 주제를 다루는 방식은 비극보다 덜 고상하지만, 우스꽝스럽거나 불성실할 필요는 없다.

멜로드라마는 비극의 초라한 인척이나 '타락한 비극'이라 일컬어져 왔다. 멜로드라마는 자체의 어떤 것을 보여 주면서 비극의 어떤 요소를 지니고 있다고 말하는 것이 더 올바를 것이다. 그것은 타락한 것이 아니라 부분적인 형식이다. 타락한 것으로 보이는 이유는 그것이 종종 반전과 고통으로 피상적으로는 비극과 유사한 계획에 따라 진전되지만, 그 계획을 해피엔딩으로 뒤엎기 때문이다. 우리는 특히 행동 양식을 대조시킴으로써 19세기 멜로드라마를 비극과 대조해 볼 수 있다. 비극은 의도-수난-지각의 형식에 따라 진행되는데, 멜로드라마는 자극-고난-벌칙의 유형에 따라 진전된다.

구시대의 멜로드라마에서 '자극'은 행동을 유발시키는 근본적인 원인으로, 흔히 질투심이나 사악한 인물(악한 저당권자)의 탐욕이 그것이다. '고난'은 착하고 순진한 인물들이 이러한 악과 갈등하는 고통(악한에게 쫓기는 아가씨)이다. '벌칙'은 마지막 순간의 반전으로(저당금을 지닌 주인공의 등장) 악한 인물이 악행 때문에 고통당하는 것이다.

이러한 예가 보여 주듯이 우리는 멜로드라마를 희화적인 용어로 생각하는 일에 익숙해져 있다. 그런 유형의 윤곽을 지닌 극은 멜로드라마로서가 아니라 소극으로서 오늘날 재현된다. 그러나 그 형식은 아직도 남아 있다. 사라진 것은 19세기 멜로드라마의 특별한 고정적 특성, 즉 자작농, 농부, 악독한 농장주인 등등이다. 외형의 소멸과 함께 우리는 그 형식이 사라지는 것으로 생각한다. 그러나 멜로드라마는 많은 사람들의 공통적인 욕구, 특히 소망이 성취되는 것을 보고자 하는 것을 충족시켜 주기 때문에 상당히 항구적이다.

오늘날 멜로드라마의 주요 원천은 영화이다. 대부분의 만화(그들이 소극이 아닐 때)는 멜로드라마이다. 서부영화, 모험영화, 탐정영화 심지어 '심각한' 극영화의 많은 것들도 마찬가지이다. 영화 제작업자가 해피엔딩으로 끝내기 위해 소설과 희곡을 변형하는 습관은 종종 이미 멜로드라마 성향을 띤 희곡이나 이야기를 더욱 멜로드라마적인 것으로 만들었다.

또한 멜로드라마로 분석될 수 있는 많은 현대극들이 있다. 『욕망이라는 이름의 전차』나 『청춘의 달콤한 새』 같은 작품에서의 테네시 윌리엄스는 심각한 현대 멜로드라마를 쓴 성공적인 작가이다. 『작은 여우들』이나 『숲 속의 다른 지역』과 같은 릴리안 헬만의 작품도 또한 멜로드라마이다. 이들 작가와 다른 현대학파의 극작가는 흔히 그들 작품에 낡은 멜로드라마 형식 보다 더 많은 고귀성과 목적의식을 부여하는데, 부분적으로는 인식의 장면 을 포함하고 우리가 저당금 문제보다 좀 더 중요하게 여기는 소재를 사용함 으로써 그렇게 하였다(『유리 동물원』에서 아만다의 가장 큰 두려움이 무엇 인지를 깊이 생각할 수 있을지라도). 멜로드라마는 거의 변함없이 특별한 견해나 철학을 발전시키는 것을 추구하는 목적극의 장르이다. 이러한 것들 은 때로 주제극 혹은 선전극이라 불리며, 그러한 작품을 쓴 작가들의 범주 에는 입센과 쇼로부터 오데츠나 한스배리가 포함된다. 수많은 현대 진지한 극들의 주제는 미래의 세대들에게 『바에서의 열흘』이나 『동부의 린』과 같 은 극들이 그렇듯이 그렇게 구식으로(그리고 심지어는 희극적으로) 보일 수 도 있을 것이다.

가볍게 보면, 현대의 많은 인기 있는 소설들은(제임스 본드 시리즈와 같 은) 멜로드라마로 분석하는 것이 유리하다. 영화에서는 이러한 것들이 혼합 장르인 희극적 멜로드라마에 속한 것으로 보이며, 이 유형은 또한 과거에 조지 엠 코핸의 『대머리로 가는 7가지 열쇠』(1913) 등의 대표작에서 통용 되고 있는 것이다.

희극적 멜로드라마는 혼합적 요소를 지닌 극에 자주 사용된 용어나, 비극 인지 희극인지 분명치 않은 연극에 대한 일반적인 용어, 즉 '희비극'을 떠올 린다. 현재 멜로드라마의 사용과 같이 희비극의 사용은 비극이 아닌 모든 진지한 극을 의미하는 불어의 *드람*(drame)과 동등하게 꼭 맞는 영어를 찾아 내려는 시도를 반영한다. 실제로 어떤 이들은 영어로 *드람* 용어 자체를 사 용했으나 보편화되지는 못했다. *드람*에 대한 용어인 '희비극'은 17세기의 특정한 역사 형식(비극적으로 발전하지만 희극적으로 끝나는 극)과 이미 단 단히 결합되어 있기 때문에 어려움을 겪는다. 이상적인 용어는 아니라도 '멜로드라마'는 그것이 명시하는 것 중의 한 가지하고만 연결시키는 배타적 인 태도에서 벗어난다면, 알려지고 통용될 수 있는 이점이 있다.

결국 공정하게 다룬다면, 멜로드라마는 흥미 있고 만족할 만한 연극을 제공할 수도 있다. 우리는 항상 스스로 비극의 원칙에 예속되기를 원하지도 않으며, 또한 희극을 즐길 기분이 아닐 수도 있다. 멜로드라마는 우리에게 의지가 역경에 승리하는 것을 보게 하고, 비극적은 아니지만 분명히 인간적인 인물과 상황을 탐구하고, 언제 어디에서나 연극의 소재인 상승과 하강, 조우와 직면, 역전과 발견에 반응할 수 있는 형태를 제공한다.

희극

하나의 형식으로서의 희극은 매우 오래된 것이지만 비극만큼 오래된 것은 아니다. 희극은 종종 통찰력과 힘에 있어 비극보다 열등한 것으로 여겨지지만, 어떤 경우에는, 예를 들어 셰익스피어의 낭만 희극이나 몰리에르의 사회 희극을 관찰해 보면 희극적 경향이 비극의 경향에 매우 근접해 있다. 위대한 희극의 궁극적 의미는 그것들 또한 인간 조건의 본질에 대한 통찰력을 제공하는 것이고, 우리 인생에 대한 이해와 경험을 심화시킨다는 것이다.

'희극'이란 말은 어원이 그리스어이다. 그것은 흥겨운 음악과 춤의 행렬과 그러한 축제 때 부르는 송가를 의미한다. 희극도 또한 종교적인 기원을 갖고 있는데, 그것은 신의 죽음과 관련되어 있는 것이 아니라(비극처럼) 증식이나 삶을 예찬하는 젊은 신의 결혼과 연결된 것이다. 희극이 생겨난 원시적 축제는 농담과 웃음이 두드러지는 즐겁고 행복한 것이었다. 오늘날 '희극'은 행복하게 끝나는 가볍고 유머 있는 극에 광범위하게 적용되는 용어이다. 과거에 해피엔딩은 보통 수세기 동안 존속해 온 희극의 한 양상을 반영하는 한 쌍이나 여러 쌍의 결혼이었다. 극단적인 표현을 사용하면 비극이 실패(구체적인 용어로)에 관한 것이라고 말한다면 희극은 성공에 관한 것이다.

비극에서 우리는 일상생활의 평범하고 때로 우스꽝스러운 요구를 인식하지 못한다. 가끔씩 발생하는 예외는 예외이기 때문에 더욱 눈에 띈다. 리어왕이 죽어 가는 마당에 단추에 대해 갑작스런 관심을 보이는 것이 그 예다. 그러나 희극은 비극이 초월한 바로 그 세계 속에 산다. 옷, 태도, 신체적인 외형, 돈, 소유물, 이러한 것들이 바로 희극의 재료이다. 어떤 경우에는(그리고 거의 대부분의 소극과 희가극에서) 대상의 범위가 저속하고 조악한 것을 포함하는 것까지 확대된다. 비극에는 요강이 등장하지 않는다고 한다. 희극에서는 플롯이 요강에 흥미를 갖게 할 수도 있다. 간단히 말해서, 희극은 비극보다는 덜 고양된 세계에서 움직인다. 드라이든은 희극이 인간 본질의 불완전함에 흥미를 갖는다고 했다. 비극에 대해서도 똑같이 말할 수 있을 것이다. 그러나 희극은 이와 같은 불완전함을 조롱하고, 많은 경우에 그것을 수정하는 방법을 보여 주는 반면에, 비극은 수정이 불가능한 것들을 우리에게 보여 준다. 그러므로 희극은 인간의 악행과 어리석음을 보고 웃게 하는 희곡의 장르이다. 희극이 대부분 사회적 인간에 관심을 보이는 형식이라고 하면, 비극은 대부분이 철학적인 인간에 관심을 보인다. 조지 산타야나의 유명한 말이 있다. "인생에 있어서의 모든 것은 이상적인 면에서는 서정적이고, 운명적인 면에서는 비극적이며, 그것의 존재에 있어서는 희극적이다."

희극은 또한 행동의 종류와 취급에 의해 입증된다. 희극에서 묘사되는 사건은 비영웅적으로 일컬어질 수 있다. 즉 그것은 비극처럼 사건이 크지 않고 덜 심오한 쟁점에 흥미를 갖는다. 희극은 인간의 운명이 아니라, 어리석음, 결점 그리고 악행에 관심을 기울인다. 결과적으로, 항상 인간의 행동이 측정되는 것에 대하여 표현되거나 내재된 하나의 기준이 있다. 일탈을 보여줌으로써 희극은 실제로 하나의 기준을 갖게 되지만, 분명히 우리의 관심을 끄는 것이 바로 일탈 행위이다. 이러한 일탈은 모순된다. 인물의 행위와 우리가 인정하는 기준(최소한 연극의 진행 동안)은 일치하지 않는다. 종종 희극은 보다 더 큰 효과를 위해 일탈을 과장하거나 왜곡시킬 것이다. 예를 들어 벤 존슨의 희극의 인물과 같이, 탐욕이나 욕정 같은 하나의 격정에 의해, 누구나 그렇게 완전히 지배를 받는다는 것은 의심스럽다. 그러나 그러한 인간들이 고도의 탐욕이나 욕정 때문에 균형 감각을 상실했다는 것은 부인할 수 없다. 그러므로 과장됨에도 불구하고, 희극은 인간이 실제로 하는 행동과 분명한 유사성을 지닌다.

아리스토텔레스는 비극은 실제의 인간보다 더 나은 인간을 보여 주고, 희극은 열등한 인간을 보여 준다고 말했다. 그러한 관찰은 모든 희극의 특성인 과장을 믿게 만든다. 그러나 인간의 실패를 그림에도 불구하고, 희극은 성공에 관한 것이기 때문에 보통 긍정적이다. 그러므로 희극은 우리를 기쁘게 해 주고 만족시켜 준다. 따라서 실생활과는 다르지만, 권선징악은 멜로드라마에서처럼 희극에서도 매우 많이 작용한다. 희극에서 권선징악은 주로 희극이 의존하는 플롯의 작용을 통해서 나타나는데, 이것에 희극은 상당히 의존하고 있다. 술책과 놀라움은 희극에서 큰 기쁨을 제공하며, 특히 그것들이 시각적 효과와 결합되고 가식적이며 이기적인 것을 폭로하는 쪽으로 설정될 때 그러하다.

간단히 말해서, 하나의 장르로서 희극은 우리에게 웃음과 즐거움을 유발한다. 그것은 우리가 인지할 수 있는 사회적 행동에 대한 기준의 견지에서, 인간의 어리석음을 묘사하는 비영웅적인 행동을 특징화한다. 그것은 우리들이, 삶이 그렇게 되길 바라는 대로 보상과 벌칙을 분배하고, 인생은 궁극적으로 선하다는 것을 확인시킨다.

희극의 주요 특징

희극을 쓰는 데 있어서 어떤 요소는 초기 희극들에서부터 현재에 이르기까지 변하지 않는 것이다. 첫째로 변하지 않는 것은 고정적 인물, 다시 말해서 거의 개성이 없는 전형적 인물에 상당히 의존하는 것이다. 그러한 인물은 인지할 수 있는 다양한 인간의 특성을 가지고 놀 기회를 극작가에게 제공한다. 관객으로서는 인물의 개성을 고생스럽게 분석하지 않고서도 인물의 핵심적 성질을 즉시 느낄 수 있고, 마음속에서 인물을 적당한 범주로 분류할 수 있다. 그것을 인정하고 싶건 아니건 간에, 우리는 실생활에서 줄곧 이 일을 한다.

고정적 인물에 덧붙여 희극은 많은 고정적 상황을 특성으로 한다. 실제로 이와 같은 상황은 희극에서 매우 중요하다. 희극적 플롯의 분류는 주로 비정상적이거나 우스꽝스러운 상황에서의 인물을 내포한다. 전체적인 플롯이 새것이건 혹은 그전에 사용된 것이건 간에, 수 세대 동안 쓰인 플롯 안에 상황이 있다. 한 가지 예는 '스크린 신'으로 알려진 상황적 고안이다. 이런 상황에서 이야기 속의 몇몇 인물은 점차로 같은 장소에 함께 모이지만, 이들은 각자 모르게 숨어 있다. 그러나 이상적으로는 관객이 그들 모두를 다 볼 수 있어야 한다. 그러므로 그들은 주로 스크린 뒤에 숨지만, 다른 인물로부터만 숨는 것이다. 새로 숨은 인물, 그리고 마침내는 숨은 인물 모두가 함께 상대방으로부터의 폭로에 귀를 기울여야만 한다. 그러한 책략은 고정된 책략가의 음모를 폭로하고, 그 시점까지 정교하게 구성된 위선과 조작의 모든 조직을 밝히고 뒤집어엎는 완벽한 방식이다.

고정적 인물과 고정적 상황에 이어 또 다른 희극의 특징으로서, 우리는 변장과 신분의 오해를 첨가할 수 있다. 변장은 현대적 의상의 일반적인 동일함과 평범함 때문에, 고전극에서보다 현대극에서 더욱 어렵다. 그러나 한 인물이 다른 인물로 가장할 때 동일한 효과를 얻을 수 있다. 위장은 거의 항상 고정적 상황과의 관련 속에서 작용한다. 위장된 인물은 실제로 자기 자신을 드러낸다. 그때 모든 조작의 수단은 필수적이다. 이것은 또 행동을 급속하게 진전시키는 풍부한 놀라움과 발견을 제공한다.

위장, 변장, 신분의 오해 그리고 반복되는 희극적 상황의 고색창연한 특징 이외에도, 희극에서는 비극이나 진지한 극보다 더 많은 무대 도구나 소품을 사용하는 경향이 있다. 소극에서 무대 도구는 물을 뿜는 꽃이나 얼굴에 던지는 커스터드 파이만큼 오래된 것일 것이다. 고급 희극에서 무대 도구는 그것을 누가 갖느냐에 따라 플롯의 결과가 결정되는 보석과 같은 값진 물건일 수 있다. 어떠한 물건이라도 희극에서는 훌륭한 놀이 도구이다. 현대 극작가들은 전화기 같은 현대적 소품을 위장과 변장, 그리고 잘못된 정보의 유포를 위해서 바꾸어 쓰고 있다. 고전극에서 그러한 목적을 위해서 사용된 도구는 위조된 편지였다.

끝으로, 하나의 유형으로서 희극을 생각할 때 고급 희극으로부터 저급 희극까지 희극의 *범주*에 대해 이야기하는 것이 관례다. 하나의 유형으로서의 고급 희극은 조지 메러디스의 『희극의 사상』(1877)에서 광범위하게 언급되었고, 그 장르가 셰익스피어의 낭만 희극도 포함하지만, 풍속 희극과도 연관되어 있다. 고급 희극은 사상, 성격 불일치, 그리고 말재간에 흥미를 보이는 것으로 주장된다. 또 다른 쪽의 저급 희극은 음란, 육체적 재난, 그리고 플롯의 고안과 같은 특징을 강조한다. 고급 희극과 저급 희극을 단호하고 확고하게 구별할 수는 없다. 육체적인 재난이 고급 희극에서도 일어날 수 있고, 성격 불일치, 그리고 말재간이 저급 희극에서도 일어날 수 있다. 그 차이점은 희곡의 총체적인 방향과 의미에 근거하고 있다. 만약 『세상 돌아가는 법』이 고급 희극이고 키스톤 콥스가 명백히 저급 희극이라 하더라도, 여전히 그 둘 사이에는 대부분의 희극 작품이 차지하는 광활한 영역이 있다.

비극처럼 희극은 역사를 통한 어떤 방법과 실행에 의해 특징지어져 왔다. 이러한 것을 간단히 살펴보는 것은 과거의 희극과 그것의 지배 개념을 이해하는 데 도움이 될 것이다.

고전 희극

그리스 희극은 소위, '구희극'(기원전 465-400)으로 시작하는데, 그것은 무언극 배우와 무용수들의 전시로부터 발전되어 주로 정치적이고 사회적인 풍자로 특징지어져 왔다. 이 희극은 '중기 희극'(기원전 400-366)으로 이어지는데, 문학적이고 철학적인 패러디에 흥미를 갖는다. 아리스토파네스(기원전 488-388년경)의 희곡은 이러한 두 기간에 남아 있는 주요한 예다. 그리스의 '신희극'(기원전 336년 이후)은 사회적이고 가정적인 주제를 강조한다. 메난더(기원전 343-291)가 주요 작가였다. 그리스 작품은 그 후에 플라우투스(기원전 250-184년경)와 테런스(기원전 190-159년경)의 로마 희극에 대한 본보기를 제공하였는데, 로마 희극은 르네상스 희극(특히 플롯에서)에 영

향을 주었다.[2]

로마 희극은 효과를 얻기 위해 플롯과 성격 유형에 크게 의존하고 있다. 그것은 주제가 일상생활에서 나온 것이어서(엘리자베스 시대의 낭만 희극과는 반대되는 것으로서) 종종 사실적이었다. 그러나 많은 유머는 플롯의 분규에서 생겨난다. 로마 희극은 변장과 신분 오해가 다양한 오해와 오판을 야기하는 것에 열중한다.

로마 제국의 멸망 후, 그리고 중세 초기 동안 어떤 종류의 연극도 거의 없었던 것과 마찬가지로 희극도 거의 없었다. 희극이라는 용어 자체가 연극에 대한 관련도 없이, 재미있는 작품이라는 의미도 없이 적용되게 되었다. 그러므로 단테의 『신곡』은 방대한 관점에서 인생을 보고, 전체를 보며, 인생 속에서 궁극적으로 긍정적인 의미를 찾는다는 의미에서 희극적인 설화시다.

중세 희극과 르네상스 희극

중세 시대의 연극의 탄생은 마침내 다양한 종류의 희극을 낳게 되었다. 중세 연극의 희극적인 요소는 초기의 민속적이고 이교도적인 의식의 영향을 받았지만, 우선 이러한 요소를 광대 부분이 도입된 중세의 기적극 혹은 신비극에서 볼 수 있는데, 이것은 성서나 성찬식 형식과는 관계가 없었다. 따라서 웨이크필드나 타운리 사이클(14세기)의 기적극 혹은 신비극인 『두 번째 양치기 극』에서 양치기들이 동료 중의 한 사람을 자신들을 속였다며 담요에 싸 던지는 장면이 있다. 15세기와 16세기의 도덕극에서는 희극적 요소가 더욱더 천명되고, 16세기 막간극의 발전에 기여하게 되었다.

막간극은 아마도 그와 같은 유형의 최초의 영국 희극이다. 그것은 소극의

---

2) 고전 희극의 범위는 상당하지만 그리스 관행에서 그것은 일반적으로 다음과 같이 분류된다. 서언, *파로도스* (코러스의 등장), *아곤*(쟁점에 대한 논쟁이나 주장), *파라바시스*(개인적인 혹은 국가적인 문제에 대해 관객에게 코러스가 직접 말한다), 에피소드 부문, 마지막 *엑소더스*. 직접 말하는 구절은 작가 자신의 소감을 나타냈으며 행동의 일부분이어야 할 필요는 없었다. 후에 그리스 사회 희극은 어조가 완화되었고, 정치적 요소는 거의 없었다(중기 희극에서 *파라바시스*는 누락되었다). 후기 희극에서는 가정적이며 가족적인 문제가 더 주요한 위치를 차지하였고, 웃음의 대상으로서 희극적 유형이 특별한 인물보다 우위를 차지한다.

시조이다. 막간극의 희극은 이미 저급 희극으로 인용된 요소들을 사용한다. 즉 신체적 행동, 특히 구타와 폭언, 음주, 광대 노릇, 익살(흔히 조잡함), 그리고 사회적 위치가 낮은 사람들(초기 형태의 도덕극에서 발전한 우의적인 인물들)이다.

엘리자베스 시대 희극은 로마극의 예(가정 음모 같은)에 힘입은 요소들의 혼합물로 막간극에서부터 발전되었다. 셰익스피어의 초기 작품 『실수 희극』(1593)은 플라우투스의 『메나에크무스』에 크게 의존하고 있다. 로버트 그린의 『제임스 4세』(1590년경)와 후기 셰익스피어 희극, [예를 들어, 『당신 좋으실 대로』(1599)]로 대표되는 다른 유형은 낭만 희극이라 불린다. 이 유형은 위장, 신분 오해, 플롯 책략 등과 같은 고전 희극의 많은 특징뿐만 아니라 귀족(좀처럼 왕족은 드물게) 사이의 사랑과 낭만의 강조, 상당히 재치 있고 영리한 여주인공, 목가적 배경이 두드러진다. 『당신 좋으실 대로』와 『12야』(1599)는 이러한 형식의 최상의 예다. 낭만 희극의 형성에 도움이 된 다른 엘리자베스 시대의 극작가로는 로버트 그린과 조지 필이 있다.

17세기 초의 벤 존슨은 또 다른 유형의 희극인 기질 희극을 발전시켰다. 이러한 종류의 희극은 인간성의 결정 요소로서 네 가지 신체 기질이나 액의 개념에 의존하지만(우울한 사람의 담즙, 다혈질의 혈액, 냉정한 사람의 황색 담즙, 성마른 사람의 담즙), 기질론에 친숙하지 않은 사람들조차 인지할 수 있을 정도로 상황과 성격은 희극적이다. 고전 문학에 매우 정통했던 존슨은 항상 성격 유형에 크게 의존해 왔던 매개체로, 기질론의 희극적 가능성을 개발했을 뿐이다. 기질 희극은 술책, 위장, 신분 오해, 반전 그리고 발견을 로마 희극만큼이나 교묘하게 사용한다. 더군다나 존슨은 그의 희극 속에 진지한 도덕적, 교훈적 목적을 지녔는데(다른 희극 작가도 그러했던 것처럼), 그는 균형이 안 잡힌(기질에서) 사람들이 인간 행동에 대한 규준으로부터 불합리한 일탈로 가는 것을 우리가 정탐할 수 있도록 했다. 그럼에도 불구하고, 그는 그들의 행위에 있어서 희극적인 것에 대해 확고한 인식을 잃지 않았다. 기질 희극의 가장 훌륭한 예는 존슨의 『기질을 지닌 모든 사람들』(1598)과 『기질을 잃은 모든 사람들』(1599)이다.

왕정복고 희극과 후기 희극

낭만 희극의 인물들이나 적어도 영리하고 훌륭한 가문에서 태어난 인물들이 목가적인 배경에서 나와 객실로 들어왔을 때, 그 결과는 주로 왕정복고 시대(1660-1700)와 관련된 하나의 유형인 풍속 희극으로 나타나는데, 일찍이는 셰익스피어의 『헛소동』(1599)과 늦게는 노엘 카워드와 필립 배리의 희곡에서 명백하다. 풍속 희극은 반드시 심하진 않지만 종종 풍자적인 목적이 제시된다. 그것은 고급 희극과 종종 관련이 있는 상류 사교 계층의 행동을 웃음의 대상으로 제시하는데, 풍속 희극은 흔히 고급 희극이다. 예를 들어, 몰리에르와 콩그리브에게 풍속 희극은 또한 사상, 풍자, 성격 그리고 찬란한 말장난에 중점을 둔 명백한 고급 희극이다. 왕정복고 풍속 희극의 고전적인 예들은 에서리즈의 『유행을 쫓는 사람』(1676)과 콩그리브의 『세상 돌아가는 법』(1700)이다. 물론 풍속 희극은 필연적으로 사상과 풍자의 세련된 세계에서만 존재하는 건 아닌데, 그것은 플롯 책략에서 음란함까지 다른 종류의 희극의 수많은 전통적인 요소가 풍부하게 존재하기 때문이다.

풍속 희극은 감상 희극이나 최루극(문자 그대로 *눈물 어린 희극*)으로 인해 18세기에 한동안 퇴색되었다. 이 유형은 좀처럼 희극처럼 보이지 않는데, 그것은 웃음이나 심지어 인간의 결점에 대한 점잖은 놀림보다는 주인공의 고귀함과 명예에 대한 공감과 감탄을 불러일으키기 때문이다. 그 뒤 풍속 희극은 골드스미스와 셰리단의 『그녀는 허리 굽혀 정복당했다』(1773)와 『염문 학교』(1777) 같은 작품에 의해 18세기 말에 부활되었고, 오스카 와일드와 버나드 쇼에 의해 현대극에서 다시 한 번 부활되었다.

현대 희극은 소극에서 고급 희극까지 그 범위가 이어진다. 심지어 우리는 와일드와 카워드에서 소극, 즉 풍속 희극의 예를 보게 되고, 쇼에서는 사상극이기도 한 희극을 본다. 많은 현대 희극들은 객실 희극의 범주에 가장 잘 맞는데, 그 용어는 그것이 또한 풍속 희극에서와 같은 뭔가를 내포하긴 하지만 희극에서 가장 흔히 사용되는 배경을 묘사할 뿐이다. 그러므로 몸의 신랄하며 풍자적인 『우리들의 내기꾼』(1917)과 제임스 엠 배리의 좀 더 점 잖고 모호한 『자랑스러운 크라이튼』(1902)은 둘 다 풍속 희극일 뿐만 아니라 객실 희극이기도 하다.

비극적 시각이 어찌되던 간에, 희극적 시각은 현대의 무대에서 잘 재현되는 듯하며 다양한 방법으로 표현의 추구를 계속하게 될 것이다.

소극

저급 희극 혹은 소극과 희극의 관계는 멜로드라마와 비극의 관계와 같다. 그것은 시각적 유머, 상황 그리고 비교적 복잡하지 않은 인물들에 크게 의존하는 하나의 가벼운 오락물이다. 소극(farce)은 *farsus*라는 라틴말에서 유래되었는데, 그것은 또 '*채워 넣다*'는 의미의 동사에서 나온 것이다. 현대 프랑스어도 여전히 '채워 넣다'는 의미의 *farcir*를 쓰고 있는데, 특히 속 채운 토마토에서와 같이 'forcemeat'라고 불리는 잘게 썬 고기 종류와 같이 쓸 때 그렇다. 희곡 형식과 채워 넣기의 관련은 *farse*라는 용어가 교회 성찬식에서 확대나 첨가의 뜻으로 사용되었고, 희곡에서 특히 즉흥적인 것을 첨가하는 데 적용되었다는 것을 깨달을 때까지는 거리가 먼 것처럼 보일 수 있을 것이다. 이것은 주로 익살이나 희극적 광대의 형태였다. 심지어 오늘날까지도 대본의 즉흥적인 첨가물은 일반적으로 희극적이다. 그러므로 몇몇 현대 희극 배우들은 그들의 즉흥 대사 기술, 다시 말해 즉흥적인 말, 농담, 심지어 대본에 없는 행동, 그리고 배우들이 소극의 발전을 위해 원래 했던 바로 그것으로 칭찬을 받고 있다.

소극의 유래가 된 즉흥적 부가 형식은 거의 대부분 저속 희극의 종류이다. 언어적 농담, 신체적인 광대노릇, 익살 그리고 왁자지껄한 광대놀이 등이 그것이다. 이러한 것들은 그 당시 우의적인 도덕극에서 발전한 막간극을 지배하게 되었다. 무대에서 악에 대한 떠들썩한 추격과 같은 특징을 막간극에서 기대하게 되었으며, 그리고 점차 확대되게 되었다. 원래 특수한 악행의 화신인 악은, 급기야 매우 즐겁고 거친 행동과 더불어 다른 사람들로부터 신체적 조롱을 받는 일종의 고정 인물이 되었다. 이러한 발전은 막간극에 있어 도덕극으로부터 희극으로의 움직임을 드러낸다. 16세기 영국의 극작가인 존 헤이우드와 존 러셀은 도덕적 교훈보다는 오락으로서의 희극적 막간극을 썼다. 프랑스 소극은 명백히 희극 배우에 의한 즉흥적인 첨가와 관련된다.

결국 '소극'이라는 단어는 단지 어떤 종류의 행동에만 적용되는 것이 아니라, 장막 희극과 구별되는 짧고 가벼운 희곡에 적용되었다. 그 용어는 그 이후 주로 저속한 희극적 요소를 특징으로 삼는 희곡에 무심코 적용되었다. 대부분의 소극은 플롯보다는 상황에 관심을 기울이거나(팽팽하게 구성된 소극이지만), 성격 발전보다는 유형에, 그리고 정력적이고 우스꽝스런 신체적 행동에 관심을 기울인다. 소극이 단순히 희극으로 보일 수 있겠지만, 그것을 어떤 종류의 희극으로 만드는 것에는 근본적인 차이점이 있다. 희극이 아무리 밝고 힘이 넘치더라도, 그것은 어떤 사고의 양식과 지적인 내용을 제공한다. 그러나 소극은 전적으로 이와 같은 내용이 결핍될 수 있다. 소극의 목적은 가장 와자지껄하고 단순한 웃음을 자아내는 것이다. 현대에 와서 우리는 소극을 많은 텔레비전 시트콤과 연관시키고, 더군다나 영화의 희극 팀들과 연관시키는데, 그들은 미묘하고, 희극적인 기술보다는 광범위한 기술을 보여 주는 기회를 제공하는 우스꽝스러운 상황에 처한 자신들을 끊임없이 발견한다. 로럴과 하디는 그러한 희극 팀이다. 소극에서 재치 있는 대사는 괴상한 육체적 행동에 눌린다.

'소극'이라는 용어는 중세 후기에 발전한 것이지만, 그것은 고전 시대의 많은 희극 작품에 적용될 수 있는데, 그 이유는 소극의 요소들이 연극만큼이나 오래되었기 때문이다. 아리스토파네스와 플라우투스는 저급 희극의 요소가 지니는 호소력을 잘 이해하였고, 우리는 후기 작품만큼 쉽게 그들의 몇몇 작품을 '소극'이라 명명할 수 있을 것이다. 그러나 어떤 비평가들은 그 용어가 칭찬의 말처럼 보이지 않으므로, 소극의 개념을 제한하려 한다.

물론 소극과 희극 사이에는 엄격한 구분이 없다. 고급 희극이 저급 희극의 요소를 내포할 수 있는 것과 마찬가지로 소극도 언어적 재치나 성격 분석의 구절을 지닐 수 있을 것이다. 비평가들은 흔히 『정직함의 중요성』(1895)이 소극인지 고급 희극인지에 대해 의견이 다르다. 이 희곡은 희극이 될 수 있는 모든 것을 한꺼번에 지니고 있는 듯하다. 한편으로는 틀에 박힌 유한계급의 인물을 그린 것으로, 이것은 후기 빅토리아 사회의 허위와 위선을 조종하는 일종의 풍속 희극이다. 또 다른 한편으로는 지극히 편협한 성격 창조와 불합리하게 불가능한 상황을 그린 순수한 소극일 뿐이다. 아마도 '고급 소극'과 같은 용어가 와일드의 희곡에 가장 적합한 용어일 수 있다. 이 용어는 고급 희극의 재치와 언어적인 찬란함을 암시하고, 동시에 소극과 관련된 상황과 진정한 성격 발전의 결핍을 암시한다. 이 용어는 노엘 카워드, 카우프만, 하트 등의 작품에서와 같이 희극과 소극에 대한 장르 분류의 문제점을 제기하는 많은 희극에 사용될 수 있을 것이다.

비평가들에 의한 소극과 희극 사이에 일반적인 구분선은 희극이라는 사다리의 중간 단으로 플롯 구성에 관한 문제이다. 비평가들에게 구성이 그럴듯하지 않게 보일수록, 당사자에게 이것이 한두 마디의 말로 쉽게 와해되면 될수록, 믿음직한 인물의 본질과 관련이 적을수록, 비평가들은 더욱 이 작품을 '소극'이라 부르게 된다. 그러나 이러한 문제들에 대해 보편적인 합일점을 얻는다는 것은 어렵다. 또 한편으로, 그것이 키스톤 콥스든, 텔레비전 시트콤이든, 심지어(순수한 형식에 근접한 점에서) 우스꽝스런 희극 배우들의 농담과 실수이건 간에 논란의 여지가 없는 소극도 쉽게 발견될 수 있다.

멜로드라마가 진지한 연극에 대한 인간의 중심적인 경향, 즉 압축된 형식에서 인생의 강렬하고 흥미진진한 순간을 경험하려는 욕망을 만족시켜 주듯이, 소극은 우스꽝스러운 상황과 품위 없고 거친 행위로서 즐거움을 얻으려는 막연한 인간의 충동을 만족시켜 준다. 그 둘 다 없는 경우엔 행복과 동떨어지게 될 것이다.

유형과 비유형

목록을 만드는 것은 끝이 없다. 연극의 다른 장르도 목록에 올릴 수 있을 것이다. 각각의 연극 시대는 지속적인 유형에 대한 그 자체의 변형을 발전시키고, 많은 '장르'는 실제로 특정한 시대에 유행한 종속 장르이다. 예를 들어 초기라면, 우리는 17세기 희비극과 가면극을 거론할 수 있을 것이고, 현대극에서는, 부조리극과 프롤레타리아 연극을 분리된 유형으로 간주할 수 있으며 그것들의 특별한 특징을 인용할 수 있다. 또 한편으로, 우리는 많은 비평가들이 원하듯이 장르의 이론을 완전히 배제하고 희곡의 경향만을 말할 수 있을 것이다. 이와 같은 접근은 그 주제가 현대극일 때 가장 능률적일 수 있다. 예를 들어, 우리는 사르트르의 『출구 없는 방』이나 베케트의 『게임의 끝』, 혹은 주네의 『발코니』가 이미 언급된 어느 범주에 적절히 속하는지, 아니면 마땅하게 장르가 없는 건지에 관해 질문할 수 있을 것이다. 만약 우리가 후자로 결론을 내린다면, 작품을 충분히 이해하기 위해 우리는 작품의 일반적인 성향을 고려해 볼 수 있다. 흔히 기존의 문학 유형을 신봉하며 쓰인 옛날 희곡에서 장르 문제는 더욱 밀접한 관계가 있다. 그러므로 가장 현명한 방법은 그것들이 우리에게 제시할 만큼의 장르 개념을 사용하고, 할 수 있는 한 많은 장르의 관례를 끄집어내는 것이다. 그리고 유형의 분류에서 더 이상 얻을 수 있는 것이 없을 때, 우리는 유형 분류를 초월하여 다른 희곡의 관점과는 다른 *이* 희곡과 *이* 관점의 진실이 무엇인지를 발견하기 위해 관심을 돌릴 준비를 해야만 한다.

6장 공연

희곡의 독자들은 일반적으로 연극 팬이기도 하다. 이 두 가지 행위는 서로를 풍요롭게 한다. 그러나 대부분의 경우, 읽기가 선행되는데 이것은 대체로 작품이 공연보다 더 용이하기 때문이다. 사실상 공연 관람은 때때로 독자들에 의해 무시되기도 한다. 그 결과 공연 관람을 않는 독자들은 그들이 읽는 사건 전반에 대해 너무나 가볍게 생각하기 쉽다. 이와는 대조적으로 극작가는 항상 그들이 쓰는 작품이 공연될 극장의 수용력과 한계에 대해 의식하고 있다. 정통한 독자는 약간의 그런 의식을 연마하려 할 것이다.

극장의 실질적인 면에 대한 연구는 바로 희곡 공연에 관한 연구이다. 그 연구가 동시대적일 때, 우리는 그것을 공연 기술에 관한 연구로 생각한다. 그것이 역사적일 때, 우리는 그것을 연극사의 연구로 여긴다. 이 두 가지 경우, 우리는 실제로 똑같은 것을 연구하는 것이다. 즉 공연되고 있는 연극이나 공연된 연극에 명시된 다양한 방법들이다.

독자가 공연에 정통하기를 바라는 것은 분명히 지나친 기대이다. 연극 전체의 역사보다는 손쉽게 다룰 수 있는 영역 연구가 독자의 목표가 되어야 한다. 연극 구조의 주요 유형과 연극 행위가 성행했던 시대에 사용되었던 다양한 종류의 공연장과 극장의 연구 그 자체가 이상적인 출발점이다. 왜냐하면 공연 기술은 실질적인 문제라서 희곡이 상연된 건물과 밀접한 관련이 있기 때문이다.

극장 건물은 희곡의 종류, 상연, 그리고 연기술의 전통을 염두에 두고 설계된다. 그러한 본질 때문에 극장은 어떤 면은 장려하고, 어떤 면은 장려하지 않는다. 현대 극장과 초기의 극장을 대조할 때 그 차이점은 극명하게 나타난다. 광범위하게 이야기하면 공연의 차이는 1) 현대 극장에서는 기술적이고 사실적인 세부 사항을 더욱 강조하여, 2) 결과적으로 관객의 상상력에 대한 요구가 적어지는데, 이에 반해 1) 과거에는 비교적 소규모의 장치와 조명을 사용하여, 2) 관객에게 기꺼이 이런 특징들을 충족시킬 것을 강력히 요구한다. 연기에 있어서도 현대에는 구상주의 연기(사실적이며, 자연스럽고, 보기에 꾸밈이 없어 보이는), 초기 연극은 표상주의 연기(연극 같은, 웅변조의, 고도로 세련된)에서 그 차이점이 나타난다. 이러한 모든 공연 영역 그 자체가 연구 대상이지만, 모두가 주어진 시대에 사용되었던 극장 건물 종류에 대한 연구를 통해 그 자체를 나타내기도 한다.

어떤 극작가도(아마도 서재극 작가들을 제외하고는) 극장의 가능성에 관해 실질적으로 의식하지 않고 쓰는 사람은 없을 것이고, 보다 성공한 작가일수록 이러한 가능성을 더욱 포착할 것이다. 사실 그들은 무대와 관객 사이의 물리적 관계, 그리고 무대와 관객이 위치한 구조의 물리적 잠재력에 의존한다. 이 실질적인 공연의 핵심적 조건은 우리가 고려할 네 가지 주요 구조 형태에 알맞은 명칭까지도 제시한다. 고전 극장, 엘리자베스 시대 극장, *프로세넘 아치 무대, 아레나 무대*이다. 이러한 네 가지 유형이 지금까지의 모든 극장 종류를 망라하지는 못한다(그 밖의 것들은 앞으로 언급될 것이다). 그러나 이것은 서양 연극에서 극장 건축의 주요 원칙과 극장 구조가 지닌 주요 문제점을 제시하고 있다.

고전 극장

가장 초기의 그리스 극장은 아마도 기원전 6세기 초반부에 세워졌을 것이다. 이것은 아테네에 있는 디오니소스 극장이다. 그곳에서 기원전 534년 테스피스는 기록상으로 최초의 극작 상을 수상했다. 그 이후부터 매년 3월에 열리는 축제('시티 디오니시아'라 불리는)의 주요 사건이 된 연극 경연의 연대를 추정한다. 후에 1월마다 열리는 '레나이아'라 불리는 축제에 연극이 추가되었다. 이러한 것들이 고대 그리스에서 연극이 공연된 유일한 기회였다. 비록 위대한 그리스극은 기원전 5세기로 거슬러 올라가지만, 디오니시아는 기원 2세기까지 연극 경연 형태로 계속되었고, 여러 가지 저속한 형태의 그리스극은 기원 5세기까지 지속되었다.

최초의 그리스 극장들은 목재로 만들어졌다. 기원전 4세기에는 그 건축술이 돌과 대리석으로 되었다. 그러나 모든 그리스 극장(그리고 로마로 계승된 것들도)은 주신 찬가 의식을 행하던 초기 방식을 반영하는데, 이것은 그리스인들의 기록되지 않은 과거까지 미치는 비극의 선두자이다. 주신 찬가는 화자이면서 합창 무용을 하는 축하객 주위에 둥글게 자연스럽게 모여든 관객들에게 공연되었다. 따라서 공연 장소는 전통적으로 원형이었다. 테스피스는 단지 주신 찬가의 절차를 형식화하였고, 극장 건축가는 배우와 관객의 본래 위치를 확장시키고 영구화시켰다.

배우 혼자 말하거나 코러스나 그 지도자와 대화를 나누던 테스피스의 단일 배우(*주역*) 양식에, 아이스킬로스는 두 번째 배우(*조연자*)를 추가시켜 코러스의 규모를 감소시켰다. 그는 또한 몇몇 무대 효과도 첨가시켰다. 소포클레스는 세 번째 배우(*트리타고니스트*)를 추가했다. 그리스 비극의 최후의 거장인 에우리피데스의 작품뿐 아니라, 아이스킬로스의 후기 작품도 소포클레스 양식을 따르고 있다. 이와 같은 개혁 중 어떤 것도 극장 건축을 변경시키지는 못했다. 실제로 5세기의 중요한 건축 발전은 그 구조가 결코 연극의 지배적이거나 특별히 뛰어난 부분으로 되지는 못했지만, 점진적으로 보다 정교한 무대 장치였다. 그렇지만 이것은 극장이 정교해지기 전에 부족했던 여러 가지 장치를 제공했다. 그리고 이런 장치를 가장 활용한 극작가는 그리스의 위대한 마지막 작가인 에우리피데스이다. 가장 두드러진 점은 모든 위대한 그리스극, 즉 아이스킬로스, 소포클레스, 에우리피데스의 희곡이 5세기에 집중되어 있다는 것이다. 그러므로 5세기의 그리스 극장은 예술적으로나 건축적으로 고전 극장의 특성을 나타낸다.

그리스인들은 그들의 구조물을 단순히 '극장'이라 불렀는데, 그것은 '보다'라는 의미의 단어에서 유래한다. 보는 것은 명백히 그러한 구조물의 목적이므로, 모든 것이 개방적이고, 모든 것이 단일한 중심점을 향하고 있다. 그리스인들이 사용했던 구조물의 주요한 윤곽은 오늘날 '노천극장' 혹은 때때로 '주발'이라고 불리는 큰 원형 극장에서 볼 수 있다. 더군다나 수많은 그리스 극장이 학문적인 자료와 더불어 세부 사항이 결여되거나 논란의 여지가 있지만, 고전 극장의 물리적 본질의 좋은 보기를 제공하기에 충분할 만큼 다양한 정도로 보존되어 여전히 남아 있다.[1]

구조물은 이상적으로 언덕 위에 지어졌다. 그것의 형상은 반원 이상의 것이었고, 최소한 원의 2/3나, 언덕 기저에 있는 지름 60 내지 70피트 되는 타원형 무대(오케스트라)를 에워싼 좌석으로 되어 있다. 원형의 중앙에는 디오니소스에 바치는 제단(씨미레)이 있었다. 무대 쪽에서 보면 좌석이 측면을 에워싸면서 계단석 층 위에 있다. 모든 것이 하늘을 향해 개방되어 있다.

그리스 극장은 세 개의 주요 부분을 지니고 있다. 객석(*오디토리움*), 무대나 연기 구역(*오케스트라*), 그리고 분장실(*스케네*, 후에 *스케노테크*)이다. *스케네*는 원래 배우가 연기하지 않을 때 퇴장하는 곳으로 숨는 곳(*텐트*라는 의미의 *스케네*)이었다. 후에 이것은 상당히 확장되어 무대의 뒷부분이 되었다. 그리스 극장에서는 주로 의상을 갈아입는 곳으로 사용되었지만, 로마 시대까지는 공연 시에 두드러지지 않았다. 분장실의 토대는 따라서 객석이나 오케스트라의 가장자리처럼 돌로 되어 있었으나, 그 구조물 자체는 항상 나무로 되어 있었고 일시적인 것이었다. 아마도 문이 3개 있었고, 그것은 때때로 입구와 출구로 사용되었다. 이 건물에는 연기하는 장면에 신을 내려놓는 무대 장치가 있다(또한 다양한 효과를 내기 위해 오케스트라 밑에 지하 구멍도 있었다). *스케네*는 배경 디자인으로 쓰여 오늘날의 '배경'이라는 말이

---

1) 가장 잘 보존되어 있는 그리스 극장은 에피다우로스에 있는 것이지만, 아테네에 있는 디오니소스 극장이 위대한 그리스 극작가와의 연관 때문에 역사적으로 더욱 흥미롭다. 언덕의 모양과 아크로폴리스의 노출 때문에 아테네에 있는 극장은 동쪽 부분이 다소 고르지 못하여 고전 극장의 균형 잡힌 모습의 완벽한 예는 찾아보기 힘들다. 실제로 모든 고전 극장은 지형이나 관객의 규모에 맞게 약간 나름대로 변형시켰다. 여기서 묘사하는 것은 논의된 다른 구조와 마찬가지로 가설적인 '전형적' 극장의 종류인 것이다.

되었다. 그곳은 연기가 원형 부분에서 행해지기 때문에, 분장실과는 좀 떨어진 상태이긴 하나 그리스극의 온당한 특징으로 남아 있다. 윙이 건물에 부착되어 그곳은 '프로세넘'(프로스케니온)이라는 일종의 큰 마당을 형성했는데, 그것은 현대극을 논할 때 관심을 끌게 될 것이지만 그리스극에서는 중요한 기능을 하지 못했다.

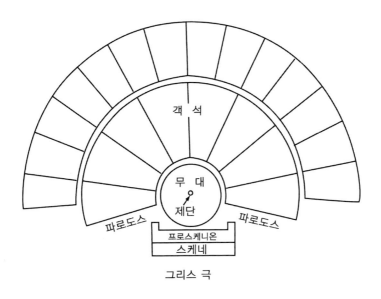

그리스 극

연기 구역으로 간주하는 용어가 때로 혼란스러울 수 있다. '무대'라는 단어는 그리스 극장을 논할 때 분장실과 연결된 *오케스트라*나 연기를 하는 원형 위의 높은 부분을 가리키는 것으로 사용된다. 로마 극장에서 이 부분은 공연에 사용되었고 관객들은 오케스트라에 앉았으나, 그리스 극장에서는 일어날 수 없는 일이다. 그러므로 우리는 '오케스트라'라는 용어를 그리스 극장의 연기 구역을 말할 때 사용했으나, 이후 논할 때는 '무대'라는 어휘를 후기 극장의 높아진 진짜 무대를 가리키는 데 사용할 것이다. 이 두 용어가 모두 연기 구역을 가리킨다.

고전 건축의 영향

그리스 극장의 가장 두드러진 두 가지 특징은 거대한 크기와 한곳에 모이는 초점에 있다. 그리스 극장은 일반적으로 만 오천 개의 관객석이 있다(아테네, 메가로폴리스, 에피다우로스 관객석은 일만 칠천 혹은 그 이상으로 추정된다). 연극이 도시 전체 사람들 앞에서 서로 경쟁하는 가운데 공연되는 의식적인 사건이었기 때문에, 아마도 그 크기는 그리스극의 공적, 종교적인 차원을 반영한다. 고전 연극에서 거대한 크기는 배우 수에서부터 몸짓은 물론 가면의 사용에 이르기까지 공연의 모든 부분에 직접적인 영향을 끼친다.

고전 극장의 거대한 규모에도 불구하고 시야의 초점은 명백하고 모호하지 않다. 모든 시선은 중앙의 제단과 함께 원형 오케스트라로 집중된다. 언덕 위에 높이 있기 때문에 모든 관객들은 연기 구역의 시야가 가려지는 부분이 없게 되지만, 동시에 얼굴 표정 같은 것을 볼 수 있을 만큼 가까이 있는 관객은 없었다. 그 결과 크기와 초점은 등장하는 인물과 그들이 경험하는 감정의 종류를 전형화하게끔 가면 쓰기를 장려하게 되었다. 더 나아가 음향학적으로 배우들은 그들의 음성이 뒷좌석까지 들리게 하기 위해 목소리가 상당히 '낭랑'해야 할 필요가 있었다. 가면에는 보통 배우의 목소리를 크게 하기 위해 둥글게 뚫린 입 부분이 있었다. 훌륭한 원형 극장의 구조는 보통의 목소리도 원내에서 상당한 거리까지 들릴 수 있도록 되어 있다. 그럼에도 불구하고 극장 건축 양식에 따라 자연스럽게 웅변조 연기의 필요성이 뒤따른다.

공연과 극작에 따른 결과도 주의를 끈다. 신장의 확대를 통해 중요성을 암시하기 위해 비극에서 굽이 높은 신발(코써너스)과 잡아 늘인 모자(웅커스)를 사용하는 것(배우들은 또한 크기를 확대시키기 위하여 관습적으로 의상을 부풀린다), 시각적, 청각적 목적을 위해 원 중앙에서 하는 연기를 강조하는 묘사, 멀리서도 식별할 수 있는 정형적인 양식에 따른 코러스의 움직임 등이 그렇다. 세부적인 것들은 거의 끝이 없고 사소한 것이다. 예를 들면, 고전 희극에서는 악당을 늘 빨간 머리(물론 가면을 사용해서)로 묘사하여, 멀리서도 악당이 등장했을 때 바로 식별할 수 있게 한 것이 관행이었다. 고전극의 구조에 관해 좀 더 일반적으로 얘기하고 고려할 때, 커튼도 없고 무대에서 퇴장할 장소도 부족해서 어떻게 일치 법칙이 외부의 강요로서가 아니고 자연스럽게 발생했는가를 알 수 있다.

통일성, 명확성 그리고 위엄성은 바로 고전주의 구조에서 요구되는 것이다. 광대한 야외에서는, 누구나 어떤 행동이나 사건을 '발견'(어원학적으로 *드러내다, 폭로하다*)할 수 없고, 단지 보고받을 수 있을 뿐이었다. 햄릿이 폴로니어스의 '시체를 끌고 갈' 수 있는 '옆방'이 없기 때문에, *행동의 적절함*은 피비린내 나는 사건을 무대에 올리기보다는 보고하는 것을 의미하게 되었다. 수많은 군중은 친근한 속삭임이 아니라 현대의 행진이나 공식적인 장례 행렬에서처럼 크고 웅장한 효과에 의해 감동받는다. 이것은 그 효과가 비극적이건 희극적이건 사실이 될 것이다. 그러므로 그리스 비극은 그 범위가 크고 위엄, 웅대함, 명확함, 위력을 지니며, 희극은 익살, 광대 노릇, 풍자, 노래, 장관으로 풍요하다.

자연히 모든 특징과 공연의 결과는 관객들에게 영향을 주고, 따라서 극작가 자신에게도 상당한 의미를 지녔다. 또한 그리스극이 공적인 종교적 축제로 새벽에 시작되어 공연되었다는 것을 상기할 때, 우리는 그리스 극작가가 목표한 연극의 종류를 인지할 수 있다. 아마도 아리스토텔레스가 비극의 결과라고 주장한 연민과 공포를 통한 정화인, *카타르시스* 개념에 대한 논의는 사적인 세계의 어둠 속에 앉아 있는 현대 관객의 개인적인 심리에 관한 가정보다는 오히려 공적인 종교적 의식에 모인 수많은 대중의 행동(즉 종교적 의식에서 집단의 심리)에 관한 관찰로 시작되어야 할 것이다. 그러나 후자의 접근법이 대개는 채택되어 왔다. 집단과 의식적인 요소를 좀 더 고려함으로써, 우리는 적어도 그리스인이 그들의 연극 세계를 내려다보면서 경험했던 것에 더 근접할 수 있다.

물론 그리스 연극의 모든 특징을 단지 극장 건축술에만 돌릴 수는 없다. 그 형식 자체는 결정 요소인 만큼 그리스극의 산물이다. 그리스인이 원했던 연극의 종류는 그들이 지은 극장의 종류를 만들어 냈으며, 이것은 이번에는 같은 종류의 연극을 장려하게 되었다. 그리스 극장의 구조는 관객의 관심을 중앙 연기 구역으로 집중시켰지만, 우리의 관심을 그리스극의 가장 큰 특성에 집중시켰다고 하는 것이 더 낫다. 이러한 극장 구조를 통해서 우리는 정신적으로 원래 그것에 활기를 불어넣은 것에 더 근접한 희곡과 마주칠 수 있게 된다.

엘리자베스 시대 극장

거의 모든 사람들이 셰익스피어의 글로브 극장에 관하여 들은 적이 있으므로, '이 나무로 된 O'라 불리는 건물 모양에 대해 어떤 생각을 지니고 있을 것이다. 고전 극장(돌과 대리석으로 지은 4세기까지의 극장)과는 다르게 엘리자베스 시대 극장은 나무로 되어 있고 고고학적 흔적을 남기진 않았지만, 고전 극장처럼 엘리자베스 시대 극장의 특성도 재건되고 세세하게 드러났다. 재건은 기록된 보고와 몇 가지의 동시대 스케치에 근거하고 있다. 그러나 엘리자베스 시대 극장은 고전 극장보다 건축학적으로 더 복잡한 구조였고, 매우 다른 연극 관행으로부터 진화된 것이었다.

엘리자베스 시대 극장의 중세의 전례는 13세기에서 15세기경에 '패전트'라 불리는 이동 무대였다. 이것은 현대의 카니발이나 서커스 마차와 같은 것이지만, 높이는 2층으로, 위는 개방되었으며, 아래는 배우가 퇴장할 수 있는 장소를 제공하기 위해 커튼이 쳐져 있었다. 패전트는 중세 조합이 연출한 기적극을 공연하도록 이곳에서 저곳으로 이동할 수 있었다. 각 조합은 정해진 종교 휴일에 공연된 50여 개의 연극 '사이클' 중에서 단 한 가지의 짤막한 연극만 할 수 있었다. 마차나 패전트는 몇 개의 '정류장'마다 멈춰서 연극을 공연하고는 그다음의 패전트가 공연할 수 있게 이동한다. 그 형태는 초기 그리스극처럼 공동체적이고 의식적이었으나, 매우 유동적이고 삽화적이며 활기찼다.

패전트로부터 연극은 귀족 연회장이나 여인숙 마당과 같은 좀 더 고정된 장소로 이동했다. 그러나 배우들이 여인숙에서 귀족 집과 공공 광장으로 돌아다니고 지역 상황에 맞게 공연을 바꾸었으므로 그곳에도 유동적 요인이 있었다. 이 시기(15세기와 16세기) 연극은 주로 도덕극과 막간극이었다.

여인숙 마당의 연출 방법은 가장 분명하게 엘리자베스 시대 극장의 전조를 보인다. 통상적으로 여인숙 마당은 주로 주변에 달린 발코니와 함께 건물의 윙에 의해 모든 면이 둘러싸인 여인숙 중앙에 홀처럼 서 있었다. 윙 부분과 그 뜰 마당에 관객들은 공연을 보기 위해 서 있었다. 연기자들은 그들이 퇴장하는 곳 뒤에 막을 치거나 울타리를 쳐 한쪽 끝에 연단을 세웠다. 여기에 엘리자베스 시대 극장의 진수가 있다.

오랫동안 상설 극장은 여전히 없었다. 최초의 것은 1576년 제임스 버비지에 의해 런던 외곽에 세워졌으며 '씨어터'(대략 영화를 '시네마'라고 현재 사용하는 것과 같은 어조로)라고 불렸다. 첫 번째 극장이 세워졌을 때, 채택된 계획은 기본적으로 여인숙 마당과 같은 것이었고, 공연 형태는 초기 패전트와 같은 유동성과 활력이 유지되었다. 오랫동안 도시뿐 아니라 시골의 여인숙 마당에서 이동의 어려움 없이 공연하는 순회 극단이 계속 이어졌다.

씨어터는 엘리자베스 시대 이후의 공공 상설 극장의 모델이 되었고, 대부분의 극장은 씨어터가 세워진 북쪽 외곽보다는 템스 강 남쪽이나 '제방' 쪽에 세워졌다. 버비지의 아들 리처드는 씨어터를 널빤지 하나하나씩 철거하여 1599년 템스 강변에 그것을 옮겨 그 자재로 글로브 극장을 세워서, 남쪽으로 이동하는 운동에 가담하였다. 당시 가장 성공한 극작가 셰익스피어와 성공적 극단인 왕실 극단과의 관련 때문에, 글로브 극장은 엘리자베스 시대의 가장 유명한 극장이 되었다. 그것은 1613년 화재로 소실되었다가 1614년 재건되었다. 글로브 극장의 전성기는(16세기에서 17세기로의 전환기) 셰익스피어 생애의 절정기와 일치했으므로 그는 자신의 가장 잘 알려진 작품을 그곳에서 공연하기 위해 썼다. 다른 주요한 엘리자베스 시대 극장으로는 로즈(1587), 스완(1596), 포춘(1600), 그리고 블랙프라이어즈(1576-1608) 등이 있다. 블랙프라이어즈는 다른 극장과는 달리 예약이 필요했기 때문에 '사설' 극장으로 불렸다.

연극 학도들의 관심을 모으는 글로브 같은 대중 극장의 주요 특징은 광대한 수용력, 유동적인 연기 구역, 그리고 친밀성이다. 엘리자베스 시대 극장은 형태가 원형이거나 팔각형이었고, 사방이 밀폐되었으나 중앙의 하늘 쪽만 개방되어 있었다. 그것은 3층으로 되어 있었고, 거의 모든 층을 따라 좌석이 줄지어 있었다. 개방되고 지붕이 없는 중앙으로 튀어나온 곳은 단을 높인 무대나 연단이었다. 가장 튀어나온 부분도 극장의 원형 중심점에 다다르고 있었다. 무대의 반은 천상이라 불리는 튀어나온 지붕으로 씌워져 있었다. 그러나 관객에게 이어지는 무대의 끝 부분은 공연을 오후에 했으므로, 조명을 제공할 수 있게 노천이었다. 이 연단 무대는 엘리자베스 시대 극장의 중심 연기 구역이었다. 그것은 뒷면의 폭이 40피트 정도에서 앞 끝이 25피트 정도로 좁아진다. 무대의 안쪽에서 가장 멀리 떨어진 끝까지의 거리는 대략 30피트 정도였다.

무대 뒤, 본 건물만의 튀어나온 지붕 뒤로는 '안쪽 무대' 혹은 '서재'라 불리는 커튼으로 가려진 지역이 있었다. 안쪽 무대의 정확한 사용에 관하여 학자들이 이견을 보이고 있지만, 이곳에서 여러 형태의 은밀한 장면과 폭로 장면이 있었을 듯싶다. 무대 위의 2층의 각층에는 또한 연기에 사용되는 건물의 일부가 있었다. 2층의 안쪽 무대 위, 덮개 지붕 밑에는 '체임버'라고 부르는 방이 있었고, 그 앞은 '테라스'(terrace)라고 하는 발코니로 이어지게 되어 있었는데, 둘 다 연기하는 데 사용되었다. 이것들 위지만(여전히 더 작은) 천상 밑의 3층에는 이따금씩 연기하는 데도 사용된 음악가의 방이 있었다. 3층 위에 튀어나온 것은 무대를 덮은 차양이었다. 모든 방의 가장 꼭대기에는 작은 집이 있었는데, 그곳 꼭대기 탑에는 공연이 열리는 날에는 깃발이 펄럭거렸다. 무대와 같은 높이의 뒤편, 무대에서 휘어지는 쪽에는 여러 개의 문과 그 위에 창문이 달린 엘리자베스 시대 거리의 정면이 있고, 그것은 집에 도착하는 장면이나, 예를 들어, 집주인이 거리 아래에 있는 사람을 부를 때와 같은 장면에 사용되기도 했다. 건물의 주요 구조의 일부인 무대 뒤는 '분장실'이라 불리었는데, 의상 준비나 일상적인 무대 뒤의 활동에 사용되었다. 엘리자베스 시대 극장의 여러 부분들이 특별한 연극에서 어떻게

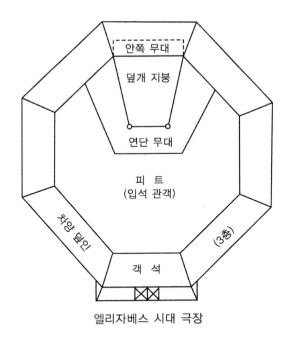

안쪽 무대

덮개 지붕

연단 무대

피 트
(입석 관객)

인형 상위

(3층)

객 석

엘리자베스 시대 극장

정확히 사용되었는지에 관해서는 논란의 여지가 상당히 있다. 엘리자베스 시대의 연극 공연 그 자체는 공연에 있어 다소 차이가 있겠지만, 연기 구역과 층, 각도, 초점의 다양성은 역사상 다른 어느 것보다 엘리자베스 시대 극장이 대단했다는 것에는 반론의 여지가 없다. 원형 혹은 팔각형 극장의 지름이 약 85피트 정도밖에 안 되었지만, 이와 같은 구조는 상당수의 관객을 수용할 수 있었다(평균치는 2천에서 어떤 곳은 3천 명에 이른다). 현대 극장은 엘리자베스 시대 극장보다 빈 공간이 더 많기 때문에, 그와 같은 수용력에 다다르기 위해서는 더 방대한 지역이 필요하다. 더군다나 연단 주변의 입석만도 현대 극장이 수용하는 전 관객을 수용할 수 있을 것이다.[2](약 600명 정도의 입석 관객들을 글로브 극장에 수용할 수 있었으며, 1,400명 이상

---

2) 프로세넘 아치 극장의 크기는 일반적으로 단정 짓기엔 너무 다양하다. 뉴욕에 있는 에텔 배리모어 같은 극장이 전형이라 해도 될 것이다(그 극장은 1,100명을 수용한다). 그러나 이보다 작거나 큰 현대 극장이 꽤 많다. 런던의 드루어리 레인 극장(계속 사용되고 있는 세계에서 가장 오래된 극장)은 현재 3,000명 미만을 수용한다. 19세기에 최고 3,611명까지 수용했던 것보다 감소한 것이지만, 이 극장의 원래 수용 인원인 1674년의 2,000명보다는 증가한 것이다.

6장 공연 133

의 관객들이 객석에 앉을 수 있었다). 물론 엘리자베스 시대 극장은 고전 극장의 수용력에는 근접하지 못하지만, 지붕이 있는 땅을 사용하는 고율의 공간 효율성을 지니고 있다. 차이점은 고전 극장은 광대한 지역의 사용으로 막대한 수용력에 이르렀고, 엘리자베스 시대 극장은 비교적 좁은 지역의 사용으로 놀랄 만한 수용력에 다다른 것이라 하겠다.

엘리자베스 시대 건축의 영향

항상 그랬듯이, 희곡과 극작에서 극장 구조가 끼치는 영향의 주안점은 관객과 연기자 사이에 설정된 관계에 있다. 엘리자베스 시대 극장은 그리스 극장과는 매우 다른 종류의 관계를 설정했다. 연기하는 주변을 관객이 둘러싼 원형 상태는 고전 극장을 연상케 한다. 그리스극보다는 덜 언명되었지만, 의식적인 요소까지도 엘리자베스 시대 연극에 존재한다. 이 극장은 거대한 수용력(현대 기준으로)에도 불구하고 어떤 관객도 연기와 멀어지지 않게 하는 방식으로 관객을 배치하였다. 극장의 연단으로부터 꼭대기 층의 가장 먼 좌석까지의 거리는 현대 극장의 무대에서 발코니에 있는 끝 좌석까지 거리의 절반가량이고, 그리스 극장에서는 아마도 오케스트라부터 마지막 층까지의 5분의 1이나 6분의 1 정도에 불과하다. 입석 관객의 경우(엘리자베스 시대의 용어로는 '입석 관객')도 연단이 땅 위에서 약 4피트 정도 높지만, 그 거리는 무대로 손을 뻗으면 연기자에게 닿을 수 있는 정도였다. 그리스와 엘리자베스 시대 극장 둘 다 그 광대한 수용력은 관객들의 다양함을 의미하지만, 그들은 오늘날의 '연극 구경 가는 대중'처럼 선발된 동질적 관람객이 아니다. 가격은 비싸지 않은 하등 좌석에서부터 비싼 관람석까지 걸쳐 있어 누구나 극장에 갈 수 있었다. 엘리자베스 시대 연극에 대한 당대 비평은 사실 연극을 보는 것뿐만 아니라 어떤 이는 물건을 팔고 연애하기 위해 누구나 극장에 갔었음을 암시한다.

거리의 좁혀짐에 따른 배우의 관객에 대한 직접성으로 그리스극에서보다 더 친밀한 극작과 연기 형식이 나오게 되었다. 그러나 여전히 '동인 극장'의 친밀함은 아니었다. 관객층과 흥미의 다양함은 그것에 대해 불리하게 작용했다. 오히려 물리적으로 가까운 친밀감과 공유하고 있는 신념과 가정의 정신적 공감대가 공적인 친밀감이었다. 그러므로 가면이 사용되지는 않았지만, 연기 형태는 여전히 웅변조였다. 희곡은 관객 전반에 대해 호소력을 지녀야 했고, 공연은 패전트에서 유래된 유동성과 다양성의 전통에 의존했다. 근거리에서 하는 공연의 직접성은 고도의 상징적인 연기 내지 공연 방식과 공존하였다. 예를 들어, 무대 영역은 여전히 옛날의 도덕적 연관성이 잔존해, 윗부분을 천국(초자연적인 존재가 내려오는)이라 일컬었으며, 트랩 문과 연단 밑의 파인 부분은 지옥(연기자들이 내려갈 수 있는)이라 하였다.

수용성과 직접성에 우리가 반드시 첨가해야 하는 것은 연기 구역 그 자체의 가장 뛰어난 특징이라 할 수 있는 유동성이다. 그리스 극장은 오케스트라의 전통적인 원형 내에서 연기가 행해질 것을 요구한다. 배우 수의 엄격한 제한은 의식적인 요소의 지속적 영향을 말하지 않더라도, 연기와 희곡에서 정형화된 양식의 방식을 강요했다. 엘리자베스 시대 극장은 희곡과 공연에서 어떤 상징적 특질을 조장했지만, 그 공연 무대는 그리스나 현대 극장과는 두드러지게 달랐다. 셰익스피어는 모든 세계가 무대라고 말한다. 엘리자베스 시대 극장에 대한 적절한 표현은 무대가 모든 세계라는 말이 될 것이다. 일반적으로 광대한 배경도 없고, 맞추어야 할 초점도 없는 연단 무대는 움직임의 다양성과 장소의 변화를 최대한 허용한다. 순식간에 무대의 한 부분이 도시의 거리, 타국의 전쟁터, 궁궐의 땅, 주막 등 극작가가 바라는 어떤 것이든 될 수 있었다. 주요 배경은 희곡의 언어 자체에 의해 제공되었다. 이런 관습은 엘리자베스 시대 연극에서 수많은 화려한 말로 묘사하는 배경에 대한 설명이 된다.

이러한 모든 요소가 합쳐져서 그리스극보다 더 개인적이고 더 활기차며, 현대극보다 더욱 상상적이며 덜 사실적인 연극 방식이 형성되었다. 엘리자베스 시대 연극에서 현대 사실주의의 외형적인 충실성과 접할 것을 기대하던 동시대의 독자는 장면의 급격한 변화, 만화처럼 변화무쌍한 행동의 변화로 관객을 순간적으로 아든 숲이나, 아쟁쿠르 들판으로 옮겨 놓으려고 작정한 의식적인 대사의 화려함에 어쩔 수 없이 슬픔을 느끼게 된다. 그는 친밀한 자아 분석적 독백으로부터 품위 있는 궁중 생활의 장면으로 바뀔 수 있는 교묘함을 맞이할 준비가 채 되어 있지 않을 것이다. 간략히 말하면 그는 엘리자베스 시대 극장의 '파노라마식 무대'라 불리는 것에 반응할 채비가 갖추어지지 않았을 것이다. 그러한 반응 없이는 엘리자베스 시대 연극의 폭, 범위, 열정, 다양함은 그의 영역 밖일 것이다.

프로세넘 아치 무대

많은 사람들은 1608년 이후 글로브 극장과 함께 셰익스피어 극단이 사용했던 영국의 블랙프라이어즈 극장에서 현대 극장 구조의 최초의 형적을 보았다. 그 극장은 원형도 아니고 중앙이 노천도 아니었지만, 직사각형이었고 밀폐되어 있었다(외형적으로 무대 조건은 글로브 극장과 유사했지만). 아마도 블랙프라이어즈 극장과 이런 형태의 그 밖의 다른 '사설 극장'들은 과도기적이었다. 기본적으로 현대적 설계에 따라 세워진 영국 최초의 극장은 왕정복고 이후 극장이 재개된 1660년대 이후에 등장했다.

17세기 말 영국 극장의 형태가 바뀌게 된 영향은 대륙, 주로 이탈리아에서 온 것이었으나, 17세기 전반 제임스와 찰스 시대의 화려한 가면극을 위한 이니고 존스(1573-1652)의 배경 설계에서 볼 수 있다. 실질적으로 현대 이탈리아 극장과 무대 설계는 16세기 초 세를리오(1475-1554)와 사바티니(1574-1654) 같은 설계자의 작품에서 나타났다. 그 두드러진 특징은 프로세넘 아치 무대였다. 그러한 극장에서 무대 사용은 상당히 다양했고 점차 현대 사실주의 연극의 그림틀 장치로 발전되었지만, 17세기 말에서 현재까지 거의 대부분의 극장 건축 양식은 프로세넘 아치 극장이었다.

'프로세넘'은 문자 그대로 텐트 앞을 의미한다. 이 어휘는 원형 연기 구역이나 오케스트라 뒤에 있는 구조물인 고전 극장의 스케네를 상기시킨다. 그리스극에서 *스케네*는 배우가 쉬는 감춰진 텐트로부터 문과 초자연적인 것의 등장을 위한 장치를 갖춘 좀 더 정교한 건물로 발전하였으나, 그것은 중요한 연기 구역은 아니었다. 그것은 연기자들이 의상을 갈아입고 이와 유사한 작업을 하려고 퇴장하는 데 필요한 장소였다. *스케네* 앞의 지역인 프로세넘도 꼭 필요한 곳은 아니었다.

그러나 로마 시대에는 분장실이 확장되었고 그(무대) 앞에 단을 높인 부분을 공연에 사용했으며, 이전에 연기 구역이었던 오케스트라에 관객들을 앉게 했다. 이렇게 '프로세넘'은 로마 시대에 무대와 연기 구역 그 자체를 지칭하게 되었다. 이 용어는 이탈리아의 르네상스 극장과 영국의 왕정복고 시대 극장에서 이러한 의미로 사용되었고, 현대 극장의 프로세넘 아치로 우리를 이끌어 간다.

그럼에도 불구하고 현대 극장에서의 프로세넘과 고대 후기의 변형된 고전 극장의 그것 사이에는 중요한 차이점이 있다. 첫 번째, 현대 극장은 완전히 밀폐된 건물이다. 그것의 모양은 어떤 면에서도 거대한 고전 원형극장을 반영하지 않는다. 그것은 또한 글로브 극장 유형의 전통적인 엘리자베스 시대 극장도 반영하지 않는다. 대신 현대 극장은 보통 직사각형이다. 그러므로 프로세넘 무대는 건물 내부에 있고, 주로 건물의 한 지역과 다른 지역의 한계를 정한다. 기술적으로 그것은 커튼과 오케스트라(현대극에서의 오케스트라의 의미) 사이의 공간이 된다. 그러면 현대 극장은 왜 이러한 건축적 특성으로 특징지어져야만 하는가? 그 해답은 프로세넘 *아치*라는 표현에 있다. 이것은 단이 높여졌을 뿐만 아니라 벽이나 기둥에 의해 양쪽 면이 좁혀진 무대 건축의 틀 끼우기 효과를 언급한다. 프로세넘 아치의 중요성은 연기 구역과 관람권을 뚜렷하게 구분하고 연기 구역을 틀 안에 설정하는 데 있다. 현대 관객에게 이러한 조건은 너무나 당연하게 받아들여질 테지만 다른 극장 구조를 관찰하면 현대 극장 장치가 생겨날 필연적 이유는 없으며, 사실상 바로 이런 특징에 의해 초기 극장 설계와 구분된다는 것을 알게 될 것이다. 즉 프로세넘 아치는 연기 구역의 '그림'을 짜고 만든다는 것이다.

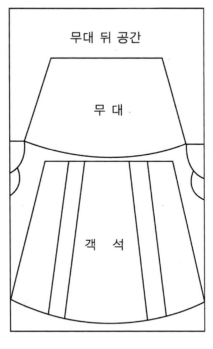

현대 극장

　프로세넘 아치 무대로 소개된 이래 현대의 그림틀 무대의 발전은 그 자체
만으로도 이야기가 되는데, 그것은 처음에는 좀 더 개방적이고, 유동적인 전
통과 비사실적인 연극이 연기와 무대 설계를 지배했기 때문이다. 초기 영국
의 프로세넘 아치 극장에서 에이프런이라 불리는 무대 부분은 엘리자베스
시대의 연단을 상기시키는 형태로(비록 규모는 많이 감소됐지만) 관중석 앞
으로 나왔다. 18세기 동안, 여기서 실제로 공연이 이루어졌다. 그러므로 연
기 방식은 엘리자베스 시대의 웅변조 전통에서 즉각 변형되지는 않았다. 연
극에서 환상에 대한 관심은 처음에는 '윙'이라고 불리는 나무틀에 연결하여
칠한 캔버스 배경막의 사용으로 제한되었다. 이러한 윙은 상황의 요구에 따
라 홈을 따라 굴러 나오는 일련의 기본적인 장면 — 거리, 실내, 여인숙 —
으로 되어 있고, 이 앞에서 연기가 진행되는 동안 일반적인 배경이 되었다.
　프로세넘 아치에 의한 연기 구역과 관객의 구분이 강조된 것은 18세기
후반 드루어리 레인 극장에서 개릭의 무대 설계자로 1771년 런던에 왔던

프랑스인 필립 드 루써보그(1740-1812)와 같은 설계자에 의해서였다. 루써보그의 영향으로 윙을 관중 정면에서 밀어내는 대신, 연속성과 깊이의 환상을 부여하기 위해 각이 지거나 '경사지게' 만들었다. 이 설계자는 또한 구름, 불, 태양 그리고 달빛과 같은 화려한 무대 효과에도 탁월했다. 1925년경

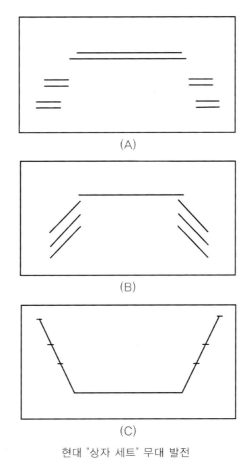

현대 "상자 세트" 무대 발전

(A) 18세기 무대 윙 세트
(B) 18세기 후기 윙 세트
(C) 19세기 중반과 20세기 상자 세트

에는 사실주의적 효과에 대한 관심이 더욱 고조되어 무대 장치 효과가 다양하며 시대적 배경에 충실하고 정교한 의상을 지닌 연극이 더욱 찬사를 받았

다. 1840년대 초 영국에서는 특히 감독이 된 전직 여배우 일라이자 베스트리(1797-1856) 부인에 의해 윙이 경사지게 만들어져 그것이 무대 3면의 모든 벽으로 이어졌으며, 지붕이 첨가되었다. 이것은 단순히 암시뿐만 아니라 방 전체의 묘사를 가능하게 했으며, 무대 위에 실제 가구와 다른 진짜 소품의 도입을 가능케 했다. 이때부터 우리는 '상자 세트'라 불리는 것을 갖게 되었다. 즉 연기 구역이 3면의 벽으로 싸여 있고, 높이 올린 무대와 프로세넘 아치 틀에 의해 관객과 구분되었다.

현대극의 영향

이러한 모든 발전은 외형에 대한 증폭된 충실성과 '사실주의'로 알려져 있는 쪽으로 치우치는 경향이 있다. 동시에 그것이 초기 연극의 유동성과 상상의 영역을 축소시켰고, 분명하게 그린 배경으로 장소를 표현하고, 무심코 선택한 최소한의 가구를 사용하는 데 만족하는 초기 프로세넘 아치 극까지도 축소시켰다.

충실하게 현실을 비추어 주는 상자 세트의 도입은 그 당시 현실을 표현하였다. 19세기 중반부터 현재까지 많은 실험과 시행착오가 있었지만, 무대는 사실주의 상자 세트가 지배해 왔다. 그 결과 생긴 극장의 종류를 묘사하는 수많은 용어는 그리스극의 '초점극'과 엘리자베스 시대 극장의 '파노라마식 연극'과 같은 표현으로 대비될 수 있다. 현대극에서 우리는 '환상의 연극'(즉 현실의 환상), '그림틀 무대', '상자 세트', '들여다보는 무대' 그리고 '제4의 벽의 무대'(배우와 관중 사이의 상상의 벽을 언급)를 갖게 된다. 나쁘게 보면, 현대극은 관객 각자가 '훔쳐보는 이'로 엿보기를 하는 연극이다.

연기에서 이 무대의 영향은 사실주의 쪽으로 향하고 있다는 것이 언명되었다. 연기 구역(*배우*의 관점에서 보는 '무대 공간'의 예시에서 지명된)은 세 개의 실제 벽과 네 번째의 상상의 벽의 제한을 받아 왔고, 연기는 배경처럼 가정 내부에 적절한 형태로 행해졌다. 사실주의 극에서 진짜 웅변조의

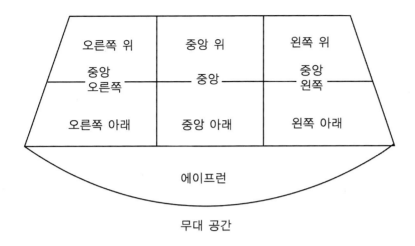

오른쪽 위	중앙 위	왼쪽 위
중앙 오른쪽	중앙	중앙 왼쪽
오른쪽 아래	중앙 아래	왼쪽 아래

에이프런

무대 공간

연기 방식은 구식이고 적절하지 못하다. 이제 사실주의 연극의 전성시대는 지나갔으며, 연기 방식은 합리적으로 광범위해졌다. 그러나 아직도 지배적인 영향력은 초기 시대의 표상적이고 수사적인 것이 아니라 여전히 사실적이고 심리적인 것이다. 이러한 점에서 가장 강력한 영향력을 행사한 것은 러시아 연출가 콘스탄틴 스타니슬랍스키(1865-1938)의 이론과 방법이다. 스타니슬랍스키로부터 계승된 연기 방식과 '스타니슬랍스키 방법'은 관객과 배우 사이의 보이지 않는 제4의 벽의 존재를 강조한다. 배우는 연극에서 인물이 실제로 행동할 거와 똑같이 연기하기 위해 인물 그 자체 속에서 그의 방식을 '느낀다.' 그것은 일종의 인물 심리 속에 내재하는 것과 같은 것이다. 한편으로, 관객은 보이지 않는 제4의 벽을 통해 배우를 엿본다. 우리는 그러한 방식이 3면으로 배우를 둘러싼 상자 세트의 출현 이후에만 일어날 수 있음을 쉽게 알 수 있다. 제4의 벽의 첨가는 사실주의적 장치의 논리의 완성을 수반한다.

이에 버금가는 발전이 무대 장치에서도 일어났다. 초기 극장에서 몇 가지 암시적인 배경 요소와 관객의 상상에 의존하는 것과는 달리, 현대 극장은 사실적인 물건과 교묘하게 그려 낸 환상을 통해 사실적으로 세세한 것을 풍부하게 제공했다. 기술적으로 현대극은 수많은 조명과 정교한 기계 장치로 역사상 모든 다른 시대를 능가하고 있다. 우리는 이제 각각의 장치 설계자, 의상 디자이너, 조명 전문가 그리고 음향 효과 전문가를 가지고 있다. 그리스 극에서 아이스킬로스는 이러한 모든 일을 혼자 해냈다. 현대극의 무대에서는 장치와 소품이 수도 없이 증가했다. '*책을 읽으면서 햄릿 등장*'과 같이 지문이 드문 경우와는 대조적으로, 대본에서 우리는 방과 그것의 크기, 문과 창문의 위치, 그림과 계단, 인물의 의상과 연기하는 동안 들고 있는 소품까지 묘사한 구절을 볼 수 있다. 예를 들어, 남북전쟁 극에서 50개 주의 성조기가 사용될 때 그러한 문제를 맡고 있는 기술자들에게 재앙이 있으라. 현대 관객은 시각적 사실주의에 너무나 익숙해져서 분명히 시대착오를 알아차린다.

극장의 구조는 배우만큼 관객에게도 영향이 큰 것이 확실하다. 현대극에서 관객은 그리스극에서처럼 멀리 떨어져서, 혹은 엘리자베스 시대극에서처럼 가까이에서 연기 구역을 둘러싸지는 않는다. 관객은 약간 경사지게 거의 끝까지 쭉 줄지어 앉아 사건을 보는데, 배경이 너무 사실적이어서 관객이 극장을 떠날 때 관객 자신의 경험인 양 되풀이할 수 있다. 이와 같은 무대는 관객을 사실적인 인물 쪽으로 치우치게 한다. 누가 리어왕이나 엘렉트라 같은 인물에 적합한 방을 만들 수 있겠는가? 중류 계층과 하류 계층의 인물을 위해 그렇게 하는 것은 여전히 사실주의 극장 범주에 속하는 일이다. 그러나 인물이 일단 신화나 전설에서부터 분리되면, 그들에 대한 우리의 관심 또한 변화한다. 그러므로 현대극은 더욱 심리적인 것으로 되었고(다른 분야의 발전으로 도움을 받아), 어떤 친밀감(연기자와 관객 사이에 친밀감이 있었던 엘리자베스 시대와는 다른 종류의)을 장려해 왔다. 현대극의 목적은 마치 관객이 없는 것처럼 행동하고, 행동이 실제의 집에서 실제의 사람들과 바로 그 순간에 실제로 일어나는 것처럼 행동하는 것이다. 시간과 장소는 또한 현대 무대의 물리적인 요구에 따라 제한을 받는다. 커튼을 내리는 것으로 모든 시간의 변화를 나타내는 단막극은 사실주의 극의 주요 산물이 되었다. 제4의 벽에 의해 관객으로부터 고립되고 다른 3면으로 그 자체가 차단된 현대 무대는 대개는 가정적이고 사적인 세계를 탐구한 점에서는 친근하지만, 그 탐구가 관객과 배우 간의 연대적인, 하물며 공동체적인 모험으로 이끌지 못한 점에서는 거리가 있고 무관하기까지 하다.

고전극에서 배우는 관객에게 사방에 노출되어 있는데, 관객은 아테네 태양의 자연적인 조명을 받고 있는 배우를 위에서 내려다보았다. 엘리자베스 시대 극장에서는 축소된 세계가 다양한 여러 연기 구역, 거리, 구석진 곳, 평원, 고지에 있고, 그리고 — 무엇보다도 — 위로는 천국, 아래로는 지옥 사이 한가운데 있는 배우들을 한껏 볼 수 있도록 밀착한 관객들에 의해 3면이 둘러싸인 유동적인 연단 무대에 설치되어 있었다. 현대극에서 관객은 특히 그림틀로 축소된 이래 배우와 맞은편 어두운 곳에 앉아 그 밖의 다른 어떤 극장과도 비교할 수 없는 풍성한 볼거리, 음향과 함께 '인생의 단면'(자연주의자들이 표현한 것처럼)을 조망할 수 있었다.

아레나 무대

이상적인 고전 극장은 뒤를 이은 로마 극장보다는 오히려 기원전 4, 5세기의 극장이었고, 대표적인 엘리자베스 시대 극장도 1590년 후기의 극장이었던 것처럼 대표적인 것으로 여기는 현대 무대는 19세기 마지막 4반세기부터 1차 세계대전까지의 사실주의 극의 무대를 가리키는 것이다. 프로세넘 아치 무대의 구조적 틀 안에서 사실주의로부터의 많은 일탈이 있었으며, 이 중 많은 것들이 연극 관행을 변형시켰기 때문에 오늘의 무대를 순수하고 단순하게 사실주의로 생각하기란 힘들다. 사실주의로부터의 몇몇 일탈은 '표현주의'와 같이 예술에 있어서 폭넓은 동향의 반영이었다. 그 밖의 것들은 '연극주의', '정적인 극' 그리고 '서사극'[3]과 같이 연극 자체에 전력해 왔다. 이들 각각은 그 자체만으로 흥미로우나, 각각 현존하는 프로세넘 아치 극장 구조 내에서 기여를 해 왔다. 이상하게도 프로세넘 아치 무대로부터의 하나의 주요한 구조적 일탈은 어떤 특별한 극작가파와 관계가 없다. 이것은 아레나 무대 혹은 '원형 무대'의 발전이다. 이것은 주로 미국과 서유럽의 제2

---

3) 용어 사전 보시오.

차 세계대전 이후의 현상이다. 아레나의 개념이 연극이나 문학에 있어서 특정한 운동의 산물은 아니라 하더라도, 아레나 구조는 프로세넘 아치 무대와 상자 무대의 승리로 굳게 정착된 연극 공연의 형태와 더불어 실험하고 그것으로부터의 일탈을 이끈다. 사실 본질상 아레나 건축은 그것을 고집하는 사람들이 상당한 융통성을 요구하였음에도 불구하고, 순수한 사실적 형태에는 적대적인 것처럼 보인다.

*아레나*는 원형 극장이나 경기장의 중앙 타원형이나 원형 지역으로 검투나 다른 경기 때 그러한 지역에 뿌려진 *모래*라는 어휘에서 유래되었다. 아레나는 빙 둘러싼 단이 높여진 관객석을 전제로 한다. 그러므로 이와 같은 극장 구조 유형의 일반적인 용어는 '원형 무대'이다. 아레나 극장의 구조는 그리스 극장처럼 언덕에 '붙박이'로 세워지거나, 로마의 원형 극장이나 대경기장처럼 밖에 '높이 세워진' 것보다는 지붕 덮인 구조 *안에* '높이 세운' 것으로

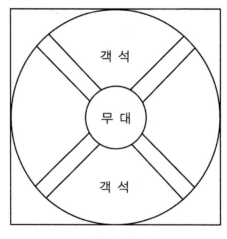

아레나 무대

이룩한 효과를 제외하고는 고전 극장의 축소형으로 특징지어질 수 있다. 그 차이점은 상당히 중요한데, 그것은 아레나 무대의 작은 규모와 밀폐성이 고전 극장에서와는 다른 종류의 공연을 만들기 때문이다.

관객들로 중앙의 연기 구역을 둘러싸는 원리는 고전 극장만큼이나 오래되

고, 밀폐된 극장 구조와 비교적 적은 규모로 견줄 수 있는 개념은 프로세늄 아치 극장만큼 오래되었다고 한다면, 아레나 극장에서 이 두 가지의 결합은 독특한 것이다. 이미 언급한 아레나 추종자의 의도뿐 아니라 구조의 본질에서, 아레나 개념이 비인격적인 사실주의에 대한 반동에서 나온 것으로 보일 수 있다. 그러나 아레나 극장에서 공연된 연극은 대개 전통적인 극장에서 관례적으로 공연할 수 있는 것이었다. 아레나 극장에서는 좀 더 흔하게는 재상연극, 실험극, 상업적 호소를 제한한 극이 공연되었다.

아레나 극장에서 희곡의 선택보다 더욱더 파격적인 것은 연출 방법이다. 어떤 면에서 고전 극장과의 유사성에도 불구하고 아레나는 여기서 조사한 유형 중 규모가 가장 작다. 그러므로 아레나 구조는 고전 극장이나 프로세늄 아치 극장보다 더 친근감이 있고 직접적이다. 실제로 친근감은 아레나 개념의 두드러진 특징이고 아레나 무대의 성장과 대중성에 기여한 강력한 요소인 것 같다.

아레나 극장에서 관객은 연기 행위와 매우 밀착되어 있다. 배우의 등퇴장은 흔히 관객을 통해 이루어진다. 무대는 모든 세부 사항을 똑똑히 설명하기보다는 장소 등을 *암시해 주는* 경향이 있다. 관객이 단지 '저쪽 멀리 있는' 집단이 아니라 스며드는 요소이므로, 연기에 미치는 영향은 필연적이다. 어떤 공연에서는 이것이 단순히 *네 개의* 보이지 않는 '제4의 벽'을 세우는 형식을 취하기도 한다. 즉 배우가 관객을 의식하지 않는 것을 강조하는 것이다. 이와 같은 공연에서 아레나 무대는 의학도 역할을 하는 관객이 해부 장면을 바라보는 수술실과 다를 게 없다. 그러나 다른 공연에서, 관객의 존재는 있는 그대로 허용되고 환영되며, 따라서 연기는 관객 참여를 유도하는 쪽으로 진행된다. 아레나 형식의 정확한 미래는 예견할 수 없으며 그것은 아마도 극작가파가 처음부터 아레나 공연을 위해 구상한 작품을 제공할지의 여부에 달려 있다.

현재 아레나 극장은 실험극, 전위극, 대학극, 단막극 그리고 연극의 초기 시대 작품의 재공연을 하는 데 매우 적합한 듯하다. 이것은 뚜렷하게 구성된 현대 사실주의 객실 극에 별로 적합하지 않은 것 같으며, 이런 유형의 연극에서도 아레나 공연에서의 상상적인 조명의 사용은 사실적인 연출이 가능한 것에 근접한 정도까지 영역의 한계를 정할 수 있다. 지금까지 아레나 무대는 구조상의 물리적 친화력 때문에 수사적 연기 스타일의 재도입을 장려하지 않았다. 그러나 이 무대는 제1차 세계대전 이후 현대 연극의 수많은 작품에 현저하게 드러난 좀 더 유동적인 연기와 상상적인 무대를 향한 일반적인 경향에 도움을 주었다.

상호작용

테스피스 때부터 연기, 극장 구조, 기술적 능력은 연극에서 서로 관련을 맺고 있어서 바람직할지라도 서로 떼어 놓는 것은 불가능하다. 상호작용의 두드러진 요소에 덧붙여, 인간의 천재성과 타고난 특성을 표현하는 미묘하고 증명하기 어려운 것이 있기 때문이다. 예를 들어, 그리스 극장은 초기 주신 찬가가 공연됐던 방법으로 원형 연기 구역 주변에 세워졌다. 이러한 고유 의식이 여러 세기 후에 고도로 발달된 그리스 극장의 원형을 결정했고, 일정한 연기 유형도 여기서 비롯된 필연적 결과로 보인다. 목소리의 연마가 그리스 극장에서는 필수 요건 중의 하나가 되었고, 후에 로마 시대에는 시각적인 요소 특히 몸짓과 생생한 동작에 좀 더 관심을 기울이게 된 것을 안다. 연극 학도들은 그리스 극장에서는 구술이, 로마 시대에서는 시각적 요소가 우위를 차지하게 되는 이유가 이 두 국민의 본성에 있다는 것을 짐작한다. 로마 시대 관객은 그리스극에 용인된 지적인 우위성에도 불구하고 아테란 소극4) 고유의 맛을 결코 잃지 않았다. 보통 다른 소극처럼 이것은 있는 그대로 보이는 시각적인 면을 강조했다. 그러므로 로마의 희극과 비극 둘 다 시각적으로 기분을 전환시키는 풍부한 요소를 이에 부응하는 대사의 화

---

4) 남부 이탈리아 주민들 사이에서 발생한 소박하고 풍자적이며 간혹 상스러운 희극. 이 극들은 후에 로마극의 고정 요소가 된 엄격한 아버지, 잘 속는 대식가, 수다쟁이, 그 외 전형적인 희극적 유형이 등장하였다. 비정상적인 흉측한 가면도 사용되었다.

려함 없이 지니고 있다. 궁극적으로 로마인들은 물려받은 그리스 양식 극장에서 배우와 관객의 물리적 관계를 변형시켰지만, 충동의 발단은 건축상에서가 아니라 성격에서인 것 같다.

엘리자베스 시대 연극 성황기에 연기, 극장, 관객의 취향 사이에 상호 미치는 영향은 그리스극의 전성기만큼 분명하다. 이동식 패전트부터 가설 여인숙 마당 극장의 순회공연 배우와 위대한 글로브 극장에 이르기까지, 영국 연극 공연은 기동성과 우리가 작품을 읽을 때 그 위에 분명히 자국을 남기는 대중적이고 상징적인 느낌과 결합된 활력을 보여 준다. 예를 들어, 세네카 비극을 무대에 올릴 만한 것이 되게 하기 위해서는 영국 전통에 동화시켜야만 했다. 그것은 문학적 차용의 적응성을 증명하는 것이지만, 순수한 그리스 형식은 결코 그렇게 쉽게 익숙해지지 않았다. 영국이 받아들인 그리스 형식은 프랑스를 통해 걸러져야 했고, 영국 신고전주의로 더욱 변형되었다. 그리스 관행을 충실하게 표현하려고 노력한 영국 연극인 밀턴의 『삼손 에고니스트』와 매슈 아놀드의 『메로페』와 같은 작품은 일반적으로 서재극으로 간주된다.

더군다나 현대극이 서구 과학 진전에 부응하여 발생했다는 것은 우연의 일치가 아니다. 그림틀 무대나 영화 스크린(이름과 같이 근본에서도 유사한)은 둘 다 유일하게 물질세계의 통제와 기술적인 이해에 열중했던 서유럽과 미국의 산물이다. 신성한 도덕률에 대한 그리스인의 흥미와 인간의 성패에 대한 엘리자베스인의 관심과는 달리, 사실에 대한 강박관념을 마치 현미경의 슬라이드처럼 물질세계의 가장 소소하고 상세하게 세부적인 것을 물색할 수 있는 사실적인 극에서 분명하게 보여 주었다.

건축, 연기, 연출 기술, 문화의 전체 구조 사이의 긴밀한 연결성은 연극의 핵심이라 하겠다. 이러한 것들은 많은 연극 학도들이 어째서 전체적인 시도를 비문학적인 것으로 생각하려 하며, 왜 학교에서의 문학적 차원에서의 연극 공부를 탐탁지 않게 여기는지를 설명해 준다. 우리는 그들의 견해에 전적으로 동의하지 않더라도 공감할 수 있다. 공감함으로써 우리는 연극을 접할 때마다 실제 연극 조건에 대한 지식(결국 작품을 통해!)을 늘리려는 적극적인 형식을 취할 수 있다.

7장 독자와 희곡

이 책에 내재되어 있는 배열은 희곡을 읽고 분석하는 방법을 보여 준다. 본 장은 희곡의 모든 가치를 샅샅이 밝힐 거라는 확신에서가 아니라, 희곡의 독자가 고려해야 할 중요한 부분을 보여 주려는 희망에서 명백한 방법을 찾으려는 것이다. 희곡의 풍성한 분석을 단순한 열거나 종합 질문지의 공란을 채우는 문제로 생각하지는 말자. 분석은 또한 판단을 포함한다. 좋은 대화를 듣는 귀와 효과적인 무대를 보는 눈, 혹은 전체 작품의 적당한 균형과 구조에 대한 지각을 함양하는 데는 지름길이 없다. 그러나 희곡을 읽을 때나 그것이 구성된 방법을 볼 때는 이러한 점들을 분명히 찾게 된다. 독자가 가능한 한 많은 희곡을 읽고 봄으로써 희곡이 무엇인가를 더욱 잘 이해할 수 있는 것처럼, 작품을 읽고, 보고, 그것에 관해 넓게 사고함으로써 희곡을 더 잘 분석하고 평가하게 될 것이다. 우리가 할 수 있는 모든 것은 과거 독자들에게 유용한 것으로 판명된 몇 가지 접근법을 인용하는 것이다.

몇몇 초보 독자는 읽는 것과 분석하는 것이 적대적이라 가정할 수 있겠지만, 이 두 가지는 완전히 양립하는 것임을 강조해야만 한다. 초보 학생들은 때로는 어떤 형태의 문학적 분석도 믿지 못한다. 불신은 "나는 작품 그 자체를 즐긴다. 왜 그것을 분리시킴으로써 망치려 하느냐?"와 같은 진술의 형태로 표현된다. 분석, 문학 비평, 그리고 개념에 관한 고려와 토론은 문학 작품을 망치기 위해 고안된 것이 아니라, 그것에 대한 이해를 넓히고 심화시키려는 것이다. 우리는 희곡을 즐기는 것과 이해하는 것을 똑같은 과정의 다른 단계라고까지 말할 수 있다. 좋은 분석은 완벽하고 정통한 읽기로부터,

단지 그러한 읽기로부터만 나올 수 있다. 몽테스키외가 주장하듯이 "교육이 지적인 사람을 더욱 지적으로 만드는 것"이라면, 문학 작품의 분석은 훌륭한 교육을 달성하는 가장 확실한 방법 중의 하나인데, 그 이유는 그것이 지적인 읽기(독자)를 더욱 지적으로 만드는 방법이기 때문이다.

희곡 읽기

누군가 책을 읽으려고 앉으면 "무엇에 관한 것인가?"라는 질문을 생각한다. 위의 질문이나 혹은 그 밖의 다른 질문에 답하기 전에, 어느 희곡이든지 희곡은 어떠해야 한다는 일반적인 개념이 필요하다. 이 책의 첫 장은 광범위한 정의를 위한 시도라 할 수 있다. 단지 중심 개념을 강조하기 위하여 우리는 희곡이 "연기의 형태로 행동을 모방하는 것"이라는 금언을 학생들에게 상기시킬 수 있다. 독자는 희곡을 읽을 때, 심지어 극 자체를 경험할 때조차도 전체의 일관된 행동의 묘사를 여러 가지 종속된 행동으로 경험하려고 할 것이다. 독자는 고도의 상상력을 지니고 희곡에 접근해야만 한다. 왜냐하면 극작가는 항상 극장에서의 이상적인 공연에 대한 시각을 지니고 있기 때문에, 독자는 극작가 자신이 행한 것처럼 공연의 몇몇 세부적 사항을 제공할 상상력을 지녀야만 한다. 콜리지가 시 독자들에게 요구한 자발적인 불신의 포기가 희곡 독자에게는 희곡의 행동 세계 속으로 자발적으로 진입하는 것으로 병행되거나 그 이상까지 되어야만 한다.

이 모든 것은 일반적인 것이다. 그러면 특별하게 독자들은 무엇을 하는 것인가? 다음의 관찰 내용은 독자가 해야 할 것을 분명히 한 것이다.

이야기와 구조를 통해 희곡을 읽어라. 첫 번째 읽기는 연속성, 기분 그리고 전체적인 효과에 집중해야만 한다. 만약 주저하거나 세부적 사항 때문에 중단하면, 희곡의 리듬을 잃게 될 것이다. 독자는 누가 얘기하는가에 구애받지 않는 읽기 방법을 연마해야만 하다. 흔히 원문은 축소된 이름으로 인쇄되는데, 이것은 일단 독자가 장면 분위기에 몰입하면 각 인물을 혼동하지 않기 때문이다. 이야기하는 사람을 알기 위해 그 이름을 조사해야 될 필요는 없다. 만약 꼭 읽기를 중단해야만 한다면, 장이나 막의 끝 부분에서 해야만 한다. 누가 어디에 있는지, 서로의 관계는 어떤지를 알아라. 그리고 당신이 따라갈 수 있게 대화가 흘러가도록 해라.

희곡을 읽은 후 마음속으로 구조와 이야기를 되새겨 보아라. 작품의 총체적인 행동이 무엇인지를 이해하려고 해 보아라. 만약 행동이 이 책에서 그것에 할당된 특권 같은 것을 지니고 있다면, 작품의 이해와 분석은 그것에 달려 있다. 무슨 일이 일어났는가에 관해 의심을 남겨 두지 마라. 필요하면 사건을 찾아 작품을 다시 읽도록 해라. 여기서 다시, 줄거리 요약 같은 보조물은 대체물이 아니고 보조물로 사용된다면, 나쁘거나 그릇된 것이 아니다. 줄거리 요약 그 자체에 의존해서는 안 된다. 그러나 희곡을 명백하게 하고 독자에게 그 순서를 상기시키는 수단으로서 줄거리 요약은 유익할 수 있다.

몇몇 초기 희곡은 언어의 난해함을 보여 줄 수도 있다. 이러한 어려움이 사실이라 할지라도 독자가 과장시켜서는 안 된다. 그러한 희곡에서는 빨리 참조할 수 있는 각주나 용어 해설이 도움이 될 수도 있지만, 이러한 것들 때문에 처음 읽을 때 방해를 받아서는 안 된다. 여러분은 각주보다는 문맥에서 더 많은 도움을 얻기 때문에, 특정한 표현의 의미는 순간에 사라지는 반면에 장면의 분위기는 마음속에 남게 될 것이다. 예를 들어, 4장에서 인용한 할 왕자가 폴스타프를 '구워진 매닝트리 황소'라고 부르는 문장에서, 에섹스 지방의 매닝트리는 거대한 황소로 유명하고 그곳에서 장날에 황소를 굽는다는 것을 아는 것이 유용하다. 그럼에도 불구하고, 그 정보가 처음 읽을 때 바로 알 수 있는 것이 아니라면 추구할 가치가 없는 것이다. 확실히 그 언어 자체는 할이 폴스타프에게 퍼붓는 일종의 조롱이 충분히 암시되어 있다. 연속성이 끊기고 구절의 느낌이 상실되면, 매닝트리에 관해 안다고 해서 그것을 보상받을 수는 없다. 물론 이것은 후에 꼼꼼히 읽는 데 필요한 세부 사항이다. 그러나 처음에는 바로 코앞에 있거나 이미 알고 있는 것이 아니라면, 전체의 장면이나 희곡의 이해를 위해 그냥 지나쳐 버려라.

희곡을 첫 번째나 두 번째 읽을 때는, 당신에게 편리한 방법으로 문제 되는 구절을 간단하게 적어 두고 나중에 해석하도록 하는 것이 권할 만하다. 이것은 단어나 표현보다는 다른 것들을 의미할 수 있다. 여러분은 어떤 인물이나 사건에 대해 자문하고 싶을 수 있다. 이와 같은 질문은 연이어 세밀하게 읽을 기초를 형성할 수 있을 것이다. 이것은 여러분이 작품에 관한 행위를 잘 알고, 그것의 전반적인 중요성과 양식에 관해 잘 인지한다고 확신할 때에 행해져야 한다. 이제 여러분은 더 느리고 사려 깊은 속도로 전체를 읽거나, 문제를 제기하거나, 여러분에게 특별히 비중 있어 보이는 특정한 구절에 관심을 기울이며 다시 읽을 수도 있다. 이와 같이 읽으며 분석할 때 드러날 몇몇 쟁점은 여러분의 사고 속에 중요한 자리를 차지하게 될 것이다. 희곡에서 모든 인물에 대한 필연성을 찾아볼 수 있는가 자문해 보아라. 왜 어떤 인물이 있는 것인가? 그의 존재가 기여하는 것이 무엇인가? 언어와 분위기를 관찰해 보아라. 주요 장면이 어떻게 연출될 것인가를 상상해 보도록 해라. 이와 같은 문제, 그리고 더 많은 문제들은 여러분이 작품 전체에 대한 확고한 지식을 가지고 다시 읽을 때 충분히, 그리고 세세하게 검토될 수 있는 것이다. 그러나 처음 읽을 때는 우선적으로 가능한 한 작품을 알게 되는 것에 관심을 갖는다. 여러분이 작품과 그 사건들을 명확하게 알고 있을 때, 마음속으로 분석이 이루어지고 있다 하더라도 여러분은 보다 추상적인 의미에서 분석을 시작할 수 있다.

분석

우리가 이미 언급했지만 비평적 분석은 완벽한 읽기에서 이루어져야 한다. 이것이 필수적이므로 분석 과정의 일반적인 규칙을 다음과 같이 말할 수 있다. 의심이 생기면 그것이 하나의 장면이든, 막이든, 혹은 작품 전체이든 간에 다시 읽는다. 조심스럽게 읽고 작품에 대한 참조를 통해 입증하는 것이 빈약한 줄거리를 질질 끌고 나가며 작품과 무관한 분석을 피하는 유일한 방법이 된다. 좋은 분석은 문학 작품의 요점 하나하나를 다룰 것이다.

분석을 진행하는 가장 좋은 방법은 기법의 문제로 시작하여 평가의 문제로 옮겨 가는 것이다. 그런 방법으로 여러분은 다시 작품 자체로 시작해서 작품의 면밀한 연구에 대한 평가를 마련할 수 있게 된다. 기법의 분석은 보다 예리한 읽기로서 생각해 볼 수 있다. 그것은 작품 전체의 이해에 의존해야 하는데, 왜냐하면 일반적으로 그것은 "어떻게 이런저런 일이 행해졌는가?"라는 질문에 대한 대답을 구하려 하기 때문이다. 여러분이 작품 전반에 대해 충분히 안다고 가정해 보아라. 여러분은 인물과 상황에 대한 확실한 개념뿐만 아니라 총체적인 의미에 대한 견해를 지닌다. 여러분은 이제 당신이 읽은 것이 불완전하거나 부적당할 수 있다는 가능성을 항상 열어 놓고, 작가가 어떻게 여러분이 지닌 견해를 전달했는가를 자문해야 한다. 사실상 여러분이 해야 할 일은 연극에 관해 알고 있는 것을 특정한 희곡에 적용하는 일이다. 다음의 5개 문단은 분석할 때 고려하고자 하는 주요 영역들이다. 다음 질문이나 제안 중 어떤 것이나 그 자체만으로도 실질적인 독자적 연구 과제가 될 수 있다는 것을 기억하라.

1. **장르**: 희곡이 명백히 주요 연극 범주 중 하나에 속하는가? 어떤 근거에서? 희곡은 그런 유형의 어떤 관례적 특징을 보여 주는가(주제, 상황, 유형적 인물에서)? 그렇지 않다면 그것은 어떤 유형의 어떤 특징을 지니고 있는가? 장르에 관한 지식이 이 희곡을 이해하는 데 도움이 되는가? 작가가 그의 희곡이 설정된 범주 중 하나에 속하도록 고려했을까?

2. **구성과 플롯**: 작품의 구성은 잘 알려진 양식의 하나를 따르고 있는가? 이것은 장르와 어떤 연관이 있는가? 제시는 어떻게 다루어졌는가? 상승 행위는 어디서 시작하는가? 전환점은 어디에서 오나? 절정은? 플롯

이 어떤 갈등을 제시하고 그것은 어떻게 해결되는가? 해결이나 대단원
이 플롯상으로 믿을 만한가? 플롯이 복잡한가, 단순한가, 팽팽한가. 혹
은 느슨한가? 부플롯이 있는가? 어디에 플롯과 구성의 주요 강조점이
있는가? 행동 양식이 실질적일 뿐만 아니라 상징적인 중요성도 지니고
있는가?

3. **언어**: 언어는 어떤 종류의 배경과 분위기를 전달하는가? 그것은 희곡
의 어조에 무슨 기여를 하는가? 희곡에서 대화의 특성은 무엇인가? 어
떠한 대화 방법이 사용되고 있는가(독백, 주고받기, 언어 놀이)? 만약
에 희곡이 운문이라면 그것의 특징과 규칙성이나 불규칙성, 희화성이
나 격식을 분석하려고 하여라. 희곡에서 지배적인 심상은 무엇인가?
주요 상징은 무엇인가(단어뿐만 아니라 대상과 행동도 고려하라)? 이러
한 것들이 작품의 주요 사상과 어떻게 서로 관련되어 있는가? 작품을
해석하는 데 사용할 수 있는 심상과 상징주의의 양식이 있는가?

4. **성격부여**: 각각의 인물을 별도로 생각하라. 다음에 서로 간의 관련성을
그리고 마지막으로 전체적인 행동과 연관 지어 생각하라. 각 인물의
기본적인 특성을 결정하라. 그 인물에 호감이 가는가, 그렇지 않은가,
혹은 중립인가? 그는 유형적인가 혹은 개별적인가? 어떻게 우리는 그
를 완전히 알게 되는가? 어떤 방법으로 우리는 그를 알게 되는가(묘사,
다른 사람들의 진술, 행동)? 주어진 인물은 플롯과 관련하여 어떤 기능
을 하고 있는가? 그는 믿을 만한가? 그의 행동은 설득력 있게 동기가
부여됐는가? 각 인물이 보여 주는 언어의 특성은 무엇인가?

5. **연극적 요구**: 희곡이 쓰인 이유 중 극작의 어떤 특징이 작품을 이해하
는 데 중요한가? 희곡 형성에 영향을 미친 관례나 연극적 필요성은 무
엇인가? 희곡이 어느 정도까지 어떤 종류의 연출에 의존하는가? 극작
가가 어떻게 극의 가능성을 개발했는가? 어떤 극적 공연 방식이 사용

되었는가(사실주의적, 상징적, 의식적)?

읽기와 기법의 분석은 우리가 소위 평가나 희곡 의미의 이해라고 부를 수 있는 뭔가로 이끌어 준다. 읽기와 기술적 분석 과정에서 우리는 의미의 문제를 다루게 될 것이다. 실제로 그것에 대한 어떤 개념이 없이는 우리는 완전한 읽기나 계몽적인 분석을 하기 힘들다. 그러므로 지금 하고 있는 것은 우리가 읽고 세밀하게 분석함으로써 드러난 의미를 명백히 하는 것이다. 우리는 지금 희곡 전체에 대해 보다 확실하고 완전하게 파악하기 위하여 이전에 세부적으로 조사했던 모든 단편적인 것들을 통합하는 것이라고 말할 수 있다.

희곡의 의미 문제는 때때로 주제의 의미로 표현되며, 주제에 관한 작가의 태도로 표현된다. 그리고 때로는 아리스토텔레스의 희곡 구성요소 중의 하나로서의 사상(*다이아노이아*)과 동일한 용어로 표현된다. 문학 작품에서 주제는 작품이 구현하고, 총체적으로 표현하는 추상적인 사상을 뜻하는 것으로 간주된다. 『실낙원』에서 밀턴은 일찍이 주제를 "영원한 신의 섭리를 밝히고 인간에게 신의 의도의 정당함을 증명하기 위함"이라고 언급했다. 희곡이 이와 같이 주제를 명백히 언급하는 경우는 드물다. 더군다나 단일 주제가 작품 전체를 포진해야 할 필요가 없을 수도 있다. 일반적인 주제를 표현하는 데는 몇 가지 주제 혹은 몇 가지 방법이 있을 수 있다. 그러므로 어떤 사람은 주제에 관한 작가의 태도를 이해하는 것으로 말한다. 희곡은 어떻게 사건을 제시하는가? 작가가 포착한 행동으로 우리를 이해시키려 하는 것은 무엇인가? 이것은 여전히 지나치게 교훈적인 것으로 보일 수도 있다. 대신 우리는 아리스토텔레스의 용어로 "전체로서 희곡의 사상은 무엇인가?"라고 물을 수 있다. 희곡은 인간 생활을 근거로 하며 의미심장한 방식으로 그것과 연결된 말과 행동을 사용하기 때문에, 필연적으로 인생에 관한 어떤 사상을 전달해야 한다. 희곡의 의미를 논할 때 우리는 작품의 사상이 무엇인가를 명확히 하려고 애쓴다.

우리가 추구하는 것을 '주제, 태도, 사상'이라 칭한다 할지라도 우리는 그것이 전체로서의 희곡 속에 배어 있고, 우리가 희곡을 읽거나 보고 가능한 한 철저하게 작품을 분석하는 경험을 통해 그것을 인지한다는 것을 잊어서는 안 된다. 우리는 희곡을 소논문으로 만들고 희곡에서 인물의 특정한 표현을 지나치게 강조하는 것을 막아야 한다. 의미에 대한 이해가 희곡이 묘사하는 총체적인 행동과 일치하게끔 해야 한다. 그러므로 희곡에서 인물의 진술을 주제로 받아들인다면, 그것이 희곡의 전체 방향에 대한 정당한 평가이기 때문이어야 한다.

주제를 결정하는 문제는 작가의 사상을 나타내는 분명한 대변자가 있는 희곡을 언급함으로써 설명할 수 있다. 19세기 잘 짜인 극(피에스- 비엥- 페트)에는 작가를 대변하는 인물이 보통 있었다. 그는 희곡의 *레조네르*(문자 그대로 *추론자*)라고 불리었는데, 그것은 그가 희곡의 쟁점이기도 한 흥미 있는 주제에 대한 작가의 사상을 진술하기 때문이다. 이 장치는 잘 짜인 극에서도 없어지지 않았으며, *추론자*는 연극이나 영화에서 다양한 모습으로 여전히 만날 수 있다. 흔히 그들은 주인공보다는 제2의 인물들이다. 흔히 행동은 추론자가 희곡의 '메시지'를 제시하는 동안 멈춘다. 이 장치는 진정으로 훌륭한 연극을 만들기에는 너무나 인위적인 것으로 간주되는데, 그것은 작가가 작품 조직의 일부분을 강조하는 일을 덜어 주고 작가의 이성과 감성이 대립할 경우 예상치 못한 결과를 초래할 수 있기 때문이다. 예를 들어 『영광의 대가는 무엇인가?』는 작가가 진술한 의도에 의하면 반전 희곡으로 여겨진다. 그러나 희곡의 전체적인 효과는 전쟁이 지옥이라기보다는 재미있다는 것을 더욱 강하게 주장하는 듯하다. 그렇다면 희곡의 의미를 결정하는 것은 작가의 공식적인 대변인을 찾는 문제가 아니라, 작품 전체의 핵심적인 비중을 발견하는 일이다.

작품에 대한 완전한 지식, 즉 분석을 청해야 하는 것은 작품의 의미를 결정하는 데서다. 분석의 최종적인 목표는 또한 통합에 있다고 말할 수도 있다. 우리는 전체를 더 잘 이해하기 위하여 부분들을 세밀하게 검토한다. 우리는 심오한 의미에서 희곡이 무엇인가를 알기 위해 분석한다. 분석은 플롯, 구성, 인물, 언어, 음악이나 리듬 그리고(상상한) 광경을 통해 제시되는 행동 양식, 즉 희곡의 부분들의 적절한 상호작용을 통해서만 나타나는 자체의 의미를 지닌 양식이 있음을 가정한다. 그러므로 말과 행동을 통해 우리가 아는 인물과, 진행되는 사항을 명백하게 정의하고 그것이 암시하는 분위기를 투사하는 언어, 희곡 내에서 연상 집단을 함께 보여 주는 상징주의 그리고 그 무엇보다도 이 모든 것이 함께 모여서 희곡의 의미를 형성한다. 충분히 의미를 토론하기 전에 의미를 경험하는 것이 필수적인 것처럼 보인다. 그러한 이유로 우리는 추론자에 의해 제공되는 손쉬운 요약을 경계해야 한다.

추론자가 고안된 것이라 하더라도, 우리는 여전히 말로써 희곡에 대한 경험을 공식화해야 하는데, 희곡에는 독자나 관객에게 희곡의 핵심적인 의미를 요약하는 것 같은 말을 하는 인물이 있을 수 있다. 『리어왕』에서 글로스터의 "개구쟁이 소년에게 파리의 존재처럼 신에 대한 우리의 존재가 같다/그들은 놀이 삼아 우리를 죽인다"라는 말에서 셰익스피어가 자신의 신념을 표현한 보기를 찾아볼 수 있다. 이것이 그 경우일 수 있다. 그러나 검사할 것은(만약 있다면) 어떤 인물이 대변인인가를 결정하는 게 아니라 작품의 행동이 개요로 간주된 것을 입증하는지의 여부이다. 『리어왕』에서 그가 비교하는(실제로 그것은 반대하는 것일 수도 있다) 진실의 가장 중요한 논쟁을 형성하는 것은 글로스터가 그것을 말하는 데 있는 게 아니라, 이 진술이 행동이 그것을 드러내듯 희곡의 중심 사상을 적절하게 전달한다는 믿음에 있다. 우리가 그와 같은 대변인을 찾는다면 에드거가 더욱 적합할 것이다. 그는 호감이 가는 인물로, 무엇보다도 그는 다른 사람들이 옛 충성심을 모두 던져 버리는 반면 충성을 지키고, 아버지가 그를 배척했음에도 불구하고 아버지를 자기 이해의 단계로 이끌어 간다.

에드거의 성격과 행동 때문에 그가 말하는 것은 희곡에서 중요한 것처럼 된다. 그럼에도 불구하고 진실한 검사는 여전히 그것이 희곡의 총체적인 행동에 맞는지 여부이다.

희곡의 어떤 진술이나 비평가가 한 어떤 진술에서 야기되는 의문점은 항상 같아야 한다. 이 진술이 전체로서의 희곡 사상을 올바르게 재현하는가? 그것이 잘못되거나 혹은 부분적인 견해일 뿐인가? 여기서 신중한 읽기와 신중한 기법 분석이 구분되어야 할 부분이다. 만약 『리어왕』에서 글로스터의 진술이 사실이라면, 『리어왕』을 포함해서 위대한 비극 작품에서 그렇게 자주 투사되는 패배 속의 승리의 감동을 어떻게 설명할 수 있겠는가? 글로스터의 말은 리어왕 자신의 뇌리에 박힌 "나는 시련의 수레바퀴에 묶여 있다."라는 말과 비교될 수 있다. 이 두 가지 견해가 이 작품에서 두 사람이 견뎌 낸 심한 고통을 집약하고 있다는 것은 의심할 여지가 없다. 그러나 그들이 전체 행동을 설명할 수 있는가? 만약 그렇다면, 왜 셰익스피어는(우리는 분명히 그에게 이에 대한 책임이 있다고 주장할 수 있다) 올버니를 통해 작품의 끝에 가서 질서를 거듭 주장하기 위해 질서를 세운 것인가? 왜 셰익스피어의 사회관은 이 작품 끝에서 세계를 전체적인 혼돈으로 보여 주고, 인간은 무자비한 신에게 의미 없는 곤충에 불과하다는 것을 보여 주게 하지 않았을까? 글로스터의 말이 번민하는 리어왕의 말처럼 이 희곡에서 보인 다른 측면 — 코델리아와, 충성되고 명민한 에드거, 그리고 리어왕 자신의 이해로 재현된 것과 균형을 이루어야 하는 것처럼 보이지 않는 것일까? 리어왕이 하찮은 음모와 이기적인 세상의 시비를 넘어서 "우리 둘은 새장 속의 새들처럼 노래할 것이다."라고 말할 때 그의 평온함은 무엇인가? 또는 에드거가 글로스터에게 한 말, "인간은 갈 때나 심지어 올 때도 참아야만 한다/모든 것은 무르익는다"도 마찬가지다. 더욱 중요한 것은 에드거가 그의 동생을 용서하면서 "서로 용서하자"라고 말하고 또한 그의 아버지가 일찍이 장난기 있는 소년들과 같다고 한 신에 대해서도 똑같이 "신은 공평하고 우리들의 쾌락으로/우리들을 벌하는 도구로 삼으시나"?는 무엇인가? 이것은 분명히 글로스터가 주장하는 것보다 우주 속에서의 보다 더 의미심장한 진행을 암시한다. 마침내 연극의 끝을 마무리하는 올버니의 말은 무엇인가? "친구는 모두 그들의 미덕에 대한 상을 받을 것이며/원수는 다 처벌의 고배를 맛보게 될 것이다."

　『리어왕』만큼 풍부한 내용의 희곡에서 우리는 셰익스피어가 이 작품에 담기를 원했던 모든 것을 요약해 말할 대변인을 찾기를 기대할 순 없다. 또한 우리는 어떠한 인물에서든지 한 두 줄의 대사를 찾아내야 한다고 느낄 필요도 없다. 그러나 분명히 이 작품의 몇몇 중요한 쟁점이 여기서 인용된 대사에 의해 강하게 되살려졌고, 또한 이 대사들은 적어도 이 작품의 의미에 대해 지적이고 사려 깊은 평가의 근거를 형성할 수 있다. 만약 독자의 분석이 그런 종류의 평가로 그를 이끈다면, 그의 분석이 가치 있었다고 믿는 것이 정당화될 것이다. 희곡의 의미, 읽기의 최종 결과, 분석, 그리고 평가는 독자가 작품을 처음 읽기 시작할 때 갖게 되는 정말로 간단한 질문, 즉 "그것은 무엇에 관한 것인가?"에 답하는 것에 가깝다.

해석의 보조물

희곡은 인간이 만든 다른 모든 작품과 마찬가지로 정해진 시간과 공간에서 일어나고 특정한 문화와 환경의 흔적을 띠게 된다. 이와 같은 문제에는 매우 큰 흥미가 따르게 되는데, 그 이유는 그것들이 과거의 작품을 이해하는 데 종종 기여하기 때문이다. 초보 학생들은 때때로 그러한 흥미를 불신하기도 한다. 그들이 추정하는 작품의 무디어진 효과에 대해 분석과 추상성을 불신하듯이, 그들은 무관한 것이라 여기는 것에 대한 '외부의' 고려를 불신한다. 이 두 가지 의심은 최소한 합리적이고 진지한 문학 애호가들을 고려하는 한 그릇된 것이다. 우리는 '꼬리가 개를 흔들게 하기'를 원치 않지만 또한 꼬리를 잘라 버리는 것도 원치 않는다. 우리가 최근의 소설을 이해하기 위하여 항상 사회사나 문학 전기나 비교 종교에 관해 읽을 필요가 없는 것은, 단순히 우리 시대의 것이기 때문이라는 것을 명심해야 한다. 그러나 일단 한 시기의 관심사가 다른 관심사로 바뀌면, 즉 현재 사건이 역사가 된다면, 옛날 문학 작품을 읽을 때 우리를 괴롭혔던 똑같은 문제점이 후손이 우리 시대의 작품을 읽을 때 나타나게 될 것이다. 이러한 분명히 외적인 문제는 실제로 어떤 작가든 글을 쓸 때 취하는 문화의 일부분이다.

문학 생도의 문제점은 무엇을 연구하고 어떻게 그것을 평가해야 하는가를 아는 것이다. 각 작품은 각기 다른 문제점을 제시할 것이다. 어떤 작품은 다른 작품보다 더 복잡할 것이다. 이러한 연구에 대한 세부 사항은 한 권의 책으로 수록하기에는 너무나 방대한 양이다. 수많은 기간과 시대를 세밀히 검토하면, 각각의 희곡은 우리에게 다른 지식을 요구하고 또 다른 보상을 제공할 것이다. 바로 이것이 문학 연구가 그렇게 근본적으로 인간적인 이유이다. 그것은 끊임없이 학생을 더 광범위한 탐구 세계나 인생에 대한 폭넓은 이해로 향하게 한다. 다음 문단에서 우리는 가능한 보조 연구의 범위를 가르쳐 주기 위해 종종 문학에 영향을 미치는 영역을 간략히 검토해 볼 것이다.

문학사와 전기. 광범위하게 문학사란 구성 부분(개인 작품) 중 수많은 상호 연결성과, 수많은 영향과, 연속성과 당대의 양식을 보여 주는 필적 자료를 지닌 연속적 몸체로서의 문학 연구이다. 개인 작품으로서 각각의 희곡은 문학사에 한자리를 차지하고 있다. 문학사는 한 작품이 생겨나는 전후 관계, 즉 다른 시대의 작가들에게 영향을 주었던 문학적 관행과 취향의 변화를 설정하는 데 관심을 쏟는 학문이다. 장르의 개념은 작업 중인 문학사의 예다. 희곡은 우리가 문학적 정황에 관해 뭔가를 알고 있을 때 흔히 더 잘 이해될 수 있다. 때때로 전기적 정보가 문학 작품을 설명해 주기도 하지만, 초보자가 희곡을 전기적 문서로 취급하게 해서는 절대 안 된다. 대부분의 경우 비전문가는 소위 문학 전기라 부르는 것에서 매우 큰 도움을 얻을 것이다. 즉 작가의 문학적 발전에 대한 이해, 어떤 주제에 관한 관심과 생애 중 다양한 시기의 행위 등이다. 문학에 개인의 전기를 적용시키는 것은 작가의 사적인 대변자가 사상적인 대변자보다 훨씬 드문 연극에서처럼 그렇게 미묘한 것은 없을 것이다. 그러나 아직은 문학사와 문학 전기의 지식이 연극의 발전과 우리 문화에서 희곡이 차지하는 위치를 이해하는 데 상당히 기여할 것이다.

정치, 사회사. 연극은 필연적으로 인생을 반영하기 때문에 특정한 시대와 특별한 쟁점의 견지에서 그렇게 한다. 희곡이 나온 시대의 정치적, 사회적 상황을 아는 것은 특별한 작품을 이해하는 데 필수적일 만큼 중요하다. 최소한 그것은 결코 방해물이 아니다. 우리는 이미 역사를 통해 사용되어 왔던 다양한 극장을 고려하면서 비문학적인 역사적 요소의 중요성을 다루었다. 극장 설계는 사회사의 문제이지만, 마찬가지로 이것이 어떻게 중요한 문학 문제가 되는지를 보아 왔다. 일반적으로 희곡이 쓰인 시기의 삶과 사회에 관해 알면 알수록, 그 작품을 더 잘 이해하게 된다. 물론 우리는 문학 작품의 자리를 빼앗는 그런 역사는 원치 않는다. 보편적인 모든 다른 연구와 마찬가지로, 우리는 작품 자체를 더 잘 이해하기 위해 작품이 쓰인 시대의 정치적 사회적 역사를 조사하는 것이다.

다른 분야. 희곡과 문학 작품을 해석하는 데 청할 수 있는 다른 많은 연구 분야가 있다. 다시 말하지만 이러한 것은 조심스럽게 접근해야 한다. 이제까지 희곡은 인간의 심리를 다루고 있다. 그것은 사회적 차원이다. 그리고 그것은 어떤 종교적 신념이나 철학적 태도를 구현할 수 있다. 그것은 심지어 다른 예술이나 다른 문학 유형과 유사하다. 우리는 이미 운문극이 또한 시이며 시의 관점에서 볼 수 있음을 알고 있다. 많은 비평가는 모든 문학 작품을 한두 개의 관점에서 접근한다. 어떤 사람은 해석에 프로이드나 프로이드에 근거한 심리학을 적용한다. 다른 사람은 희곡을 특정한 철학이나 종교의 표현으로 간주한다. 또 다른 사람들은 모든 문학 작품을 사회적 계층에 대한 그들의 마음가짐으로 본다. 극작가가 흔히 그들의 작품에서 똑같은 소재를 다루려 하기 때문에, 희곡을 검토할 때 심리학적, 사회적, 종교적, 철학적, 그리고 다른 예술과 같은 분야에서 파생한 도움을 좀처럼 배제할 수 없다. 항상 그랬듯이 열쇠는 이것이 우리가 선호하는 학설에 대한 단순한 변명이 되지 않도록 문학 작품에 대한 적절한 안목을 유지하는 데 있다.

희곡을 읽고 연극을 보러 가는 것에 관해 한마디 더 할 것이 있다. 이러한 행위는 결코 상호 배타적인 것으로 여겨져서는 안 된다. 희곡을 읽는 것이 생생한 무대 공연의 체험과 대치될 수는 없다. 그렇다고 또한 부차적이거나 쓸모없는 행위일 수도 없다. 분명히 연극 관람객이 됨으로써 더 훌륭한 희곡 독자가 될 것이다. 마찬가지로 독자가 됨으로써 보다 나은 관람객이 될 것이다. 우리는 훌륭한 공연은 지적인 읽기의 결과라는 것을 기억해야 한다. 끝으로 희곡의 독자가 즐기는 이점이 하나 있다. 일단 연극이 끝나면, '우리 배우들은' 프로스페로가 말한 것처럼 "모두 정령이 되어 공기 속으로 희박한 공기 속으로 녹아 사라진다." 독자들에게는 배우들이 인쇄물상에서 반복해서 되살아날 수 있을 것이다.

연극 용어 사전

다음 목록은 학생들이 연극을 공부할 때 접하게 될 많은 실제 연극과 문학 용어뿐만 아니라 본서에서 사용한 대부분의 용어를 포함하고 있다.

추상 무대 장치: 무용이나 표현주의 극의 배경으로 마련한 휘장, 한 세트의 문 또는 창문으로 구성된 무대 장치.

막: 주로 무대 공연에서 막간으로 구분 지어진 극의 주요한 구분, 엘리자베스 시대 연극에서는 5막이 일반적이었으나 현대극은 3막이 일반적이다. 막의 수가 어떻든 간에 하나의 막은 전체 극의 중요한 통합 부분으로 생각되며 현저히 전체 행동을 진전시킨다.

행동: *모방*과 함께 아리스토텔레스의 비극 이론의 중심 요소이다. '행동의 모방'으로서의 희곡은 그 희곡의 몇몇 사건이 함께 하나의 커다란 인간 행동을 구성하는 것을 의미한다. 이러한 의미에서 행동은 무대 위에서 묘사되는 사건의 의미의 전체 핵심을 가리킨다. 협의의 의미에서 행동은 희곡에서 인물의 육체적인 움직임이다.

아곤: 문자 그대로 *논쟁*, 그리스 희곡에서 인물들이 논쟁점에 관해 반대되는 견해를 논하는 것으로 서언과 파로도스 다음에 오는 에피소드이다.

원형극장: 주로 그리스 극장에 적용되었으나, 로마 시대에는 높이 올린 연단 주변에 정확히 반원형의 형태를 띤 극장에만 알맞게 적용되었다. 오늘날에는 그 용어가 바닥에 무대가 있고, 관객이 반원형의 가

파르게 경사진 좌석에 앉아 있는 모든 아레나를 묘사하는 것으로 대충 사용된다.

아나그노리시스: 아리스토텔레스에 의해 비극의 주인공이 자신의 상황을 운명의 뜻과 자신의 과실의 결과로 인식하는 것으로 쓰였던 그리스어.

대립자: 연극의 주요 인물이나 주인공과 대립하는 인물.

안티클라이맥스: 두 번째 절정이거나 절정의 완화로 절정 다음의 긴장 기간, 또한 높은 위치로부터 하락이나 우스꽝스러운 전락을 표시하는 데 종종 사용된다.

안티마스크: 가면극에 대한 일종의 패러디(마스크를 *보시오*), 앞서 공연되었던 가면극의 당당한 우아함을 조롱하는 희극적 공연과 춤.

안티스트로피: 세 부분으로 된 그리스 합창곡의 두 번째 부분으로 오케스트라에서 합창단이 왼쪽에서 오른쪽으로 돌면서 부르는 것. 스트로피와 **에포드**를 *보시오*

에이프런: 앞의 무대 부분, 왕정복고와 18세기 극장에서는 이것이 본 연기 구역이었다. 막이 오른 후 배우들은 그림 배경 앞으로 걸어 나와서 에이프런에서 대화를 한다. 몇몇 현대 극장에서는 에이프런이 전혀 없다.

아레나 무대: 관객이 배우를 삼, 사방에서 둘러싼 극장의 중앙 지역에서 배우들이 연기를 하는 현대 극장의 형태.

애러스 배경: 주로 회색이나 검정색으로 무대 뒤쪽 주변에 감싸져 있는 반원형의 휘장으로 공식적인 경우나 낭독을 위한 배경으로 사용된다.

방백: 배우가 관객에게 하는 말로 무대상의 다른 인물들은 그가 하는 말을 듣지 못한다.

아테란 소극: 고유한(즉 비-그리스적) 로마 시대의 상스러운 종류의 소극으로 그리스 연극 모델의 도입 후에 막간극과 오락물로서 보존되었다. 기원전 캄파니아에 있는 아테라(현재는 아베르사) 마을이었다. 4장의 주 4를 *보시오*

관객석: 관객이 공연을 보는 동안 앉거나 서 있도록 만들어진 극장의 부

분. 객석은 칸 막은 좌석에서부터 연기 구역 사방의 좌석에 이르기까지 여러 가지 모양과 형태가 있다.

배경천: 배경 위에 걸려 있는 그림 그려진 천으로 쇠창살에 매달려 있다. 배경막과 혼돈해서는 안 된다.

배경막: 배경을 암시하기 위해 그림을 그려 넣을 수 있는 무대 뒤쪽의 커다랗고 평평한 면. 현재는 보통 하늘을 재현하려고 그리지만, 17, 18, 19세기에는 무대 옆과 함께 가동되었으며 배경의 주요한 부분이었다.

가림막: 관객이 무대 뒤쪽을 보지 못하게 하기 위해 문과 창문 위에 놓는 평평한 판이나 커튼.

무대 뒤: 무대 배경 뒤의 부분(관객들에게는 보이지 않는)으로, 그곳에서 배우들이 입장을 기다리고 배경이 바뀐다.

발라드 오페라: 주로 널리 알려진 가락에 맞는 가사로 된 노래를 위해 연기가 막간에 중단되는 극 형태, 가장 유명한 것은 존 게이의 『거지 오페라』(1728)이다.

발레: 대사가 없고 음악에 맞춰 춤을 추면서 이야기가 전해지는 극적 오락물.

밴드 룸: 오케스트라 단원들이 연주할 시간이 될 때까지 기다리는 곳으로 무대 앞부분 밑에 있는 작은 방.

단역: 한 줄 대사만 하는 시종처럼 극에서 매우 미미한 역할. 이러한 역할을 하는 연기자는 '단역 배우'라 불린다.

블랙프라이어 극장: 영국 최초의 사설 극장. 1576년 런던에 있는 도미니크 수도원을 개조한 것이다. 1608년 수리할 때까지 소년배우 극단을 포함하여 다양한 극단들이 사용했으며, 셰익스피어 극단인 왕실 극단도 사용했다.

무운시: 무운의 약강격의 5행시 용어. 대부분의 영어 운문극(셰익스피어의 극을 포함)이 쓰인 형식. 또한 비연극적 시에서 널리 사용된다.

보더: 관객으로부터 배경 꼭대기와 천장 부분을 가리기 위해 무대 위에 매달아 놓은 짧은 커튼.

부르주아 연극: 일반적으로 중산층과 일상생활을 묘사하는 모든 연극, 특히 18세기 이전 유형의 극에 적용되었다. 예를 들어, 릴로의 『런던 상인』(1731)은 '가정 비극'으로 불리기도 했다.

상자 세트: 방처럼 보이게 하기 위해 세워진 무대 장치로 3개의 벽과 천장으로 되어 있으며 종종 매우 정교하게 설계되고 장식된다. 완전한 상자 세트는 1840년경에서부터 비롯된다.

브리지: 무대 아래에서 연단 높이까지 큰 덩어리의 무대 장치를 들어 올리는 무대기계 부품.

벌레스크: 1) 강한 패러디 요소(특히 작가의 경쟁자의 작품)를 띤 풍자극, 셰리단의 『비평가』와 게이의 『거지 오페라』는 이 같은 유형의 예이다. 2) 미국에서, 벌레스크는 희극적 공연과 스트립쇼로 구성된 일종의 오락물을 의미하기도 한다. 원래 극장에서 공연되었지만, 현재는 주로 나이트클럽에서 볼 수 있다.

버스킨: 그리스극에서 배우들이 신었던 *코써너스*나 밑창이 두꺼운 목이 긴 장화. 버스킨은 주로 비극 공연에서만 사용되었기 때문에 비극을 암시하는 용어가 되었다. 속스와 대조해 *보시/오*

막간극: 주 플롯보다 덜 중요한 소재에 쓰인 장면으로 무대 담당에게 장엄한 무대 장치를 세울 시간을 주기 위해 막 앞의 에이프런에서 연기되는 장면으로 아직도 뮤지컬 희곡과 시사 풍자극 따위에서 사용된다.

촉매, 촉매제: 극 중 기능이 변화나 분열에서 안정적인 상태로의 변화를 나타내기 위해, 그러므로 극의 행동을 시작하는 인물을 묘사하는 현대극 용어. 자극하는 힘과 유사하다.

카타스타시스: 4막 극의 구조에서 행동의 위기나 절정을 말하는 그리스어.

파국: 4막 또는 5막 극 구조에서 최종적인 사건이나 결론. 주로 비극에서 종종 죽음으로 끝나는 마지막 사건에 사용된다.

카타르시스: 비극의 공연에서 관객이 경험하는 연민과 공포의 정화를 묘사하기 위해 아리스토텔레스가 사용한 그리스어.

체임버: 엘리자베스 시대 극장에서 내부 무대나 서재 위에 설치된 커튼이

가려진 방으로 그 앞에 테라스가 연결되어 있다. 둘 다 연기를 위해 사용되었다.

인물, 성격: 연극에서 사람을 가리키는 말과 그 사람을 형성하는 자질을 가리키는 말. 성격에서 가장 중요한 자질은 한 사람의 행동과 신념을 동료의 그것들과 구별 짓는 정신과 영혼의 자질이다.

성격 남우, 성격 여우: 『햄릿』에서 폴로니어스와 거트루드처럼 나이 든 주요 역할을 하는 배우들을 가리키는 연극 용어. 노역 남우와 노역 여우를 *보시오*

코리거스: 코러스의 후원자를 말하는 그리스어로 코러스의 방, 식사, 연습 장소를 제공해 주었다.

안무: 춤, 군무, 무대화 등의 견지에서 발레를 창조하는 것.

코리어테: 그리스 비극의 코러스 단원.

코러스: 1) 그리스극에서 주요 연기에 대해 설명하는 남녀들로 원래는 12명의 집단이었다가 후에 15명으로 되었다.

2) 엘리자베스 시대극에서는 종종 셰익스피어의 『헨리 5세』에서처럼 서언을 말하는 배우.

3) 현대 뮤지컬 공연에서는 함께 연기하는 무용수와 가수 집단.

연대기 역사극: 실제의 역사적 사건과 인물을 다루는 극. 셰익스피어의 사극처럼 종종 시리즈의 한 부분으로 보통 연대순이다.

절정: 극에서 관객의 관심의 최고점. 때때로 대충 위기의 동의어로 사용되지만 두 가지가 함께 일어날 필요는 없다. 5막 극에서 절정은 통상적으로 4막에 있다.

서재극: 무대 위에서 공연되기 위해서가 아니라 오로지 읽히기 위한 극.

광대: 연극에서 오랜 역사를 지닌 희극적 인물. 보통 왁자지껄한 유머로 웃음을 유발하는 남자 배우를 말한다.

코미디 아 델라르트: 16, 17세기 그리고 18세기 초 이탈리아에서 성행한 즉흥 희극 형식으로 그곳에서부터 유럽 전체에 영향을 끼쳤다. 어릿광대와 어릿광대 애인뿐만 아니라 펀치와 주디는 *코미디아 델라르트*

와 함께 생겨났다. 이 명칭은 다소 거친(그러나 유명한) 구조로 소재를 즉흥적으로 만드는 전문가들에 의해 공연되었기 때문에 생겨났다.

코미디 라르무왕트: 감상 희극을 *보시오.*

희극: 일반적으로 행복한 결말로 끝나는 극. 희극의 목적은 즐겁게 하기 위한 것으로, 종종 웃음을 유발하고, 흔히 생활 풍속을 풍자하기 위한 것이다. 희극은 사회적 능력이 있는 사람들에 관한 것으로 그들의 행동 규범, 풍속, 도덕 따위에 크게 비중을 두고 일탈의 척도가 되는 기준을 표현하거나 암시하기 위해 사용한다. 고급 희극과 저급 희극을 *보시오*

기질 희극: 4가지의 신체적 기질 또는 체액에 관한 이론을 통해 인물의 이상한 성격을 보여 주는 것으로 벤 존슨이 발전시킨 유형. 존슨의 『기질을 지닌 모든 사람들』(1598)이 그 한 예이다.

음모 희극: 많은 놀라운 일과 발견들의 복잡한 구조를 광범위하게 사용한 희극.

풍속 희극: 17세기 후반에 완성된 희극 유형. 유한 계층의 인위적인 풍속에 관한 것. 종종 풍자적이며 주로 화려하고, 재치 있는 대사를 지닌다.

막역한 친구: 『햄릿』에 나오는 호레이쇼처럼 주인공이 신뢰하는 인물.

갈등: 극을 전환시키는 쟁점, 종종 불가피한 요소라고 한다. 갈등의 상승과 하락은 구성에 대한 연구가 추적하고 드러내는 실체를 형성한다.

관례: 광의의 의미에서 문학적 관례는 만가에서 목가적인 요소처럼 작가들이 동의하는 관행을 말한다. 연극에서 관례는 어떤 장소에서의 재현을 그 장소로 기꺼이 받아들이거나 운문으로 말하는 인물을 수용하는 것같이 관객과 연기자 사이의 약속이다. 그러므로 다양한 극적 효과를 전달하기 위한 관례들이 생겼는데, 예를 들어 내면의 생각을 보여 주기 위한 독백과 사적인 반응이나 의도를 투시하기 위한 방백이 그것이다. 관례는 시대에 따라 변할 수 있지만 각각의 시대는 그 자체의 관례를 지닐 것이다.

의상 연극: 현대보다는 다른 시대의 배경 연극으로 많은 의상을 필요로

하는 극.

개막극: 저녁의 본극 전에 하는 주로 1막 소극의 짧은 극.

코써너스: 버스킨을 *보시오*

위기: 극 구성의 논의에서 사용되는 용어로 구조의 복잡함이 고조되어 나머지 극의 방향을 결정짓는 시점을 지칭하는 용어로, '전환점'과 동의어이다. 때때로 '절정'과 호환하여 사용된다. 그러나 절정을 *보시오*

커튼 장면: 하나의 장이나 막의 끝에 커튼이 내려지기 직전의 장면으로 흔히 매우 격렬한 장면이다.

원형 파노라마: 무대 장치를 따라 구부러진 배경, 한때는 투사되는 빛을 반사시키도록 부드러운 시멘트로 만들어졌지만, 지금은 종종 캔버스나 휘장으로 만들어진다.

무대 장치: 세트의 설치와 장식.

적절함: 문자 그대로 *딱 들어맞는 것.* 극의 정신과 조화를 이룬다고 여겨지는 행동과 사건 그리고 인물 제시를 통제하는 관례에 적용되는 것으로, 예를 들어 엘리자베스 극에서 귀족은 고상한 시, 소박한 평민은 산문을 쓰는 것.

행동의 적절함: 그리스 비극에서 유래된 것으로서 극장과 극에 알맞은 행동에 대한 신고전주의의 용어. 그리스극에는 무대 위의 유혈 장면과 육체적 고통 장면이 없기 때문에 이러한 것을 피하는 것을 의미하게 되었다.

대단원: 문자 그대로 *매듭을 푸는 것.* 구조의 모든 비밀이 누설되는 순간. 보통 절정과 함께 혹은 뒤에 나타난다.

데우스 엑스 마키나: 문자 그대로 '기계로부터 온 신'이다. 원래 그리스극에서 기중기를 이용하여 천상의 인물이 무대에 내려오는 것을 가리켰다. 신이 기적적으로 행복한 결말을 가져다준다. 지금은 인위적인 억지 수단에 의해 어려운 상황이 갑자기 해결되는 것을 의미하게 되었다.

대사: 문자 그대로 *회화; 대담.* 극에서 인물들이 하는 말로 보통 서로 주

고받는 대화를 말한다. 또한 넓게는 희곡의 모든 언어에 사용된다.

다이아노이아: 사상을 *보시오*

어법: 극의 언어로 아리스토텔레스가 열거한 연극의 여섯 가지 필수 요소 중의 하나.

다이다스큐러스: *훈련자*를 의미하는 그리스어. 그리스극에서 감독을 가리키는 용어.

디오니시아: 그리스의 모든 디오니소스 축제, 특히 시티 또는 대 디오니소스 축제는 매년 봄마다 열렸고, 연극 경연 행사였다. 레나이아를 *보시오.*

디오니소스: 그리스 신의 하나로 원래 식물의 신이었으나 후에 포도주와 포도의 신이 되었고 그를 기리는 극들이 공연되었다. 라틴어로는 바커스이다. 디오니시아, 레나이아, 씨밀을 *보시오*

감독: 재정적이고 행정적인 측면과는 반대로 예술적인 면에서 극을 상연하는 책임을 맡은 사람. 영국에서는 '연출가'라고 불린다.

주신 찬가: 연극의 기원 중의 하나. 디오니소스를 찬양하는 찬송가로 50여 명의 코러스에 의해 공연되었다. 결국, 코러스의 지도자는 독창가로 분리되면서 이것은 대사로 되었다.

가정 비극: 높은 지위나 역사적으로 주요한 인물보다는 눈에 띄지 않는 당대의 사람에 관한 비극. 이 용어는 토마스 헤이우드의 『친절함으로 살해된 여인』(1603) 같은 엘리자베스 시대 연극과 아서 밀러의 『세일즈맨의 죽음』(1949)과 같은 현대극에 적용된다.

도네: *주어진 것*이란 프랑스어. 즉 연극을 시작할 때 관객에게 제시된 상황 혹은 정보.

무대 앞쪽: 관객에게 가장 가까운 무대 부분.

연극: 문자 그대로 *행하는 것* 혹은 *공연하는 것*. 연극이 시도하는 모든 분야에 관한 말. 플레이와 동의어이기도 하다.

극적 아이러니: 극 중에서의 인물은 아직 알지 못하는 뭔가를 관객이 알고 있을 때 생겨나는 아이러니. 이것은 흔히 긴장과 불안을 고조시키

거나, 우리의 공감과 이해를 증진시키기 위해 사용된다.

극적 시: 연극에서의 시의 사용. 셰익스피어의 대사처럼 인물들의 말에 운문을 사용하는 연극. 또한 연극의 요구조건을 충족시켜야 하는 것은 시다.

등장인물: 문자 그대로 *극의 가면*, 특히 엘리자베스 시대극에서, 일반적으로 배역을 결정하는 의미로 사용된다.

극적 시간: 극의 줄거리상 경과하는 시간(극장에서 극이 공연되는 동안의 시간인 물리적인 시간과는 상반된다).

드람: 연극에 대한 프랑스 말로, 비극으로 분류할 수 없는 진지한 연극 장르의 의미로 사용된다.

객실 희극: 관습적으로 가정 배경의 현대 희극을 묘사하는 데 사용되는 용어. 이것은 광범위한 연극을 포함하며, 모두 중상류와 상류계층의 사회적인 상황에 대한 편견과 공통점을 지닌다.

현수막: 연기 구역 위에 걸린 커튼으로 그것이 내려오면 연기 구역은 좁아지고 오르면 넓어진다.

엘리자베스 시대 연극: 좁게는 엘리자베스 1세(1558-1603)의 통치 기간에 쓰인 극들과 후에 재코비안[제임스 1세, (1603-1625)]과 캐롤라인 [찰스 1세, (1625-1642)] 연극처럼 군주의 이름을 따 만들어진 극이다. 그러나 이 용어는 보통 16세기 중반부터 1642년 극장 폐쇄에 이르기까지의 영국의 모든 연극 활동에 대해 사용되었다.

에피소디온: 극에서 합창 송시와 교대로 나타나는 연기와 대사 구절을 가리키는 그리스어. 실제로, 그것은 그리스극에서 막을 구성한다.

서사극: 베르톨트 브레히트(1898-1956)와 관련 있는 용어로 관객에게 인물과 동일시하기보다는 관찰하기를 장려하는 반사실주의 유형의 공연을 지칭한다. 브레히트의 『억척 어멈』(1938)과 『코카서스의 분필원』(1944-1945)이 그 예다.

에필로그: 남자 혹은 여자 배우가 관객을 위해 극을 요약하여 마지막에 혼자 말하는 것.

에피소드: 극에서 모든 간단하고 통일된 부분. 때때로 '장'과 번갈아 사용 되기도 한다. 그리스극에서 행동의 단위는 합창에 의해 분리되었다. 그렇기 때문에 합창 송시는 막과 유사하다. 에피소디온을 *보시오*

에피타시스: 4막 극 구성의 논의에서 사용되는 그리스어로 상승 행동을 의미한다.

에포드: 그리스 합창가의 세 부분의 마지막 부분으로 코러스가 오른쪽에 서 왼쪽으로 갔다가 다시 돌아와 멈추었을 때 전달된다. 스트로피와 안티스트로피를 *보시오*

엑서더스: 극이 끝날 때 오케스트라에서 나오면서 그리스 합창단이 부르 는 의식적인 이별가. 퇴장의 합창 송시.

제시: 극 구성을 논의할 때 사용하는 용어로 관객이 연극과 상황을 이해 하는 데 필요한 정보를 극작가가 제시하는 극 중 부분(통상적으로 막)을 지칭한다. 그것은 때때로 '도입'이라 불린다.

표현주의: 제1차 세계대전 이후 성행한 연극과 다른 예술분야에서의 비사 실적인 유형. 표현주의는 무대 위에 마음의 상태와 감정을 투사하려 고 한다. 그것은 흔히 외부의 사실성에 충실하기보다는 오히려 섬뜩 하고 꿈결 같은 배경으로 이러한 효과를 만든다. 미국 작품의 예로는 오닐의 『털북숭이 원숭이』(1922)와 라이스의 『계산기』(1923)가 있다.

하강: 극 구성을 논의할 때 위기나 전환점에 다다른 후의 극의 시기와 정 해진 결말을 따라가는 행동을 가리키는 데 사용되는 용어로 보통 5막 극의 4막이 그것이다. 이 용어는 단지 행동에만 적용되며 관객의 관심 에는 적용되지 않는다. 또한 '회귀'로 불린다.

소극: 단순한 웃음을 유발하는 목적의 희극 형태. 이것은 보통 개연성이 없는 플롯과 많은 왁자지껄한 웃음을 지닌다.

폴리오 1판: 최초의 셰익스피어 극 전집(1623).

5막 구성: 도입, 상승, 위기, 하강, 대단원의 다섯 단계로 구분되는 극 형 태를 묘사하는 방식.

플랫: 캔버스로 만들어지고 나무틀 위에 걸쳐 놓은 배경의 일부. 이것은

그림이 그려질 수도 있고 다른 것과 나란히 놓아 무대의 위 배경이나 옆면이 될 수도 있다.

천장: 판자로 관객을 가린 것으로 무대 위의 공간을 지칭하며 그곳에서 무대 장치, 현수막 등이 오르거나 내려진다.

민속극: 흔히 평범한 사람들과 생에 관한 그들의 태도를 찬양하는 연극에 쓰인 용어. 마크 코넬리의 『푸른 목장』(1930)이 그 예다. 또한 과거에는 중세의 축제극과 무언극과 같이 실제로 대중에 의해 창작된 극을 의미하는 데 사용되었다.

바보: 원래는 궁정에 속한 광대였고, 후에는 종종 높은 지위의 인물에게 진실을 말하는 특전을 허락받은 희극적 인물이다. 셰익스피어의 『십이야』에 나오는 페스트가 그 예다.

각광: 밑에서 배경을 비추도록 무대 앞쪽을 따라 배열된 조명.

전조: 극에서 나중에 일어나게 될 사건(보통 불행한)을 관객에게 알리는 경고.

앞무대: 에이프런에 대한 또 다른 이름으로 프로세넘 아치 앞의 무대 부분.

극장 앞: 극장의 프로세넘 무대 앞부분과 연기자보다는 관객에 의해 사용되는 다른 부분에 적용되는 연극 용어.

완전 배경: 영구 장치나 세부 장치와는 대조적으로 각 부분이 장마다 변해야 하는 장치로, 공연 동안 약간의 장면 변화만 필요하다.

말단 배우: 모든 종류의 연극에서 온갖 종류의 사소한 역할을 연기하는 배우를 지칭하는 전속 레퍼토리 극단 용어.

장르: 소설, 시, 희곡과 같은 문학 유형을 가리키는 프랑스어, 희곡에서 이것은 다양한 유형의 연극을 가리킨다. 비극, 희극 등등.

글로브 극장: 엘리자베스 시대의 가장 유명한 극장, 체임벌린 경 극단의 공식 극장이었다가 후에 셰익스피어 극단인 왕실 극단의 극장이 되었다. 1599년 런던 템스 강의 남쪽 제방에 세워졌다가, 1613년 화재로 파괴되어 1614년에 재건되었다.

입석 관객: 엘리자베스 시대에 공연을 보기 위해 연단 무대 가장자리 주

변에 서 있었던 관람객을 일컫는 말. 때때로 '냄새나는 사람들'로 불리었다.

그랜드 드레이프: 프로세넘 아치 위의 본 커튼 앞에 걸린 커튼으로 프로세넘 아치를 장식하고 개막 크기를 줄이기 위한 커튼.

격자 혹은 그리드: 배경을 떠받치거나, 올리고, 낮추기 위해 무대 위를 가로질러 세운 나무나 금속의 틀.

하마르티아: 자신의 몰락을 야기한 비극적 주인공의 성격에서 결함에 대한 아리스토텔레스의 말.

천상: 엘리자베스 시대 극장에서 연기 구역 위에 지붕처럼 드리워진 덮개를 가리키는 말. 이것은 파란색으로 칠해지고 12궁이 장식되어 있었다.

악역 배우: 멜로드라마에서 악당 역할 전문인 배우에 대한 전속 레퍼토리 극단 용어.

노역 여우: 전속 레퍼토리 극단에서 『오셀로』의 맥베스 부인이나 에밀리아같이 비극에서 나이 든 역할 전문인 여자 배우를 가리키는 전속 레퍼토리 극단 용어.

영웅극: 각운 2행시로 쓰이고 서사시의 원칙을 연극에 적용한 유형. 1664-1678년에 영국 극장에서 유행. 존 드라이든의 『그라나다 정복』(1670)이 그 예다.

고급 희극: 물리적 장치보다는 인물, 구조, 언어, 풍자를 통해 그 효과를 얻어 내는 희극, 주로 지식인에게 호소하는 것으로 궁극적으로 진지한 목적을 지니는 것도 당연하다. 광대놀이와 저급 희극을 대조해 *보시오*

역사극: 넓게는 역사적 사건에 관한 모든 극. 미국에서는 대부분이 주로 미국 역사 사건에 관하여 쓰이고 그러한 사건과 관련된 장소의 야외 원형극장에서 특별 기념 공연을 위해 고안된 연극에 사용된 용어.

휴브리스(하이브리스): 비극적 주인공의 지나친 자신감을 나타내기 위해 아리스토텔레스가 사용한 그리스어로, 운명 혹은 신의 손에 주인공이 함락되는 데 기여한다.

이미지, 이미저리: 색깔, 음향, 냄새, 시각적 묘사와 같은 감각에 호소하는 어떤 표현, 언급 혹은 암시를 가리키는 용어. 또한 문학 작품에서의 이미지나 이미지 양식의 총체적 용어.

모방: 연극이 인간의 행동을 보여 주는 방식에 대한 아리스토텔레스의 말 (그리스어로 '미미시스'). 모방은 현실의 정확한 묘사가 아니라 인간 행동 방식에 대한 그럴듯한 재현이다.

부수 음악: 오페라, 희가극 등의 배경 음악과는 달리 연극 공연 동안 연주되는 음악.

자극적 순간 혹은 자극하는 힘: 극 구성의 논의에서 제시 후 상승 행동을 시작하는 사건을 뜻하는 데 사용되는 기술적 용어. 종종 새 인물이나 정적인 상황을 붕괴시키는 소식이다.

천진난만한 소녀 역: 『로미오와 줄리엣』에 나오는 줄리엣처럼 사랑에 빠진 젊은 여자 역할을 하는 여자 배우를 가리키는 연극 용어.

내실: 엘리자베스 시대 극장에서 연단 안쪽 끝에 커튼이 쳐진 방. 공연 때 폭로와 은밀한 장면에 쓰였다. 또한 '스터디'라 불리었다.

인시니에룽: 조명과 무대 장치를 포함하는 시각적인 무대그림 전체를 의미하는 독일어.

막간 희극: 16세기에 시작하고 16세기 초반에 영국에서 절정에 이른 짧은 토막극. 존 헤이우드(1497-1580)가 가장 잘 알려진 막간 희극의 작가이며, 그것은 연회 때나 보다 더 긴 연극의 막간에 오락물로서 공연하기 위한 것이었다. 헤이우드의 가장 유명한 막간 희극은 『4개의 P』(1530년과 1540년 사이에 쓰인)다.

도입: 제시를 *보시오*

젊은 주역: 연인이자 주인공 역할을 한 젊은 남자 배우를 가리킨 전속 레퍼토리 극단 용어.

젊은 조역: 레어티즈, 맥더프와 같이 비극에서 조연급 젊은이 역할을 하는 젊은 남자 배우를 가리키는 전속 레퍼토리 극단 용어.

코모스: 그리스극에서 코러스와 주인공 간의 서정적인 노래. 비극에서 그

것은 주로 막간 희극으로 나타난다.

남자 주역, 여자 주역: 배우들, 특히 젊은 역할은 아니지만 이끄는 역할을 하는 성숙한 배우들에 대한 극장 용어. 그러한 역할들은 젊은 주역과 천진한 소녀 역의 나이 많은 상대역이며, 종종 객실 극에서 볼 수 있다. 또한 '주역 남우' 또는 '주역 여우'이다.

정극: 18세기 런던의 공인된 극장들이 당시 생겨난 새로운 극장들에 맞서 싸우던 때에 생겨난 용어. 그것은 노래도 춤도 희극적 토막극도 없는 5막 극을 가리켰다. 오늘날 미국에서는 영화나 텔레비전에 대립되는 생생한 연극 오락물을 가리킨다.

레나이아: 1월과 2월에 열린 그리스 디오니소스 축제, 연중 두 번에 한 번은 연극이 공연되었다. 디오니시아를 *보시오*

리에종 데 쌘: 장면 연결에 대한 프랑스식 표현으로 17세기 프랑스 신고 전주의의 특징이다. 이러한 관계에는 적어도 앞 장면에 나온 한 사람이 반드시 지금 장면에 나와야 하는 것으로 되어 있다.

라임라이트: 칼슘이 탈 때 생겨나는 밝은 하얀빛. 19세기 무대 조명에 쓰였고, 특히 스포트라이트를 위해 사용되었다. 지금은 비유적으로 가장 두드러진 장소, 관심의 중심이라는 뜻이다.

성찬식 극: 중세 교회의 성찬식에서 발전한 신비극을 가리키는 용어. 때때로 완전한 신비극으로 발전하기 전에 초기의 주고받는 노래를 뜻하는 것으로 제한되어 있었다. 신비극을 *보시오*

생활 신문: 가능한 한 영화처럼 짧고 재빠른 장면으로 제작되는 일종의 촌극(보통 공동 집필된). 그것은 정치적, 사회적 모체들을 극화하고 해결의 촉진을 꾀한다. 그것은 1930년대 미국에서 사회적으로 의식 있는 연극 연방 연구 계획에 의해 사용되었다. 전형적인 제목들은 『나선상균』, 『권력』 그리고 『E＝MC^2』이다.

저급 희극 배우: 폭넓은 희극 역할과 또한 기분 전환 장면 역할을 하는 배우를 말하는 전속 레퍼토리 극단 용어. 예를 들어 『햄릿』의 무덤 파는 사람이 있다.

저급 희극: 마음으로부터의 웃음인 고급 희극에 반대되는 것으로 인물의 성격이나 대사 대신에 왁자지껄한 광대놀이와 광범위한 희극적 장치의 사용으로 효과를 얻는다.

마스크(동사): 배경, 휘장 혹은 사람 등으로 관객을 가리는 것.

마스크(명사): 얼굴을 가리기 혹은 덮개, 흔히 그리스극에서 사용되었고 그 이후로 특별한 효과를 위해 가끔 사용되었다.

가면극: 17세기 초에 영국에서 성행한 궁정 오락물. 그것은 배우들이 사치스러운 의상을 입고 가면을 쓴 것이 특징이며, 그들은 전체 무도에 합류하기 전에 왕에게 선물이나 경의를 표현한다. 벤 존슨이 가장 뛰어난 가면극 작가였으나, 오늘날의 학생들은 셰익스피어의 『태풍』(1610)과 밀턴의 『코머스』(1634)에 나오는 가면극에 더욱 친숙하다.

매시마: '알려진 것'이라는 의미의 그리스어. 비극의 주인공이 인식의 결과로 자신의 결점을 인지하는 데 해당한다.

멜로드라마: 비극의 절정에 이르지도 못하고 희극으로서의 동일한 목적도 갖지 못한 진지한 극. 이 말은 원래 음악이 있는 극을 의미했는데, 현재는 흔히 도덕의 승리를 강조하기 위해 선과 악의 도덕적 특질을 과장하는 19세기 연극에 좋지 않게 쓰인다. 그러나 비극이 부족한 진지한 현대극에도 쓸 수 있는 말이다. *드람*에 비교할 만하다.

중기 희극: 구희극 다음에 이어 주로 문학적 풍자를 특징으로 하는 그리스 희극(기원전 400-336)의 유형. 신희극을 *보시오*

허풍선이 병사: 고정적 희극 배우에 대한 라틴어 표현. 즉 실제로는 겁쟁이고 악당이면서 계속해서 자신의 공적을 뽐내는 늙은 군인. 플라우투스가 그런 제목의 희곡을 썼고, 폴스타프는 그의 성격에서 이러한 유형의 요소를 드러낸다.

마임: 말을 하지 않고 전적으로 동작과 얼굴 표정으로 하는 연기. 또한 그런 연기를 하는 배우를 가리키는 말이기도 하다.

미미시스: 모방을 *보시오*

기적극: 넓게는 중세 신비극과 동의어로 쓰인다. 좀 더 좁게는 성자의 생

애나 성자가 행한 기적을 기초로 한 극에 제한된다. **신비극**을 *보시오*

미즈 앙 쌘: 무대 장치에 대한 프랑스 말. 한 장면에 나오는 무대그림 전체와 인물의 배열 모두를 포함한다. 이것은 '연출'과 '무대 장치'의 의미를 혼합한 것이다.

독백극: 혼자 전하는 말. 때때로 독백을 의미하는 데 사용된다. 또한 한 사람이 말하고 다른 연기를 행하는 짧은 극 유형을 가리키는 용어이다.

도덕극: 덕과 악의 특징을 우의화해서 관객에게 윤리를 제시하려는 의도의 중세 후기 극 형식(15세기-16세기), 『보통 사람』(1485년경)이 가장 좋은 예다.

동기: 극 중 인물을 행동하게 하는 원인이나 원인들. 인물이 어떤 일을 하는 '이유이다.

무언극 배우: 보통 행렬이나 구경거리에서 익살을 떠는 무언의 연기자. 초기 그리스 희극적 축제는 무언극 배우가 특징이다.

무언극: 영국 마을의 어떤 종교적 축제 때 비전문가에 의해 공연된 보조 문학적인 연극. 유일한 플롯은 성 조지와 용의 싸움에 관여한다.

음악: 아리스토텔레스가 열거한 연극의 여섯 가지 필수 요소 중의 하나. 오늘날은 흔히 연극의 리듬과 조화로 해석된다.

희가극: 대사와 이야기에 덧붙여 음악, 노래, 춤으로 구성되는 가벼운 오락물.

연예극: 가벼운 희가극과 버라이어티에 유사한 영국의 오락물.

신비극: 성서 주제를 취급했던 중세극으로 교회의 축제 때 영국의 여러 도시에서 길드 상인들에 의해 공연되었다. 4개 사이클의 연극이 14세기부터 지금까지 남아 있다. 그것들은 그것이 공연되었던 도시의 이름으로 알려져 있는데, 요크, 체스터, 코번트리, 그리고 웨이크필드(혹은 타운리)이다.

자연주의: 19세기 후반 이전의 양식에 대한 반작용으로 그리고 가능한 한 정확하게 삶을 재현하기 위해 생겨난 극작가 공연 방식. 보통, 모든 삶과 성격은 자연적 원인에 의해 결정된다는 이론인 철학적 결정론

과 관련지어져 있다. 문학에서 자연주의는 극단적인 사실주의 형식, 원인과 결과(특히 하류 계층 사이에서)를 보여 주는 것과 암울한 사회 상황하에 관심을 기울이는 형식으로 간주되고 있다. 졸라의『테레즈 라껭』(1873)이 한 예며, 어느 정도까지는 오닐의『안나 크리스티』(1922)도 이러한 예다. **삶의 단편**을 *보시오*

신고전주의 연극: 일반적으로 신고전주의 시대(영국에서는 1660-1798)의 연극. 특히 왕정복고 시대의 영웅극과 에디슨의『케이투우』(1713)와 같이 고전주의 모방극. 프랑스에서는 17세기 중반 코르네유와 라신의 극.

신희극: 플라우투스와 테런스의 로마 희극에 영향을 준 그리스 희극(기원전 336년에 시작). 그것은 대부분 일상생활의 사건에 흥미를 가졌다. **구희극과 중기 희극**을 *보시오*

필수 장면: 상황의 구조 때문에 관객이 불가피한 것으로서 기대하게 만드는 연극의 어느 장면, 또한 *쌘 아 페르*라고 불리기도 함.

구희극: 최초의 그리스 희극(기원전 465-400년경). 주로 정치적이고 사회적인 풍자. 중기 희극과 신희극을 *보시오*

노역 남우: 폴로니어스와 같이 나이 든 남자 역할을 하는 배우를 가리키는 전속 레퍼토리 극단 용어. 성격 배우를 *보시오*

노역 여우:『로미오와 줄리엣』에서 줄리엣의 유모 같은 나이 든 역할 전문인 여자 배우를 가리키는 전속 레퍼토리 극단 용어.

옹커스: 그리스 비극 배우들이 사용한 높다란 머리 장식.

오페라: 노래가 핵심 역할을 하는 극. 오페라는 모든 것을 노래로 하는 그랜드 오페라로부터 노래와 대사가 교대로 나오는 가볍고 희극적인 오페라까지 망라한다.

오케스트라: 그리스 극장에서 원형 연기 구역을 가리키는 고유 용어로 '*춤추다*'라는 의미의 말에서 유래된 용어인데, 그것은 코러스가 원래 춤을 추었기 때문이다.

오케스트라 피트: 현대 극장에서 연주가들이 오페라나 발레 혹은 반주 음악을 연주하기 위해 앉는 무대 앞부분.

외곽 무대: 연단을 *보시오*

패전트: 원래는 중세 영국에서 연극이 공연되었던 이동 마차에 대한 용어(많은 다양한 절차로). 현재는 종종 행렬로 장소나 기관의 역사를 축하하는 극적인 오락물을 의미하는 데 쓰인다.

팬터마임: 전적으로 마임으로(말없이) 행해지는 연기, 또한 이러한 종류의 연기에 대한 동사.

파라바시스: 그리스 희극에서 배우가 퇴장한 후 관객에게 직접적으로 전달되는 합창곡. 구희극의 가장 뚜렷한 특징으로 중기 희극과 신희극에서는 없어졌다.

파라스케니온(복수, 파라스케니아): 그리스 극장에서 관객을 향하는 배경 구조물의 윙.

파로도스(복수, 파로다이): 관객과 배우 모두에게 입구로 제공된 그리스 극장 양쪽의 경사진 통로. 또한 그리스극에서 코러스가 극장으로 들어와서 오케스트라로 움직이면서 하는 코러스 첫 번째 노래.

수난극: 중부 유럽에서 성금요일에 십자가에서 고통당하는 예수님의 성서 이야기를 묘사하는 것으로 비전문가가 공연한 연극. 유일하게 남아 있는 중요한 것은 매 십 년마다 바바리아의 오벨암메르가우에서 열리는 것이다.

전원극: 르네상스시기에 유럽에서 성행했던 극 유형으로 인위적인 전원적 배경과 이상화된 형식으로 목동과 여자 목동을 다루는 것이 특징이다. 셰익스피어의 낭만 희극(예를 들어, 『당신 좋으실 대로』)은 전원적 요소를 갖고 있지만 순수한 예는 플레처의 『충실한 여자 목동』(1608-1609)과 같은 17세기의 희비극에서 볼 수 있다.

파씨마: *고통에 순응하는 것*을 의미하는 그리스어. 그리스 비극의 운명의 역전에서의 주인공의 감정에 적용되는 말.

페이소스: *고통을 의미하는 그리스어*, 비극적 주인공이 표현하는 감정을 가리켜 아리스토텔레스가 사용한 말. 이것은 관객에게 연민과 동정을 불러일으킨다.

페러피타이어(퍼리피티): *상황의 역전*이라는 의미의 그리스어. 주인공의 운명이 갑자기 바뀌는 구조상의 시점에 적용되는 말.

그림틀 무대: 무대 구조를 그림에서와 같이 틀을 짜는 현대의 사실주의적 프로세넘 아치 무대의 시각적 효과를 가리키는 용어. 상자 세트를 *보시오*

피에스 아 떼즈: *주제 혹은 논쟁을 지닌 연극*을 의미하는 프랑스어. 어떤 문제 보통 사회적이나 정치적인 문제에 관심을 나타내는 극을 묘사하는 데 쓰인다.

피에스 비엥 페트: 잘 짜인 극에 대한 프랑스어로, 스크리브(1791-1861)와 사르두(1831-1908)가 19세기에 완성한 유형. 이러한 극에서는 상황이 모두 해결되는 산뜻한 구조가 다른 특징보다 중요시된다.

피트: 무대 바로 앞에 있는 전통적인 극장 관람석의 1층. 엘리자베스 극장에서 입석 관람객이 연극을 보았던 연단 주변의 개방된 구역. 또한 '마당'이라고 불리기도 한다.

조형적 배경: 평평한 면에 그리기보다는 3차원으로 세워진 배경.

연단: 엘리자베스 시대 극장의 튀어나온 무대로 극장 건물의 중간 지점까지 뻗어 있고 부분적으로 덮개로 덮여 있다. 이것은 주요 연기 구역이었고 서 있는 관람객들에 의해 3면이 둘러싸여 있었다. 또한 '외곽무대'라고 불렀다.

플레이빌 혹은 프로그램: 연극과 배우에 관한 정보를 관객들에게 주는 조그만 잡지 같은 인쇄물이나 작은 책자.

플롯: 극작가에 의해 만들어진 연극 줄거리의 사건의 배치로 이것은 순서뿐만 아니라 원인과 결과를 보여 주기 위해 고안된 배치. 전체적인 면에서 플롯은 이야기를 갈등에서부터 해결로 나아가게 하는 서로 맞물린 사건의 양식이다.

시극: 각운이나 무운의 운문으로 쓰인 극. 영어로는 약강 5보격의 무운시가 가장 흔히 쓰이는 형태이다. 셰익스피어의 극들은 가장 잘 알려진 운문극이지만 후대의 작가들(드라이든, 티. 에스. 엘리엇, 맥스웰 앤

더슨) 또한 시극을 썼다.

포이마: *목적*이란 그리스어로 후에 운명에 의해 어긋나고 말지만 비극의 초반에 주인공의 의도를 나타내는 데 쓰이는 말.

시발점: 작가가 극을 시작하려고 선택한 이야기의 시점.

실질 배경: 사용될 수 있는 무대장치 부분들, 예를 들어 열릴 수 있는 문이나 창문들.

주역 남우, 주역 여우: 남자 주역, 여자 주역을 *보시오*.

사설 극장: 누구나 갈 수 있었지만 입장하기 위해 미리 예약을 해야 되는 엘리자베스 시대 극장에 쓰이는 용어. 또한 직사각형의 밀폐된 인위적인 조명이 있는 극장 구조를 지칭하기도 한다. **공공 극장**을 *보시오*.

제작자: 연극을 공연하기 위한 돈을 모으고 그 돈을 운용하는 일을 하는 사람. 영국에서는 연극을 연출하는 사람(미국에서는 '감독'이라 부른다).

프롤레타리아 극: 마르크스나 사회주의자 관점으로 노동자 계급을 다루는 극 유형. 1930년대 미국 극장에서 보편적이었고, 그것은 클리포드 오데츠의 초기 극들과 다른 극들로 특징을 이루었다. 생활 신문을 *보시오*

서언: 문자 그대로 *먼저 하는 말*. 배우가 극의 행동을 소개하는 독백. 그리스극에서는 코러스의 입장 전에 하는 대사의 첫 번째 구절.

프롬프터: 공연 동안 배우들이 대사를 잊었을 경우 알려 주기 위해 대본을 따라가며 윙에 남아 있는 사람. 엘리자베스 시대극에서는 '대본 가진 자'라고 불리었다.

소품, 소도구: 극의 장식이나 배우 역할에 사용되는 물건, 가구들.

프로세넘: 그리스의 '프로스케니온'(복수, '프로스케니아')에서 유래. 배경 구조물의 튀어나온 윙(*파라스케니아*)으로 형성된 안뜰 같은 구역. 뒤에 현대 연극에서 관객이 무대를 보는 틈을 제공하는 만들어진 벽을 가리키는 용어.

프로세넘 아치: 관객이 무대를 볼 수 있도록 하는 프로세넘의 틈. 현대 무대의 옆과 위의 벽으로 만들어진 그림틀. 프로세넘을 *보시오*

프로세넘 아치 극장: 관객들과 무대가 프로세넘 아치 틀로 분리되어 있는

현대극장의 관례적인 설계에 쓰이는 용어. 프로세넘과 프로세넘 아치를 *보시오*

주인공: 연극에서 관객의 관심의 주요 초점인 주역 인물, 원래 그리스 연극에서 극의 연기 도중 나오는 셋 중의 가장 *첫 번째 경쟁자*를 의미하는 말. 다른 인물들은 *부주역*과 *제3배우*(두 번째, 세 번째 경쟁자)라 한다.

프로타시스: 4막 극 구성을 할 때 쓰이는 그리스어로 도입 혹은 제시를 의미.

공공 극장: 글로브 극장과 같은 엘리자베스 시대 극장에 적용되는 용어로, 좌석의 수준에 따라 가격이 다양했지만 사전 예약 없이 공연을 제공한다. 또한 팔각형이나 원형, 그러한 극장의 노천 건축 양식을 가리키기도 한다. 사설 극장을 *보시오*

4절판: 엘리자베스 시대 연극의 단행본의 보통 책 크기. 그러므로 '『햄릿』4절판'은 햄릿의 단행본이다.

추론자: '잘 짜인 극'(*피에스- 비엥- 페트*)의 인물로 작가를 대변하고 행동과, 종종 연극 저변에 깔린 큰 쟁점에 대해 생각을 발전시킨다.

경사: 위쪽으로나 아래쪽으로 경사지게 하는 것. 관람석의 바닥은 보통 무대로부터 경사져 있다. 한때는 무대의 바닥이 관객 위쪽으로 경사지는 것이 흔한 일이었지만 지금은 드물다. 18세기 후반 극장에서 옆 무대나 바닥은 '경사져 있거나' 기울어져 있었다.

사실주의: 전통적인 외양과 개연성을 침해하지 않고 사람들과 생활을 있는 그대로 재현하고자 하는 극작과 공연 방식. 사실주의 극의 가장 보편적인 무대 장치와 주제는 중류층의 생활이며, 가장 보편적인 극 형식은 프로세넘 아치 극장에서 공연된 3막의 산문극이다. 사실주의는 19세기 이후 상업 연극에 만연한 양식이었다. 사실주의와 관련 있는 극작가 중에는 입센, 쇼, 체호프가 있다.

인식: 아나그노리시스를 *보시오*

레지쉐르: 연출자에 대한 프랑스어.

레파르티: 말싸움과 같은 빠르고 재치가 넘치는 대사의 교환. 고급 희극에서 일반적이다.

레퍼토리, 레페르프와르: 배우나 극단이 공연할 준비가 되어 있는 역할이나 연극.

레퍼토리 극장: 언제든지 공연할 준비가 되어 있는 많은 연극이 있고, 그것을 주마다 혹은 날마다 교대로 공연할 수 있는 배우, 극단. 전속 레퍼토리 극단을 *보시오*

해결: 연극에서의 상황이 결론으로 이어 가는 방법. 구성을 논할 때 결론과 같은 데 할애되는 연극의 부분.

왕정복고기 희극: 영국에서 콩그리브, 에서리즈, 위철리와 같은 작가들에 의한 왕정복고기(1660-1700)의 재치 있는 풍속 희극.

회귀: 5막 극 구성의 논의에서 하강 행동의 유사어. 또한 플랫은 무대 가장자리에 사용되는데, 입구로 사용될 수 있는 통로를 만들게 칸막이 막으로부터는 충분히 떨어져 있다. 때때로 칸막이 막 대신으로 이용된다.

복수 비극: 수많은 음모, 광기 그리고 유혈로 친족의 죽음에 대한 복수를 묘사하는 토마스 키드의 『스페인의 비극』(1586)에 의해 대중화된 엘리자베스 시대의 유형. 또한 '피의 비극'이라 불리기도 한다. 웹스터의 『말피 공작부인』(1614)처럼 훨씬 더 공포로 가득 찬 재코비안 비극과 함께 『햄릿』은 좋은 예다.

역전: 페러피타이어를 *보시오*

익살극: 노래, 촌극, 춤 그리고 독백들로 구성된 극적 오락물로, 보통 당대의 풍속, 쟁점을 풍자하는 것.

리듬: 전체 극의 움직임과 흐름에 대한 통일된 느낌. 음악을 *보시오*

상승 행동: 연극 구성의 논의에서 쓰이는 용어로 위기나 전환점으로 이어가는 구조의 분규를 가리키는 용어. 보통 5막 극에서의 2막과 3막.

낭만 희극: 엘리자베스 시대 극장에서 셰익스피어의 『당신 좋으실 대로』(1599)로 대표되는 유형으로 전원적인 무대 배경, 많은 변장 그리고

매력적이고 영특한 여자 주인공을 특징으로 삼는다. 현재는 일반적으로 감상적인 사랑이 모든 것을 극복하는 희극을 의미하는 데 사용된다.

낭만극: 문학에서 낭만주의 시기의 연극(18세기 후반에서 19세기 초), 특히 실러(1759-1805)의 독일 연극.

연단: 무대 높이보다 위로 배우를 올리기 위해 사용되는 아무 높이나 크기의 연단. 보통 경사로에 의해 이어진다.

사티로스 극: 그리스 비극 작가가 경연에 제출해야 했던 네 번째 극, 다른 것들은 비극이었다. 사티로스극은 풍자도 아니고 정확하게 희극도 아니지만 일종의 소극이다. 유일하게 완전히 남아 있는 예는 에우리피데스의 『큐클롭스』이다.

장: 1) 한 연극의 혹은 한 연극의 부분에 대한 물리적 무대 장치.
2) 막보다 작은 행동의 단편.
좁게는 변하지 않는 수의 화자들과 함께 단일 장소에서의 행동의 어느 부분. 넓게는 자체의 정체성과 발전을 지닌 총체적 행동의 짧고 통일된 부분.

쌘 아 페르: 필수 장면을 *보시오*.

면포: 빛의 방향에 따라 투명하거나 불투명하기 때문에, 다양한 비사실주의적 무대 효과를 위해 커튼처럼 사용되는 망사. 흔히 현대극에서 인물의 감정 상태와 내적인 삶을 다루는 장면에서 사용된다.

대본: 배우, 기술진 등에게 배포되는 희곡의 작업본으로 이것으로 연극이 무대에서 연출된다.

제2 성격 남우, 제2 성격 여우: 제2의, 그러나 중요한 인물 역할(종종 하인 역할, 그리고 흔히 희극적)을 하는 배우를 가리키는 전속 레퍼토리 극단 용어.

세네카풍 비극: 좁게는 로마의 스토아 철학자 세네카의 연극(기원 1세기). 일반적으로 엘리자베스 시대 희극에서 세네카풍 방식과 특성(선정주의, 야단법석, 유혈)의 사용으로 색빌과 노튼의 공저인 『고보덕』(1562)을 시작으로 키드, 말로, 셰익스피어, 웹스터의 작품에서도 계

속 이어진다. 복수 비극을 *보시오*

감상 희극: 18세기에 발생한 희극 형태, 종종 이것은 진실로 희극적이진
    않지만 용기, 젊음, 모성애 등의 감상적인 생각들을 불러일으킨다. 또
    한 '최루극' 혹은 *코미디 라르무왕트*로 지칭되기도 한다.

세트: 연극의 특별한 장면에 대한 배경의 배치. 연극은 단일한 하나의 무
    대 장치나 여러 개의 무대 장치를 갖게 된다.

세트 피스: 지지대 없이 스스로 설 수 있는 배경으로 종종 실루엣과 표현
    주의적 효과에 사용된다.

개요 장치: 장소를 암시하기 위한 가장 최소한의 것만 제시하는 무대 장
    치이며 나머지는 관객의 상상에 맡겨 둔다.

스케네, 스케노테크: 초기 그리스 극장에서 배우들이 의상을 갈아입을 때 사
    용한 작은 집. 배경용 집이기도 하다. '장면', '배경'이라는 말의 원형.

희문: 보통 끝에 희극적이거나 풍자적인 대목을 만드는 것으로 대사나 무
    언극의 짧은 장면.

광대놀이: 웃음을 유발하기 위해 넘어지거나, 얼굴을 찰싹 치거나, 갑자기
    나타나는 것 같은 신체적인 사건들을 이용하는 희극적 장치. 소극 배
    우들이 서로 때리는 두 개의 막대기에서 유래된 것인데, 그것은 굉장
    한 소리를 내기 때문이다.

삶의 단면: 희극과 소설에서 자연주의자들의 표어. 졸라의 표현 *트렌치
    드 비*에서 나옴. 문학은 현실에 대한 꾸밈없는 상을 제시하는 것으로
    인식되었다.

사회 문제극: 계급이나 정치적 대립과 같은 보편적인 사회 쟁점을 다루는
    극. 피에스 아 떼즈를 *보시오*

속스: 비극 배우의 높은 장화에 반대되는 것으로서 고전적 희극 배우의
    가볍고 부드러운 신발. 버스킨을 *보시오*

독백: 인물이 혼자 무대 위에서 크게 말하면서 생각하거나 혹은 관객과
    의사소통을 하는 것으로 생각되는 대사.

장관: 아리스토텔레스가 연극에 필수적인 것으로서 열거한 여섯 가지 요

소 중의 하나. 연극의 시각적인 측면으로 해석될 수도 있다.

지문: 희곡이 어떻게 공연되길 바라는가를 대충 지시한 희곡에 대한 작가의 노트. 이러한 노트는 항상 관객이 아닌 배우가 무대를 보는 쪽으로 언급하고 있고 있지만(무대 오른쪽, 무대 왼쪽을 볼 것), 때때로 독자를 마음에 두고 쓰였다.

무대 현장감: 무대에 있을 때 관객에게 감명과 흥미를 주는 배우의 능력.

무대 오른쪽, 무대 왼쪽: 배우의 시점에서 본 무대의 면(관객의 시점과는 반대).

스타시몬: 연극이 진행되는 동안 오케스트라에서 대사와 교대로 전달되는 그리스 합창곡. 스트로피, 안티스트로피, 에포드의 세 부분으로 나누어진다.

스티코미시아: 인물이 매우 빠른 속도로 강조하면서 각각의 대사마다 한 줄의 시를 교대로 읊는 그리스극에서의 대사. 레파르띠와 비슷하지만 좀 더 형식화되어 있다.

정적인 극: 행동이 거의 없고 인물 성격이 본질적으로 처음부터 끝까지 똑같은 연극. 마테를링크의 『파랑새』(1908)가 그 예다.

고정 인물: 유형 인물을 *보시오*

전속 레퍼토리 극단: 매일 밤마다 다른 연극을 공연하는 한 지역의 한 극장(혹은 많은 극장)과 연결되어 있는 극단. 브로드웨이에서 장기 공연을 하는 배우들과 순회 극단에 의해 19세기 후반에 대체로 교체되었다. 현대극에서 존재하는 형태는 여름 극장이며, 여름에 휴양지나 교외에서 공연하는 고정 배우 집단(종종 초대 스타와 함께)이다. 레퍼토리 극단을 *보시오*

고정 상황: 기본 구조 상황(소년이 소녀를 만남)에서 단일한 세부 사항(잘못 놓아둔 편지)에 이르기까지 연극에서 흔히 되풀이되는 상황.

상대역 남우, 상대역 여우: 특이한 행동이나 외모로 주목을 받는 게 아닌 전통적인 조연 역할에 대한 연극 용어로, 예를 들면 『햄릿』에서의 호레이쇼.

스트로피: 코러스가 오케스트라에서 오른쪽에서 왼쪽으로 돌면서 부르는 그리스 합창 송시의 세 번째 부분 중 1연. 안티스트로피와 에포드를 *보시오*

서재: 내실을 *보시오*

스투름 운트 드랑: 문사 그대로, 질풍과 노도. 18세기 후반의 독일 문학 운동. 연극에서 시작되어 클링거의 희곡 『질풍노도』(1776)에서 이름을 땄다. 일반적으로 신고전주의에 대한 반항과 예술에서 더 큰 자유와 열정을 향한 운동.

통행인 역(엑스트러): 단순히 군중의 규모를 증대시키는 역할을 하는, 아무 대사 없이 무대 위를 걷기만 하는 인물을 가리키는 연극 용어.

상징, 상징주의: 상징은 무엇인가를 표상하는 어떤 것(사물, 언어, 사상). 즉 이면의 의미를 암시한다. 상징주의에서 의식적으로 사용됐을 때 그것은 작품 전체의 의미를 확대시키는 의미나 의미들을 암시한다. 상징주의는 확정된 상징(깃발, 미국의 독수리)이나 바로 해당되는 작품에서만 의미를 띠는 상징(데스데모나의 손수건, 혹은 『유리 동물원』에서의 장난감 동물)을 근거로 할 수 있다.

상징주의 극: 상징이 주제를 전달하는 연극. 종종 상징주의는 진술하는 것 이상을 암시하며, 모호하다. 한 예로 마테를링크의 『펠레아스와 멜리산드』(1892)가 있다.

끝맺음 말: 장면이나 연극의 마지막 대사.

테라스: 엘리자베스 시대 극장에서의 테라스로 연단 위나 2층 방 바로 앞에 있는 발코니 부분. 연기 구역으로 이용된다.

티저: 천장을 가리고 프로세넘 아치 틈의 높이를 정하는 짧은 커튼.

템포: 연극 장면의 시간.

씨어터: 제임스 버비지(1597년 사망)가 런던 북쪽 외곽에 1576년에 세운 영국 최초의 상설 극장 건물, 버비지의 아들이 1598년에 해체해서 1599년에 글로브 극장을 건축하는 재료로 사용하였다.

디오니소스 극장: 가장 오래된 것으로 알려진 그리스 극장으로 기원전 6

세기 말에 디오니소스 신전 근처의 아크로폴리스 남동쪽 언덕에 세워졌다. 그것은 서양극의 모체 극장이다.

부조리극: 모든 의미와 목적 그리고 성취가 부조리한 세계를 실증하는 극을 쓰는 20세기 중엽 극작가 학파들을 지칭하는 포괄적인 용어. 사무엘 베케트의 『고도를 기다리며』(1956)가 하나의 예이다.

연극주의: 20세기 연극에서 수많은 비사실주의 풍의 연극에 대한 폭넓은 용어. 이것은 비사실주의적 무대 디자인과 조명과 음향 사용에 많이 의존할 때 주로 적용된다.

테마: 극으로 표현한 주요 사상, 그러나 주제는 아니다. 사상을 *보시오*

테스피스: 기원전 534년 그리스 연극의 유명한 창시자. 배우에 쓰는 '비극적인'(thespian)이라는 용어(오늘날에는 종종, 익살맞은 의미에서)는 그의 이름에서 유래되었다.

사상: 아리스토텔레스가 연극의 필수 요소로 나열한 여섯 가지 요소 중의 하나. 이것은 연극의 지적인 내용, 의미와 테마를 언급하는 것으로 쓰인다.

천둥 철판: 무대 뒤에서 천둥소리를 만드는 전통적인 수단인 얇은 철판. 오늘날 그 효과는 일반적으로 녹음에 의해 만들어진다.

씨밀: 그리스 극장의 오케스트라 중앙에 있는 디오니소스 제단.

의상실: 문자 그대로 *분장실*로 무대와 연기 구역 뒤에 서 있는 엘리자베스 시대 극장의 3면이 둘러싸인 구역. 이곳에서 배우가 의상을 갈아입고 소품들을 보관했다.

칸막이 막: 원래 무대 뒤를 가리고 프로세넘 틈의 크기를 줄이는 프로세넘 가장자리의 경사진 연결 부분. 지금은 종종 검은 벨벳으로 덮인 고정된 바닥을 말한다.

비극인: 비극 작가를 가리키는 용어이며 또한 비극에서 주역을 맡은 배우를 말하는 연극 용어.

비극: 고양된 문체, 흔히 시로 진지한 주제를 다루는 연극. 이것은 통상적으로 선에서 악으로의 운명의 역전을 특징으로 하며, 주인공과 다른

인물의 파국과 죽음으로 끝이 난다. 비극은 대부분 삶의 의미와 중요성에 관한 궁극적 문제에 관련된 극의 장르이다.

유혈 비극: 복수 비극을 *보시오*

희비극: 비극적으로 전개되지만 행복하게 끝나는 연극으로, 종종 데우스 엑스 마키나를 사용한다. 보먼트와 플레처의 『필레스터』(1610)가 그 예다. 또한 넓게는 비극적 요소와 희극적인 것이 섞인 극을 의미하는 용어이다.

비극적 결함: 하마르티아를 *보시오*

트랩: 배우가 들어갈 수도 있고(올라옴으로써) 나갈 수도 있는(내려감으로써) 무대 바닥의 벌어진 부분. 무대 바닥의 어떤 부분에 설치된 트랩의 다양한 유형에 따라 각기 다른 이름이 있는데, 예를 들어 스타 트랩, 구석 트랩, 흡혈귀 트랩 등이다.

수식 문구: 연극에서 처음에는 부활절에 나중에는 크리스마스 때 교회예배 동안 공연된 성찬식 원전을 중세 초반에 확대한 것.

전환점: 극 구성의 논의에서 모든 사건이 어떤 한 방향으로 움직인 행동의 정점을 의미하는 데 사용되는 '위기'를 말하는 다른 용어. 5막 극에서 이것은 통상 3막에서 일어난다.

유형 인물: 이미 설정된 인간 행동 양식(예를 들어 질투하는 남편)에 따라 그려진 인물로 개성이 약간 혹은 전혀 보이지 않는다. 또한 '고정 인물'이라고도 부른다.

단위 배경: 무대 장치를 만들기 위해 문, 아치, 기둥과 같은 것을 다양하게 결합한 조립식 무대 소품의 사용. 추상적이거나 다목적 배경에 종종 사용한다.

일치: 종종 그리스 혹은 아리스토텔레스의 일치라고 불리는 행동, 시간, 장소의 일치. 아리스토텔레스는 오로지 행동과 시간의 일치를 언급했으나, 16, 17세기 프랑스 고전 이론가들이 장소를 첨가해 3일치를 연극의 규칙으로 만들었다.

무대 안쪽: 무대 앞쪽에 대조되는 것으로, 관객으로부터 가장 먼 무대의

뒷부분.

단역 인물: 극의 플롯에서 제한된 가치를 지닌 인물이나 제시 전달에는 유용한 인물. 말단 배우를 *보시오*

버라이어티: 희가극과 유사한 오락물, 한 줄의 희문, 노래, 춤 등이다. 오늘날에는 나이트클럽과 텔레비전에서 주로 볼 수 있다.

희가극: 20세기 초 30여 년간 미국에서 유행한 오락물. 노래, 춤 그리고 플롯이나 연결이 안 되는 개별적인 촌극 속의 희극으로 구성되어 있다.

조역 여자, 조역 남자: 주요 배역을 부각시키는 역할을 하는 희극에서 중요치 않은 남자 배우와 여자 배우를 가리키는 전속 레퍼토리 극단 용어.

잘 만들어진 극: 피에스 비엥 페트를 *보시오*

윙: 현대 극장에서 연기 구역 옆에 있는 무대 뒷부분으로 배우들이 입장을 기다리는 곳. 이전에 그것은 바닥이나 프로세넘 아치와 나란히 배열된 다른 배경 부품을 언급하기도 하였다. 초기 현대 극장에서 윙은 관객을 향해 정면으로 펼쳐져 있었다.

마당: 피트를 *보시오*

찾아보기

AN INTRODUCTION

TO DRAMA

G. B. TENNYSON

University of California

Los Angeles

Holt, Rinehart and Winston

New York Chicago San Francisco Toronto London

Grateful acknowledgment is made to the following, who granted the author permission to use copyright material:

Brandt & Brandt, for two passages from *Golden Boy*: copyright, 1937, by Clifford Odets. Copyright renewed, 1965, by Nora Odets and Walt Whitman Odets.

Curtis Brown Ltd., for passage from *The Glass Menagerie* by Tennessee Williams.

Faber and Faber Ltd., and Grove Press, Inc., for passage from *Endgame* by Samuel Beckett. Translated from the French by the author, copyright © 1958, by Grove Press, Inc.

Faber and Faber Ltd., and Harcourt, Brace & World, Inc., for lines from *The Family Reunion* by T. S. Eliot.

G. & C. Merriam Company, for three definitions from *Webster's New International Dictionary* copyright 1913.

Random House, Knof, Inc., for passage from *Riders to thc Sea* by John Millington Synge, copyright 1911; and for passage from *The Glass Menageric* by Tennessee Williams, copyright 1945.

For Liz

PREFACE

This book is intended as both an introduction to drama for beginning students and a reference book on the drama for more advanced students. The guiding purpose was to set forth, in a clear and orderly fashion, the central principles of the study of the drama. The emphasis of the work is on the drama as a whole, with references to, and illustrations from, standard works from all of dramatic literature, ranging from Greek drama to drama of the present day. The reader proceeds from a general discussion of the nature of the drama; through chapters devoted to the principal elements of all plays (plot, language, character); through a treatment of types of plays and a treatment of the production aspects of the major historical approaches to the theater; to a final chapter setting forth methods of play reading and analysis. The volume closes with a bibliography and a glossary of critical and theatrical terms.

The unifying element of the book is the focus on the play itself as both a blueprint for production and a document to be read for its literary merit. The discussion of the nature of the drama, for example, is a discussion of the nature of plays. The chapters on plot, language, and character are concerned with showing how these components work together to produce a unified whole, which is the play itself. The chapter treating dramatic genres is designed to show the value of type concepts: how they clarify the intention and movement of a play and how they are used by the playwright to realize his conception of a single unified action. The discussion of theatrical production is keyed to an examination of the characteristic types of theater buildings in use during the great periods of dramatic activity, from classical Greece to the present era, by means of an explanation of the way in which each kind of theater structure suited a certain style of production and acting. These two chapters together also constitute a brief history of the drama. Finally, the chapter on analysis directs the reader to aims and methods of interpreting plays. For those interested in pursuing particular topics further, there is a bibliography divided by subjects within the field of the drama.

One unusual feature of the present work deserves special attention: the extensive drama glossary at the end of the book. The Glossary contains terms, both literary and theatrical, that are frequently encountered in the study of the drama. Most of the terms are used in the book and are explained upon the occasion of their first appearance, but the Glossary is designed to be used independently: before, during, and after the reader's examination of the text.

By beginning with a theoretical statement of the nature of the drama and carrying the reader through the parts of a play, the types of plays and production, and the span of drama in history and ending with guides for analysis and interpretation. I have sought to take the reader from a broad general understanding to a point where he can apply his own newly won knowledge to the analysis of virtually any play put before him. The unifying element, then, is the focus on the play itself, whether as reading material or material for staging, as the central element in the study of drama.

In the preparation of this book, I have been aided by the wise and welcome counsel of several persons whom I am pleased to thank here: Professor Richard S. Beal of Boston University, Professor Alan S. Downer of Princeton University, Professor Carroll D. Laverty of Texas A & M University, and Professor William A. McQueen of the University of North Carolina, Chapel Hill. Their recommendations improved many sections, but any remaining deficiencies are, of course, my own. I am also grateful to Miss Ellen Cole and the staff of the University of California, Los Angeles, for typing the manuscript, to Mrs. Ruth Van Zuyle of UCLA for her great help with research and with the Glossary, and to my wife for a penetrating reading of the whole work. Finally, I must thank many students, graduate and undergraduate, at the University of North Carolina, and at UCLA Extension, whose lively interest in English 95 and 195 and in English 486 made writing this work a pleasure.

Los Angeles, California
July 1966

CONTENTS

• I •

THE NATURE OF THE DRAMA

"Drama" derives from a Greek word meaning *to do, to act*. "Theater" derives from a Greek word meaning *to see, to view*. These two ideas, doing and seeing, are complementary and define the area of the study of the drama in its largest sense, the sense that includes both the play and the performance of it. These root ideas lie behind a number of common pairings that repeatedly appear in dramatic criticism: play and performance, script and production, text and staging, author and actor, creation and interpretation, theory and practice. In short, the root ideas contain the essence and the range of the whole field of the study of the drama.

For clarity and convenience we shall begin our study with the *idea* of the drama itself, with the nature of drama in the abstract. What is the essence of drama? What makes drama "drama"? Such questions have been asked since the beginning of formal criticism with Aristotle. They continue to be asked most persistently by those seeking an introduction to the drama.

Let us consider some of the definitions already advanced. One dictionary definition states that drama is "a composition, in prose or poetry, accommodated to action, and intended to portray life or character, or to tell a story by actions and, usually, dialogue tending toward some result directly based on them."[1]

A well-known definition, by the seventeenth-century playwright and critic, John Dryden, states: "a play ought to be, *a just and lively image of human nature, reproducing the passions and humours, and the changes of fortune to which it is subject, for the delight and instruction of mankind.*"

In the nineteenth century, the German critic Freytag offered the following: "Not the presentation of a passion for itself but of a passion which leads to action is the business of dramatic art; not the presentation of an event for itself, but for the effect on a human soul is the dramatist's mission." More recently, as dramatic criticism has multiplied, we have had an abundance of definitions. From the criticisms of the past half century or so, there follow a dozen examples ranging from the earliest to the most recent:

> A drama is a presentation of an action or closely linked series of
> actions, expressed directly by means of speech and gesture. . . . Its
> subject-matter is the action and reaction of human will, and it is

---

1) By permission. From *Webster's New International Dictionary*, copyright 1913 by G. & C. Merriam Company, Publishers of the Merriam-Webster Dictionaries.

treated with a view, not to the sequence of events, but to their essential relations as causes and effects.[2]

Thus it is impossible to consider the drama profitably apart from the theatre in which it was born and in which it reveals itself in its completest perfection. . . . The great dramas of the mighty masters, without a single exception, were intended to be played rather than read.[3]

The art of the theatre is neither acting nor the play, it is not scene nor dance, but it consists of all the elements or which these things are composed: action, which is the very spirit of acting; words, which are the body of the play; line and colour, which are the very best of the scene; rhythm, which is the very essence of dance.[4]

A drama is the imitation of a complete action, adapted to the sympathetic attention of man, developed in a succession of continuously interesting and continuously related incidents, acted and expressed by means of speech and the symbols, actualities and conditions of life.[5]

accurately conveyed emotion is the great fundamental in all good drama. It is conveyed by action, characterization and dialogue. It must be conveyed in a space of time usually not exceeding two hours and a half, and under the existing physical conditions of the stage. . . . It must be conveyed, not directly through the author, but indirectly through the actors.[6]

---

2) Elisabeth Woodbridge, *The Drama, Its Laws and Its Technique* (Boston: Allyn and Bacon, Inc., 1926), p. xiii, Orig. publ, 1898, by Lamson, Wolffe and Co., Boston.

3) Brander Matthews, *A Study of the Drama* (Boston: Houghton Mifflin Co., 1910), p. 3.

4) Edward Gordon Craig, *On the Art of the Theatre* (London: William Heinemann, Ltd., 1957), p. 138. Orig. publ. 1911.

5) W. T. Price, *The Technique of Drama* (New York: Brentano's, 1913), p. 1.

The indispensable elements in drama, then, are representation, impersonation, and action.[7]

If we have to define drama it must be as *the creation and representation of life in terms of the theatre.*[8]

A play is something acted on a stage by living people.[9]

an imitation, intensification, and ordering of life.[10]

A Play is not really a piece of literature for reading. A true play is three-dimensional; it is literature that walks and talks before our eyes.[11]

There must be an action; that is, events and situations must be presented with accompanying tension, sudden changes and a climax . . . The conception must embrace possibilities for the actor's art.[12]

Always the basic premise of theatre has remained, that a play must concentrate and confine life within fixed limits.[13]

---

6) George Pierce Baker, *Dramatic Technique* (Boston: Houghton Mifflin Co., 1919), p. 46.

7) Fred Millett and G. E. Bentley, *The Art of the Drama* (New York: Appleton-Century Company, 1935), p. 4.

8) Elizabeth Drew, *Discovering Drama* (New York: W. W. Norton & Company, Inc., 1937), p. 12.

9) Ormerod Greenwood, *The Playwright* (London and Toronto, Ont.: Sir Isaac Pittman & Sons, Ltd., 1950), p. 150.

10) Alan S. Downer, *The Art of the Play* (New York: Holt, Rinehart and Winston, Inc., 1955), p. vii.

11) Marjorie Boulton, *The Anatomy of Drama* (London: Routledge and Kegan Paul, Ltd., 1960), p. 3.

12) Ronald Peacock, *The Art of Drama* (London: Routledge and Kegan Paul, Ltd., 1960), p. 158.

13) J. L. Styan, *The Elements of Drama* (Cambridge, England: Cambridge University Press, 1960), p. 170.

These definitions (and they are but a fraction of the total available) hold in common the central element of action, either implied or expressed. Thus, from the dictionary we have "accommodated to action"; from Dryden, a "lively image of human nature"; and from the others, such expressions as "literature that walks and talks," "the creation and representation of life in terms of the theatre," "something acted on a stage by living people," "a story devised to be presented," "representation, impersonation, and action," "imitation of a complete action," and "presentation of an action." The common denominator of action in virtually all the definitions returns us both to the root meaning of the word drama and to the first and, in many ways, most satisfying of all theorists and critics of the drama, the Greek philosopher Aristotle who, in the fourth century B.C., set forth his ideas on the drama in the *Poetics*.

ACTION

Readers of Aristotle generally agree that the essence of Aristotle's definition of the drama lies in his concept of "imitated human action." Aristotle wrote that tragedy "is the imitation of an action in the *form of action*." By this he clearly was referring to what any beginning student would think of as action: the actual movement and speech of persons performing a play, their "acting out" situations on the stage. Indeed, if the nonspecialist were asked to define drama he would probably offer a definition resting largely on this kind of action, perhaps phrased somewhat like the following: "Drama is a story that people act out on a stage before spectators." Such a fundamental view of action should not be lost sight of, even if at first it seems too obvious to need mention.

However, beyond immediate physical action on the stage, there is a wider dimension to action that the nonspecialist himself touches on when he speaks of "story." For we immediately ask, "What sort of action"? Are jugglers and acrobats performing drama? They are certainly exhibiting action of the immediate kind; but they are not usually considered to be presenting drama. Movement on the stage, then, is not *in itself* enough to distinguish drama. When we write of action in the drama, we therefore usually have reference to more than movement and to more than speech. We are usually referring to the whole pattern of events that the performers are enacting. Thus, in the nonspecialist's definition, we have the word "story" suggesting the dimension of meaningful human action. We conceive of the pattern of events in the drama as telling some kind of story and as reflecting or being based on human life, not as abstract or merely decorative patterns of motion. Since the action is that which tells a story, it includes speech and pauses as well as gestures and movements.

Some theorists would restrict the action that the playwright conceives and that the players carry out to an action that really took place or, at least, really might have taken place in exactly the form in which we see it. Much abuse of the "Aristotelean unities" (that is, unity of time, of place, and of action) is based on such an idea. However, in the *Poetics*, Aristotle concedes that the human action which is "imitated" may be action that never actually occurred in the form in which we see it. His only requirement is that it have a certain probability. Such probability need not be restricted by what we call physical laws. It must have only coherence and likelihood. Thus, Aristotle defends the "probable impossibility" over the "improbable possibility." Such expressions are not mere playing with words; they suggest the absolutely indispensable element of artistic shaping that any drama worthy of the name must have. Even in those plays closely modeled on actual events (and they are far outnumbered by plays that claim to be purely fictitious), the actions, as represented on the stage, are never precisely the same as those that took place in the historical situation which forms the basis of the play. Nor could they be: life is rarely so well formed as art. Events sometimes span long periods of time. The significance of actions in life sometimes emerges only long after the fact. In the drama, however, all must be shaped and directed toward an end. This is another way of saying that the drama is always, to some extent, symbolic; that physical movement and speech on the stage represent something beyond themselves. And that which is represented is ultimately the larger action of the drama.

Of course, the principle of action says little about the way in which the action is to be represented. The method shifts from age to age with different theatrical, literary, and social conventions. However, if drama always has a central core that speaks to different ages and predispositions, action must mean something other than a reflection of particular circumstances. So it does, for changes of fashion and fancy do not change the fundamental truths of human life, and the action of the drama is concerned first with fundamentals.

The question may be asked, "What kind of fundamentals"? One answer is the dictum that drama is conflict; another is the one that states all plays involve crises. Such formulations seek to penetrate to the essence of the idea of action, of doing. A man sitting by a window reading a book is doing something. Yet, who would let such a doing constitute a play? Action must be more active than that and it must be directed to some end.

We often use the word "dramatic" and, more often, the word "theatrical" in everyday speech to mean something exciting, novel, sweeping, arousing, or flamboyant. While it may be a corruption, such a usage still suggests the idea that lies at the heart of action in the drama. The action the drama imitates is the human action of aroused passions, rises and falls in fortune, conflicts of wills, misadventures and disasters, bold deeds and bolder words, and outrages and triumphs: it is the stuff of human life. It is possible to discern elemental conflicts at the active heart of even the most complex and exalted dramas. The conflicts in *Hamlet,* for example, still turn on loves and hates, desires and denials. These naturally involve rises and falls and they engage the characters in conflict and encounter, action and counteraction. Thus, we are not mistaken to see a kind of drama in even simple everyday occurrences: a child's game of marbles or a neighbor's dispute over a barking dog. For these involve the elementary rhythms of human relationships and encounters. Although we customarily find that drama turns on more powerful conflicts than those aroused by children's games, the connection linking the most exalted with the most fundamental of human experiences is there.

The wellsprings of human emotion that nourish the drama help to give it its wide appeal. Note the popularity of miniature dramas for television commercials. Why should makers of commercials waste their few costly seconds depicting brief stories of neighbors conversing or of repairmen paying a call? Because the interest attaching to even these trite situations is infinitely greater than what could be claimed by a recital of facts, however accurate *or* exaggerated. Drama is not an exclusive form for the few. On the contrary, we often find that in the periods when drama appears to have been most complete, most satisfying, and most highly developed, it was also a medium of mass entertainment.

Shakespeare's theater comes at once to mind, but the physical dimensions of classical theaters alone should dispel any notion that mass appeal of the drama was restricted to the Elizabethan Age. Mass appeal, or universality, presupposes elements that strike responses in all of us. The action of a drama must first of all do that.

Beyond the essential action of conflict and encounter, a given play will embody particular actions peculiar to a given time. However, these particular actions will contribute to the total meaningful action of the play. To cite an example, the witches in *Macbeth* are intrinsically interesting and they claim our attention as such; but they also serve a purpose in the rise and fall of Macbeth's fortune and in the shaping of our understanding of it. The drama, then, exploits our interest in the particular and, often, idiosyncratic while it uses the particular for the purposes of the whole play.

We have, then, action as an indispensable element of all drama: first, as the movement, dialogue, and gesture of actors of the stage; and second, as the pattern of events that their movements depict and make manifest to the audience, a pattern based on human life. This much should be clear. Drama must center on an action; by its nature, drama *presents* that action. We now come to another indispensable element in the definition of the drama, the idea of imitation.

IMITATION

We have already touched on imitation with our reference to the problem of what constitutes legitimately imitable action. We have already said that what can be imitated may include something that never actually happened. This may appear to be a contradiction, since one wonders how we can imitate something that does not exist and never has. The problem resides very much in the word "imitation" itself (*mimesis* in Greek), and there is good reason to believe that the term has served out its usefulness and ought to be replaced with another, perhaps *representation, rendition, depiction, portrayal, projection*, or the like. Many students of the drama have made use of such terms because they do not restrict us to the narrow concept of copying something that exists in a specific limited form. Whatever we call it, we must keep our understanding of the term "imitation" exceedingly broad. Imitation does not rule out imagination or fantasy. Aristotle, our source for the use of this word in connection with the drama, managed to justify the probable impossibility. If something is an impossibility, we can never have seen it and, therefore, we can never copy it. How then can we have imitation of a probable impossibility? Only by using our imagination and understanding to show convincingly, and with verisimilitude, how an impossible event would have occurred *had* it occurred.

Once again the danger of falling into confusion with "mere words" is great. We must not abandon our efforts to formulate a concept of the drama simply because there are difficulties in so doing. Instead, we must try to make the words we do use as clear as possible. Thus, we can say that imitation in the drama is concerned first with the representation on the stage; that is, with the rendering, in physical terms, of the events that constitute coherent, meaningful action. It also refers to the pattern of the play itself and to the very creation of the playwright. Not only do the actors imitate but the play itself also does. We can thus speak of imitation not only from the viewpoint of the way in which the performers and technicians of the theater present the play, but also from the viewpoint of the way in which the play itself presents the action. If we say that *Oedipus Rex* is a play about a man's self-recognition of his human frailty, we are also saying that the play presents (imitates) an action appropriate to this experience.

Imitation, in the sense of the way in which the action is organized and presented, means more than purely literal copying: for, what is imitated may be the *action of the mind.* In such a case, the "imitation" must be imaginative and the most fantastic events and surroundings can still be accepted as "human action." This kind of interpretation of "imitation" and action also opens the door to the important element of thought in drama. No form dealing with words can be devoid of thought, since words are the vehicles we use to express our thoughts. Thus, a play has thought in it whether it will or not, and most playwrights have been more than content to have thought in their plays. In an important sense, one can argue that full appreciation of a play or of any literary work means full appreciation (and perhaps, for some, full acceptance) of the thought.

Students who balk at imitation as a concept like to cite works of science fiction to prove that imitation will not hold. Who can "imitate" life in outer space? they ask. They need not look so far afield. The most venerable plays have scenes and situations that are purely imaginary. Who ever actually saw Prometheus chained to a rock in the Caucasus? Certainly not Aeschylus who lived centuries after the alleged event. Yet he wrote *Prometheus Bound* in imitation of that highly unrealistic event, that probable impossibility. In our own century, science-fiction projections like *R.U.R.*, or allegorical fantasies like *The Green Pastures*, remind us that the drama has not ceased dealing with imaginary settings and supernatural characters.

Imitation, then, does not refer to fidelity to external appearances. How can it, when it was formulated by a theorist accustomed to a drama that regularly employed masks and other "unrealistic" elements in performance? No, imitation does not have any necessary connection with "realism," although it does not exclude it. The fault lies, not with the term "imitation," but with the popular notion of realism as the ultimate criterion of art.

In the popular conception, realism is not fidelity to a *conception* of life so much as it is fidelity to the external *appearances* of life. The term is used in both senses, however, and easily leads to confusion.

Realism in popular usage generally means that a work of art corresponds to what we see and know as verifiable fact. In that sense, the theater has long been anything but realistic. The Greek theater with its masks and elevated shoes, the Elizabethan theater with its freely changeable space and its soliloquies, German romantic theater with its rhetorical, declamatory speeches, and the modern theater of the absurd with its self-conscious defiance of the appearances of life *or* the theater are all far from realistic. Yet, for many of these theaters, the concept of imitation reigned supreme as the theory of art. Hamlet exhorts the players to "hold as 'twere the mirror up to nature." What could he have meant by that? Did he want that exact reflection of external reality which the camera sometimes gives us? If so, the players failed badly and so did Shakespeare with his plays. We must rather conclude that what Shakespeare's mirror reflects is the pattern of behavior and conduct of human beings and not the way in which they wore their hair.

Imitation, then, has to do with the way in which a meaningful human action (in Athens or in a galaxy in outer space) is arranged and presented for the spectator. It is a concept that invites expansion, not restriction. As readers, we can apply it to the arrangement of the play and to the playwright's conception; as spectators, to the execution of the action on the stage by the players.

In a sense, imitation is another way of talking about action. We imitate or render a pattern of incidents that constitutes a story. The actors behave in such a way that their actions (including words and silences) relate to one another and to the larger action that is the drama. By means of the playwright's imitation and the actors' presentation, we see and hear what the play is. It is not hard to see how imitation leads from acting and doing to seeing and viewing. The total action is captured by the play and presented by performers before a group of people. Thus we have, again, the range of the drama.

Drama and theater, doing and seeing — we seem never to get very far from these ideas. It must be remembered, of course, that here we are speaking about fundamentals. Action, encompassing the entire movement and direction of the play, is much more than a single physical movement. Ultimately, it includes motives and thoughts of deep psychological significance. Imitation, encompassing the entire area of performance, is much more than an actor reciting lines. Ultimately, it includes the conception of the dramatist and mechanical matters such as lighting and sound which contribute to the realization of the play on a stage.

Again, with all the diversity in a play, action and imitation remind us that the work is directed toward a single end, which may be complex as well as difficult to summarize. However, it is a unity, and not a sequence of unrelated scenes, that any play offers. Thus, we have an overriding governing rhythm which depends on many subordinate rhythms. The idea of imitation, conceived as depiction and presentation, also reminds us that, as a single unity, a play has a world of its own.

Action and imitation, of course, are largely abstract. They relate to the nature of the drama. Nevertheless, a play is much more than that; the action and the imitation must be realized through extremely concrete means. These means offer us another way of looking at the nature of the drama. They may be called the ingredients of the drama.

THE INGREDIENTS OF THE DRAMA

One way of approaching these means of realizing the drama is to examine the component parts of the play. Aristotle cited six elements as essential to a play: plot, thought, character, diction, music, and spectacle. The list is still serviceable. We no longer consider music indispensable, but we would hardly object to it in a play. In a broad sense, music can stand for rhythm and harmony, features we still seek in the drama. The other ingredients are equally necessary, even if our terminology differs slightly in the case of diction and spectacle. By diction, we would understand language in general and, by spectacle, we would understand such things as the area of staging, scenery, costumes, properties, and sound effects.

The important thing about the ingredients of a play is that they be present in the proper amounts. All the elements must cohere; they must be directed to a single purpose, to what we have previously called "the whole action of the play." The variety that joins to make a unity is the most distinctive feature of a play. The various elements of a play make it, at the same time, a literary, a performing, a visual, an auditory, and a temporal art because many of the indispensable elements do not exist on paper but only in the production of the play.

When we think of the term drama as meaning the whole area of theatrical art, it may seem that, up to now, we have overemphasized the importance of the play as a document. This is not our intention, however, for drama in its broadest sense is not only the play, but also the performance of it in a theater. Thus, while what has been said of action and imitation has been directed primarily toward clarifying the nature of the play and the playwright, the drama includes also the playhouse and the player (to use the older English terms). The action the playwright's script has imitated must, in turn, be meaningfully imitated by actors performing in a theater. An adequately historical approach to the drama would pay as much attention to the changes in acting technique and in the structure of the playhouses as it does to shifts in taste and styles of writing. As often as not, changes in the last two are substantially conditioned by the variations in acting technique and in architecture. For those beginning the study of the drama through the printed word, there is, naturally, a limit to which all these matters can be pursued at once. It *is* possible to develop an understanding of the drama from a study of plays themselves. However, the student should not lose sight of the intimate connection that always exists between the play and the playhouse or between the playwright and the performers, since all these comprise the nature of the drama.

The more we consider the nature of the drama, the more varied and complex it seems to become. If we keep the central element of action in mind, however, it can be seen that the other ingredients — the play, the playwright, the theater, and the actors — all come of necessity. They are the means of realizing the action being imitated. Because the drama requires so many different kinds of services for its realization, it is a cooperative art form and a great amalgam art form. Only opera (which, to some, is merely drama with music) vies with the drama for first place as the art that uses the greatest variety of materials to reach its goal.

Variety of ingredients is both the strength and the weakness of drama. It is a weakness because of the difficulty, given so many hands, of producing a play; it is a strength because of the scope of the potentially rewarding aspects of the drama. There are literally scores of things that may please us in a play. Some viewers derive the same pleasure from groupings and placements of persons on the stage as they do from sculpture. Some see, in the arrangement of color and pattern on the stage, the principles that govern painting. Among other things, a verse play is poetry, with all the delights poetry can offer. Nor is it fanciful to speak of the orchestration and rhythms of a play as one would of a musical composition. These, and many more, are the pleasures of the drama.

The student, even the student as reader, can be overwhelmed by the variety. He must learn to thread his way skillfully among the many dimensions of a play in order to discuss it fairly. That is why we insist on the primacy of action in the drama: so that the reader will try to apprehend the totality of the play from idea to performance. There are some who argue against the study of drama as a literary endeavor. The words, they argue, are likely to usurp the nonliterary elements. For example, how can the text adequately convey spectacle? And, in fact, the study of the drama as a literary art does perennially run the risk of reading all drama as closet drama, that is, as plays written to be read and not performed. The only answer to such arguments is that reading drama simply requires more exercise of the imagination. Reading drama with understanding and imagination will make us better spectators. Even the most confirmed theater people can hardly object to that.

WHY DRAMA?

Even when we have an idea of what the nature of the drama is, we may still have a lingering question that we are not sure we dare ask: "Why go to all this trouble"? Obviously, the drama is one of the most complex forms of art, drawing as it does on so many talents and on so many resources, both physical and spiritual. Even reading a play requires an exertion of the imagination greater than that required by other types of literature. Why do people do it? Why not get one's poetry from poems, character from novels, movement from dance, and excitement from a boxing match?

These seemingly irreverent questions really go to the heart of the question of the nature of drama. Such questions are asked of every art form, but they are asked with special appropriateness of the drama because few forms demand so much of the spectator or of the reader. A number of easy answers spring to mind: "People do it because they like to," or, "There has always been drama, so why not continue with it?" However, these answers simply mask real answers. The drama remains with us because it fills a human need in a way no other art form does. This answer, it may be countered, can be made of any art. It is true. Poetry is written because nothing else does what poetry does. Music continues to be played because no other art form satisfies the needs that music satisfies. Finally, art is not a substitute for something else. We do not go to the theater because there is no baseball game. We go to the theater for theater itself, whatever elements it may have in common with other forms of entertainment. The question of why we continue to have drama actually is the question of why we continue to have any art. The answer is: because we must. Despite all the unnatural conventions of the art, the drama answers a need in our nature and is, in essence, wholly natural.

Perhaps here, with the question "Why drama?" we also come to the place for remembering another fundamental word in the drama. We have talked about doing and seeing as the basic ideas behind the words "drama" and "theater." Of equal importance is the word "play." English is not alone in harboring another word for drama that does not derive from a Greek term; all Germanic languages do. German regularly employs its word for play (*Spiel*) for a dramatic composition and it offers compounds with that word for the varied activities of the drama (*Schauspiel*, play; *Schauspieler*, actor; *Schauspielhaus*, theater) analogous to the older English terms "play," "playhouse," "player," "playwright," and so forth. The word "play" applied to a dramatic composition derives from precisely the same word that gives us our modern term for a pleasurable activity or sport ("play" of children) and the verb for engaging in such activity (to "play" a game). The drama is a kind of game. Moreover, it is fun. Where this concept is lost, the drama itself is lost, a lesson some playwrights never learn. The drama is a game in which spectators and actors alike must join. It needs the playwright and the players, but it needs also the playhouse and the playgoer.

Beyond that, no art better serves the whole man than the drama. Because drama contains so many elements found in other arts, its appeal is exceptionally broad. We generally forget that Aristotle discussed music and spectacle as part of tragedy in the *Poetics*. But we do not find anything incongruous in the use of background music in a performance of a play or in spectacular scenic effects. We expect to be absorbed by the sound of the language, the brilliance of the costume, the grace of the performers, the subtlety of the lighting, and the appropriateness of the sound effects. We go to the theater for all these things and more. We go for the unique amalgam that becomes a unity and something not available elsewhere. Even in reading, we expect experiences from a play that we find nowhere else: the sudden quickening of dialogue, the surprising entry of a character onto the stage of our minds.

Consider Lord Tennyson's poem "Mariana." It was stimulated by nothing more than the line in *Measure for Measure* that reads, "Mariana in the moated grange." However, that line lies embedded in the action in the play and it conjures up for us a picture of a situation, plot, and character, as well as language and movement. In short, the drama uniquely presents us with a meaningful human action. The action that is meaningful in the drama is not mere physical action, but what we may call "psychic gesture." That is, the action and the rendering of it are meaningful because they speak to our whole understanding, to our whole being. Were this not a secular age, one could explain this proposition by saying that action, imitation, all of the drama speak to our souls.

Granted, then, that the essence of drama is both exalted and commonplace and that the many elements that go into play and performance revolve around the concept of imitated human action; how may the student best approach the drama? The best approach is to examine, in turn, the major elements of the drama, that is, the ingredients of a play. In the following pages we will first look at the larger unity of plays as seen through plot and structure; then we will move to the language of the drama and to the element of character in the drama. A further chapter will treat the major types of plays and another the demands of the practical theater. Finally, we will consider the methods that may be used by the student to analyze plays.

• II •

PLOT AND STRUCTURE

The most comprehensive element of the drama is plot, which Aristotle called the soul of tragedy, for that is how we perceive and remember the play, the language, and the characters. That is, we remember these things in the context of their relations to one another and this is the pattern we call "plot" and "plot structure."

The word "plot" derives from the word for a piece of ground and, more directly, from the use of that word to designate a ground plan, diagram, or chart. The word is used figuratively in literature to designate a plan or scheme of events in a story. More revealing is another figurative use of the word "plot" to mean a scheme or design to attain a goal (usually an ignoble one, as in plots and conspiracies for political purposes). This use of "plot" reminds us that the word, even in its literary context, suggests contrivance and manipulation. Some critics seem to think that plot is a bad thing in itself although, without it, there would be no drama. Used neutrally, plot merely means the arrangement of events in a story which, together, bring about the end. In a positive sense, it is the whole area of design and order in a literary work.

THE NATURE OF PLOT

Plot is not unique in drama: novels, short stories, and even some narrative poems have plot. However, it is most often thought of in connection with the drama and the novel. A narrative alone need not have plot, for a narrative is any connected series of events; the connection may be only that these things happened to the same person. Thus, the exploits of a folk hero are often purely narrative; that is, they have sequence but not necessarily plot. Plot enters when the narrative is shaped and arranged to show connection, relation, cause, and effect. E. M. Forster's famous distinction between story and plot puts the case as concisely as we could want: " 'The king died and then the queen died,' is a story. 'The king died and then the queen died of grief,' is a plot."[1]

Plot, then, involves cause and effect which must be conceived and put there by the author; this is why, in plot, there are

---

1) E. M. Forster, *Aspects of the Novel* (New York: Harcourt, Brace and Company, Inc., 1927), p. 130.

artifice, selection, order, and purpose, as well as sequence and action. Plot strives toward unity and credibility. We often encounter the expression "plot structure," indicating that plot and structure are two sides of the same coin. We will examine structure later, but we should note now that, in speaking of plot structure, we speak in terms of rise and fall while, in speaking of the story of the plot, we speak in terms of cause and effect.

Of course, the cause and effect relationship is essential to structure, too, because without it there would be no necessary rise and fall. A sequence of events does not in itself contain a pattern that complicates and resolves a conflict, but a depiction of causes and their effects does contain such a pattern. In this light, it is possible to see what is meant when critics say that Shakespeare has borrowed his stories from well-known books and from episodes in history, but his plots are his own. Again and again, Shakespeare takes a minor character from his source material — Enobarbus in *Antony and Cleopatra,* Iago in *Othello* — and not only gives him a nature and a quality for which there is little or no warrant in the source, but also makes him a participant in the action to such an extent that the plot is influenced by his conduct.

It is the pattern we call plot that shows us what makes this or another thing happen. When, in the old expression, "the plot thickens," we mean that forces are being brought into play which will influence the situation before us. The greater the degree of thickening, the greater will be the element of *intrigue* and, usually, the greater the element of suspense, as we watch to see how the intrigue will be resolved. Plot, then, is the order of events that ties and unties the knot of conflict.

In discussing plot, we customarily speak of a hero or *protagonist* in conflict with some opponent or *antagonist*. Both words derive from the Greek *agon*, meaning a contest or conflict; for in the great bulk of plays, it is a conflict that lies at the center of the plot, and at the center of the rhythm or structure of a play, and at the heart of character motivation and speech. The popular notion that there are three basic plots in all of literature seems to be a corruption of the idea of three basic conflicts on which plots of various kinds and of endless differences can be built. The three basic conflicts most frequently cited are: 1) the individual in conflict with another individual, 2) the individual in conflict with himself, and 3) the individual in conflict with an outside force or forces (for example, society, supernatural agents). We could legitimately add other basic conflicts, such as that of a group in conflict with another group or with a single person or a power. Hauptmann's *The Weavers* (1892) and O'Casey's *The Plough and the Stars* (1926) embody such group conflicts.

These basic conflicts do not tell us exactly how the plot will be resolved, however; they merely indicate the direction and suggest issues which may arise. The plot itself will be the incidents and their relation to one another. Moreover, a given play may embody more than one type of conflict: Hamlet is in conflict with himself a good deal of the time. He also is in conflict with other individuals, such as Claudius and Polonius. Finally, the other individuals together constitute the Danish royal court which Hamlet must also combat.

To discuss a particular plot, we must flesh out the general pattern with the particulars of the play. It is very important that we do this, for otherwise, the controlling idea of the play will elude us. We often hear of the eternal triangle plot, but it is more accurately the eternal triangle *situation*, since plots based on such a situation will differ considerably from play to play. The eternal triangle in Shaw's *Candida*, for example, turns on the love for an older married woman of a young, impressionable poet. His rival is the lady's husband. In the end, Candida herself decides— in favor of the husband. How different from a plot involving two men of the world who alternate in setting up house with a woman of the world and engage in a struggle for her affections! In the end, she decides—in favor of both of them! Such is the plot of Noel Coward's *Design for Living*. Situations may recur again and again; plots change often.

Types of Plots

Plots may be classified as simple or complex, single or double, loose or tight. A simple plot is one in which a straightforward situation is presented without much complication. Most modern plays are of this kind: there is a situation disrupted by some new force which raises a conflict that is ultimately resolved. *A Streetcar Named Desire* is a good example. The domestic arrangements of Stanley and Stella are disrupted by the arrival of Blanche, Stella's sister. The resulting conflict is essentially domestic: the three cannot live happily together. A friend of the couple becomes interested in Blanche, and there is talk of marriage until Stanley shatters whatever slight hopes the match may have had by exposing Blanche's background and weaknesses and by, himself, violating her. At the end, Blanche is transported to a mental institution. The emphasis in the play actually falls on the character of Blanche and the way in which she brings about her own downfall, rather than on plot complications. The plotting is reasonably straightforward and without elaborate intricacies, although not without subtleties. Intricacy of plot is, in itself, no guarantee of good or bad plotting. The degree of intricacy and plot complication should be a result of what the playwright is trying to do in his play.

We can contrast the simply plotted play with an intricately plotted one like Congreve's *Way of the World*, if a clear summary of that plot is possible in a short space. The conflict of *The Way of the World*, a sophisticated high comedy of manners, is between Mirabell and those who oppose his marrying Millamant. Chiefly opposed is Millamant's aunt, Lady Wishfort, who objects to Mirabell on the grounds of his earlier having deceived her by pretending to be in love with her. But the plot (and the "plotting") is the work of Mirabell and Mrs. Marwood; for Lady Wishfort, apart from her opposition, offers only the complication of trying to marry Millamant off to a country cousin. The real plot complications are the scheme by Mirabell to gain Lady Wishfort's favor and the counterscheme by Mrs. Marwood and her lover (Lady Wishfort's son-in-law Fainall) to defeat Mirabell's marriage plans. By giving him Lady Wishfort's maid in marriage, Mirabell persuades his servant to impersonate a fictitious uncle, Sir Rowland, and to woo Lady Wishfort. The scheme is defeated by Mrs. Marwood, who sends a letter exposing it (the letter is intercepted by Lady Wishfort's maid) and then appears in person to tell Lady Wishfort the truth. However, another turn in the plot is effected by Lady Wishfort's daughter who obtains proof, from the discharged maid, of Mrs. Marwood's affair with her (Lady Wishfort's daughter's) husband. The husband, Fainall, has transferred all his wife's money to his name and is now fabricating evidence of an affair between Mirabell and his wife. Only through yet another turn, the exposure by Mirabell and several servants of Fainall's deceit and the revelation of an even earlier transfer of Mrs. Fainall's money to Mirabell, does Lady Wishfort learn of her son-in-law's double-dealing and of his affair with Mrs. Marwood. Consequently, she forgives Mirabell and permits his marriage to Millamant.

Even this brief summary indicates how intricate a plot can become and, yet, still be stageworthy (although the initial poor reception of Congreve's play may have been partly the result of the complex plot). In addition, the summary makes clear how heavily playwrights rely on the venerable elements of discovery and reversal. Discovery of what a situation truly is, coupled with reversals of fortune both good and bad, are common properties of all kinds of plays. Comedy frequently adds deceptions and misunderstandings to intensify and multiply such turns and counterturns; and the intricately plotted play, serious or comic, can hardly do without them.

The distinction between single and double plots is made largely in deference to Greek drama and the later plays that derive from it (French neoclassical, for example), where the practice is to present a single story. The story may be complex in that a variety of events shapes the action (especially when there are antecedent events known to the audience), but all the events directly relate to the same story. Such a play is Aeschylus' *Prometheus Bound* in which the entire action takes place on a desolate rock in the Caucasus where the titan Prometheus has been bound, as punishment for his presumption in aiding mankind in opposition to the will of Zeus. Although many earlier events are referred to, and even related, by Prometheus (including the history of his deeds which angered Zeus), the action itself never leaves the mountain; and all that happens is specifically related to Prometheus' fate there. Seven characters and a chorus constitute the entire *dramatis personae*. Prometheus apart, the six others are those who secure him to the rock or bear messages from Zeus and those who come to offer him advice and comfort. The plot in this play is much simpler and starker than those in later Greek dramas, for the plot is simply the inexorable punishment of Prometheus by Zeus who torments the titan for a time and finally catapults him into a dungeon inside the earth.

Later Greek drama, which has more plot in the conventional sense, is nevertheless single in that no action not immediately concerned with the central story is depicted. Even the anterior events that stand as separate stories in their own right are mentioned only in so far as they have shaped the circumstances leading to the action in the play. Thus, in Sophocles' *Antigone*, the background of the story is the extensive Theban war (specifically treated by Aeschylus in *The Seven Against Thebes*), but the plot of *Antigone* is Antigone's insistence, in defiance of King Creon's order, upon assuring a decent burial for her brother, who was slain while attacking Thebes. The plot and the complications require only eight characters and a chorus; the situation is much the same in other Greek tragedies. Euripides' *Electra* has a more involved plot than either *Prometheus Bound* or *Antigone*, but it is equally single, being the unfolding of the manner in which Electra and Orestes avenge the murder of their father (Agamemnon) by murdering their mother (Clytemnestra) and her lover (Aegisthus). For this play, Euripedes requires nine characters (two of whom have no lines) and the essential chorus.

By contrast, double plots are characteristic of Elizabethan and later plays. In such works, two stories proceed together throughout the play. Usually, one is subordinate to the other and is called a subplot. Although the skillful playwright will intertwine them to show their relationship and significance to each other, *they are separate stories*. In *The Way of the World*, we might argue that the Mirabell-Millamant central plot has as its subplot the Marwood-Fainall intrigue, but we can see a double plot at work more clearly in a play like Shakespeare's *Much Ado about Nothing* (1599). The complicated main plot concerns the love affair and efforts toward marriage of Claudio and Hero; but, throughout the play, Shakespeare juggles yet another story, the comic wooing of disdainful Lady Beatrice by the confirmed bachelor, Benedick. The brilliance of the dialogue in the scenes between these two and the appeal the roles have for spectacular performers frequently allow the Beatrice and Benedick subplot to overshadow the main story. Moreover, the subplot is comic while the main story is properly a tragicomedy, so that audiences welcome the Beatrice and Benedick scenes as relief from the apparently tragic events surrounding Claudio's love for Hero. In Act IV, however, Shakespeare brings the two plots together (they overlap elsewhere in the play as well, but in terms of characters rather than action); and once the confusion and misunderstandings are righted, the play can end with a double wedding, all four lovers and both plots being properly matched and resolved. The point here is that, while the Beatrice and Benedick story adds immeasurably to our interest and enjoyment of *Much Ado about Nothing*, still, it is another story from the primary plot involving Claudio, Hero, Don Pedro, and Don John. Not surprisingly, *Much Ado About Nothing* calls for eighteen speaking parts plus a number of messengers, attendants, and officers of the watch.

One measure of any dramatist's skill in handling subplots is the way in which he weaves the secondary story into the tapestry of the whole. Shakespeare is especially skillful at this, in both comedy and tragedy. The most celebrated subplot in dramatic literature is probably the Gloucester subplot of *King Lear*. Even though what happens to Lear does not directly require Gloucester or even his sons, the double plot considerably amplifies the significance of the larger theme and is made to impinge upon it at so many points, that we can hardly imagine *King Lear* without it. Nor could it be performed without the twenty characters listed in the cast, as well as servants, attendants on Lear, officers, messengers, and soldiers. Double plots, then, are of necessity more elaborate in staging and effect, more like a broad canvas than single plots.

Loose, as opposed to tight, plotting refers to the degree of emphasis placed on the contrivance of the plot. A loosely plotted play is one in which little effort is made to give every character and every action a role in complicating or unraveling the situation. The static drama of the turn of the century and many one-act plays of the Irish theater are loosely plotted. The emphasis falls on character, mood, and setting. Synge's Irish drama *Riders to the Sea* (1904) has no more plot than the waiting of several people in a lonely seacoast cottage for the all but certain news that the last of Maurya's sons has been lost at sea. Maeterlinck's static drama *The Intruder* (1890) has for "plot" only the gradual perception of approaching death (coming to a character not shown on the stage), and the effect this experience has on the family of the dying woman. In many plays of the expressionist movement in which the chief effect is to project states of emotion and experience, the plot can be called loose. O'Neill's *The Hairy Ape* (1922) is composed of a series of episodes in which Yank comes into contact with various people (generally presented as forces or emotions rather than as characters) who play no subsequent part in the action. They have merely contributed to a mood at the time and to experiences Yank is undergoing. Indeed, only four persons in the play bear names; the others are adequately represented by such appellations as "Aunt," "Second Engineer," "Guard," "Secretary of an Organization," and the like. By contrast, tight plotting requires the willful involvement of various people, each with his specific drives and desires that lead him to choose to do certain things in relation to other people. In plays where forces, sensations, and personified abstractions are prominently numbered among the characters, we are unlikely to get tight plotting.

A tightly plotted play is one in which every detail advances the complications of the plot and no person or feature of the action is left unexplained at the end. Tight plotting is especially associated with the well-made play (*pièce-bien-faite*) of the nineteenth-century French theater, subsequently transferred to England. Plays like Scribe's 1840 drama, *Le verre d'eau* (*The Glass of Water*), or Sardou's, *Les pattes de mouche* (translated as *The Scrap of Paper*) (1860) are examples of this French tradition. The former is revealingly subtitled "The Effects and the Causes," for this is what the plot displays in neat detail; the latter concludes with the heroine's burning (unread) an incriminating note which had caused the complications of the plot, or, as she expresses it in the concluding line of the play, "And all on account of a mere scrap of paper!" More accessible to the English-speaking student are the dramas of such English exponents of the well-made play as Arthur Wing Pinero and Henry Arthur Jones, for instance, Pinero's *The Second Mrs. Tanqueray* (1893) and Jones's *Mrs. Dane's Defence* (1900).

The criticism of plays too scrupulously plotted is that they sometimes sacrifice character and idea to plot; that is, rather than being treated as complex interactions among human beings of varying dispositions and outlooks, character and effect can be reduced, in such plays, to a formula. There is certainly nothing wrong with plotting a play tightly. Objections arise when plot becomes the only ingredient and seems to devour the others.

On the other hand, when plot is neglected, the playwright often has to resort to some kind of *deus ex machina* to solve the complication. Although this term was first applied to the Greek device of settling problems by letting a supernatural being descend onto the stage (through stage machinery or contrivance; hence "god from the machine"), the term is now applied to any improbable device for extricating characters from an impossible situation: the surprise arrival of an unknown relative, a miraculous recovery from illness, the introduction of a cataclysmic event such as an earthquake to distract the approaching monster from outer space.

The disfavor felt toward the *deus ex machina* reflects the importance attached, in drama, to what is generally meant by the terms "character" and "character motivation" as reflected in the plot. We are more favorably inclined toward plots that *emerge* from character than toward those that seem to be *imposed* upon it. Ideally, plot is the result of the interaction of characters; it is not a bloodless scheme to make them move. The use of a device to extricate a character from a situation suggests that the situation and the character are not in harmony. By contrast, when Hamlet hesitates to kill Claudius because he finds him apparently at prayer, the plot advances *because* of Hamlet's character and because of the situation in which he finds Claudius. Thus, discussion of plot in its fullness necessarily brings us to consideration of the buildup and release of tension generated by the rise and fall of events (generally termed plot structure), for the chain of cause and effect of the plot is not an endless sequence, but a progressive one in which the causes combine to lead to a major event and to a series of consequent effects.

PLOT STRUCTURE

Although Aristotle was speaking of tragedy when he said an action must be "single, complete, and of a certain magnitude" (*magnitude* we can take to mean dignity and significance), we can legitimately extend the concept to any play, especially the criterion that it be complete. We expect at least the well-known formula of beginning, middle, and end so that, when we emerge from the theater or when we have completed our reading, we have a sense of a totality, of an organic unity in the play under consideration.

As we have seen, the cause and effect pattern of plot also has a rise and fall which, in most plays, can be outlined by acts; by act is meant a major formal division of a play which marks out a clear, unified portion of the total action. Of course, such a division does not *cause* plot structure so much as it reflects it. For the five-act, four-act, and three-act plays of traditional theater, several structural patterns have been set forth which have a broad general application to many plays, although no rigid pattern can be prescribed for any given one. The best-known analysis of structure is that for five-act plays set forth by the German critic Gustav Freytag. Freytag discerned the following five-part division that has special relevance to the five-act Elizabethan tragedy: introduction, rising action, crisis or climax, falling action or return, and catastrophe.[2]

Five-act Structure

Although Freytag's terms apply to the actual sequence of many plays, they have their chief use in the general description of plot structure. The introduction (generally the first part of Act I) sets the scene of the play and initiates the action by providing the spectator with the minimum of information necessary to understand what

---

2) Freytag's example is *Hamlet*, and his division of the play is:
  introduction: I, 1, 2, and 3; inciting force: I, 4 and 5
  rising action: II, 1 and 2 (first stage); II, 2 (second stage); III, 1 (third stage);
  III, 2 (fourth stage)
  crisis (climax): III, 3 and 4; tragic force: III, 4; IV, 1, 2, and 3
  falling action (return): IV, 4, 5 and 6 (first stage); IV, 7 (second stage); V, 1 (third stage) catastrophe: V, 2.

  For more detailed treatment, see Gustav Freytag's *Technique of the Drama* (Chicago: Scott, Foresman and Company, 1894). Trans. by Elias MacEwan.

follows. Another term for this is "exposition." Of the traditional ways of handling exposition, none is so common as having the play open upon subordinate characters discussing (and thereby providing information about) the principal characters and the situation at hand, for instance, the speech of Philo to Demetrius at the opening of *Antony and Cleopatra*. Other successfully used methods involve a narrator (such as Thornton Wilder's "Stage Manager" in *Our Town*) or a prologue. In films, the same service is often (and undramatically) performed by an introductory panel.

More skill is required to open the play directly upon the principals and the central situation, but Shakespeare manages it brilliantly in *King Lear*, which opens with the very division by Lear of his kingdom that is to cause so much subsequent trouble; and Edward Albee in *Who's Afraid of Virginia Woolf?* opens upon a scene of highly charged bickering between the principals, George and Martha, who are to continue, with mounting intensity, the same kind of combat throughout the play.

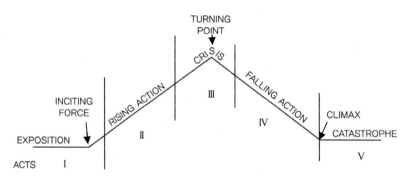

Elizabethan five-act play.

Not only does the introduction provide the necessary background for the spectators' understanding, it also starts the major conflict of the play in motion. One could say that a static situation is disrupted by the introduction of an outside force. This has been called the "inciting moment" or "inciting force." It often comes in the form of a new character (sometimes called the "catalyst"), for it is he who stimulates new action and new responses.

What follows the inciting force is called the "rising action" and occupies Act II and part of Act III in the five-act pattern. The tempo of the play is on the upswing in this section; events advance the action and increase the complications. Of course, to discuss any particular rising action, it is necessary to refer to the story, to the characters, and to the language and plot. In identifying the rising action in *Antony and Cleopatra*, for example, we would speak of the news that comes to Antony in Alexandria, of domestic strife in Rome and of the death of his wife. This sets in motion a sequence of events that shatters the Egyptian luxuriance of Antony's life. The action continues to rise or mount up to the crisis.

The word "crisis" derives from a word meaning to separate and, thus, the point-of-crisis is also known as the "turning point." It is the point at which the action crests, so to speak, and must henceforth flow in one certain direction. It has been said that everything in a play should lead up to or away from the crisis and that, in a tragedy, the crisis will be marked by a discovery by the protagonist of something that changes his course of action; that is, it will be a recognition. Although the point of highest emotional intensity (climax) may come later, the crisis represents the high point of the complications in the action when the various causes, forces, and counter-forces have met and determined the direction in which the remainder of the action must flow.[3] To continue with *Antony and Cleopatra,* the crisis would come in Act Ⅲ, scenes 10 and 11, with Antony's total rout at sea and his recognition that all honor, as well as power, is lost.

The action that follows the crisis or turning point is called "falling action" to signify that it descends from the high point or point of separation. This action is the logical outcome, the chief effect of the causes that combined in the rising action to reach the turning point. Sometimes the term "tragic force" is used to refer to an event that precipitates the falling action, as a kind of corresponding element to the inciting force that started the rising acting. In *Antony and Cleopatra,* we might consider this to be the report of Antony's flight at sea when he turned to follow Cleopatra.

The falling action itself (also called the "return") often is first marked by a scene of relief of tension. Then the action is

---

3) The terms "crisis" and "climax" are frequently interchanged, especially since the two so often fall together in modern plays. In strict terminology, "crisis" refers only to structural and plot elements and "climax" solely to the highpoint of audience interest.

enlivened with events that delay the catastrophe and add new interest and intensity to the situation, almost as though to suggest that there had been a slackening of audience interest. These new events seem to promise a change of direction and, in tragedy, a hope that the apparent outcome will be averted. This counteraction is called the "force of last suspense." In *Antony and Cleopatra*, Act IV, scene 13, the exchange between Octavius' messenger and Cleopatra is such a relief scene of the falling action and the rallying of Antony in Act IV for another battle (which fails, of course), the force of last suspense.

The "catastrophe" (literally, the *down turn*) is the unavoidable outcome of all the preceding events. In a tragedy, it is usually marked by the death of the hero and others. In *Antony and Cleopatra*, the end of Act IV has brought the death of Antony; and in Act V, despite Octavius' intrigues to snare Cleopatra, the Queen of Egypt at last takes her own life. The folly of Act I, the schemes and complications of Acts II and III, and the last desperate attempts to reverse these events in Act IV, paralleled by Cleopatra's last efforts in Act V, have made the final down turn inevitable.

This traditional structural pattern of introduction, rising action, crisis, falling action, and catastrophe can be made to apply with reasonable success to classical, neoclassical, and Elizabethan drama, although not always in terms of act divisions (One can also treat these plays as three-part movements with the terminology discussed in a later section). The five-part pattern has here been applied to *Antony and Cleopatra* (which is far from the perfect illustration) only to show that it can be applied to many plays, especially to tragedies. Indeed, tragedy has so often provided the pattern for dramatic structure that we can easily find ourselves downgrading works because they do not fit into the tragic pattern, although this pattern may not be the most suitable one. Nevertheless, terms like "crisis" and "catastrophe," though technically neutral and evident in any kind of play, have taken on associations with death and disaster that incline us to restrict them to tragedy. In fact, it is common to find the whole five-part terminology applied more often to tragedy than to comedy or other dramatic types.

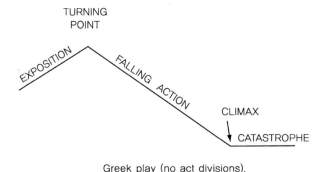

Greek play (no act divisions).

Classical Structure

Greek drama may be analyzed with the five-part terminology although, obviously, without any act divisions. However, Greek drama customarily involves much more falling than rising action, in contrast to the Elizabethan or modern drama. The turning point in Greek plays comes early in the play for two reasons: first, the action is confined to the last few hours of the total story and, thus, much of the rising action has taken place before the play begins; second, Greek plays, based as they were on well-known legends, needed less exposition than stories unknown or vaguely known to the audience. Modern plays, being so often original, require even more development, although the terminology for modern play structure is a simplified one.

Modern Three-act Structure

There are other systems of designating the major structural elements in plays: very little used or known today is the classical, but post-Greek, four-part designation of plays by the terms "protasis" (introduction), "epitasis" (development or rising action), "catastasis" (height or crisis), and "catastrophe" (downturn or conclusion). Of much wider currency are the largely self-explanatory terms: "introduction" (or exposition), "complication" (or situation), and "resolution" (or *dénouement*). These suggest a broad pattern of action that applies to virutally all plays and does not imply a particular genre. They can be adapted to the five-act plays and have the advantage of corresponding well to the common three-act division of so many modern dramas.

Introduction or exposition is the same in any system or terminology, for the situation of the play must be presented and information must be communicated about the characters. It generally encompasses Act I. The complication encompasses Act II and includes those events that complicate the plot and propel the action forward. In the three-act play, Act II closes on a strong note, frequently the crisis. This practice is recognized by the modern expression "Second Act Curtain," signifying a highly intense and exciting end of the act. Resolution encompasses the falling action and catastrophe of the five-part division; in modern plays, it occupies Act III. The term "dénouement" is widely used as synonymous with resolution; it literally means the *untying* and it suggests, again, the analysis of dramatic structure in terms of a fundamental conflict which is like the tying and untying of a knot.

The briefer terminology in use for modern plays indicates a greater freedom in structure, but it also reveals that the basic pattern of intensification and release, complication and resolution, is still very much at the heart of play structure. One way of realizing how perennial the basic pattern is, is to recall the

Hollywood formula: boy meets girl, boy loses girl, boy gets girl. This formula, in turn, is abbreviated simply to boy gets girl. Here the formula is stated in terms of a plot with a happy ending; but it would be easy to recast it unhappily without upsetting the pattern: boy meets girl, boy gets girl, boy loses girl. Both rely on the pattern: exposition, complication, resolution.

If we use the three-part division as the basis for analyzing the structure of modern dramas, we can see some of the variations that have been worked upon it. George Bernard Shaw claimed that Ibsen's dramatic method was exposition-situation-discussion, a trio many have said applies better to Shaw's own plays than to Ibsen's. In fact, Shaw's plays have been accused of exhibiting the pattern exposition-discussion-discussion; but this may be too partisan a comment. Shaw's plays, no less than Ibsen's, regularly feature a conflict that is complicated and resolved. That the conflict is often of ideas need not obscure for us that the ideas are of necessity presented through persons and that these persons have wills which bring them into conflict with others. Ibsen's examination of the modern woman in *Hedda Gabler* (1890) lends itself to traditional analysis, and the four-act division of the play even lends itself to the four divisions of classical criticism: protasis, epitasis, catastasis, and catastrophe (including the sense of catastrophe as death and disaster). Shaw's look at the modern woman in *Candida* (1897), for all its discussion and verbalizing, still revolves around the eternal triangle situation (two men and one woman) and it still resolves the conflict in the end with one man getting the girl and the other losing her. This is not to say that all plays must proceed in the same way or that all structure is identical. It is to emphasize only that underlying patterns of drama have a great deal in common and offer a useful point of departure for the analysis of individual plays.

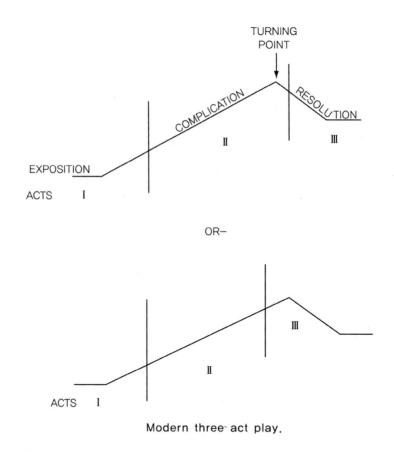

Modern three- act play.

In fact, it is often the changes and variations played on the underlying pattern that are the significant element in plays. Our expectations are such that a change may be all the more powerful for upsetting or confirming the pattern. We have by no means analyzed *Candida* if we stop with the observation about the love triangle, for we might believe that the play is another "boy meets girl story"; and, to show what *Candida* truly is, we must also go into plot. Shaw has used a perennial pattern, but he has used it for a surprising and witty new purpose. To understand that, is to pass beyond structure to plot and beyond plot to language and character. But taking them all at once may obscure for us the pattern Shaw has exploited in his play and may ultimately obscure the meaning of what he has done.

Modern Play Structure

In many modern plays, the kind of structure we have been talking about is absent or is not so strikingly evident. Plays of the "theater of the absurd" often seem to defy the traditional canons of play structure, especially in so far as they lack resolution or any neat disposition of the situation; the term itself hardly implies resolution. Here again, however, we have an instance of how central structure is to the thought of a play, for absurdist drama frequently engages to show us the irrationality and absurdity of the world and, thus, it can hardly be expected to resolve an impossible situation logically. Instead, the circular effect of many of these plays itself constitutes one of their most important comments; the structure is designed to reinforce the theme of hopelessness or meaninglessness by its very lack of the traditional pattern which presupposes, however unconsciously, a pattern, an organization, a meaning in life.

All this does not mean, however, that such plays lack the element of dramatic conflict. On the contrary, they are often especially rich in such conflict in order to point up the impossibility of ever resolving it. We can approach the question of structure in plays of the absurd and much other modern drama from the point of view of how the conflict they present is *elaborated*, rather than how it is *resolved*. Even then, we can frequently discern a movement towards a crisis and a subsequent falling away from it. In the case of Albee's *Who's Afraid of Virginia Woolf?* (not an absurdist but, also, not a purely traditional play), the structure resembles nothing so much as the peeling of an onion. Layer after layer of the lives of the principals is exposed (with considerable smarting of the eyes), until we reach the very center of their love-hate relationships. In a sense the whole play is exposition, since the author withholds or, perhaps we should say, only gradually reveals background information. But this is, after all, a traditional element of suspense. Moreover, even though the entire play can be seen as the exposition of George's and Martha's uncanny instinct for striking the other where it will hurt most, there is also a deepening intensity to their mutual attacks which comes very close to a pattern of action rising to a crisis, followed by a climax of audience interest. Even the titles Albee gives to the three acts suggest this underlying pattern: "Fun and Games," "Walpurgisnacht," and "The Exorcism."

"Fun and Games" establishes the relationship between the two and introduces the outside couple (unwitting catalysts) who mirror the early George and Martha. "The Walpurgisnacht" (the frenzied witches' Sabbath in Teutonic legend) increases the complications to the point where the entire relationship George and Martha have built up is being subjected to assault. In conventional terms, the turning point is reached at the second act curtain when George resolves that the son they have fabricated between them is dead. From that point on, there is but one direction for the play to go. In traditional terms, the climax is reached in "The Exorcism" when George actually reveals to Martha that their "son" is dead, and the two of them fight their final desperate battle over this news. The act, as a whole, is concerned with exorcising the ghost of their past relationship. The play closes on a low key, after the guests have left, as George and Martha see themselves in the shambles of their past life and contemplate the future. George "very softly" sings, "Who's afraid of Virginia Woolf," and a changed Martha, with more self-understanding than was possible before that night, replies, "I ... am . . . George. . . . "

Perhaps other modern plays lend themselves less well to

simultaneous analysis in terms of elaborating a situation *and* resolving it than *Who's Afraid of Virginia Woolf?* Some plays of the "absurd," like Beckett's *Waiting for Godot* and Ionesco's *The Bald Soprano* (subtitled "Antiplay"), rely for their effect precisely on a reversal of the conventional expectations the audience brings to the theater. Expecting exposition-complication-resolution, the audience instead receives exposition-discussion-irresolution, which itself constitutes part of the comment the playwright is making. It remains to be seen, however, whether the plays of the absurd that truly defy the longtime pattern of drama (and they are far fewer than popular opinion might fancy) will offer the theater a new and fruitful direction. It is doubtful whether many audiences will want to come to the theater to see a two-act play like Beckett's *Play* (1963) whose second act is an exact repetition of the first, which was itself more than commonly static.

Most plays, however, even the highly experimental ones, will cohere around a conflict situation. The elaboration and development of that situation will offer the starting point for analyzing how the play is put together and how the parts (the scenes, the language, the characters, the staging) contribute to its total unity.

Scenes

In treating structure, we have concentrated on the larger units of the play, usually distinguished by acts. Scenes too have their structure, and the student should be aware of scene patterns. The word "scene" stems from the Greek *skene* meaning *tent*, a covered enclosure which stood behind the acting area and to which the actors retired when not performing. The original word meant merely this enclosure but, since it and the later *skenotheke* or storehouse for props came to be used to enhance the setting of the play, the word, in later theater, took on the meaning of the physical setting of the play. Although the Greeks themselves did not so use the word, they did utilize the storehouse for adding to the visual dimension of the play (often making it the facade of a palace), so that the association of the *skene* with the locale of a play came naturally. The word "scene" retains that association today, as do related words like *scenery* and *scenic design*, Still, this is different from using the word to mean a part of the action. For that, the proper Greek word was *epeisodion* (originally, the speaking parts between choric odes), which designated segments roughly equivalent to the modern act. Smaller units were not designated. Today, however, we use "scene" not only for the locale of an action, but also for smaller units of the action itself.

Our use of "scene" to mean a segment of the action derives from the unity afforded individual passages by a common backdrop or physical scene; when the physical setting changed, the action moved into a new phase. In the rapidly shifting settings of Renaissance drama, the physical scene changed as it had never changed in Greek drama; and with each new locale there was a new segment of the total action. Thus, the word "scene" came to be applied not only to *décor* but also, quite independently, to coherent units of the play smaller than the act. Today, the word "scene" as applied to action has dropped its exclusive associations with a single physical setting and is applied to any unit of the action whether the locale has changed or not. The principle is whether a segment of the overall action has a unity and identity of its own. Thus, an encounter between two characters will be termed a scene, and when the action flows forward with the introduction of a character or characters, we speak of another scene even though both engagements may occur in the same place. Clearly, the criterion here is the rhythm of the play. Whenever a change in pace occurs (upward or downward, by the addition of other characters, or by a change of place), we speak of another scene.

In the more technical designation of scenes (as in French neoclassical drama or modern printed versions of Elizabethan drama), a new scene will be marked off and numbered whenever the locale or the speakers change; but in contemporary plays, such formal divisions are used more sparingly. Generally, only a change of place absolutely requires the designation of a new scene. A single act of a modern play may be composed of several scenes between various characters without any formal designation in the script. In any case, the distinction is more one of printing conventions than of performance; in the Elizabethan theater, the change from scene to scene, so strongly marked in modern reading versions, was not formally marked in performance. Of course, a change in place will be perceived by the audience, whether or not a curtain descends and whether or not the program designates a new scene. In discussing a play, we will use the term "scene" to refer to any unified small element of the total work.

Since scenes are the smaller units of the acts and of the play as a whole, theorists have seen them as recapitulating the larger structure of the play in smaller compass. Every scene therefore has a rise and fall, just as the play as a whole does. Scenes, so conceived, are episodes with a unity of action. In analyzing scenes of this sort, the student can apply the general structural pattern of the whole play (or, at least, the idea of rising and falling action) to the scene to determine its emphasis and direction. Some analysts of scene structure would even find scenes reflecting the larger five-part structure of the whole play, but to find that structure echoed on a smaller scale, it may be necessary to move beyond formal scene divisions and to group smaller scenes together. Certainly, the five-part pattern will not work with scenes from plays designated for the broad and fluid staging of the Elizabethans, that is, for what has been called the "panoramic stage." Many of what we call "scenes" in Shakespeare's plays are exceedingly brief. The principle on which such scenes have been assigned (since it is a later editorial decision) is that of change of place. Stricter theory requires that a scene be any unit of an act with the same characters and place; but the principle of place alone is more frequently invoked, since a scene will be considered the same even though another character enters during the course of it. Once the place changes, however, the scene is thought to change.

Still, the central issue of a scene is not whether it shows a change of time, place, or character; but the question: "Does it add to the whole action?" That is: does it contribute to our understanding and our interest? Does it advance the total play? Has it, however compressed, a unity of its own? All of this can well be achieved by a scene that does not fit the strict requirements of place and character or of structural repetition of the five-part pattern. Students may profitably apply the five-part analysis to many scenes from many plays, but it manifestly will not work with two scenes like the following from *Antony and Cleopatra*, printed in their entirety:

[*Scene VIII. A Plain near Actium.*

Enter CAESAR, *with his* ARMY,

marching.]

CAESAR. Taurus!

TAURUS. My lord?

CAESAR. Strike not by land; keep whole, provoke not battle

Till we have done at sea. Do not exceed

The prescript of this scroll. Our fortune lies

Upon this jump.

Exeunt

[*Scene IX. Another part of the plane.*

Enter ANTONY and ENOBARBUS.]

ANTONY. Set we our squadrons on yond side o' the hill,

In eye of Caesar's battle; from which place

We may the number of the ships behold,

And so proceed accordingly.

Exeunt

Consistency of place and character has been maintained in those two scenes (although not the neoclassical *liaison des scènes*), but it would be hard to analyze them in terms of the five-part structure. Quite obviously, the principle of scene division here (applied by later editors) was merely that of change of place. Taken as scenes, however, these extracts possess a unity of their own and are of considerable consequence in the play. First of all, shifting place so rapidly contributes to the pace Shakespeare designed for this part of the action. The quickness of the scenes and of the dialogue suggests the excitement and motion of battle. The very arrangement demands that the tempo accelerate. The audience cannot fail to respond with heightened interest to the scurrying of soldiers about the stage; and they cannot fail to perceive that the canvas here is broad: from one part of the plain to another, rather like the effect of film editing (to which Shakespeare's technique has often been compared), we flash now here, now there; and out of the pieces, we amass a total picture.

These two brief scenes do even more in the context of the play: They reveal Octavius Caesar's strategic superiority in determining to fight at sea (where he is stronger) and they immediately contrast it with Antony's folly in giving battle at sea (where he is weaker). Finally, it is noteworthy that scenes 8 and 9 immediately precede the crisis of Act III (which comprises thirteen scenes) and build to it; that crisis is Antony's defeat at sea, reported in the next scene, and the consequent personal crisis which follows the military one. Every word and every movement of these scenes is relevant to the action of Act III and, ultimately, to the total action of the play. They are part of the overall rising action of the play and, on a smaller scale, of the rising action in the battle sequence of Act III. In analyzing structure, we must determine the relevance of every scene in order to understand the way the play is moving.

As noted earlier, plot structure always returns us to the events in the play itself. It is well that it does, for the return is a reminder that the abstract pattern we have discerned beneath the events must be verified by the concrete incidents and elements of the play, or it remains lifeless. Above all, plot and structure must bring us to a consideration of the language and the persons of a play, for these give the play the quality of living presence which makes the dramatic experience so vivid and immediate.

THE LANGUAGE OF PLAYS

Language or diction, meaning the kind and choice of words, is one of the most difficult elements to isolate in the drama because of its inextricable involvement with character. To judge the appropriateness of the language of a play, we take account of how well it suits the character speaking; but we know the character in great measure by the language he uses! We cannot break the circle; we can only emphasize each part of it in turn. Consequently, the present chapter will concentrate on language; the following one, on character.

Although novels and other literary forms may, and usually do, have dialogue, only in a play is dialogue *all* of the language. Except for stage directions, the playwright uses no other words. Dialogue therefore assumes a vastly more important role in the drama than it does in the novel or in poetry. For all practical purposes, the study of the language of the drama is the study of dramatic dialogue. Stage directions have their proper place, of course, and we will begin by examining what that place is; but it is the dialogue of a play that makes or breaks it.

Since the dialogue of a play is so important, we may legitimately demand a great deal of it. Of all the tasks we may properly ask dialogue to fulfill, the one that stands above all other is: Does it serve the real business of the play? The real business of a play, we remember, is the imitation of an action; dialogue (and, for that matter, stage directions) is a component of a play and only a component, although an indispensable one.

Despite the primacy of dialogue, we shall begin our study of the language of the play with stage directions, for these are in language like ordinary language but are directed to the same end as the extraordinary language of dramatic dialogue.

STAGE DIRECTIONS

In older plays, there are almost no stage directions. Playwrights of earlier periods usually enjoyed an intimate association with a particular theater or company that rendered extensive stage directions superfluous. In the modern theater, however, the play may be written first and then a producer sought for it and a company assembled for it. For this reason, stage directions become a definite aid. Thus, only in modern plays do we find really extensive stage directions that provide information about character and mood, as well as the usual notations of entrances and exits and places where the action occurs. In such plays, the reader has an extra attraction and source of information to fill out his picture of the action.

Stage directions, extensive or slight, explain themselves. They are guides for helping an acting company realize the play on a stage. They may range from statements of time and place, to pointers for specific actions, to interpretations of character. Shakespeare, a shareholder and sometime performer in the company that produced his plays (The King's Men), provided relatively few such directions in the printed plays we have, although the Elizabethan prompter's copy was probably full of them. Shakespeare's stage directions rarely indicate more than entrances and exits (and not always these) and the locations where the action takes place (and not always these!). Therefore, when a more extensive Shakespearean notation occurs (such as the direction preceding Hamlet's first appearance on stage: "*Enter* HAMLET, *reading on a book*"), we are justified in valuing it all the more highly. We can legitimately infer a great deal about the kind of person Shakespeare wanted Hamlet to be, by his explicit writing of this direction into the play.

In modern plays, the abundance of stage directions is so great that the situation opposite from earlier plays prevails; we may overlook important elements because they lie embedded in a mass of detail. Modern playwrights use extensive stage directions for more than commentary on the action: they offer us background, character study, and sometimes minutiae of the appearance of a room or place. Since the aim of the realistic theater has been to make visible actual places and circumstances and to emphasize their importance symbolically, much that earlier would have been suggested by the dialogue is, instead, explicitly spelled out in the stage directions of modern plays. The reader needs these stage directions to perceive the atmosphere and mood the playwright is trying to create. The spectator will be provided with atmosphere and mood by the production; but this provision, too, will rest on the stage directions of the script.

The classic case of a playwright sold on stage directions is George Bernard Shaw. He uses stage directions in all the ways cited and, in addition, his plays usually come equipped with immense prefaces which range over a wide area of topics sometimes quite different from the immediate concerns of the play. While Shaw's prefaces are not stage directions at all, it is sometimes difficult to tell, in Shaw, when stage direction ends and general Shavian commentary begins. His *Caesar and Cleopatra*, for instance, has the customary preface and lengthy stage directions, but it also has two prologues, or a prologue and an alternate, plus several pages of notes at the end treating such matters as "Cleopatra's Cure for Baldness" and the characters of Cleopatra, Brittanus, and Julius Caesar.

Helpful as such material is, it is not of the essence of dramatic language. Dialogue is. The student need only read a passage of stage directions and, then, one of dialogue to perceive that something wholly different is going on in each. While stage directions are cast in the nature of informative prose, dialogue is spoken language and is as different from stage directions as a heated argument is from an encyclopedia entry. To understand the true language of the drama, we must look at the peculiar nature of dramatic dialogue itself.

DIALOGUE

"Dialogue" comes from the Greek and means *to converse*; this, in turn, assumes at least two speakers. Thus, we think of a dialogue as between A and B. The word has also come to mean all the speeches in a play, individually and collectively. Thus, we may speak of the dialogue peculiar to a single character, or the dialogue between two or more characters, or the dialogue of the entire play.

We may presume all dialogue, in drama or in other forms, to be characteristic of the person speaking and, therefore, to be in some sense informative. We may presume that all dialogue contributes to atmosphere and mood at a given moment. All dialogue, we may even venture to say, is inherently dramatic, since dialogue presupposes some kind of encounter between two or more persons. But dramatic dialogue has special obligations, strengths, and limitations. The peculiar nature of dramatic dialogue follows of necessity from the functions it must fulfill, and these are set by the nature of the drama itself.

Dramatic dialogue is the chief means a playwright has for realizing his idea of the action of the play; it remains the one inviolate element of the play, for the written dialogue is, until performance, the play itself. Therefore, the best stage directions are the ones demanded by the dialogue. When a character makes a comment about something that happens in the action, that thing must then happen or the play has to be rewritten. Because dramatic dialogue is the playwright's primary tool, the playwright is under an obligation to use it effectively, or his play fails. Unlike the novelist, he cannot take refuge in unspoken descriptive passages to communicate his conception. It must be conveyed by the dialogue or by the action which the dialogue commands. However, the playwright is compensated by the fact that dramatic dialogue uniquely permits the widest range of possible statements. It permits language to be put into the mouths of characters that would appear awkward or extravagant from characters in a novel.

Dramatic dialogue, emerging from the conditions of the drama, may be characterized as having economy, appropriateness, pace, and artifice. Economy means that, because of the primacy of action, stage dialogue cannot merely indicate the mood or tone or transient notions; it must also advance the action. There cannot be any waste motion in dialogue. This does not mean that all dialogue must be rapid or brief: it means that it must hold the spectator's interest because it suits the situation at hand, develops it, and propels it forward. In countless instances, long, measured, and even slow speeches will do this. Nevertheless, they will have an economy we may not find in, for example, the dialogue of a Henry James novel, suitable as that may be for its purposes.

Appropriateness in dramatic dialogue has two faces. Dialogue, must be appropriate to the character in any work, but in a play, appropriateness includes the situation at hand as well as the nature of the character. On the one hand, the dialogue must suit the person speaking, in all the obvious and subtle ways; on the other, it must suit the situation and the person or persons being addressed.

Granted economy and appropriateness, we can recognize the need for pace in dramatic dialogue. Dialogue can never be the occasion for stopping the action so that a character may speak, even in soliloquies. These will be discussed later, but for the moment, we must emphasize that soliloquies have their own pace and that it must be one related to the pace of the surrounding scenes and to the play as a whole. In Books V through VIII of Milton's epic *Paradise Lost*, the angel Raphael discourses with Adam. The great bulk of what is said comes from Raphael with only an occasional comment from Adam. This "dialogue" demands no action, as Raphael is telling Adam the history of the war in heaven (that is, a past event). In all, about three thousand lines are devoted to Raphael's account, the approximate length of an entire Shakespearean play! Milton's dialogue is admirably suited for his purpose and for the nature of the epic, but dramatic dialogue it is not.

Finally, dialogue possesses the feature we have called artifice; this is perhaps the most important of all. For the paradox of dramatic dialogue is that, even for dialogue to sound natural, it must be artificial. There are probably few people who always say the right thing at the right time. For example, who has not thought of a retort *after* the event? And yet, how rarely do characters in plays find themselves at a loss for words? That a Hamlet, in moments of intense emotional stress, can nevertheless express himself nobly, exaltedly, movingly, we take for granted. We accept the convention of dramatic dialogue as artifice whether we are aware of it or not.

Because dialogue must be cunningly contrived, it is not improper to consider plays on their literary merits. We may not expect casual conversation among friends to be literature, but we expect it of dialogue in a play. It is part of why we go to the theater. This does not mean that dialogue must *sound* contrived or artificial. It merely means that it in reality *is*. It is another paradox of the theater, especially the realistic theater, that we most praise dialogue when we are persuaded it is "natural," "real," or "convincing." Even in the nonrealistic theater we expect the dialogue, given the conventions of the theater, to be persuasive and convincing within its sphere. That is, we do not believe we will meet a King Lear outside the theater, but in judging the play, we expect King Lear to sound as he does. We would find it highly *un*natural for Lear to speak the language of a Welsh miner or a California surfer, no matter how accurately he did so. The playwright, aware of the manifold demands made on dialogue, must sustain character, tone, mood, and action simultaneously through dialogue. All must be of a piece. Success in such a task can come about only through artistic effort.

CONVENTIONS OF DIALOGUE

Dialogue, we have said, is itself a convention, that is, a matter upon which playwright and spectators have entered into an agreement. Everyone concerned with the drama agrees to accept, as part of the bargain, characters speaking in such a way that they reveal things about themselves and others and in such a way that the action of the play proceeds because the language is always, in the final analysis, to the point. Such an agreement is part of the convention of the drama itself. Without it, the drama cannot exist.

In addition to dialogue, there are particular conventions native to theater practice at given times. The most striking of these is the play in verse, a type we still occasionally encounter in the modern theater. In the classical and Renaissance theaters, however, plays in verse were the rule, not the exception. We will treat the matter of verse in drama later; here, we must emphasize that the convention of accepting verse as the way in which characters speak usually gives rise to subordinate conventions. One such subordinate convention is the soliloquy, which is also the practice of dialogue from Elizabethan verse drama most alien to the modern theater. It well deserves the student's attention.

"Soliloquy" means *to speak alone*. All readers of Elizabethan drama are acquainted with soliloquies, especially the famous ones from *Hamlet*. The principle of the soliloquy is entirely artificial. While it is a kind of talking to oneself, it is much more sharply directed than that. In Elizabethan drama, characters usually utter soliloquies in moments of great stress. Such speeches are not mumbled, but delivered clearly and for full effect to the audience. In a soliloquy the speaker has no respondent on the stage; he is thinking out loud for the benefit of the audience. Therefore, soliloquies always represent the character as he truly sees himself; they are never there to give the audience false information, to mislead, or to involve other characters at that moment. The speaker may not fully understand himself or may not see himself in the same light as the audience sees him (the bastard Edmund in *King Lear* is an example), but most often he is a sympathetic character who is endeavoring to understand himself and what has happened. Moments of high drama and of deep character analysis can be reached in the soliloquy.[1]

The "aside," another convention of the earlier theater, must not be confused with the soliloquy. In an aside, the speaker is directly addressing either the audience or some (but not all) of the characters present on the stage. An aside is customarily briefer than a soliloquy and may consist of only a single line delivered in the "stage whisper." An aside specifically comments on the action taking place. It does not show the process of reflection like the soliloquy, although it may be a product of it. We are probably most familiar with the now-comic asides of the villain in old-fashioned melodrama, but these are not the only possible kind. Asides were frequently used in comedy, especially when a sympathetic schemer observed his schemes work themselves out. Like the soliloquy, the aside is a convention of dialogue possible only in a highly stylized kind of theater where there is little or no pretense that the audience is merely overhearing and peeking in upon a scene, but where the artificial nature of the drama is freely accepted by audience and players

---

1) The word "monologue" is sometimes used as a synonym for soliloquy, but more often the term is reserved for a particular kind of dramatic composition in which a single performer, often taking several parts, relates an experience that befell him and his reactions to it.

alike. In the modern theater, Thornton Wilder has used asides with considerable effectiveness.

There are other conventions of dialogue from the more highly stylized drama of the past, such as word battles (exchanges of witty repartee in comedies of manners) or the use of a speaker to deliver a prologue and/or an epilogue to a play. In the Elizabethan drama, such a speaker often is called "Chorus" as a kind of derivative of the classical chorus; but Shakespeare, who sometimes used the Chorus, also has the principal character Prospero speak the epilogue to *The Tempest*. Epilogues and prologues are delivered without intermediary to the audience and are customarily cast in rhymed couplets. Prologues usually ask the indulgence of the audience for the playwright's "poor effort" which is about to be presented; and epilogues express the playwright's hope that the audience has enjoyed the performance and will think warmly of his play.

Most of these conventions of dramatic language are not found in the modern theater because they tend to weaken the illusion of reality, which has been the most sought after illusion of contemporary theater. Of all of them, the loss of the soliloquy may well be the most regrettable, because this convention enabled the playwright to penetrate character as deeply as any novelist or poet.

What we find, instead, in some recent plays, for example, in those of Arthur Miller, is an experimentation with devices that may remind us of the soliloquy. Miller's characters, Willy Loman in *Death of a Salesman*, or Quentin in *After the Fall*, reminisce or reflect; and, for the audience, their thoughts are externalized on the stage through the appearance of characters and events, often as through a haze. The significance of the events depicted is always a function of the thought of the character who, as it were, invokes them. *After the Fall*, being exclusively the projection of the mind of a single character, is like an extended soliloquy. A different technique for obtaining effects not possible through conventional realism has been practised by playwrights like Bertolt Brecht and Thornton Wilder, who have written plays in which characters directly address the audience; in this way, the illusion of reality is broken through what Brecht calls the "alienation effect" (*Verfremdungseffekt*). Wilder, in *Our Town*, has also used an illusion-breaking commentator, the Stage Manager, to draw the audience into the symbolic mood of the action. Much the same device is used by Tennessee Williams in *The Glass Menagerie* where the commentator, Tom, is also one of the principals of the story.

The point of all such devices, soliloquy, direct address, and visualization of the mind's thought, goes far beyond mere dialogue and involves the playwright's whole conception and the style of theatrical presentation. In the case of the dialogue, however, such artificial conventions must be recognized by the student as consciously artificial and must be accepted as necessary (as well as frequently very effective and moving) in the theater. The variations on simple exchange of words generally are devices to extend the range of a play and to enable the playwright to convey his conception more completely.

DRAMA IN VERSE

The first plays were in poetry. Greek dramas feature dialogue in iambics alternating with the metrically more complex choral odes. In England, poetry was the accepted form (at least for tragedies and serious plays) beyond the seventeenth century. Elizabethan drama was written in iambic pentameter blank verse. Iambic means that each unit (called a foot) of the verse has two syllables of which the second is stressed and the first, unstressed; thus, ⌣ — (unstressed, stressed), as in *today, beside*, or *at once.* Pentameter means that there are five units or feet to each line. Iambic pentameter therefore is verse with five *iambic* feet to the line. An entire line will contain ten syllables with the stress falling on the even syllables. Blank verse means that the poetry is unrhymed.

Such designations provide merely a technical minimum and, in themselves, hardly explain the subtle rhythm and peculiar magic of verse drama. They may be taken as the introductory step toward careful consideration of poetic technique. Moreover, iambic pentameter is only one of many patterns of versification. Its importance resides in its wide use, in English, for verse drama. It is also the most widely used verse form in English for all poetry, narrative and lyric, although it is not always unrhymed in these nondramatic types. Because iambic pentameter blank verse is the dominant form in poetic drama, it is the one form that English-speaking students of the drama should know well.

The variety of dialogue that playwrights are able to create within the limits of iambic pentameter is extraordinary. Throughout Shakespeare's career, we see a continued development and refinement of his use of this verse — from the strict observance of cadence to the loosest and most imaginative. The following speech by John of Gaunt from *King Richard II*, early in Shakespeare's career, is an instance of fairly regular and frequently rhyming iambic pentameter:

> O, but they say the tongues of dying men
> Enforce attention like deep harmony.
> Where words are scarce, they are seldom spent in vain,
> For they breathe truth that breathe their words in pain.
> He that no more must say is listened more
> Than they whom youth and ease have taught to glose.
> More are men's ends marked than their lives before.
> The setting sun, and music at the close,
> As the last taste of sweets, is sweetest last,
> Writ in remembrance more than things long past:
> Though Richard my life's counsel would not hear,

My death's sad tale may yet undeaf his ear.

(Ⅱ, 1, 5-16)

In the preceding twelve lines, no fewer than ten are rhyming, perhaps a slightly higher than normal incidence even for this play. The metrics are generally regular [but note the variation of the beginning of lines, especially lines nine and ten which begin on an anapest (◡◡ —) and a trochee (— ◡), respectively]. The student must learn to read such verse without losing either the rhythm or the sense. A strictly metrical notation[2] of a typical line from the passage would read as follows:

Enforce attention like deep harmony

However, giving the same stress to the syllable "force" and the syllable "ny" runs counter to sense, while giving normal stress would render harmony as a dactyl: —◡◡. A compromise must be struck, whereby the final syllable in harmony receives greater than normal stress but probably less than the stress on "force" or "har." Dialogue in verse requires constant fine adjustments of

---

2) In the example, Elizabethan (but not modern) pronunciation would give "on" in attention separate syllable quality; hence, the unstressed marking in parentheses. In addition to such occasional extra unstressed syllables, the common variations on iambic pentameter are the use of the four other well-known metrical feet (trochee: —◡, anapest: ◡◡—, dactyl: —◡◡, and spondee: — —), especially at the beginnings and ends of lines.
For a fuller discussion of metrics and scansion, the student should consult a general handbook of poetry, such as Jacob Korg's *An Introduction to Poetry* (New York: Holt, Rinehart and Winston, Inc., 1964), especially pages 20 through 31.

sense to sound and sound to sense. Each play has its own rhythm and degree of variation on the iambic pentameter base. The following lines from a late Shakespeare play, *The Tempest*, show the contrast:

> Our revels now are ended. These our actors,
> As I foretold you, were all spirits and
> Are melted into air, into thin air;
> And, like the baseless fabric of this vision,
> The cloud-capped towers, the gorgeous palaces,
> The solemn temples, the great globe itself,
> Yea, all which it inherit, shall dissolve,
> And, like this insubstantial pageant faded,
> Leave not a rack behind.
>
> (IV, 1, 148-156)

The nine lines have no rhyme. Two lines have sentences ending in the middle of the line. Perhaps no single line in the passage is an entirely regular iambic pentameter line, although the rhythm of the whole is undeniable. Thus the same playwright, at different stages in his career and with different material, can work all manner of changes on the same basic metrical pattern.

Differences between playwrights are at least as great. The student must become aware of such differences in verse characteristics if he is to appreciate the tone and rhythm of verse plays. Moreover, these matters are only preliminary. The language of the drama, in particular the richly colored language of verse drama, deserves the same careful analysis devoted to language in other literary works.

Metrics, cadence, and rhythm of line are only some of the features of verse drama. In recent years, considerable attention has been paid to the imagery of the language of dramatists like Shakespeare and Marlowe. Readers of plays are in a position to pay special attention to such matters because they have the leisure to read and reread passages; in turn, this becomes a way for the reader to experience the texture of a play when he has no performance to help him.

By imagery, literary criticism understands the whole complex of language that appeals to the senses. An image is initially a picture, Therefore, the first kind of imagery we think of is visual. In *Romeo and Juliet*, Friar Laurence in his cell describes the break of day:

> The grey-eyed morn smiles on the frowning night,
> Check'ring the Eastern clouds with streaks of light;
> And fleckèd darkness like a drunkard reels
> From forth day's path and Titan's fiery wheels.[3]

---

3) Note the two printing conventions used to indicate when past tense terminations (-ed) in Elizabethan drama are pronounced as separate syllables: one is marking all such pronounced syllables with the grave accent mark; thus: "And fleckèd darkness" but grey-eyed morn." The other is printing the "e" in the syllable *only* when it is pronounced and, otherwise, indicating its absence by an apostrophe; thus: "The grey-ey'd morn" but "flecked darkness." The latter method is closest to Elizabethan practice but less meaningful to modern readers than the grave accent mark. Students should become familiar with both methods, however, and should determine which a given text uses before they read the play.

The appeal is primarily to the eye through colors (grey-eyed) and visual contrasts (streaks, fleckèd darkness). Much imagery is of this sort.

We also use the word imagery, however, in talking about the language of the following lines spoken by Harry in T. S. Eliot's *The Family Reunion* (1939):

> You do not know
> The noxious smell untraceable in the drains. . . .
> The unspoken voice of sorrow in the ancient bedroom
> At three o'clock in the morning. I am not speaking
> Of my own experience, but trying to give you
> Comparisons in a more familiar medium. I am the old house
> With the noxious smell and the sorrow before morning,
> In which all past is present, all degradation
> Is unredeemable.[4]

In the preceding passage, except for the suggestion of darkness in night, the imagery is directed to other senses: smell, sound, even the sense of touch. As the poet says, he is trying to "give you comparisons in a more familiar medium." Imagery brings home to our awareness states of mind and emotion, by the use of language that appeals to what we have experienced.

---

4) T. S. Eliot, *The Family Reunion* (London: Faber & Faber Ltd., and New York: Harcourt, Brace and Company, Inc., 1939) p. 28. Note the metrical freedom of this passage, which is as much rhythmic prose as poetry.

The student will want to consider such things as the clothing imagery in *Macbeth*, the imagery of sickness in *Hamlet*, the animal imagery in *Othello*, and the imagery of suffering in *King Lear*. Prose drama is not necessarily lacking in imagery; however, verse drama seems to concentrate such things and to challenge the reader's linguistic ingenuity in a greater variety of ways.

The question always arises of the value of verse drama. It arises only at the beginning, though, for once one has come to understand how to read and see poetic drama, he is usually entirely won over to the form and willing to agree with the vast majority of critics of all times that verse drama is the highest form of dramatic art man has created. Precisely why this should be, is not so easy to demonstrate. Considering a similar question (specifically, the special nature and grace of poetry), Thomas Carlyle said that "all passionate language of itself becomes musical. . . . All deep things are Song. It seems somehow the very central essence of us, Song." That is: poetry, rhythmic and musical language, is simply by its nature the best suited language for passionate and deeply felt utterance. One way to understand the reason for this is to imagine a superior film without its musical sound track. The story and the events are still there; even the words remain. But something essential is missing: something which has deepened and intensified our response to the whole. Poetry contributes at least as much in verse drama. Perhaps the comparison is still too weak though, for unlike the musical sound track, poetry is not *added* to the words; we cannot extract it from a verse play and still have the play, because the poetry *is* the words and the words *are* the poetry. Where the strength of the comparison lies is in the effect that poetry, like music, has on the whole person.

It is a commonplace to observe the impact of a jungle drum beat or martial music on the hearer. The whole body responds, perhaps the body more than the mind. We have a physical response throughout the entire nervous system: feet beat time, hands clap, and the spine tingles. Still, the drum beat and the march are merely the most obvious musical examples. How much more compelling is the effect of the more complex and elevated forms of musical composition which surcharge the fundamental rhythmic beat with intricate patterns and counterpointing, to a degree that brings an indescribably complex and rich response of mind and body. When we remember that the origins of poetry lie in song and rhythmic utterance (compare the original meanings of words like *ode, ballad, lyric*), it becomes not ingenious, but inevitable, to observe that poetry will have an effect on the whole person that transcends the primarily intellectual effect of prose. Poetry, then, has a deeper and broader range than prose, just as it has a more intellectual appeal than music alone. When we also take into account the power of action that is the soul of the drama, it is understandable that poetic drama will have dimensions beyond those of prose drama and, for that matter, beyond those of any other esthetic form.

Verse drama has all the advantages of the composite nature of the drama — action, meaning, spectacle, character, and the like — but rendered in a form that engages the whole range of sympathies, from the purest intellectual response to the thickness gathering in the throat or the involuntary twitching of a muscle in moments of stress. Remember that the first Greek dramas arose from the dithyramb, a type of poetry or music the dictionary defines as a "kind of lyric poetry or choric hymn in honor of Dionysus, usually sung by revellers to a flute accompaniment,"[5] and further "hence, a poem written in a wild irregular strain, or inflated and enthusiastic speech."[6]

From this, the great Greek tragedies developed, in which the profoundest thoughts of man were expressed in rhythmic words that required, especially of the chorus, rhythmic movements as complement. Poetry, then, simultaneously vibrates in our most animal responses and in the highest reaches of our intellect. In the deepest sense, poetry is the "natural" language of lofty thought and profound human experiences. What could be more appropriate place for it than the drama?

---

5), 6) By permission. From *Webster's New International Dictionary*, copyright 1913 by G. & C. Merriam Company, Publishers of the Merriam-Webster Dictionaries.

DRAMA IN PROSE

Drama in prose, which forms the great bulk of modern drama, is not without its own kind of poetry in works of exceptional distinction. The first case to come to mind might well be the Irish drama of the first quarter of the twentieth century. In many of these plays, we are dealing with a kind of poetic prose. One of the prime movers of the Irish school, William Butler Yeats (1865-1939), frequently wrote his plays in verse, but most of the other playwrights of the Irish school wrote in what is ostensibly prose. Yet critics have spoken as often of the "poetry" John Millington Synge (1871-1909) reaches in his plays as of any other feature. Here is a passage from Synge's one-act drama *Riders to the Sea* (1904):

> MAURYA. It's little the like of him knows of the sea. . . . Bartley will be lost now, and let you call in Eamon and make me a good coffin out of the white boards, for I won't live after them. I've had a husband, and a husband's father, and six sons in this house—six fine men, though it was a hard birth I had with every one of them and they coming to the world—and some of them were found and some of them were not found, but they're gone now the lot of them. . . . There were Stephen, and Shawn, were lost in the great wind, and found after in the Bay of Gregory of the Golden Mouth, and carried up the two of them on the one plank, and in by that door.[7]

---

7) John Millington Synge, *Complete Works* (New York: Random House, Inc., 1935), pp. 93-94. Orig. publ, by George Allen & Unwin Ltd., London, copyright 1905.

Part of the poetry of the passage resides in the very strangeness of the language ("little the like of him" and "a husband's father"); part in the romantic sounds of names and places ("Eamon" and "Bay of Gregory of the Golden Mouth"); and part in the musical cadence of the lines, a quality easier to perceive than to explicate. Other modern prose plays are less obviously poetic, but a kind of poetry may be found in them, often enough. In the following passage, Amanda is speaking in Tennessee Williams' *The Glass Menagerie* (1945):

> Evenings, dances!—Afternoons, long, long rides! Picnics—lovely!—
> So lovely, that country in May.—All lacy with dogwood, literally
> flooded with jonquils!—That was the spring I had the craze for
> jonquils! Jonquils became an absolute obsession. Mother said "Honey,
> there's no more room for jonquils." And still I kept on bringing in
> more jonquils. Whenever, wherever I saw them, I'd say, "Stop! Stop!
> I see jonquils!" I made the young men help me gather the jonquils!
> It was a joke, Amanda and her jonquils! Finally there were no more
> vases to hold them, every available space was filled with jonquils. No
> vases to hold them? All right, I'll hold them myself![8]

These examples show that impassioned language in the hands of a capable dramatist naturally tends toward poetry. The playwright must "build" his speeches, as the theatrical expression has it; he must start them at one point and move toward another. An analogy may be made with the way in which he builds his plays.

---

8) Tennessee Williams, *The Glass Menagerie* (London: Martin Secker & Warburg, Ltd., and New York: Random House, Inc., 1945), pp. 65-66.

It is only logical, since the individual speeches make up the scenes and acts. In a well-written speech or sequence of speeches, the tension will mount and crest and subside, as it does in the play as a whole.

It is true, of course, that, in plays of the uncompromisingly realistic theater, the dramatist will be at pains to avoid obviously poetic passages such as the ones chosen here. He will seek to make his play appear as faithful to the externals of everyday life as possible. The naturalists claimed to want to present a "slice of life" on the stage. Poetic prose, not to mention poetry, hardly suited their purpose. Nevertheless, we can be misled by our preconceptions and we can let the realist's success blind us to the subtler poetry that even realistic plays may have.

Ibsen, held to be the father of the modern realistic theater, creates a poetry out of the language of middle-class characters by catching the beat and cadence and artful repetition that is in all language if one has sensitivity to it. When Hedda Gabler returns again and again to the motifs of vine leaves, Lövborg's "child," and Thea's golden hair, Ibsen is working in poetry and symbolism through echo and repetition in apparently prosaic language. That Ibsen also wrote verse drama before his realistic period is perhaps a clue to his capacity for just such things in prose.

When Clifford Odets, in his depression drama about professional boxing, writes lines for the immigrant father, Mr. Bonaparte, he too is sensitive to cadence and repetition:

You say life's a bad. No. Life's a good. Siggie and Anna fight—good! They love — good! You say life's a bad. . . well, is pleasure for you to say so. No? The streets, winter a' summer—trees, cats—I love-a them all.[9]

Even without the aid of the foreign idiom, Odets tries for a similar effect with Joe:

Ride! That's it, we ride—clear my head. We'll drive through the night. When you mow down the night with headlights, nobody gets you! You're on top of the world then-nobody laughs! That's it—speed! We're off the earth—unconnected![10]

Here Odets uses repetition for an effect that reaches beyond simple communication to something like poetic incantation.

Nor do we find any reduced sensitivity to language in the most recent playwrights. Samuel Beckett gives these lines to Hamm, one of his "disintegrated" characters in *Endgame* (1957):

It will be the end and there I'll be, wondering what can have brought it on and wondering what can have . . . (*He hesitates*) . . . why it was so long coming. (*Pause.*) There I'll be, in the old shelter, alone against the silence and . . . (*He hesitates*) . . . the stillness. If I can hold my peace, and sit quiet, it will be all over with sound, and motion, all over and done with. (*Pause.*) I'll have called my father and I'll have called my . . . (*He hesitates*) . . . my son.[11]

9) Clifford Odets, *Golden Boy* (New York: Random House, Inc., 1937), p. 34.
10) Odets, p. 214.
11) Samuel Beckett, *Endgame* (London: Faber and Faber Ltd., and New York: Grove Press, Inc., 1958), p. 69.

There is, then, in all dramatic language, an inclination toward poetry, if only toward poetry as the extreme form of highly structured and carefully chosen language. All dialogue is carefully chosen. All dialogue has, in being dialogue, already moved a step closer to poetry. This is not to say that plays in prose are merely disguised poetry. Prose plays are meant to be prose plays. It is only to alert the student that even prose in the drama may have some of the subtleties and rhythms we normally think reserved to poetry. Of course it is always a poetry of a special kind: it is *dramatic poetry*, designed to serve the needs of the drama. The conscientious student will want to become aware of the nature of dramatic dialogue; its special functions and capabilities; and its potential for becoming what, in the broad sense, we can call poetry.

Finally, when all the features of dramatic language are taken together, they contribute to a total effect. A play has a certain tone and a certain atmosphere. Words alone do not convey it, but they play a main part in conveying it. Later, when we come to consider the thought of a play, we will want to remember that it is the language that directs us to our judgment about the thought and the ideas in plays. It is the language that helps us to determine whether the play is a unity or a mere collection of exciting speeches and brisk actions. It is the *words* of a great play that keep ringing in our ears.

• Ⅳ •

CHARACTER

Dramatic criticism uses the word "character" to denominate the nature and qualities of the persons of a play. The word originally meant "an instrument for marking," usually one that cut or engraved sharply. It then came to mean the marks themselves. Thus, we had the characters of an alphabet, that is, letters or figures; later, any kind of symbol or mark, including those which designated ownership. In a figurative sense, character came to be applied to an appearance or trait that, though external, was considered indicative of the real and inward nature of the person or object marked. Finally, character came to mean what we think of today: "the sum of qualities or features, by which a person or thing is distinguished from others,"[1] especially those mental and moral qualities that constitute the most essential elements of a human being. A person of "bad character" always means one of low or objectionable moral constitution, not a person of

---

1) By permission. From *Webster's New International Dictionary*, copyright 1913 by G. & C. Merriam Company, Publishers of the Merriam-Webster Dictionaries.

unattractive external appearance.

By concerning ourselves with character in the drama, we are therefore concerning ourselves with the deepest aspects of the nature of the persons the dramatist has created. Since we see these people only in selected moments of their existence and only in conjunction with certain actions, we presuppose (as a convention of the drama) that we are seeing the significant things about their inmost natures or we would not presume to discuss character at all. However, what we are really doing is *inferring* character, since the play presents action rather than character as such. By observing how certain people behave in a given series of incidents, we can infer what their characters are. The reason for our interest in character is summed up by Heraclitus' statement that "character is fate": that is, character itself is a cause that brings about a certain effect.

CHARACTER REVELATION

In analyzing character in a play, the student's first concern is how character is revealed. It should already be clear that a playwright has two tools for revealing character: dialogue and action. Where available, stage directions and other commentary help, of course, but the primary methods remain dialogue and action. Language and character, and character and action, are all variously intertwined. If we subscribe to the notion of the hesitating Hamlet, for example, we are likely to do so on the basis of the soliloquies in which he berates himself for his failure to take swift and decisive action. If we argue that Hamlet is not so indecisive after all, we cite his attempts to ascertain the truth before he acts (is the ghost genuine or sent by the devil?) and his inability to act because of external forces that prevent action (Claudius at prayer, Hamlet's being sent to England). That is, we make our judgment about Hamlet's character from a consideration of what he says and what he does.

It is a general rule of dramatic criticism that what a speaker says reveals more about the speaker than about anyone else, although he may not be talking about himself. King Claudius in *Hamlet* addresses the young prince early in the play as follows:

'Tis sweet and commendable in your nature, Hamlet,
To give these mourning duties to your father;
But you must know, your father lost a father;
That father lost, lost his, and the survivor bound
In filial obligation for some term
To do obsequious sorrow. But to persever
In obstinate condolement is a course
Of impious stubbornness.

(I, 2, 87-94)

On he goes, urging Hamlet to throw off his mood of mourning

and to join the happy family circle of himself and Queen Gertrude. While the speech reinforces the audience's awareness of Hamlet's grief, it all the more reveals a suspicious Claudius, uneasy because of Hamlet's continued mourning and his thereby continued mindfulness of the death of his father and of the present unsavory family relationships. Throughout the play, when Claudius expresses solicitude for Hamlet or when he engages spies to ascertain whether Hamlet is truly mad, we learn less about Hamlet than we do about Claudius. Moreover, characters in a play speak in reaction not only to other persons but also to other events and, thus, reveal how they think about events. Therefore, the best witness in the case of character is the character himself.

We also have testimony from others. Depending on the speaker, the situation, and the play, such testimony may be extremely revealing and accurate. On the other hand, people in plays, as so often in life, are frequently misled by other people. They take appearance for reality (although on occasions, of course, the two may be in harmony). Many of the discoveries and consequent reversals of the drama are discoveries about the true nature of a character (or a situation, which in the final analysis, is usually character too). With what characters say themselves and what other characters say about them, we have a rich source of character revelation.

The other source of character revelation is action. It is, in fact, the other side of the coin of language, for the language of a play is usually what people say to each other about situations, events, and actions. They speak in the course of action, so that the action provokes the dialogue, and the dialogue helps to define what the action is and what it means to the persons engaged in it.

These elements of character revelation, dialogue and deeds, are not so different from those in real life, which is one reason the theater is absorbing. We learn in the course of a play, just as we learn in the course of relationships with others, the nature of the people with whom we are dealing. When someone of our acquaintance continually makes promises that he fails to keep (that is, when his language says one thing and his deeds another), we form a judgment about his character. How severely we judge him will depend on the importance of the promises he fails to keep. In the theater, the difference is that the playwright has so selected and arranged the incidents and language of the play that we do not have to wait so long as we do in everyday life. Character, like so much in the theater, gives us the concentrated essence of experience and existence.

All plays provide some character revelation, even if only of a type; but the more complex and rewarding plays provide not only a full picture of character, but also what is called character development. Throughout such a play, there is a continual enlargement and adjustment of our view of the characters or, at least, of some of them. The person we encounter is not exposed to us as a finished product: he develops and changes as we watch him. In the first scene of *King Lear*, the monarch speaks (using the regal "we") so that, even allowing for the demands of royal dignity, he appears to us as a character of hauteur and conceit:

> Tell me, my daughters
> (Since now we will divest us both of rule,
> Interest of territory, cares of state),
> Which of you shall we say doth love us most?
> That we our largest bounty may extend
> Where nature doth with merit challenge. Goneril,
> Our eldest-born, speak first.
>
> (I, 1, 49-55)

However, by the end of Act IV, the Lear who speaks (now in the first person "I") is an altogether altered man; his character has been consistently developed toward greater depth and self-understanding:

> I am a very foolish fond old man,
> Fourscore and upward, not an hour more nor less;
> And, to deal plainly,
> I fear I am not in my perfect mind.
>
> (IV, 7, 60-63)

In character analysis, the student must consider whether he is dealing with a static (flat, unchanging) or a developing (changing, dynamic) character. He must look to the words and actions of the character to form his judgment.

There is a kind of play, usually suspense mystery, in which characters are not revealed as they truly are until the last possible moment, so that the audience is not wholly certain about character. The uncertainty may extend to virtually all the characters of the play, many of whom are shown in a sinister light to keep the audience guessing. This method of playwriting was often employed in nineteenth-century melodrama and is still a staple of the films. Some of the rationale behind such writing is expressed in the famous formula of Wilkie Collins: "Make 'em laugh, make 'em weep, make 'em wait." In such plays, one can hardly speak of character development, nevertheless, whatever we do know about character in a play of this sort is still obtained through the words and the action.

CREDIBILITY AND MOTIVATION

Among the many aspects of character revealed by words and actions, none looms so large in our evaluation as character credibility. By this is meant whether a figure created by the author behaves in a fashion consistent with his character or, conversely, whether his character is consistent with his actions. Do we believe in him as a person? Is his sorrow, joy, rage, or hatred convincing? The question is of central importance in evaluating a play because it is of central importance in whether our interests and affections are engaged by the play.

What *is* belief in a character? In considering credibility, we must understand what we can and cannot legitimately expect of the drama. Remember that Aristotle preferred a probable impossibility to an improbable possibility in the action. We must apply that criterion to character as well. When we seek probability in character we are not seeking statistical probability; we are seeking what we can call "psychological probability," for characters in plays are usually statistically exceptional or they would not merit our special attention. At the same time, they are typical in an important way, or we would not be able to see their general relevance. We might say they are atypically typical: what we expect of them is not necessarily what fifty-one percent or more of all people would do or believe in a given situation but what the particular character in question, given what we know of him up to that point, would do or believe in *the* given situation.

As the play proceeds, we gain more and more information about each character and, in a sense, every minute of the play is full of character revelation. Still, as we gain information, we unconsciously fit it into a developing coherent picture of the character and we measure his subsequent conduct by what we know of his past conduct. If the character is to have any persuasive power for us, we must perceive a broadly consistent pattern of personality. The changes and reversals that are everywhere part of the drama are not total breakdowns in characterization, as the common term "stepping out of character" reminds us; for we can step out only if we assume a form to step into, a form that is both coherent and consistent.

Motivation, another frequently sought for quality in character, is really a specific aspect of credibility. To say that Ophelia's evident suicide is credible because of what we know of Ophelia and of what has happened, is to say that she is adequately motivated to do what she does. It is not to say that every young girl in the same situation would do what she does, but only, at the minimum, that *she* would do it and, at the maximum, that some girls of similar constitution might also do it. Motivation especially applies to significant drives and deeds. We must believe that a character has adequate reason in *his* nature to do what he does.

The whole question of credibility in character is greatly illuminated by consideration of a famous case in the history of dramatic literature — *Othello*. The late seventeenth-century critic Thomas Rymer took almost violent exception to Shakespeare's play, finally calling it "a bloody farce." He did so chiefly because of the question of credibility and motivation. In addition to the much-agitated issue of the time sequence (which we will not go into here), Rymer objected to what he thought were improbable and unmotivated characters. He found it hard to believe, for example, that a Moor like Othello would ever have risen so high in Venetian military service; he found it absurd to think Venetians "supersubtle," as Shakespeare called them, when actually "there is nothing in the noble Desdemona that is not below any country chambermaid with us"; and, finally, he found it "most intolerable" that Iago should be so thoroughly villainous, instead of being "like other soldiers of our acquaintance." Rymer said Shakespeare knew his Iago was inconsistent, "but to entertain the audience with something new and surprising, against common sense, and nature, [Shakespeare] would pass upon us a close, dissembling, false, insinuating rascal, instead of an open-hearted, frank, plain-dealing soldier, a character constantly worn by them [i.e., soldiers] for some thousands of years in the world."

Rymer's first objection may not be so weighty with us. Modern readers may be less disposed than Rymer's to assume that a soldier, any soldier, must be "open-hearted, frank, plain-dealing," but we miss Rymer's point if we dispense with the critic as being merely naïve. These objections suggest that 1) audiences have dispositions and prejudices, and 2) if the playwright hopes to succeed, he must consider those inclinations and take pains to make plausible any character likely to violate the prejudices (Part of the modern controversy surrounding Hochhuth's *The Deputy* is animated by such concerns.) However, Rymer himself goes far beyond this kind of objection when he hits at character motivation in *Othello*. Here we have an issue that cannot be dismissed on the grounds of changing taste. Rymer allows that Iago has some cause to be "discontent with Othello and Cassio," having been passed over for preferment. But what, he asks, had Iago against Desdemona, his countrywoman and mistress to his own wife? His abetting Desdemona's murder, argues Rymer, is not merely unsoldierly (a reference to his former argument about the character of soldiers), but shows "nothing of a man, nothing of nature in it"; that is, Rymer says Iago transgresses the limits of human nature and displays a villainy so unmotivated as to be purely diabolical. Rymer can attribute this heinousness only to Shakespeare's desire to astonish: "But the poet must do everything by contraries: surprise the audience still with something horrible and prodigious, beyond any human imagination."

Not content with his far-reaching denial of Iago's motivation, Rymer goes on to question the motivation of the other characters. Desdemona he finds plausible only if we consider her a fool; Roderigo, he finds a dupe of unimaginable proportions; and, Othello himself, he can find plausible only on the grounds that, since he is a Moor, one can hardly expect anything from him in the first place. He terms the whole play "fraught . . . with improbabilities"; therefore, it is not credible. Above all, Rymer demands to know how we can possibly swallow the notion that all this bloodshed and butchery came about because of a misplaced handkerchief. Had it been the lady's garter, the case would have been different.[2] Again, our amusement over Rymer's outrage (or our outrage over his amusement) should not obscure for us that these issues of motivation in *Othello* are not entirely without foundation. Othello *is* jealous almost to the point of derangement; Iago *is* villainous almost to the point of incredibility; and Roderigo *is* a dupe of classic proportions. Whether any or all of these characters go beyond the bounds of credibility within the context of the play is not an idle question. We will leave it unanswered here, since our concern is merely to see the range and importance of the issue of credibility, but we ought not to leave it without noting that one of the most hotly contested issues in Shakespearean tragedy is, indeed, whether *Othello* is a tragedy at all; and much of the cause of the debate lies in the perplexing character of Othello. If we attribute his behavior to madness (as opposed to warped personality or neurosis), we are not talking about tragedy as it has been understood. If, on the other hand, we insist on Othello's essential sanity and thus potential nobility, we are obliged to justify and rationalize the extreme measures he takes on the slender "evidence" of the handkerchief as measures consistent with his character and adequately motivated, a task which is possible, but by no means easy.

Apart from its inherent interest, Rymer's objections to *Othello* returns to the general importance of credibility and motivation.

---

2) For the text of Rymer's criticism, see *The Critical Works of Thomas Rymer*, Curt Zimansky. ed. (New Haven. Conn.; Yale University Press, 1956). pp. 132-164.

These aspects of character go well beyond the confines of a given person or persons in the play. Since character is part of the action, the question of its credibility has direct consequences for the play as a whole. For example: if we grant Rymer's criticisms, it is hard not to reach a conclusion similar to his, namely that *Othello* is "a bloody farce." Thus, an inadequately motivated character commits actions which are then empty of meaning. The ever-handy example of poor melodrama comes to our aid. Why is Dirty Desmond so wicked? There is no reason. Why is the heroine so virtuous? No reason, alas, for that either. Plays that neglect credibility and motivation in character are today received precisely as Rymer thought *Othello* should be: as farces. Since we cannot believe them, we laugh at them. This is the penalty for unconvincing characterization.

TYPE CHARACTERS

There are at least two good reasons why the theater makes such wide use of type or stock characters, that is, characters that are predefined, stereotypes who behave according to a rigid and set pattern. The first reason is practical: time is a pressing concern in the drama. With rare exceptions (Eugene O'Neill's *Mourning Becomes Electra* is the most celebrated), plays must run only a few hours. Shakespeare speaks of the "two-hour traffic of our stage." The conventional 8:30 curtain in the contemporary theater must fall again by 11, or the commuting public will never get home. In such a short span of time (contrast it with the time needed to recite aloud a Dickens novel!), not every character can be fully delineated and fully explored. Types help the playwright over a difficult hurdle.

However, there is a more important and nobler reason. Types are not contrary to human experience. They are the fruit of it. Music is said to be the international language; equally universal are the miser, the lovesick young man, the woman scorned, the schemer (or, more currently, the conartist), the liar, the bohemian, and hundreds more. Playwrights did not invent such characters out of whole cloth; they took the existing material in the world around them and put it on the stage.

Nor should we believe that we have outgrown types. Arthur Miller reports that he received innumerable communications from salesmen and salesmen's associations about his portrayal of Willy Loman in *Death of a Salesman*. Some praised and some blamed him for the way in which he depicted the character. But apparently they all did so *in terms of salesmen*. That is, they took even so highly drawn a character as Willy Loman to be, somehow, a type of the salesman. Whatever we think of Miller's intentions, we would have to agree that, the moment we hear of a traveling salesman, a certain image comes to mind. It is an image not far from the illustration used on the dust jacket of *Death of a Salesman*: a silhouette of a man in slightly rumpled clothes, who is wearing a hat and carrying suitcases. It seems inescapable that Miller, aware of the great American preoccupation with buying and selling, chose the occupation (and even some of the features) of his main character with great care so that we would think of types. Whoever doubts it should read *Death of a Salesman* with these ideas in mind.

The use of masks in the Greek drama and the word "person" itself remind us of the importance of certain dominating qualities. The Greek mask did not delineate an individual so much as an emotion (joy, anger, sorrow) to be put on at the appropriate juncture. "Person" comes from the Latin *persona*, meaning a mask worn by actors. *Dramatis personae*, then, literally means the *masks of the play*. While modern drama has been relatively more concerned with individuals than was classical drama, the aspect of type has not vanished. In some instances, it has been consciously emphasized by modern playwrights, the most notable being Eugene O'Neill who, in *The Great God Brown* (1926), uses masks to depict changes in character.

One indication of the force of types is the continued frequency of stock company terms in theatrical parlance. By stock company terms we mean those developed by theatrical stock companies or groups of players assembled, not for the performance of a particular play, but for the performance of a number of plays over a period of time. Such groups are similar to repertory companies where "repertory" means a roster of plays available for performance by the same troupe. The term is now largely restricted to summer stock companies, but it still denotes an arrangement at variance with the Broadway system of assembling players for a particular play and then disbanding the company when the play is no longer running. The word "stock" in "stock company" or "stock character" means that which is in stock, like supplies and merchandise available on the shelf.

Stock companies flourished in the nineteenth century. The players developed a number of terms to describe certain kinds of parts that recurred again and again in plays. In fact, players were often chosen because, in appearance and manner, they suited certain stock types in advance. Today, this practice is called "type casting" and is followed in varying degrees by almost every theatrical group in existence. The types that were most often needed for stock companies were precisely those types that playwrights, borrowing from life, used most frequently in the conventional play, especially the serious or comic drawing-room play. Thus, we have the "male juvenile" (the hero or male love-interest role), the "ingenue" (the young female love-interest role), the "heavy" or villain, the straight men and women, the character actors, the second character actors, and the general utility and bit players. Although these terms were especially suited to nineteenth-century melodrama and drawing-room plays, it is remarkable how broadly they apply.

For example, let us assume that we have a stock company with players chosen for their capacities to fill these type parts. On this basis, how would we cast *Hamlet*? The male juvenile would be Hamlet; the ingenue, Ophelia; the character woman would be Queen Gertrude; the straight man, Horatio; the heavy would be Claudius,; the character man, Polonius; a low comedy man would be the Gravedigger; and the lesser roles would be distributed among the other members of the company, each one of whom would probably be an aspiring performer. There would be a hopeful hero (the "second juvenile") who could be cast as Laertes, general utility actors who would be cast as Rosencrantz and Guildenstern, and so on down the scale. Even in the Elizabethan theater which operated under a repertory or stock system, certain personal qualities played a part in casting. It is interesting to speculate why Shakespeare himself played the part of the Ghost in *Hamlet*.

This is not to suggest that *Hamlet* is merely a compilation of type characters; but it is to suggest that, for all their individuality, the characters in *Hamlet* fall into some recognizable broad categories just as all of us do in life. By virtue of birth and geography, age and education, we all fit into various groups and not into others. Moreover, we all have certain physical features which incline us toward one group or other. Although it is meant figuratively, the line, "Yon Cassius hath a lean and hungry look" in *Julius Caesar* argues against casting a florid rotund heavyweight in the role of Cassius. We are also safe in saying that no sixty-year-old woman can be an ingenue. Occasionally, a celebrated actress long past ingenue years will endeavor to play, perhaps, Juliet in *Romeo and Juliet*. Ethel Barrymore insisted upon it at forty-three. In such a case, talent and experience hardly made up for the lack of youth (of course, in the modern theater, most ingenue Juliets have had their own difficulties with the role).

The types that have been singled out so far are the broad types that can undergo all manner of refinement within a given play. Indeed, they are sufficiently flexible so that, when type characters are under discussion, the types in question are much more particularized than the general types of stock company players. Thus, with types we have: 1) broad designation based on familiar and universally recognized conditions of human life (age, bearing, appearance) and 2) more highly developed types that reflect various specific social and cultural conditions and values (occupation, predominant interest, education). Even these more elaborated types have amazing qualities of endurance.

There is no master compendium of all the type characters that have ever been. The obvious broad types most frequently encountered are: the fool, the braggart, the liar, the cheat, the schemer, the bumbler, the busy-body, the miser, the coward. Note that these types all indicate someone who has, in exaggerated form, tendencies that are common to many people. By concentrating on the weakness of human nature through types, the comic playwright can hold up to our awareness the mirror of nature as well as the expressed or implied standards of conduct. Many of these broad types may be found in serious plays, too. In these, however, their shortcomings usually have more severe consequences than in comedy; so we think of the villain, the murderer, the defrauder, the traitor, the reviler, the lecher, the panderer, and the corrupter of youth.

As these broad types manifest themselves in particular periods and at particular times, we encounter the specifics that give types immediate and local interest. Babbitt, for example, is a typically American version of the hypocrite and Philistine. There are even certain fashions in type characters. For instance, the playwrights (and novelists) of the Southern Gothic school, have transformed the Southern Belle (herself a type) into the desperate, aging nymphomaniac. Playwrights of the twentieth century have made the figure of the legislator into that of the corrupt politician. On the side of comedy, the bohemian (who in the nineteenth century was a serious type of the alienated artist) has become the farce figure of the beatnik. Types, therefore, also reflect current ideas. The stage Negro of the past, a comic figure, no longer exists. Instead, another type of Negro, the serious and oppressed rebel, seems to be emerging. Therefore, types are not static, but can express changing viewpoints as much as individual stage character do. Often, the grafting of a new subtype onto the basic stock makes us aware of underlying similarities we had not previously grasped.

INDIVIDUALS

Up to a certain point, then, not only are type characters frequent in the theater, but also their very typicality provides us with the equipment to understand their function in the play. In melodrama and farce, we are likely to encounter types as such or even the extreme of caricature; but as we move into the more intellectual plays, tragedy and high comedy, types take on an ever greater individuality. To observe that Shakespeare uses features of the two types of Elizabethan stage African in creating the person of Othello (the traditional black villain fused with the type of the noble and ostentatious Moor) is to begin, not to conclude, the analysis of Othello. Othello, like Falstaff as the braggart, Claudius as the villain, Hamlet as the vengeful son, and scores more, transcends type alone. The features of type are still there, but that is not all. Great playwrights move their characters from types to individuals.

The element of the play that most thoroughly facilitates the individualization of types is the immediate physical presence of the actor before the audience. If the playwright is limited in comparison with the novelist in that the playwright may not use descriptive passages, he has an advantage in that he has the aid and cooperation of a real person. The reality and immediacy of the physical presence of the actor tends to diminish the purely typical in any character, although clearly the actor will not want to make an intentional type into something else, but will want to realize in performance the playwright's idea. For those who are dismayed at finding individuality suppressed by types, it should be a comfort to reflect on the inevitable individuality a living actor brings to any part. Such reflection should also temper the reading of plays where the reader is, in effect, also the actor.

These observations are not meant to form a conflict with the previous emphasis on mask and type in the drama. A little reflection will show that the duality of type and individual does not offer a conflict so much as a paradox: the presence of the actor of necessity adds reality and individuality, but the symbolic nature of the drama at the same time works toward universalizing all the characters in the play. The two operate together, so that the play and the characters are, at the same time, individual and typical.

The character who is an individual instead of a type, or an individual over and above his type qualities, is (as in everyday life) one who exhibits characteristics that are his alone. For all of Hamlet's typicality, he is more than that: Hamlet reflects on the nature of existence; on the problems of good and evil, truth and falsity, on proper family relations; etc. He is not merely a man obsessed with avenging his father's murder, as is the typical protagonist of the revenge play. In fact, Hamlet's reflections on these larger questions have made him, in the eyes of many, typical of something else: of "modern man." This is an entirely different sort of typicality, however. A fully realized individual like Hamlet comes to *represent* ideas and attitudes held by many. In so doing, he leaves type far behind him. Through his very individuality, he ranges beyond the borders of type which is always concerned with one or two dominant emotions or features; Hamlet, however, touches human experience at a greater number of points.

It is one thing, though, to assert that a given character is an individual and another thing to show it. Of necessity, types are more identifiable than individuals. To generalize too much about individuals is to run the risk of rendering them back into types, or at least into members of groups. One can hardly list the possible kinds of individuals within the drama. To do so would merely be to classify individuals according to the least individual features they possess. Instead, fully realized characters in the drama become persons we can believe in as having a kind of permanent existence. As students of the drama, we are interested, not in the categories into which individuals fall, but in how to know them when we meet them.

Although one cannot easily formulate "rules" for discriminating the individual from the type, the problem of so doing appears more difficult than it is. Students usually have little trouble in knowing the individual from the type, even when that individual also has certain type features. The key to such discrimination lies in a sensitive response to plays, a skill best cultivated by reading and seeing them. We can get an idea of what such a response can mean by looking for a moment at Falstaff, who is a type and not a type.

The classic braggart soldier is first of all boastful, especially about his valor, but the boasting masks a thoroughgoing cowardice. He normally thrives by living on the bounty of others or by tyrannizing those foolish enough to fear him. On the other hand, he is forever subject to practical jokes, since his deceptions are most successfully practised on himself. He is, in all, an extremely distasteful person except that he unwittingly provides a great deal of humor by his preposterous behavior. Much of Falstaff can be analyzed by recourse to these permanent features of the type. Yet Falstaff is more than that. Boastful and cowardly he is; but he can laugh at himself, as no simple braggart ever could.

In *Henry IV* [Part I,] Falstaff and Prince Hal play a mock scene in which Hal pretends to be his father, Henry IV, and Falstaff pretends to be Hal. The King is pictured as chastising his son for his rude companions (namely Falstaff). Hal, as the king, says:

there is a devil haunts thee in the likeness of an old fat man; a tun of a man is thy companion. Why dost thou converse with that trunk of humours, that bolting hutch of beastliness, that swoll'n parcel of dropsies, that huge bombard of sack, that suffed cloak-bag of guts, that roasted Manningtree ox with the pudding his belly, that reverend vice, that grey iniquity, that father ruffian, that vanity in years?

(II, 4, 492-501)

Falstaff, as Prince Hal, inquires calmly whom his father could mean. He is informed that the king means Falstaff. To which he replies:

FALSTAFF. My lord, the man I know.

PRINCE. I know thou dost.

FALSTAFF. But to say I know more harm in him than in myself were to say more than I know. That he is old, the more the pity, his white hairs do witness it; but that he is (saving your reverence) a whoremaster, that I utterly deny. If sack and sugar be a fault, God help the wicked! If to be old and merry be a sin, then many an old host that I know is damned. If to be fat be to be hated, then Pharaoh's lean kine are to be loved. No, my good lord; banish Peto, banish Bardolph, banish Poins; but for sweet Jack Falstaff, kind Jack Falstaff, true Jack Falstaff, valiant Jack Falstaff, and therefore more valiant, being, as he is, old Jack Falstaff, banish not him thy Harry's company, banish not him thy Harry's company. Banish plump Jack, and banish all the world!

(II, 4, 510-527)

No simple braggart could have responded thus to the vilifying charges Hal made against him, for no simple braggart can take any kind of joke on himself. Falstaff not only takes it, he revels in it. His reply is so rich in self-understanding (joined with the comic reversal of what Hal has charged him with) that we love Falstaff all the more for his vices. Indeed, it is the human and individual side of Falstaff that has encouraged the sentimental to try to excuse his cowardice on the battlefield and to charge Hal, when he becomes Henry V, with callousness and disloyalty when, as he must, he rejects Falstaff and his old ways. Falstaff's transcending the mere type of braggart soldier also makes it entirely believable in *Henry V* when Mistress Quickly, reporting on Falstaff's death, affirms her absolute conviction that he has gone to heaven; she "saw him fumble with the sheets, and play with flowers, and smile upon his fingers' ends," and he "babbled of green fields," and "cried out 'God, God, God!' "[3]

The playwright may begin with a type, even with the oldest, most hackneyed type in the theater, but there is nothing to stop him from ending with an individual. The student of the drama can proceed along the same lines. By their words and by their works, you shall know the individuals from the types.

---

3) William Shakespeare, *Henry V*, II, 3.

CHARACTER ANALYSIS

Character analysis in the drama is susceptible to the same misplaced emphasis that threatens analysis of language; it can become an element divorced from the play. The playwright John Howard Lawson has written: "The theatre is haunted by the supposition that character is an independent entity which can be projected in some mysterious way.[4] Lawson's argument is that character can be manifested only through events in the total action. We need such reminders to guard against the view that the drama is merely an excuse for presenting character or, still worse, for presenting "characters."

What, then, can character analysis do? It can direct us to the emphasis and meaning of the play as a whole. Once we have an idea of the kind of character we are seeing, we also have a feeling about whether we like him or not. Characters can thus be considered as sympathetic, unsympathetic. or neutral. The last category is chiefly occupied by bit players (servants, attendants, guards). The important distinction is between the sympathetic and unsympathetic characters.

The terms explain themselves, although we must not assume that a character has to be totally sympathetic or totally unsympa-

---

4) John Howard Lawson, *Theory and Technique of Playwriting* (New York: G. P. Putnam's Sons, 1949), p. 279.

thetic. There are many qualifying degrees. Hamlet and Horatio are both sympathetic characters, although not in the same degree. Rosencrantz and Guildenstern are, with Claudius, unsympathetic characters, although the first two are comically unsympathetic while the usurping king is villainous. The degree of sympathy for and approval of characters in the play is used by the dramatist to lead the audience to an understanding of his conception.

When, to the element of sympathy for or antipathy toward a character, we add the measure of the kind of character he is (type, individual) and what he does in the situation at hand, we are, if our judgment is just, moving in harmony with the play itself. Although character is not the point of a play, without a conception of character the play has no point. If we were obliged to judge *Hamlet* without reference to character, we should have to say merely that the play tells how a prince succeeds, after various delays, in killing his uncle the king, whom he believes to have killed his father, and how, in the final working out of this murder, the Prince himself, his mother, and a young nobleman, as well as the uncle, are all killed (several other characters having been killed along the way). Without what we know about the character of the principals, it sounds as though the prince were deranged and unwisely let loose on society.

Happily, constant reference to the text will guard against both ignoring character, on the one hand, and extracting it from the action, on the other. Character set free from the play itself tends to absorb everything else and to engender such questions as the famous one, "How many children had Lady Macbeth?" Character suppressed, however, tends to reduce a play to case history or, at best, to a sensational newspaper report. We turn to the text to correct distortions (although, obviously, at times we can be aided by historical knowledge), conventions of a given theater, and the like. Moreover, by returning ever and again to the text itself, we are unlikely to forget that character, like dialogue, is embedded in the play and that the play's the thing.

• V •

TYPES OF PLAYS

Literature has been traditionally divided into genres, or types, that categorize in something of the way divisions of the plant and animal kingdom do in biology. In literature, however, the categories are more flexible. The principle of type division is necessary for discerning likenesses. Thus, plays as a group are distinguished from novels or poems. Within the major category of plays, various subdivisions (tragedy, comedy, and the like) help us to discriminate further. Although, today, rigid genre classifications are under fire from many critics, some degree of classification is indispensable. Merely to consider the drama as a field of study distinct from poetry or the novel, is to acknowledge type divisions in literature.

The terms for the major genres of the drama are familiar to us all: tragedy, comedy, melodrama, and farce. As used in the past (especially in the drama before 1850), these terms have designated two aspects of a play: first and most important, a type designation serves to categorize the *general* effect of a play — sad and catastrophic, for example, as opposed to light and mirthful. Second, a type designation may also refer to *particular* aspects of style and form (usually certain conventions of playwriting in use at a particular time). Thus *Antigone, Hamlet* and *Maria Stuart* are all tragedies, but they do not exhibit the same specific features of dramatic composition (the unities, for example). To understand how genre terms have been used, it is therefore necessary to understand both the general definition of a type and the specific features which that type has exhibited at various times in the past. Without this double awareness of the use of type designations, we are prone to misunderstand many features of older plays as well as much dramatic criticism. *With* this awareness, we can range our study of plays in a coherent form and gain an understanding of practices in the drama of the past.

TRAGEDY

The word "tragedy" derives from a Greek word meaning *goat song*. Its origins are so ancient that no one now knows whether the association with the goat arose because a goat was sacrificed during the performance, or because a goat was the prize, or because the performers wore goatskins. It is certain only that the form antedates any written records of it and that it originally had a religious significance, probably associated with celebrating the rites of Dionysus, a fertility and regeneration god who later became the god of wine. It is worth noting that a religious origin also stands behind the independent development of Western drama in the Middle Ages. Such origins remind us that the drama emerges from the deepest aspirations of men and carries with it some of the mystery surrounding those aspirations.

Tragedy, as a theatrical form, reached its first high development in ancient Greece, five or six hundred years before the birth of Christ. There, the form, still colored by its ritual origins, was stamped with many of the characteristics that have come to be thought inseparable from it. The descriptive work of Aristotle (384-322 B.C.), hardened by later critics into "rules," has lent considerable force to the idea that tragedy means Greek tragedy. Still, we also have Elizabethan tragedy, French neoclassical tragedy, and others. These do not always correspond to the specifics of Greek tragedy, but they seem to capture the same essence, something close to the same tragic vision.

What, then, is the essence of tragedy? In common understanding, a tragedy is simply a play that ends unhappily. But in the study of drama, it is customary to distinguish between that which is tragic and that which is merely sad. An accident, for instance, the death of a kitten run over by a truck, is sad or pathetic rather than tragic. Even if the figures involved in the accidental misfortune are of more concern to us than a kitten, even if they are human beings of some interest, the events may still be pathetic rather than tragic. For tragedy must somehow ennoble the victim. Tragic events must have significance that transcends the immediate consequences to friends and relatives. They must have a universal validity that speaks to our whole understanding of the meaning of life.

What we expect in a tragedy is a sense of dignity and importance beyond that of everyday life or, even, of exceptionally unfortunate situations. In the past, this sense of significance has been projected in part by the elevation of the language, commonly poetry, and the importance of the characters, usually nobles or persons of the upper class. Still, these are conventions, although perhaps more helpful practices than many realize. Most critics are willing to accept the possibility of socially less exalted characters speaking in prose, provided that an inner nobility can be successfully achieved by the protagonist and that the events exhibit a pattern we can recognize as meaningful in terms of ultimate human questions like the destiny of man, the meaning of justice, the limits of the will. Aristotle said that a tragedy will inspire in the spectators a sense of pity and fear and that it will purge these emotions (*catharsis*). However we phrase the effect of a tragedy, we expect it to be more compelling than diversion and more lofty than excitement.

Perhaps beyond all this, the question still remains: "What is the tragic and how do we recognize it?" The ultimate grounds for understanding involve one's view of the meaning and purpose of existence, for that is what tragedy reaches toward. Tragedy depends on a view of life as a partial and dependent dimension of a larger reality. It requires a belief in a world of transcendence, a world that exists and has meaning beyond the world we know and understand. Since that transcendent world is both anterior and superior to our own, its existence projects an element of mystery into our world, no matter how well known or how well controlled it may be. Tragedy is man's encounter with that great and ultimate meaning which the transcendent world embodies. More specifically, tragedy is man's casting himself athwart the purposes (albeit often unknown to him) of the world beyond. A confrontation results, the most essential of dramatic situations. But it is a confrontation of ill-matched powers, and man is bound to lose, as Prometheus lost twenty-five centuries ago. Yet, in the conflict and loss there is a glimpse of light, an irradiation of the meaning of the world. That is why *Prometheus Bound* is a tragedy and *Prometheus Unbound* is not.

It is easy to become confused at this point. Tragedy does not have as its *subject* the transcendent world; that is, tragedy is certainly not theology, for the theater demands of tragedy, as of other forms, that its subject be man in this world. Still, tragedy has as a basic assumption, the idea that there *is* a transcendent reality greater than everyday reality; and without such an assumption, the situations of Macbeth or Oedipus, of Hamlet or

Prometheus, become not tragedies but case histories. Indeed, the modern term "case history" suggests something of the problem of tragedy in our time. Because tragedy assumes a transcendent reality, many critics argue that tragedy is not possible today. Modern man, they say, no longer sees a realm beyond the physical universe we know. A widely held modern view is that man is essentially the sum of so many physical parts, to be grasped in his entirety as the botanist grasps the entirety of the hemp plant or the engineer the entirety of the outboard motor. Whatever happens to any of those parts or to all of them together may be natural or accidental (the plant may wither and die; the outboard motor may be destroyed in a collision), but it can hardly be called tragic. In such an atmosphere, tragedy becomes merely a historical concept. To the extent that such a vision dominates our intellectual life, it probably does inhibit the creation of tragedy. Perhaps all is not lost, however, or even as spectators, we would have no sympathy for tragedies of the past. Yet these are precisely what we most honor in the earlier drama. Of plays that end unhappily we have our full share; but for those that reach beyond misfortune, we turn to the tragedies of the past.

Thus, tragedy is more than a play that ends unhappily. It is also a play that meaningfully comes to grips with the ultimate questions of life, that exhibits man in his most exalted moments, and that, somehow, leaves the spectator a better man than he was. In the past, a variety of methods has been used to create plays that fit this definition. Some of the practices were confined to particular theatrical eras and traditions. Other practices are so frequently encountered in different times and places that they are close to being indispensable for the genre itself. A look at the main features of the most celebrated kinds of tragedy of the past will contribute to a deeper understanding of the type.

Greek Tragedy

Although Aristotle is the spokesman for the theory of Greek tragedy, the practice of the Greek dramatists itself is what he used to abstract his theory. While his observations were never meant to be "laws" or "rules," they were stated with such admirable clarity and organization that his remains the best commentary on Greek tragic practice. Aristotle noted that Greek tragedy rests heavily on plot, which he called "the soul of tragedy." But character is, as always, closely bound up with plot. It is a matter of emphasis rather than separation. Greek tragedy has been called the tragedy of fate, a designation which suggests the overwhelming role assigned to forces outside the character of the main figure. By contrast, Shakespearean tragedy has been called the tragedy of character, although fate or destiny or some powerful outside force often play an important role.

In defining Greek tragedy, Aristotle called it "an imitation of an action that is serious, complete, and of a certain magnitude." He said that the hero will suffer a change of fortune (a reversal or *peripeteia*) and suggested that the reversal may be from good to bad fortune or from bad to good. (This second type, however, has not been a staple of tragedy.) Tragedy usually involves not only a turn from good to bad fortune, but also a turn so catastrophic that the play ends in disaster or death for the protagonist and, often, others. In Greek tragedy, the reversal effects a recognition (*anagnorisis*), a realization of something, often a truth about himself that the protagonist had not previously seen. There is also a suffering (*pathos* or *sparagmos*) by the main character. The hero who experiences these things is generally a man above the average of other men, but not perfect. He usually has a tragic flaw (*hamartia*) that helps to bring about his downfall, although it is not always the sole cause, for there may be an inexorable fate that operates independently of the hero's shortcomings. The most common tragic flaw in Greek protagonists is *hubris* or *hybris* (overweening pride), such as that exhibited by Odeipus in Sophocles' play of that name.

Oedipus, in fact, is the play Aristotle used as an example in discussing tragedy because it illustrates Greek practice especially well. Not all Greek tragedies fit so easily into Aristotle's categories, although Sophocles' *Antigone* and *Electra* generally do. The *Oresteia* fits less well, but we consider it a tragedy for its total import and effect. However details may differ, Greek tragedies follow a similar general pattern which has been called "purpose, passion, and perception" (traditionally, *poiema, pathema, mathema*).[1] It is paralleled by specific formal patterns in the poetry. There are generally five major passages of action and dialogue, balanced by five choral odes; hence, the later classical division into five acts. The first passage is the *prologue*, given over to exposition. It is followed by the *parodos*, a song delivered as the chorus enters the orchestra. The dialogue and action then proceed in episodes, each episode (*epeisodion*) followed by a tragic ode (*stasimon*). In the ode, the chorus moves in one direction, the *strophe* (or turn), while reciting; then it turns in the opposite direction, the *antistrophe* (or counter-turn), and recites a response to the *strophe* in the same meter. Finally, the chorus halts in the center and recites a lyric ode, the *epode* (or stand). Then the next *epeisodion* begins. After the last episode, there comes the *exodos*, the choral recessional as the group departs from the theater. These features arose from earlier ritual. They lend a dignity and high seriousness to Greek tragedy that is a principal source of its strength and moving power. As was previously mentioned, Greek tragedy is also distinguished by its observance of the unities of time, place, and action. That is, the

---

1) "Passion," in this context, primarily refers to the original meaning of the word, that is, to *suffering, pain* (from the Latin *patior, passus*); it is akin to the word "patient" (in Latin, *patiens*).

See, also, Kenneth Burke's *A Grammar of Motives* (Cleveland: The World Publishing Co., 1962); Francis Fergusson's *The Idea of a Theater* (Garden City, N. Y.: Doubleday & Company, Inc., 1953).

action depicted takes place in a span of twenty-four hours or less, in a single place. Moreover, it is a single action without subplots.

In tragedies of other times, we may look in vain for the strophe, antistrophe, and epode, or even the unities, but we can find some of the more general features of tragedy. Characters of high stature, use of elevated language, and a general pattern of conflict and reversal followed by suffering and recognition are readily discernible in most great tragedies.

Elizabethan Tragedy

When we speak of Elizabethan tragedy, we mean primarily the work of Shakespeare, although we also include dramatists like Marlowe and Webster. Shakespearean tragedy differs from Greek in many particulars, part of the reason being a physically different playhouse and a different theatrical background. Nevertheless, the two types of tragedy have a certain similarity in one important respect: Elizabethan tragedy developed from the dramatizations of Christian story that arose in the Middle Ages out of the liturgy of the church; that is, like the Greek, it has its origin in religious celebrations. The medieval drama that stands behind the Elizabethan is generally termed "liturgical drama."

Liturgical drama is often illustrated in general by the *Quem quaeritis* trope, which is the earliest surviving example. *Quem quaeritis* means "Whom are ye seeking" and is what the Angel at the tomb of the crucified Christ said to the three Marys (the Virgin, Mary Magdalen, and Mary the wife of a follower of Jesus named Cleophas). The scene was dramatized from Church liturgy at Easter. A trope in drama is an amplification of a liturgical text (elsewhere, it is a figure of speech). There were other tropes for other church festivals. From these, evolved miracle plays (based on saints' legends) and mystery plays (celebrating scriptural stories). The fourteenth century saw the independent development of morality plays (didactic drama using abstractions of virtues and vices). Later drama, including the Elizabethan, developed from all these, and some of the earlier religious aura is thought to color the practice of Elizabethan tragedians.

There is also some admixture of classical theory (mostly Roman) in Elizabethan drama. Much in Elizabethan tragedy, especially the lavish rhetoric and scenes of violence, is indebted to the Roman tragedian Seneca (circa 5 B.C.-65 A.D.). Nevertheless, the idea of the tragic fall is also medieval. Medieval Christian tragedy held that tragedy was the fall of a man from a high to a low degree, an idea not far removed from the Greek reversal. In the Middle Ages, however, the concept was exemplified in narrative poems rather than plays. Elizabethan tragedy, including most of Shakespeare's history plays as well as his tragedies, frequently exhibits a pattern of reversal, suffering, and recognition finally ending in death. Shakespeare's heroes are men of high station who suffer because of some weakness in their character: Lear's arrogance, Macbeth's ambition. As so often happens in classical tragedy, Shakespearean tragedy also creates a kind of transcendent triumph even amid the suffering and catastrophe. It is not a material triumph, however; it is a spiritual triumph that appears all the stronger for emerging from the insurmountable obstacles and adversities of life.

In Shakespearean, as in other tragedy, there is a sense of the nobility and of the limits of human experience, conveyed through magnificent poetry and profoundly moving scenes. But unlike Greek tragedy, which is noted for its simplicity, Elizabethan tragedy is marked by an abundance of plot and, especially, by a liberal use of subplots. These reflect and intensify the main plot, but they stand in sharp contrast to the relentlessly single focus of Greek tragedy. Shakespeare also includes in his tragedies scenes of low life and comedy. These have somewhat inappropriately been called "comic relief," although their effect frequently heightens the intensity of the situation rather than relieves it.

Perhaps the best illustration of Shakespearean tragic practice is *King Lear* (1606). Despite external differences from Greek tragedy, Lear exhibits an overall pattern very like the one cited as characteristic of Greek practice: "purpose, passion, perception." The initial purpose is Lear's division of the kingdom. It raises a family conflict that also brings a reversal and a great suffering (passion). It is climaxed by ultimate perception on Lear's part and, also, by ultimate disaster. Lear's suffering is not entirely unmerited, but it is in excess of his sins because his suffering is cataclysmic and total. What *Lear* has in common with other great tragedies is that the play is an action embodying the tragic sense of life, with the awareness all great tragedies have of the limitations of life and the dignity of man in the face of them. Still, as always in the drama, the tragic vision is realized, not in abstract statements, but in the doing, the tragic action itself.

Elizabethan tragedy can be further subdivided into subordinate genres, such as the revenge tragedy and the domestic tragedy. A thorough study of the Elizabethan drama would have to take them into account, especially when we consider that *Hamlet* is, among other things, a revenge tragedy. Space does not permit us to treat these subtypes here. We must, however, look briefly at later tragedy.

Later Tragedy

In the seventeenth-century French neoclassical drama of Corneille (1606-1684) and Racine (1639-1699), Greek theatrical practices received renewed emphasis. Neoclassical plays observe the "unities" with strict fidelity, and often, the subject matter itself is taken from Greek legend, as in Racine's *Andromaque* (1667) and *Phèdre* (1677). The French also produced a good deal of criticism lauding the ancients, and this criticism strongly influenced dramatic theory and practice in France and elsewhere. At the end of the seventeenth century, a type of drama called the heroic play arose in England. Its many practitioners included John Dryden, whose *Conquest of Granada* (1670) is fully representative of the type. In brief, heroic drama is the transference to the theater of many of the features of the epic poem. In heroic dramas, the conflict is between love and honor. The heroes are larger than life, and the heroines sometimes no more than elevated damsels in distress. A certain degree of bombast seems bound up with the heroic drama, but the type also produced passages of lofty sentiments couched in splendid diction. A dramatist of the heroic style like Dryden also produced a good example of English neoclassic drama in *All for Love* (1678), his version of the Antony and Cleopatra story.

Tragedy in England in the eighteenth century was dominated by a previously mentioned type called "domestic tragedy," which concentrates on the misfortunes befalling persons of average endowments and means. (This type can be seen re-emerging, modified by later ideas and dispositions, in the social problem play and in the nineteenth- and twentieth-century serious dramas of everyday life such as *Death of a Salesman*). But tragedy in the eighteenth century was not solely domestic. Toward the end of the century another type, romantic tragedy, arose in Germany; this genre reached a high point in the plays of Schiller (1759-1805) and Goethe (1749-1832). In German romantic tragedy, the conflict is usually between the ideal and the real. The heroes are men of noble stature, if not birth, who come to grief against the unyielding imperfections of life. The form flowered only briefly (not all of Goethe's plays, for example, are of this type), and was absorbed by the frequently sensational melodrama of the nineteenth century. Beginning with the mid-nineteenth century, we have what is now called modern drama.

The problem of tragedy in modern drama is so vexed that, possibly, it cannot be resolved at all. Modern drama reflects that changed world view which renders traditional tragedy almost impossible. It is easier in the modern drama to speak of the "problem play," "the serious drama," "the domestic play," and so forth, rather than to attempt to find even the broad outlines of tragedy. The particular practices of tragedy in a given theater of the past, Greek, Elizabethan, or neoclassical, naturally do not find expression in the modern theater. More important, however, is the apparent absence of the tragic sense of life which enabled playwrights of the past to work within their own conventions and still capture the idea of tragedy.

MELODRAMA

Although the word "melodrama" means a *drama with song*, music has not been an essential feature of melodrama for so long that it is no longer part of the modern definition. Rather, the nonmusical characteristics of the romantic plays called melodramas have become dominant in the meaning of the word. These characteristics are sensationalism, sentimentality, and a pattern of action similar to tragedy. Uncharitably considered, melodrama features action more than motivation; type or stock characters; sensational events which thrill the audience; a tendency toward a black and white view of morality, and the operation of poetic justice, or virtue rewarded and evil punished. Viewed more neutrally, melodrama is a type that presents a serious action through full use of the established theatrical devices for moving an audience. It may or may not end unhappily. The treatment of character and theme is less exalted than in tragedy, but not necessarily ludicrous or insincere.

Melodrama has been called a poor relation of tragedy or "tragedy corrupted." It seems fairer to say that melodrama captures some of the ingredients of tragedy while exhibiting some of its own. It is not so much a corrupted as a partial form. It appears to be corrupted because, often, it proceeds on a plan superficially similar to tragedy, with reversal and suffering, but upsets the plan with a happy ending. We can especially contrast nineteenth-century melodrama with tragedy by contrasting the pattern of action. Where tragedy proceeds on a pattern of purpose-passion-perception, melodrama proceeds on a pattern of provocation-pangs-penalty.

In old-time melodrama, the "provocation" is the initial cause for setting the action in motion; very often it is the jealousy or avarice of a wicked character (the evil mortgage holder). The "pangs" are the sufferings of the good and innocent characters in conflict with this evil (the damsel pursued by the villain). The "penalty" is that suffered by the wicked character for his evil ways in a last-minute reversal (the entry of the hero with the mortgage money).

As the examples show, we are accustomed to thinking of melodrama in terms of caricature. Plays of the type outlined are presented today, not as melodrama, but as farce. However, the form is not dead. What has disappeared is the specific setting characteristic of nineteenth-century melodrama: the homesteader, the farmer, the vicious plantation master, and the like. With the disappearance of the externals, we believe the form to have disappeared; but melodrama is exceedingly durable because it satisfies many common needs, especially that for seeing our wishes fulfilled.

The major source of melodrama today is the films. Most animated cartoons (when they are not farce) are melodrama. The same is true of westerns, adventure and detective films, and even of the bulk of "serious" dramatic films. The film makers' habit of altering novels and plays to give them happy endings has often made more melodramatic a play or story that already tended toward melodrama.

There are also many modern plays capable of being analyzed as melodrama. Tennessee Williams, in plays like *A Streetcar Named Desire* or *Sweet Bird of Youth,* is a successful writer of serious modern melodrama. The plays of Lillian Hellmann, such as *The Little Foxes* and *Another Part of the Forest,* are also melodramas. Both these playwrights, and other dramatists of the modern school, frequently invest their plays with much more dignity and purpose than old-fashioned melodrama, partly by the inclusion of recognition scenes and partly by the use of subject matter we consider more significant than the problem of mortgage money (although we might ponder what Amanda's greatest fear is in *The Glass Menagerie*). Melodrama, almost invariably, is the genre of tendentious plays, that is, those seeking to advance a particular viewpoint or philosophy. These are sometimes called thesis or propaganda plays, and a catalogue of playwrights who have produced them would include figures from Ibsen and Shaw to Odets and Hansberry. It may be that the themes of many modern serious plays will seem just as dated (and even comic) to future generations, as those of plays like *Ten Nights in a Barroom* or *East Lynne* seem to us.

In a lighter vein, many modern popular stories (such as the

James Bond series) can be profitably analyzed as melodrama. On the screen, these often appear to belong to that mixed genre, comedy-melodrama, a type also current in the past in such a characteristic representative as George M. Cohan's *Seven Keys to Baldpate* (1913).

Comedy-melodrama calls to mind another term that has frequently been used for plays with mixed elements or, simply, as a general term for plays not clearly tragedies or comedies: the term "tragicomedy." The use of tragicomedy, like the present use of melodrama, reflects an attempt to find a suitable English equivalent for the French term *drame*, which means any serious play that is not a tragedy. Some, in fact, have used the term *drame* itself in English, but is has not gained wide currency. "Tragicomedy," as a term for *drame*, suffers from being already firmly associated with a specific historical form of the seventeenth century (a play that develops tragically but ends happily). "Melodrama," if not the ideal term, has the advantage of being known and adaptable, if we can free it from exclusive association with only one of its manifestations.

Finally, melodrama, treated fairly, can offer exciting and satisfying theater. We do not always want to subject ourselves to the discipline of tragedy, and yet we may not be in the mood for comedy. Melodrama offers us the form in which to see will triumph over adversity; in which to explore characters and situations, not tragic, but eminently human; in which to respond to the rises and falls, encounters and confrontations, reversals and discoveries that are, always and everywhere, the material of the drama.

COMEDY

Comedy as a form is very old, but not so old as tragedy. It is often considered inferior to tragedy in insight and power, but in some cases — in the romantic comedies of Shakespeare, for example, or in the penetrating social comedies of Molière — the comic vision comes very close to that of tragedy. The ultimate significance of great comedies is that they, too, provide an insight into the nature of the human condition and that they, too, deepen our understanding and experience of life.

The word "comedy" has a Greek origin. It signifies a festive musical and dancing procession and the ode sung on such an occasion. Comedy too has a ritual origin, not one associated with the death of a god (like tragedy), but one conjoined with the marriage of a youthful god of a vegetation or life cult. The primitive festival from which comedy grew was a joyous and happy one, marked by jokes and laughter. Today, "comedy" is a term broadly applied to a light, humorous play that ends happily. In the past, the happy ending was usually a marriage or several marriages, reflecting an aspect of comedy that survived many centuries. Using extremes in description, we could say that if tragedy is about failure (in material terms), comedy is about success.

In tragedy, we are rarely aware of the commonplace and sometimes ludicrous demands of everyday living. The occasional exceptions are more notable for being exceptions: Lear's sudden concern for his button as he lies dying, for example. Comedy, however, lives in the very world that tragedy transcends. Clothing, manners, physical appearance, money, possessions — these are the very stuff of comedy. In some cases (and almost always in farce and burlesque), the range of objects is extended to include the low and coarse. It has been said that there are no chamber pots in tragedy. In comedy, the plot may turn on one. Comedy, in short, moves in a less exalted world than tragedy. Dryden said that comedy turns on the imperfections of human nature. The same could be said of tragedy. However, comedy spoofs these imperfections and, in many cases, shows us the way to correct them, while tragedy shows us those things that are beyond correction. Comedy, then, is the genre of plays that make us laugh at man's vices and follies. It is the form most concerned with social man, while tragedy is most concerned with philosophical man. In the famous words of George Santayana: "Everything in life is lyrical in its ideal, tragic in its fate, and comic in its existence."

Comedy is also identified by the kind and treatment of action. Events depicted in comedy could be called unheroic; that is, they lack the stature of events in tragedy and they turn on less profound issues. Comedy concentrates, not on man's destiny, but on his follies, foibles, and vices. Consequently, there is always a standard, expressed or implied, against which man's conduct is measured. By showing deviations, comedy in effect holds up a standard, but it is the deviations that explicitly interest us. These deviations are incongruous: there is a lack of agreement between the conduct of the characters and the standard that we accept (at least for the duration of the play). Frequently, comedy will exaggerate or distort the deviations for greater impact. It is doubtful, for example, that anyone has ever been so completely dominated by a single passion, such as greed or lust, as the characters in Ben Jonson's comedies. However, that men have lost their sense of balance because of a high degree of greed or lust is undeniable. Thus, for all its exaggeration, comedy has clear affinities with what men actually do.

Aristotle said that tragedy shows men as better than they are and comedy shows them as worse. Such an observation does credit to the exaggeration so characteristic of all comedy. But for all its painting of man's failings, comedy is usually affirmative because, again, comedy is about success. Thus, comedy leaves us pleased and gratified. Poetic justice, so unlike real life, operates as much in comedy as in melodrama. In comedy, poetic justice is usually demonstrated through the operations of the plot, a feature on which comedy heavily relies. Intrigue and surprise provide much of the delight in comedy, especially when they are combined with visual effects and directed toward exposing the pretentious and the selfish.

In summary, than, comedy as a genre provokes us to laughter and amusement. It features an unheroic action that depicts the follies of mankind in the light of recognizable standards of social conduct. It distributes rewards and penalties as we would wish life to do, and it affirms life as ultimately good.

Staple Features of Comedy

In the writing of comedy, some elements have been constants from the earliest comedies to those of the present day. The first constant is heavy reliance on stock characters, that is, stereotype characters having little individuality. Such characters provide the playwright with opportunities to poke fun at various recognizable human traits. Spectators, in turn, can immediately sense the character's essential quality and range him properly in their minds without a painstaking analysis of his individuality. Whether we like to admit it or not, we do this in life all the time.

In addition to stock characters, comedy features many stock situations. Indeed, situation, as such, is very important in comedy.

The complications of a comic plot usually involve the characters in unusual or ludicrous situations. Whether the whole plot is new or has been used before, there are usually situations within the plot that have done service for generations. One example is the situational device known as the "screen scene." In this situation, several characters of the story are gradually gathered together in the same place, but each is concealed from the other. Ideally, however, the audience should have full view of all of them. Thus, they are usually hidden behind screens, but only from the other characters. Each newly concealed character, and ultimately all the concealed characters together, are obliged to listen to revelations from others. Such a scheme is the perfect way to bring the intrigues of a stock schemer to light and to topple the whole tissue of pretense and manipulation which has been elaborately constructed up to that point.

To stock character and stock situation we would add, as another staple of comedy, the use of disguise and mistaken identity. Disguise is more difficult in modern plays than in many older ones because of the general sameness and plainness of modern dress; but an identical effect is obtained when one character pretends to be someone else. Impersonation almost always operates in conjunction with a stock situation: the character impersonated actually shows up himself. All manner of maneuvering then becomes necessary; this, in turn, provides a profusion of surprises and discoveries that keep the action moving swiftly forward.

Along with the venerable features of impersonation, disguise, mistaken identity, and repeated comic situations, there is likely to be a greater use of stage properties, or props, in comedy, than in tragedy or serious drama. In farce, the props may be as ancient as the flower that squirts water or the custard pie that lands in face; in high comedy, they may be valuable objects like jewels, the possession of which determines the outcome of the plot. Any object is fair game in comedy. Modern playwrights have adapted such contemporary props as the telephone to the purposes of impersonation and disguise and disseminating of false information. In older plays, the property used for such purposes was the forged letter.

Finally, in considering comedy as a type, it is customary to talk of the *range* of comedy, from high comedy to low. High comedy as a type has been pronounced on most extensively by George Meredith in *The Idea of Comedy* (1877) and is associated with the comedy of manners, although the genre would also include Shakespeare's romantic comedies. High comedy is held to be that which primarily turns on ideas, character inconsistency, and verbal wit. At the other end of the scale, low comedy emphasizes such features as obscenity, physical mishaps, and plot devices. No hard and fast line separates high comedy from low; physical mishaps may well occur in high comedy, and character inconsistency and verbal wit may appear in low. The distinction is based on the total direction and import of a play. If *The Way of the World* clearly is high comedy and the Keystone Kops clearly low comedy, there is still a vast area in between where most comic plays have their place.

Comedy, like tragedy, has been distinguished by certain practices and conventions throughout history. A brief survey of these will help us to understand comedies of the past and their ruling notions.

Classical Comedy

Greek comedy begins with what is called "old comedy" (465-400 B.C.), which developed from displays of mummers and dancers and featured chiefly political and social satire. It was followed by "middle comedy" (400-366 B.C.), which turned on literary and philosophical parodies. The plays of Aristophanes (circa 488-388 B.C.) are the main surviving examples from both these periods. Greek "new comedy" (from 336 B.C. on) emphasizes social and family themes; Menander (343-291 B.C.) was its chief practitioner. Greek practices provided the model for the later Roman comedy of Plautus (circa 250-184 B.C.) and Terrence (circa 190-159 B.C.), which in turn was influential (especially in plots) in Renaissance comedy.[2]

---

2) The range of classical comedy is considerable but, in Greek practice, it generally featured the following divisions: prologue, *parodos* (entrance of chorus), *agon* (contest or argument on a topical issue), *parabasis* (direct choral address to the

Roman comedy heavily relies on plot and character types for its effects. It is often realistic in that the themes are drawn from common life (as opposed to Elizabethan romantic comedy). However, much of the humor results from plot complications. Roman comedy revels in disguises and mistaken identities leading to various misunderstandings and misjudgements.

After the decline of Rome and during the early Middle Ages, there is little comedy, just as there is little theater of any kind. The term comedy itself even came to be applied without reference to the theater and without meaning a humorous work. Thus, Dante's *Divine Comedy* is a narrative poem that is comic in the sense that it sees life from a vast perspective, sees it whole, and sees an ultimately affirmative meaning in it.

Medieval and Renaissance Comedy

The birth of drama in the Middle Ages eventually gave rise to various kinds of comedy. Comic elements in medieval plays may owe something to folk and pagan rituals of an earlier time, but we first encounter these elments in medieval miracle, or mystery,

---

audience on personal and state matters), an episodic section, and a final *exodos*. The passages of direct address represented the author's own sentiments and were not necessarily part of the action. Later Greek social comedy is more temperate in tone, and the political element is almost entirely absent (the *parabasis* was dropped in Middle Comedy). Domestic and family matters occupy a more prominent place in the later comedy, and comic types predominate over specific persons as objects of laughter.

plays where passages of buffoonery were introduced, which were unassociated with Biblical or liturgical forms. Thus, in the *Second Shepherd's Play*, a mystery or miracle play of the Wakefield or Towneley Cycle (fourteenth century), there is a scene in which the shepherds toss one of their fellows in a blanket for deceiving them. In the morality plays of the fifteenth and sixteenth centuries, comic elements became more and more pronounced and contributed to the development of the interlude in the sixteenth century.

The interlude is perhaps the earliest English comedy type as such. It is an ancestor of farce. The comedy of the interlude uses those elements previously cited as low comedy: physical action, especially beatings and rantings; drinking; clowning; jesting (often coarse); and persons of low social station (in the early forms, allegorical characters developing from morality plays).

Elizabethan comedy grew out of the interludes, with the admixture of elements that owe much to Roman example (like domestic intrigue). Shakespeare's early *Comedy of Errors* (1593) leans heavily on Plautus' *Menaechmi*. Another type, represented by Robert Greene's *James IV* (circa 1590) and by later Shakespearean comedies[for example, *As You Like It* (1599)], is called romantic comedy. This type is marked not only by many of the features of classical comedy, such as disguise, mistaken identity, and plot intrigue, but also by an emphasis on love and romance among aristocratic (but rarely royal) characters, by heroines of tremendous wit and ingenuity, and by pastoral settings. *As You Like It* and *Twelfth Night* (1599) are among the supreme examples of this form. Other Elizabethan playwrights who helped shape romantic comedy are Robert Greene and George Peele.

In the early seventeenth century, Ben Jonson developed another type of comedy, the comedy of humours. Although this kind of comedy rests on the concept of the four bodily humours, or fluids, as determinants of personality (black bile for a melancholic, blood for a sanguine, yellow bile for a phlegmatic, and choler for a choleric personality), the situations and characters are recognizably comic even to those unfamiliar with the theory of humours. Jonson, who was well schooled in the classics, simply exploited the comic possibilities of the humors theory in a medium that has always relied heavily on character types. Comedy of humours uses intrigue, disguise, mistaken identity, reversals, and discoveries as deftly as any Roman comedy. Moreover, Jonson had a serious moral and didactic purpose in his comedies (as other comic dramatists have had) and he sought to hold up for our scrutiny those persons whose imbalances (of humours) led them to absurd deviations from norms of human behavior. Nevertheless, he did so without ever losing his firm grip on what was comic in their conduct. The most celebrated examples of comedy of humours are Jonson's *Every Man in His Humour* (1598) and *Every Man out of His Humour* (1599).

Restoration and Later Comedy

When the characters of romantic comedy, or at least the clever and wellborn ones, come out of the pastoral setting and into the drawing room, the result is comedy of manners, a type primarily associated with the Restoration period (1660-1700), but evident as early as Shakespeare in *Much Ado About Nothing* (1599) and as late as yesterday in the plays of Noel Coward and Philip Barry. Comedy of manners often is directed toward a satiric purpose, although not necessarily a harsh one. It holds up for our laughter the behavior of a fashionable leisure class, the class often associated with high comedy, which comedy of manners frequently is. In Molière and Congreve, for example, comedy of manners is also distinctly high comedy, which turns on ideas, satire, character, and brilliant verbal wit. The classic examples of Restoration comedy of manners are Etheredge's *The Man of Mode* (1676) and Congreve's *The Way of the World* (1700). Of course, comedy of manners does not necessarily exist only in the rarified world of ideas and satire, for many of the traditional elements of other kinds of comedy, from plot intrigue to obscenity, are abundantly present.

Comedy of manners was eclipsed for a time in the eighteenth century by sentimental comedy, or *comédie larmoyante* (literally, *tearful comedy*). This type hardly seems to be comedy at all, for it provokes sympathy, and admiration for the hero's nobility and honor, rather than laughter or even gentle amusement at the shortcomings of mankind. Then, comedy of manners was revived at the end of the eighteenth century by Goldsmith and Sheridan in plays like *She Stoops to Conquer* (1773) and *The School for Scandal* (1777) and revived once again in the modern theater by Oscar Wilde and Bernard Shaw.

Modern comedy runs the gamut from farce to high comedy. In Wilde and Coward, we even have examples of farce-comedy of manners and, in Shaw, comedies that are also dramas of ideas. Many modern comedies fit best in the category of drawing-room comedy, a term that merely describes the most frequently used setting for the comedy, although it also implies something like comedy of manners. Thus, both Maugham's bitingly satiric *Our Betters* (1917) and James M. Barrie's gentler, more ambiguous *The Admirable Crichton* (1902) are drawing-room comedies as well as comedies of manners.

Whatever may have happened to the tragic vision, the comic vision seems well represented on the modern stage and destined to continue finding expression in a variety of ways.

FARCE

Low comedy, or farce, is to comedy what melodrama is to tragedy. It is a light entertainment that relies largely on visual humor, situation, and relatively uncomplicated characters. Farce derives from the late Latin word *farsus*, which in turn comes from a verb meaning *to stuff*. Modern French still employs the verb *farcir* meaning to stuff, especially with a kind of chopped meat called "forcemeat," as in a stuffed tomato. The association of stuffing with the form of a play may seem remote until we realize that the term *farse* in church liturgy was used for an expansion or addition and then came to be applied to additions in a play, especially extemporaneous ones. These were usually in the form of jokes or comic clowning. Even today, extemporaneous additions to a script are generally comic. Thus, some modern comedians are praised for their skill at ad-libbing, that is, making spontaneous remarks, jokes, and even actions not in the script, the very thing that actors originally did in the development of farce.

The extemporaneous additions from which farce derives were mostly of the low comedy kind: verbal jokes, physical clowning, buffoonery, and slapstick. These came to dominate the interlude, at that time growing out of the allegorical morality plays. Such features as the boisterous chasing of the Vice off the stage came to be expected in interludes and they were gradually expanded.

The Vice, originally a personification of a particular iniquity, eventually came to be a kind of stock character who received physical abuse from others to the accompaniment of much merriment and robust action. This development marks the movement away from morality toward comedy, in the interlude. John Heywood and John Rastell, sixteenth-century English dramatists, wrote comic interludes as entertainments rather than moral lessons. French farce explicitly referred to the aspect of extemporaneous additions by a comic actor.

Eventually, the word "farce" was applied, not just to a kind of action, but to a play that was brief and light as distinguished from full-length comedy. The term has since been applied, somewhat casually, to any play that features primarily low comedy elements. Most farces concentrate on situation over plot (although there are tightly plotted farces), on types over character development, and on energetic and ludicrous physical action. It might seem that farce is merely comedy, but there is an essential difference that makes it a certain kind of comedy: no matter how light or how energetic a comedy is, it offers some food for thought, some intellectual content. Farce, however, may be almost entirely lacking in such content. Its purpose is to provoke laughter of the most uproarious and uncomplicated sort. In modern times, we associate farce with many television situation comedies and, even more, with comedy teams in the films who continually find themselves in ludicrous situations which offer opportunity for them to display broad, rather than subtle, comic skills. Laurel and Hardy are such a comic team. In farce, witty dialogue is subordinated to grotesque physical action.

Although the term "farce" is a late medieval development, it can be applied to many comic plays of the classical period, since the elements in farce have been with us just about as long as there has been theater. Aristophanes and Plautus well understood the appeal of low comedy elements, and we could denominate some of their plays "farces" as easily as we do later plays. However, some critics would prefer to narrow the concept of farce because the term seems uncomplimentary.

There is, of course, no rigid division between farce and comedy. Just as high comedy may include low comedy elements, so farce may have passages of verbal wit or character analysis. Critics frequently differ over whether a play like The *Importance of Being Earnest* (1895) is farce or high comedy: the play seems to be everything a comedy can be, all at once. On one hand, with characters from a mannered leisure class, it is a kind of comedy of manners spoofing the affectations and pretentions of late-Victorian society. On the other hand, with extremely shallow characterization and absurdly improbable situations, it is pure farce. Perhaps a term like "high farce" is the most suitable for the Wilde play. It suggests something of the wit and verbal brilliance of high comedy with, at the same time, a situation and lack of true character development associated with farce. It would be used for the many comedies that pose the problem of genre classification with regard to comedy and farce, such as those by Noel Coward and Kaufman and Hart.

The usual line of distinction taken by critics between farce and comedy runs along the middle rung of the ladder of comedy: the question of plot devices. The more implausible a plot seems to a critic, the more easily it might be dissipated by a word or two to the right person, the less it has to do with the nature of believable characters, the more inclined the critic is to call the play a "farce"; however, it is sometimes hard to get universal agreement on these matters. On the other hand, undisputed farce can easily enough be found, whether it is the Keystone Kops, television situation comedies, or even (in something close to its pure form) the jokes and pratfalls of burlesque comedians.

As melodrama satisfies the central human inclination toward serious drama, that is, the desire to experience in concentrated form the intense and exciting moments of life, so farce satisfies the widespread human urge to be amused by ludicrous situations and undignified and robust behavior. We would be far less happy without them both.

TYPES AND NO TYPES

There is no end to cataloguing. Other genres of the drama could be listed. Each theatrical era develops its own variations on the enduring types, and many "genres" actually are subgenres that enjoyed a vogue at a particular time. For example, in earlier periods, we could speak of seventeenth-century tragicomedy and the masque; or, in the modern theater, we could consider drama of the absurd and proletarian drama separate types and cite their particular features. On the other hand, we could completely dispense with the theory of genres, as many critics are willing to do, and merely speak of tendencies in a play. Such an approach is often the most workable when the subject is a modern play. We might well ask for example, whether Sartre's *No Exit*, or Beckett's *Endgame*, or Genet's *The Balcony* properly fit into any of the categories previously discussed, or whether they are properly plays without genre. If we conclude the latter, we could still consider the general tendencies of the play in an attempt to come to a full understanding of them. In older plays, often written with the belief in established literary types, the genre question is more germane. Thus, the wisest course would be to use the genre concepts as far as they will take us and to single out as many of the conventions of a genre as we are able; then, when type classifications can tell us no more, we must be ready to move beyond them to find what is true of *this* play and *this* viewpoint as of no other.

• VI •

PLAYS IN PERFORMANCE

Readers of plays generally are also playgoers; the two activities mutually enrich each other. In most cases, however, the reading comes first, largely because books are more available than performances. In fact, playgoing is sometimes entirely neglected by readers. The result is that non-playgoing readers are subject to thinking in altogether too ethereal terms of the events about which they are reading. By contrast, playwrights are always conscious of the capabilities and limitations of the theater for which they write. The informed reader will want to cultivate some of that consciousness.

The study of the practical aspects of the theater is the study of play production. When that study is contemporary, we think of it as the study of the craft of the theater; when it is historical, we think of it as the study of theater history. In both cases, we are really studying the same things: the various ways in which drama is, or was, manifested in production.

To expect of readers a complete mastery of production is certainly expecting too much. Some more manageable area of study than all of theater history must be the reader's goal. An ideal point of departure offers itself in the study of the major types of theatrical structures, the various kinds of playhouses and theaters that have been used during the great flowerings of theatrical activity; for the craft of the theater is so practical a matter that it is intimately bound up with the buildings in which plays are produced.

A theater building is designed with certain kinds of plays, staging, and acting traditions in mind. By its very nature, the building encourages certain practices and discourages others. The differences stand out in sharpest relief when we contrast the modern theater with theaters of earlier periods. Speaking broadly, the contrast in production lies in 1) the greater emphasis on technical and realistic detail in the modern theater and 2) a consequent lessening of the demands on the audience's imagination, as opposed to 1) relatively modest scenic and lighting effects in the past and 2) a greater demand on audience willingness to supply these features. In acting, the difference lies in modern representational acting (realistic, natural, seemingly uncontrived) and earlier presentational acting (histrionic, declamatory, highly cultivated). All these areas of production are studies in their own right, but all of them also exhibit themselves through a study of the kinds of theater building in use at a given period.

No playwright (except perhaps the closet dramatist) writes without substantial awareness of the possibilities of his theater, and it is probable that, the more accomplished the playwright, the greater is his grasp of what these possibilities are. At bottom, they rest on the physical relationship between stage and spectators and the physical potentialities of the structure in which stage and spectators are located. This essential condition of practical production is even suggested by the names appropriate to the four major types of construction that we will consider: the classical *theater*, the Elizabethan *playhouse*, the *proscenium arch stage*, and the *arena stage*. These four types do not exhaust every kind of theater that has ever been (and a few others will be mentioned); but they do represent the chief principles of theatrical architecture in Western drama and, therefore, the chief ways in which the central problems of theatrical construction have been met.

CLASSICAL THEATERS

The earliest permanent Greek theater was probably constructed in the latter part of the sixth century B.C. It is the Theater of Dionysus in Athens. There, in 534 B.C., Thespis won the first recorded prize for dramatic composition; and from that year, we date the play competitions that became the main event of the festival held each March (called the "City Dionysia"). Later, plays were added to the festival called the "Lenaea," held each January. These were the only occasions for dramatic presentations in ancient Greece. Although the great Greek plays date from the fifth century B.C., the Dionysia continued to feature play competitions until the second century A.D. and various debased forms of Greek drama persisted until the fifth century A.D.

The earliest Greek theaters were wood. By the fourth century B.C., the construction was of stone and marble. But all Greek theaters (and their Roman descendants) reflect the earliest manner of performing the ritual dithyramb, the forerunner of tragedy that reaches back into the unrecorded past of the Greek people. The dithyramb was presented with spectators gathered naturally in a circle around the celebrants, who were a speaker and a chorus of dancers. Hence the performing area was, by tradition, circular. Thespis merely formalized the procedure of the dithyramb, and the architect of the theater merely enlarged and made permanent the natural arrangement of actors and spectators.

To Thespis' pattern of a single actor (*protagonist*) speaking alone or in colloquy with the chorus or its leader, Aeschylus added a second actor (the *deuteragonist*) and reduced the size of the chorus. He also added some scenic effects. Sophocles added the third actor (*tritagonist*). Aeschylus' late plays as well as those of Euripides, the last master of Greek tragedy, follow the Sophoclean pattern. None of these innovations altered the architecture of the theater. Indeed, the principal architectural development of the fifth century was the progressively more elaborate scenery house, although this structure never became a dominant or especially prominent part of the drama. It did, however, permit various stage machinery lacking before the house had been elaborated; and it is the last of the great playwrights of the Greek school, Euripides, who makes the most extensive use of such devices. What is most striking is the concentration within the span of the fifth century of all the great Greek dramas: the plays of Aeschylus, Sophocles, and Euripides. It is, therefore, the Greek theater of the fifth century that, artistically and architecturally, stands as the characteristic classical theater.

The Greeks called their structure simply "theater," which derives from the word meaning *to see*. Seeing is obviously the primary purpose of such a structure, for everything is open, yet everything is directed to a single central point. The main outlines of the kind of structure the Greeks used are found today in large outdoor theaters called "amphitheaters" or, sometimes, "bowls." Moreover, a number of actual Greek theaters still survive in various degrees of preservation sufficient to provide, along with literary remains, a good picture of the physical nature of the classical theater, even though some details are lacking or in dispute.[1]

---

[1] The best preserved Greek theater is the one at Epidaurus, but the Theater of Dionysus at Athens is the most interesting, historically, because of its association

Ideally, the structure was built on a hillside. Its shape was more than semicircular, with seats surrounding at least two thirds of the circular or oval stage (orchestra) from sixty to seventy feet across, which lay at the base of the hill. In the center of the circle stood the altar to Dionysus (the *thymele*). Viewed from the stage, the seats rose up in tiers, curving around the sides. All was open to the sky.

The Greek theater has three main parts: the audience area (*auditorium*), the stage or acting area (*orchestra*), and the scenery house (*skene*, later *skenotheke*). The *skene* originally was a structure of hides (*skene*, meaning a *tent*) to which the actors retired when not performing. Later, it was considerably enlarged and became a backstage area. It was not prominent in performance until Roman times, however, being used in the Greek theater chiefly for changing costumes. The foundations of the scenery house were subsequently made of stone, like the seats for the audience and the rim around the orchestra, but the structure itself was always of wood and was considered temporary. It probably had three doors, which were occasionally used for entrances and exits. This building housed the stage machinery for lowering deities onto the scene of acting. (There were also some

---

with the great Greek playwrights. Because of the shape of the hill and the outcropping of the Acropolis, the theater at Athens is somewhat irregular on the eastern side and provides less than a perfect example of the balanced shape of the classical theater. Virtually all the classical theaters had some individual variations to accommodate terrain or the size of the audience. The description here, as with the other structures discussed, is that of a hypothetical "typical" theater of its kind.

underground excavations below the orchestra for various effects.) The *skene* lent itself to background design and, thus, became our word "scenery." It remained a modest feature of Greek drama, though, since the acting continued to take place in the circle and, thus, to remain some distance from the scenery house. When wings were added to the building, they formed a kind of large courtyard called the "proscenium" (*proskenion*), which will be of interest in our discussion of the modern theater, but which had no significant function in Greek drama.

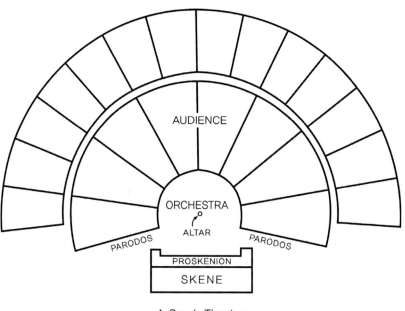

A Greek Theater.

Terms regarding the acting area can be confusing. The word "stage" itself is often used in discussions of Greek theater to denote the raised area behind the acting circle or *orchestra* that was associated with the scenery house. In the Roman theater, this area was used for performances and spectators were seated in the orchestra, but in the Greek theater, this was never the case. Hence, we have used the term "orchestra" for the Greek acting area and, in subsequent discussion, we will use "stage" to refer to the true, raised stages of later theaters. Both terms indicate where the acting took place.

Effects of Classical Architecture

The two most striking features of the Greek theater are its immense size and its clearly directed focus. Greek theaters customarily seated about fifteen thousand spectators (those at Athens, Megalopolis, and Epidaurus are estimated to have held seventeen thousand or more). The size probably reflects the public and religious dimension of the Greek drama, as plays were ceremonial events presented in competition with each other before the entire population of a city. The immense size has immediate consequences in every area of production in the classical theater, from the number of actors to the kinds of gestures, and of course, to the very helpful use of masks.

For all the immensity of the classical theater, the focus of vision is clear and unambiguous. Every line of sight leads to the circular orchestra with the altar in the center. From their height on the hillside, all spectators had an unobstructed view of the area of action, but at the same time, few spectators were close enough to see such things as facial expressions. As a consequence, the size and focus encouraged masks to typify the kind of characters involved and the emotions they experienced. A further consequence was that, acoustically, the actors needed considerable "projection" to cast their voices to the back rows. Masks usually had large, somewhat circular mouth openings to magnify the sound of the actors' voices. The structure of the best amphitheaters permits the voice from within the circle to reach astonishing distances, even with fairly normal volume. Nevertheless, the necessity for a declamatory style of acting follows naturally from the construction of the theater.

Other consequences of the theater upon production and playwriting are equally arresting: the use of the elevated shoe (*cothurnus*) and the elongated headdress (*onkus*) for tragedy to suggest importance through increased stature (actors also customarily stuffed their clothing for increased size); the insistent depiction of action in the central circle for purposes of audibility and visibility; the movement of the chorus according to a formal pattern that could be discerned from afar. The details are almost endless and they become minute. For example, it was the practice, in classical comedy, to depict rogues always as red-haired (by the use of the mask, of course); thus, from the farthest seat, a rogue could be spotted immediately upon entrance. Speaking more generally and keeping the structure of the classical theater in mind, we can also see how, lacking curtains or places to retire to on stage, the unities arose naturally and not as impositions by an outsider.

Unity, clarity, and dignity are demanded by the very structure of the classical theater. In a vast open area, one cannot "discover" (etymologically, to *reveal* or *disclose*) an action or event, but one can have them reported. There are no "neighbor rooms" into which a Hamlet can "lug the guts" of a Polonius, so *decorum of action* came to mean reporting bloody events rather than depicting them onstage. People assembled in vast numbers are moved by large, grand effects, as in modern parades or public funeral processions, not by intimate whisperings. This would be true whether the effects are tragic or comic. Thus Greek tragedy has scope, dignity, grandeur, clarity, and power; and their comedy is rich in burlesque, clowning, satire, song, and spectacle.

Naturally, all of these features and production consequences had their impact on the spectator and, therefore, were of considerable significance to the playwright. When we also remember that Greek plays were performed, starting at dawn, as part of public religious festivals, we can begin to perceive the kind of drama at which Greek playwrights aimed. Perhaps discussions of Aristotle's concept of *catharsis*, the purgation of pity and fear he alleged to be the result of tragedy, should start with observations about the behavior of large numbers of people in public and ritual ceremonies (that is, with the psychology of groups in religious rituals), rather than with assumptions about the individual psychology of the modern playgoer sitting in the darkness of his private world. It is this latter approach, however, that has been most often adopted. By thinking more of the group and ritual element, we would at least be closer to what the Greeks themselves must have experienced as they looked down upon the world of their theater.

Of course, not all the features of the Greek drama can be attributed solely to the architecture of its theater. The form itself is as much the product of the Greek drama as it is the determinant. The kind of drama the Greeks wanted produced the kind of theater they built; this, in turn, encouraged the same kind of drama. It is better said that the structure of the Greek theater focuses our attention on the most characteristic features of Greek drama, even as it focused the attention of the spectator on the central acting area. Through the structure of the theater, we can come upon the written play in a spirit closer to that which originally animated it.

THE ELIZABETHAN PLAYHOUSE

Almost everyone has heard of Shakespeare's Globe and, therefore, has some idea of the appearance of the building he called "this wooden O." Like the classical theater, the features of the Elizabethan playhouse have been reconstructed and worked out in detail, although unlike the classical theater (which by the fourth century was built of stone and marble), the Elizabethan playhouse was of wood and left no archeological traces. Reconstruction has been based on written accounts and on a few contemporary sketches. The Elizabethan playhouse, however, was architecturally a more complex structure than the classical theater and it evolved from quite different theatrical practices.

The medieval antecedents of the Elizabethan playhouse were moveable stages, called "pageants," of the thirteenth to fifteenth centuries. These were something like modern carnival or circus wagons, but were two stories in height, open on the top, and curtained below to provide a place for the actors to retire. The pageants could be taken from place to place for the performance of the miracle plays produced by the medieval guilds. Each guild was responsible for a single, brief play in a "cycle" of as many as fifty plays, presented on a given religious holiday. The wagon or pageant stopped at each of several "stations," presented its play, and then moved on so the next pageant could stop there for its performance. The form was communal and ritual like early Greek drama, but highly mobile, episodic, and lively.

From the pageants, the drama moved to somewhat more stationary locations in places like noblemen's banquet halls and innyards; mobility was even there a factor, however, since actors traveled around the country from inn to noble house to public square and adapted their performances to local conditions. By this time (the fifteenth and sixteenth centuries), the plays were usually moralities and interludes.

The innyard production arrangements most clearly foreshadow the Elizabethan playhouse. Normally, the innyard stood like an atrium in the center of the hostelry, surrounded on all sides by the wings of the building and, usually, with balconies running all around it. On these and on the ground of the yard itself, the spectators stood to see the performance. The players set up a platform at one end with a screened or enclosed area behind which they could retire. Herein lies the essence of the Elizabethan playhouse.

For many years, there were still no permanent playhouses. The first was built on the outskirts of London in 1576 by James Burbage and called "The Theatre" (approximately equivalent in tone to the modern use of "cinema" for a motion picture). When the first playhouse was built, the plan adopted was essentially that of the innyard theaters and the style of acting preserved much of the mobility and vigor of the much earlier pageants. For a long time, also, there continued to be strolling players who performed in the country at innyards as well as in the city, with no apparent difficulties in transition.

The Theatre provided the model for subsequent permanent public playhouses in the Elizabethan period, most of which came to be built on the south or "bank" side of the Thames, rather than in the northern outskirts where The Theatre stood. Burbage's son Richard joined the movement south by dismantling The Theatre, plank by plank, and removing it to the bank side of the Thames in 1599 to build the Globe with the materials. Because of its association with Shakespeare, the most successful playwright of the day, and with The King's Men, the most successful acting company of the day, the Globe has become the most famous of all Elizabethan playhouses. It was destroyed by fire in 1613 and rebuilt in 1614. The heyday of the Globe (the turn of the sixteenth to the seventeenth century) coincides with the highpoint of Shakespeare's career, and he wrote his best-known plays for performance there. Other important Elizabethan playhouses were The Rose (1587), The Swan (1596), The Fortune (1600), and The Blackfriars (1576-1608). The Blackfriars was an enclosed theater, unlike the others, and was called a "private" theater because it required advance subscription for admission.

The main features of public playhouses like The Globe that concern the student of drama are its large capacity, its fluid acting area, and its intimacy. The Elizabethan playhouse was circular or octagonal in shape, enclosed on all sides, but open to the sky in the center. It was three stories, with tiers of seats almost all the way around on each level. Projecting into the center of the open and unsheltered area was the raised stage or platform. Its farthest projection reached the midpoint of the circle of the playhouse. Half of the platform was covered by a projecting roof, called the Heavens; but the extremes of the platform reaching into the audience were also open to the sky which provided the illumination, since performances were given in the afternoon. This platform stage was the central acting area of the Elizabethan playhouse. It tapered from a width of about forty feet at the back to about twenty-five feet at its tip. The distance from the inner stage to the farthest edge of the platform was approximately thirty feet.

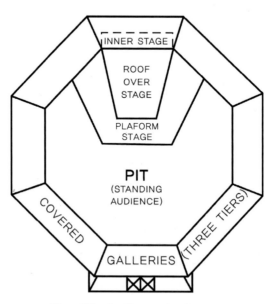

The Elizabethan playhouse.

At the back of the platform, beyond the projecting roof and within the major structure of the building itself, stood the curtained area called the "inner stage" or "study." Although scholars disagree on the exact use of the inner stage, it seems most likely that various intimate scenes and scenes of disclosure took place here. On each of the two levels above the stage, there were also parts of the building used for acting. On the second floor, above the inner stage but below the canopy roof over the platform, stood a room called the "chamber" in front of which ran a balcony referred to as the "tarras" (terrace); both were used for acting. Above these (and smaller yet), on the third level but still under the Heavens, was a musicians' gallery which, occasionally, was utilized for acting as well. Projecting outward above the third level was the canopy over the platform. Topping all, above the rooms, stood the hut, a tower from the top of which a flag fluttered on days when performances were to be given. Back on the stage level again, on the sides curving around from the stage, was a facade or an Elizabethan street with various doors and, above these, were windows which could also be employed for such scenes as arrivals at houses or for calls down to the street, for instance, from a landlord. Behind the stage area, the part of the main structure of the building itself was called the "tiring house" and was used for costuming and general backstage activities. Considerable debate exists over precisely how parts of the Elizabethan playhouse were used in particular plays. It is probable that Elizabethan performances themselves differed slightly in staging, but there is no dispute that the variety of playing areas, levels, angles, and focuses was far greater in the Elizabethan playhouse than in any other in history.

Although the diameter of the circular or octagonal playhouse was no more than about eighty-five feet, these structures could hold large numbers of spectators (the average estimate is two thousand, but some range up to three thousand). To achieve the same capacity in the modern theater would require vastly more land area because so much more of the modern theater is empty space than was the Elizabethan. Moreover, the standing area around the platform stage, alone, could hold the entire number of spectators in some modern theater buildings.[2] (About six hundred standing spectators could fit into the Globe, with the other fourteen hundred or more spectators seated in the tiers.) Elizabethan playhouses, of course, do not approach the capacities of classical theaters, but they have a much higher ratio of space utilized for the ground area covered. The difference is that classical theaters reached immense capacities by the use of vast area and Elizabethan playhouses reached impressive capacities by the use of a relatively small area.

---

2) Size in the proscenium arch theater is so variable as to defy generalization. Perhaps a theater like the Ethel Barrymore in New York is typical (It holds 1100 people). However, there are also much smaller and much larger modern theaters. London's Drury Lane (the oldest theater in the world in continuous use) now holds just under 3000; this is a reduction from its nineteenth-century peak of 3611, but an increase in its original capacity of 2000 in 1674.

Effects of Elizabethan Architecture

As always, the key to what effect a theatrical structure has on plays and playwriting lies in the relationships established between audience and players. The Elizabethan playhouse established a distinctly different kind of relationship from the Greek. In its circularity, with spectators arranged around the action, the playhouse recalls the classical theater. Even the ritual element is present in Elizabethan drama, although it is less pronounced than in Greek. Despite its huge capacity (by modern standards), the playhouse disposed its audience in such a way that no spectator was far from the action; this is quite different from Greek practice. In the playhouse, the span from the platform to the most distant seat in the top tier was only about half of that from the stage to the last seat in the balcony of a modern theater and perhaps only a fifth or sixth of the distance from the orchestra to the last tier in the Greek theater. As for the standing spectators (the "groundlings" in Elizabethan parlance), the distance was such that those next to the stage could reach out and touch the actors, although these were elevated about four feet from the ground by the platform. In both Greek and Elizabethan theaters, the large capacity also meant a tremendous variety of people as spectators, not the select homogeneous "theater-going public" we have today. Prices were staggered from the inexpensive ground level to the costlier tiered seats, and anyone could afford to go to the theater. Some contemporary criticisms of the Elizabethan theater suggest that, indeed, anyone and everyone did go to the theater, some to sell and solicit as well as to see.

The breakdown of distance and the consequent immediacy of actors to audience led to a style of acting and playwriting of much greater intimacy than that of the Greek drama. Still, it was not the intimacy of a "coterie theater"; the variety of classes and interests represented in the audience operated against that. It was, rather, an intimacy of physical proximity and spiritual community, of broad shared beliefs and assumptions, an intimacy that was also public. Thus, while masks were not used, the acting style was still largely declamatory. Plays had to appeal to the whole range of spectators, and production rested on the pageant-derived tradition of mobility and variety. The immediacy of close-range performance coexisted with a highly symbolic acting and production style. For example, stage areas still bore their old morality associations, with the upper reaches being referred to as the Heavens (from which supernatural beings could descend) and the trap doors and excavated area below the platform as Hell (into which actors could descend).

To capacity and immediacy we must add the most characteristic feature of the acting area itself: fluidity. The Greek theater demanded that the action take place within the traditional circle of the orchestra. The severe limit on the number of actors also imposed a formal patterned style on acting and plays, not to mention the continuing influence of the ritual element. The Elizabethan playhouse encouraged certain symbolic qualities in the plays and in production, but the area for performance was markedly different from that of either Greek or modern theaters. Shakespeare says that all the world's a stage; for the Elizabethan playhouse, the proper expression would be that the stage is all the world. The platform stage, generally without extensive scenery and without a single undeviating focus, permitted the utmost variety of movement and change of place. Within instants, a section of the stage could be a city street, a foreign battlefield, a room in a palace, a tavern, or whatever the playwright wished. The major scenery was provided by the language of the play itself; this convention accounts for many of the magnificent word pictures in Elizabethan drama.

All these factors together produced a theatrical style more individual and more robust than the Greek, more imaginative and less realistic than the modern. The contemporary reader who expects to encounter, in Elizabethan drama, that fidelity to externals of the modern realistic theatre will inevitably come to grief with the rapid changes of scene; the kaleidoscopic shift of action; the conscious verbal brilliance of dialogue designed to transport the audience, in moments, to the Forest of Arden or the Field of Agincourt. He will be unprepared for the dexterity that can shift from the intimate revealing self-analysis of a soliloquy to a stately public scene of court life. In short, he will be unequipped to respond to what has been called the "panoramic stage" of the Elizabethan playhouse. Without some element of that response, the breadth, scope, passion and variety of the Elizabethan play will remain beyond his reach.

THE PROSCENIUM ARCH STAGE

Many have seen the earliest evidences of modern theatrical construction in England in the Blackfriars Theatre, which Shakespeare's company used, after 1608, along with the Globe. That theater was not circular and open to the sky in the center, but rectangular and enclosed (although, apparently the stage conditions were similar to those at the Globe). Perhaps Blackfriars and other "private theatres" of its type were transitional; still, the earliest theaters in England built according to what is basically the modern plan appeared after 1660 with the reopening of the theaters upon the Restoration of the monarchy.

The influence that changed the design of the English theater in the late seventeenth century came from the continent, chiefly from Italy, but had been operative in England in the scenic designs of Inigo Jones (1573-1652) for the sumptuous Jacobean and Caroline masques of the first half of that century. Substantially modern Italian theaters and stage design had emerged as early as the sixteenth century in the work of designers like Serlio (1475-1554) and Sabbattini (1574-1654); the distinguishing feature was the *proscenium arch stage*. From the late seventeenth century to the present, almost all theater construction has been of proscenium arch theaters, although the use of the stage area in such theaters has varied considerably and, only gradually, evolved to the picture-frame set of modern realism.

"Proscenium" literally mean, *before or in front of the tent*. The word takes us back to the *skene* of the classical theater, that structure behind the circular acting area or orchestra. Although in Greek drama the *skene* evolved from a rough tent of hides into a more elaborate building with doors and machinery for supernatural appearances, it was not a significant acting area. It was a necessary place of retirement for actors to change their costumes and do similar production tasks. Nor was the area in front of the *skene*, the proscenium, consequential.

In Roman times, however, the scenery house was expanded and the raised area in front of it (the stage) used for performance, with spectators allowed to sit in the orchestra, the former acting area. Thus, "proscenium" in Roman times designated what came to be the stage and acting area itself. The term was used in this sense in Italian Renaissance theaters and English Restoration theaters, and it leads us to the proscenium arch of the modern theater.

Nevertheless, there are significant differences between the proscenium in the modern theater and its counterpart in the modified classical theaters of late antiquity. First, the modern theater is an entirely enclosed building; its shape no longer reflects, in any way, the large classical amphitheaters. Nor does it reflect the traditional Elizabethan playhouse of the type of The Globe. Instead, the modern theater is usually rectangular. The proscenium area therefore is inside a building and it chiefly delimits one area of the building from another. Technically, it would be the area between the curtain and the orchestra (in the modern sense of orchestra). Why, then, should the modern theater be characterized by this architectural feature? The key lies in the expression proscenium *arch*. This refers to the framing effect of the construction of the stage, which is not only raised, but also narrowed on both sides by walls or pillars. The significance of the proscenium arch is that it sharply marks off the acting and the viewing areas and sets the acting area in a frame. To the modern playgoer, this condition is so normal as to be taken for granted, but our survey of other theatrical structures should show that there is nothing inevitable about the modern arrangement and that, in fact, it is distinguished from earlier theatrical designs by this very feature: the proscenium arch framing and the making a "picture" of the acting area.

The development of the modern picture-frame stage from its introduction as the proscenium arch stage is a story in itself, for at first, the traditions of a more open, fluid, and nonrealistic theater still dominated acting and stage design. In the early English proscenium arch theaters, the section of the stage called the apron projected into the audience in a manner reminiscent (although much reduced in scope) of the Elizabethan platform. Here, through much of the eighteenth century, the actual performance took place. Therefore, the style of acting was not immediately transformed from

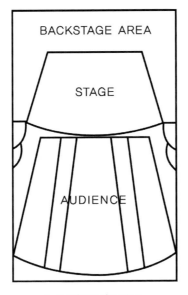

A modern theater.

the Elizabethan declamatory tradition. The interest in illusion in the theater was at first confined to the use of painted canvas backdrops, stretched on wooden frames called "wings." These wings were a series of standard scenes — streets, interiors, inns — that were rolled out along grooves as the situation required, there to stand as general background while the acting proceeded in front of them.

The emphasis on the separation between acting area and audience by the proscenium arch developed in the late eighteenth century under designers like the Frenchman, Phillippe de

Loutherbourg (1740-1812), who came to London in 1771 as Garrick's scene designer at the Drury Lane Theatre. Under de Loutherbourg, the wings, instead of being slid out full-face at the audience, were angled or "raked" to give a greater illusion of continuity and depth. This designer also excelled in colorful stage effects with clouds, fire, sun, and moonlight. By the first quarter

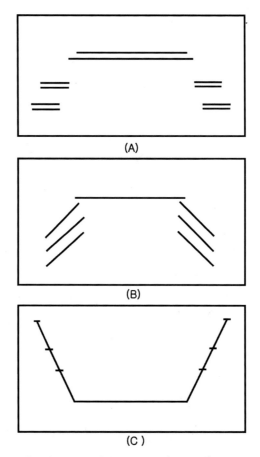

Development of the modern "box set" stage:
(A) Stage of eighteenth-century wing set.
(B) Late eighteenth-century wing set.
(C) Mid-nineteenth-century and
twentieth-century box set.

of the nineteenth century, interest in realistic effects was so great that plays with elaborate costumes faithful to the time of the setting were much admired, as were various scenic stage effects. In England by the early 1840s, especially under Mme Eliza Vestris (1797-1856), an actress turned manager, the wings were angled so that they became a continuous wall on all three sides of the stage, and a ceiling was added. This made possible the depiction of entire rooms, not merely the suggestion of them, and the introduction of actual furniture and other real properties on the stage. From this time, we had what is called the "box set"; that is, the acting area was boxed in by walls on three sides and separated from the audience by the raised stage and the framing proscenium arch.

Effects of the Modern Theater

All these developments tended toward increased fidelity to external appearance, toward what has become known as "realism." At the same time, they diminished the mobility and imaginative scope of the earlier theater, even the earlier proscenium arch theater which was still content to represent place by an obvious painted backdrop and still content to use a minimum of casually chosen furniture.

The introduction of the box set faithfully mirroring reality carried the day. From the mid-nineteenth century to the present, although there have been many experiments and deviations, the stage has been dominated by the box set of realism. The host of terms describing the kind of theater that has resulted may be contrasted with expressions like "focused theater" for the Greek drama and "panoramic theater" for the Elizabethan. For the modern theater, we have "theater of illusion" (that is, the illusion of reality), "picture-frame theater," "box set," "peep-hole stage," and "theater of the fourth wall" (to refer to an imaginary wall between the actors and the audience). In an unkind vein, it has been said that the modern theater is a theater of voyeurism with every playgoer a "Peeping Tom."

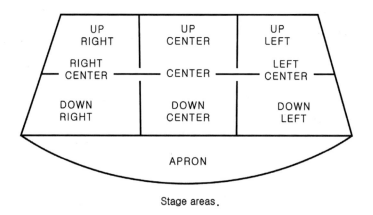

Stage areas.

The impact of this stage on acting has been pronounced — in the direction of realism. The acting areas (named, as in the illustration "stage areas," from the *actor's* point of view) have been limited by the three actual walls and the imaginary fourth one so that, like scenery, acting has been cast into a form appropriate to domestic interiors. In the realistic theater, a truly declamatory style of acting appears old-fashioned and out of place. Now that the heyday of theatrical realism has passed, acting style covers a reasonably broad range; but the dominant influence in still realistic and psychological, not presentational and rhetorical as in earlier periods. The single most powerful influence in this regard has been the theory and practice of the Russian director Constantin Stanislavsky (1865-1938). The style of acting that descends from Stanislavsky and the "Stanislavsky method" emphasizes the presence of the invisible fourth wall between audience and actors. The actor "feels" his way into the character itself in order to behave in the play as that character would truly behave: it is a kind of indwelling in the psychology of the character. Meanwhile, the audience is peering at him through the invisible fourth wall. We can easily see that such a style could arise only after the advent of the box set enclosing the actors on three sides. Adding a fourth wall merely carries to completion the logic of the realistic set.

A parallel development took place in scenery. In place of the few suggestive scenic elements and reliance on audience imagination of the earlier theater, the modern theater has supplied an abundance of factual detail through real physical objects and cunningly painted illusion. Technically, the modern theater, with its banks of lights and ingenious mechanical contrivances, has exceeded all others in history. We now have separate scenic designers, costume designers, lighting specialists, and sound effects experts. In the Greek theater

Aeschylus performed all these tasks himself! On the modern stage itself, scenery and properties have increased in endless number. On the printed page, in contrast to a rare stage direction like "*Enter* HAMLET, *reading on a book*," we have whole paragraphs describing rooms and their dimension; the locations of doors and windows, pictures and stair cases; and further paragraphs devoted to the dress of the persons of the play and to what properties they handle during the action. Woe betide the technicians responsible for such matters when, for example, a fifty-state American flag is used in a Civil War drama: the modern audience is sure to notice the anachronism, so accustomed are we to visual realism.

It is clear, then, that theatrical construction has as much impact on the audience as it has on the actors. In the modern theater, the audience does not surround the acting area, either at a distance as in the Greek theater or at close range as in the Elizabethan. The audience sits in rows stretching almost straight back with only slight curvature and looks in upon events that take place in settings so realistic that they can be duplicated in the spectator's own experience when he leaves the theater. Such settings dispose the audience toward equally realistic characters. How can anyone design a room to suit the persons of King Lear or of Electra? Still, to do so for characters of the middle and lower classes is a task well within the reach of the theater of realism. Once the characters have been separated from myth and legend, however, our interest in them also changes. Hence, the modern theater has been increasingly psychological (aided by developments in other fields as well) and has encouraged a certain intimacy (but not the Elizabethan kind, which was an intimacy between performers and spectators). The aim of the modern theater has been to act as though there were no spectators, as though the actions taking place were really occurring at that moment, in a real house with real people. Time and place have also been restricted by the physical demands of the modern stage: the one-set play with all time changes marked by a curtain drop has become a staple of the realistic theater. The modern stage, isolated from the spectators by the fourth wall and shut in upon itself by the other three, has been intimate in that it has explored largely domestic and private worlds, but it has been distant, and even indifferent, to the spectators in that it has not conducted its explorations as a joint, much less a communal, venture between audience and actors.

In the classical theater, the actors were exposed on all sides to the audience, which in turn looked down upon them from above, all bathed in the natural spotlight of the Attic sun. In the Elizabethan playhouse, the world in miniature came to rest in the manifold acting areas, streets, recesses, levels, heights, and — above all — on the fluid platform stage, surrounded on three sides by spectators pressing close to see the full dimensions of the actors in their very midst, the Heavens above, and Hell below. In the modern theater, especially since its contraction to the picture frame, the spectators sit in darkened opposition to the actors on whom they are spying and, therefore, they see a "slice of life" (as the naturalists expressed it), with a richness of sight and sound unparalleled in any other known theater.

THE ARENA STAGE

Just as the ideal classical theater is that of the fifth and fourth centuries B.C. rather than its Roman successor, and just as the typical Elizabethan playhouse is that of the late 1590s, so the modern stage which we have been assuming representative is that of modern realism from the last quarter of the nineteenth century to the First World War. There have been many departures from realism within the structural frame of the proscenium arch stage, and many of these have so modified theater practice that we hardly think of the stage today as purely and simply realistic. Some of the departures from realism have been reflections of broad movements in the arts, such as "expressionism"; others have been concentrated in the theater itself, such as "theatricalism," "static theater," and "epic theater."[3] Each of these is interesting in its own right, but each has made its contribution within the existing structure of the proscenium arch theater. Curiously, the

---

3) See Glossary for definitions.

one major structural departure from the proscenium arch stage is not associated with any particular school of playwriting. This is the development of the arena stage or "theatre-in-the-round." It is chiefly a post–World War II phenomenon in the United States and western Europe. Although the arena idea is not the product of a specific movement in drama or literature, arena structure does lend itself to experimentation with, and deviation from, the forms of theatrical production that became so firmly established with the triumph of the proscenium arch stage and the box set. Indeed, by its very nature, arena construction would seem to be hostile to the unadulterated realistic style, although considerable versatility is claimed for arena design by its adherents.

An *arena* is the central oval or circular area of an amphitheater or coliseum, deriving from the word for *sand* with which such areas were strewn for gladiatorial and other contests. An arena presupposes a surrounding raised spectator area; hence, the other popular term for this type of theater structure: "theater-in-the-round." The structure of an arena theater may be characterized as a miniature of a classical theater, except the effect is achieved by being "built-up" *inside* a covered structure rather than by being "built-in" to a hillside as the Greek theaters were or "built-up" outside as Roman amphitheaters and coliseums were. The differences are of considerable importance because the smaller size and the enclosed nature of the arena stage makes for a different kind of performance from that of the classical theater.

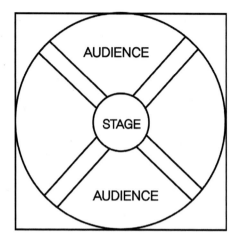

The arena stage.

If the principle of surrounding a central acting area with spectators is as old as the classical theater and the idea of enclosing a theater structure and scaling it to relatively small proportions is as old as the proscenium arch theater, the combination of the two in the arena theater is unique. From the nature of the structure as well as from the stated intentions of arena devotees, it would appear that the arena idea stems in part from a reaction to the impersonal realism of the modern theater. However, the plays produced in arena theaters have, as often as not, been those customarily available in the conventional theater; there is perhaps a greater frequency, in arena theaters, of revivals, experimental plays, and plays having limited commercial appeal.

More striking than the choice of plays has been the manner of production in arena theaters. Despite its similarity to the classical theater in some respects, the arena is the smallest in size of the types surveyed here; it is smaller, even, than the average proscenium arch theaters, which in turn do not approach the size of the classical theater. Thus the arena structure has greater intimacy and immediacy than either the classical or the proscenium arch theater. Indeed, intimacy seems to be the characteristic feature of the arena idea and a powerful contributing element in its growth and popularity.

Spectators are very close to the action in arena theaters. Entrances and exits of actors are often made through the audience itself. The staging tends to *suggest* locale rather than to spell it out in every detail. Since the audience is so pervasive an element and not merely a group of people "out there," some effect on the acting is inevitable. In certain productions, this may merely take the form of erecting *four* invisible "fourth walls"; that is, an intensification of the actors' obliviousness to the audience. In such productions, the arena stage resembles nothing so much as an operating room with the audience in the role of medical students watching the dissection. But in other performances, the presence of the audience is frankly admitted and welcomed and the acting is accordingly oriented toward audience involvement. The exact future of the arena style cannot be predicted, and it may significantly depend on whether a school of playwriting arises to offer plays initially conceived for arena production.

At present, arena theaters seem well suited to experimental and avant-garde plays, studio productions at colleges, one-act plays, and revivals of plays from earlier theatrical periods; they seem least well adapted to the sharply structured drawing-room plays of modern realism, although even with this type of play, the imaginative use of lighting in an arena production can delimit the area to the extent that something close to realistic staging is possible. So far, arena productions have not encouraged the reintroduction of a rhetorical acting style, perhaps because of the force of the physical intimacy of the structure; but they have aided in a general movement toward greater fluidity in acting and more imaginative staging that has been evident in many plays of the modern theater since the First World War.

INTERACTIONS

From Thespis on, acting, theater structure, and technical capabilities in the theater have interracted with one another in a way impossible to disentangle, if it is even desirable. For, in addition to the obvious elements of interrelationship, there are the subtler, less identifiable ones that express the genius of a people and their inborn characteristics. For example, the Greek theater was constructed around a circular acting area because that is how the earliest dithyrambs were presented. These native rituals thus determined the basic shape of the most highly developed Greek theater centuries later, and a set style of acting seemed inevitable. We understand that the cultivation of the voice became one of the highest desiderata of the Greek theater but that, later, in Roman times, more attention fell on visual elements, especially gesture and lively movement. Students of the theater speculate that the reason for the supremacy of oral art in Greek theater and of visual elements in Roman lies in the nature of the two peoples involved. Roman audiences never lost their taste for the native Atellan farces[4] despite the intellectual superiority accorded to Greek theater. Like all farces, these emphasized the visual, and the crudely visual at that. Thus, in both Roman comedy and Roman tragedy, we have an abundance of visually diverting elements without a corresponding brilliance in dialogue. Ultimately, the Romans modified the physical relationship of actors and audience in a theater of inherited Greek design, but the initial impulse seems to have come, not from architecture, but from disposition.

In the great Elizabethan flowering of the drama, the reciprocal influence of acting, playhouse, and the inclinations of a people is as pronounced as it was in the apogee of Greek theater. From moveable pageants to itinerant players in temporary innyard playhouses to the great Globe itself, English theatrical production exhibited a mobility and verve joined to a feeling for the public and symbolic that leave their unmistakable mark on the plays as

---

4) Rustic, satiric, often ribald comedies which had originated among a people of southern Italy. These plays featured the heavy father, the ass-eared glutton, the chatterbox, and other stock comic types, which became staples of later Roman drama. Masks of abnormal ugliness were used.

we read them. Such multifaceted influences operate even in the purely literary sphere. For example, Senecan tragedy had to be assimilated into English tradition before it became stageworthy. It proved to be an adaptable literary borrowing, but purely Greek forms have never been so well domesticated. What England took of Greek forms had to be filtered through France and modified further into English neoclassicism. Milton's *Samson Agonistes* and Matthew Arnold's *Merope*, English dramas that strive to embody Greek practice faithfully, are generally considered closet dramas.

Moreover, it is not coincidental that the modern theater has arisen in conjunction with the march of science in the West. Nor is it unlikely that the picture-frame stage and the motion picture screen (so similar in fundamentals as in name) are both products of a western European and American culture that is uniquely preoccupied with technical understanding and control of the physical world. Our obsession with facts, as opposed to Greek interest in the divine moral law and Elizabethan concern for the range of human achievement and failure, has manifested itself in a theater of realism where we may place the most minute and intimate details of the physical world, as on a microscope slide.

Intimate connections among architecture, acting, production techniques, and the entire fabric of a culture, then, are of the essence of the theater. They explain why so many students of the drama prefer to think of the whole endeavor as nonliterary and why they look unfavorably on the literary study of drama in the schools. We can sympathize with their viewpoint without agreeing totally. Our sympathy can take the active form of seeking to expand our knowledge (through books after all!) of practical theatrical conditions whenever we approach a play.

• VII •

THE READER AND THE PLAY

Implicit in the arrangement of this book lies a method for play reading and analysis. The present chapter seeks to make that method explicit, not in the conviction that it will exhaust every value in a play, but in the hope that it will uncover the major areas the reader of plays should consider. Let no one assume that fruitful analysis of plays is a matter of simple enumeration or of filling in blanks on a comprehensive questionnaire. Analysis also involves judgment. There is no shortcut to cultivating an ear for good dialogue, an eye for effective staging, or a feeling for proper balance and structure in the whole work. Yet, when we read a play and when we look at the way it is put together, we look for exactly these things. Just as the reader will better understand what a play is by reading and seeing as many plays as possible, so he will better analyze and evaluate plays by having read, seen, and extensively thought about them. All we can do here is to cite some of the approaches that have proved useful to readers in the past.

Although some beginning readers assume a hostility between reading and analysis, we must stress that the two are thoroughly compatible. Beginning students sometimes evidence a mistrust of any kind of literary analysis. It gains expression in the form of such statements as "I enjoyed it for itself. Why spoil it by taking it apart"? Analysis, literary criticism, and the consideration and discussion of ideas are not designed to spoil literary works, but to widen and deepen our appreciation of them. We may even say that they are different stages in the same process: that of enjoying and understanding a play. Good analysis grows out of a thorough and informed reading and only out of such a reading. If education is, as Montesquieu observed, "to render all intelligent being more intelligent," analysis of literary works is one of the surest methods of attaining a good education, for it is a means of making an intelligent reading (and reader) more intelligent.

READING THE PLAY

As one sits down to read a play, he ponders the question, "What is it about"? Before he can answer that or any other query, he needs some general conception of what a play, any play, is supposed to be. The first chapter of this book is an attempt at a broad definition. To emphasize only the central idea, we can remind the student of the dictum that a play is an "imitation of an action in the form of an action." The reader will seek to experience in his reading, even as one experiences in the theater itself, the depiction of a total coherent action in terms of a number of subordinate actions. The reader should be disposed toward a high degree of imaginative participation in a play. Since the playwright always has an eye on some ideal performance in a theater, the reader should allow his imagination to supply some of the details of that performance just as the playwright himself has done. The willing suspension of disbelief that Coleridge asked from readers of poetry must be paralleled, or exceeded, by a willing entry into the world of action of the play by play readers.

All this is general. What, specifically, does a reader do? The following observations are meant to make clear what a reader may do:

Read the play through for story and plot. Your first reading should concentrate on continuity, mood, and total impact. If you hesitate and break off over details, you will lose the rhythm of the play. The reader should cultivate a manner of reading plays that does not tie him to a painfully slow apprehension of who is speaking. Frequently, texts are printed with names abbreviated because, once the reader is immersed in the spirit of a scene, each character will be unmistakable. You will not have to consult the name to know who is speaking. If you must pause, do so at the end of a scene or act. Know who are present, where they are, and their relations to each other; then let the dialogue flow so that you are carried along with it.

After reading the play, review the plot and story in your mind. Seek to apprehend what the total action of the play is. If action has anything like the primacy assigned to it in this book, understanding and analysis will depend upon it. Do not let yourself remain in doubt about what happens. If necessary, reread the play for the events. Here, again, aids such as plot summaries are not bad or wrong, provided they are used as aids and not as substitutes. No reliance should be placed on plot summaries by themselves; however, as a means of clarifying the play and reminding the reader of the major events and their sequence, plot summaries can serve a useful purpose.

Some earlier plays may present language difficulties; real as these difficulties are, they should not be exaggerated by the reader. It may be helpful in such plays to have footnotes or a glossary for speedy reference, but even these aids should not be permitted to bog down a first reading. You will get more help from the context than from footnotes, for the tone of a scene will remain in your mind while the specific meaning of an expression will fade in a few moments. In a passage quoted in Chapter IV, for example, in which Prince Hal calls Falstaff a "roasted

Manningtree Ox," it is helpful to know that Manningtree in Essex was noted for its immense oxen and its fairs at which the oxen presumably were roasted. Nevertheless, the information is not worth pursuing, at the first reading, if it is not ready to hand; surely the language suggests well enough the kind of ridicule Hal is heaping on Falstaff. What would be lost in continuity and in the feel of the passage would hardly be made up by knowing about Manningtree. Later, of course, this is the kind of detail a full reading should have. At first, however, if it is not at hand or already a part of your knowledge, let it pass in favor of the whole scene and the whole play.

It is always advisable, in reading a play for the first or second time, to make brief notes of problem passages by any method you find convenient and capable of being interpreted at a later time. These may refer to things other than words and expressions. You may want to ask yourself about certain characters or events. Such questions could form the basis for subsesequent reading for detail. This should take place when you are satisfied that you know the action of the play well and have a good idea of its overall import and pattern. Now you may go back, either reading the whole at a slower and more reflective pace or concentrating on particular passages that presented problems or seemed, to you, to carry special weight. On such a reading, some of the issues that will figure in analysis will occupy an important place in your consideration. Ask yourself whether you can see the necessity for all the characters in the play. Why is a certain character there? What does his presence contribute? Examine language and mood. Try to imagine how a key scene would be staged. These matters, and many more, can be examined at length and in detail as you reread with a solid knowledge of the whole play; but in all your initial readings, you are still primarily concerned with knowing the play as well as possible. When you have the play and the events clearly in mind, you can begin to analyze in a more abstract sense, although analysis has been taking place in your mind all along.

ANALYSIS

Critical analysis, we have already said, must grow out of a thorough reading. So necessary is this, that as a general rule of procedure in analysis we can say: When in doubt reread the work, whether this means a scene, an act, or the whole play itself. Careful reading and verification through reference to the play are the only way to guard aginst an analysis that is spun out on a slender thread and has become irrelevant to the play. A good analysis will touch the literary work at point after point.

The best way to proceed in analysis is to begin with questions of technique and, then, to move to matters of evaluation. In that way, you again begin with the work itself and you base your evaluation on a careful study of the work. Analysis of technique can be thought of as a more penetrating kind of reading. It must rest on an understanding of the whole play because, in general, it seeks to answer the question, "How is this or that done"? Let us assume you have a good overall picture of the play. You have a view of its total meaning as well as solid conceptions of character and situation. You should now ask yourself how the author conveyed the view you have, always leaving your mind open to the possibility that your reading has been incomplete or improperly weighted. What you will be doing, in effect, is applying what you know about the drama to a particular play. The next five paragraphs list the major areas you will want to consider in your analysis. Remember that any one of these questions or suggestions, by itself, could form the subject of a substantial independent study.

I. GENRE. Does the play clearly fall into one of the major dramatic categories? On what basis? What conventional features of its type dose the play exhibit (subject matter, situations, type characters)? If not, what features of any of the types does it have? Does knowledge of the genre contribute to an understanding of this play? Would the author have considered the play as falling within one of the established categories?

II. STRUCTURE AND PLOT. Does the structure follow one of the well known patterns? How does this relate to the genre? How is the exposition handled? Where does the rising action begin? Where does the turning point come? The climax? What conflict does the plot present and how is it resolved? Is the resolution or dénouement convincing in terms of plot? Is the plot complex or simple, tight or loose? Are there subplots? Where does the major emphasis of the plot and structure fall? Does the pattern of action have a symbolic, as well as a practical, significance?

III. LANGUAGE. What kind of setting and atmosphere does the language convey? What does it contribute to the tone of the play? What are the peculiarities of dialogue in the play? What dialogue devices are used (soliloquies, exchanges, plays on words)? If the play is in verse, try to analyze its features, its regularity or irregularity, colloquialness or formality. What are the dominant images in the play? What are the major symbols (consider objects and actions, as well as words)? How do these relate to one another and to the main idea of the play? Is there a pattern of imagery and symbolism that we can use to interpret the work?

IV. CHARACTERIZATION. Consider each character separately; then in relation to the other; and, finally, in relation to the whole action. Determine the basic character traits of each character. Is the character sympathetic, unsympathetic, or neutral? Is he a type or an individual? How thoroughly do we know him? By what means do we know him (description, self-revelation, statements of others, actions)? What function does a given character have in relation to the plot? Is he credible? Are his actions persuasively motivated? What characteristics of language does each character exhibit?

V. THEATRICAL DEMANDS. What characteristics of the theater for which the play was written are important in understanding it? What conventions or theatrical necessities influenced the shape of the play? To what extent does the play rely on a certain kind of staging? How has the playwright exploited the possibilities of his theater? What mode of theatrical presentation has been used (realistic, symbolic, ritual)?

Reading and analysis of technique should lead to something more, something we may call evaluation or understanding the meaning of the play. In the course of both reading and technical analysis, we will have touched on the question of meaning. Indeed, without some conception of it, we can hardly have a complete reading or an illuminating analysis. Therefore, what we are now doing is making explicit the meaning that our reading and detailed analysis have revealed to us. It may be said that we are now synthesizing all the pieces we had previously examined in detail, in order to make our grasp of the whole play more secure and more complete.

The question of a play's meaning is sometimes expressed in terms of theme; sometimes, in terms of the author's attitude toward his subject; and, sometimes, in terms of Aristotle's identification of thought (*dianoia*) as one of the ingredients of the play. Theme in literary works is taken to mean an abstract idea which a work embodies and, somehow, in its totality expresses. In *Paradise Lost*, Milton states his theme early: to "assert Eternal Providence, And justify the ways of God to man." Plays rarely contain such explicit declarations of theme. Moreover, a single theme may not necessarily capture all of a work. There may be several themes or several ways of expressing a general theme. Thus, some speak in terms of understanding the author's attitude toward his subject. How does the play present the events? What does the author intend us to understand by the action he has captured? This may still seem unduly didactic. Instead, we can ask, in Aristotle's terminology, "What is the thought of the play as a whole"? Since plays use words and actions based on, or related in a meaningful way to, human life they must inevitably convey some thought about life. In discussing the meaning of a play, we endeavor to make clear what that thought is.

However we term our pursuit — theme, attitude, thought — we

must not forget that it lies embedded in the play as a whole and that we perceive it from the experience of reading or seeing the play and analyzing that play as thoroughly as we can. We must guard against making a play a tract and against overemphasizing the specific expressions of characters in the play. We must attempt to make our apprehension of meaning consistent with the total action the play depicts. Thus, if a statement by a character in the play is taken as the theme, it should be because that statement is a fair assessment of the whole direction of the play.

The problem of determining theme may be illustrated by referring to plays in which there are clear spokesmen for the author's ideas. In the nineteenth-century well-made play (*piéce-bien-faite*), there was usually a character who spoke for the author. He is called the *raisonneur* (literally, the *reasoner*) of the play because he advances the author's ideas on a subject of interest which was also the issue of the play. The device did not die with the well-made play, and *raisonneurs* in various guises are still encountered in plays and films. Often they are second-character men, rather than protagonists. Not infrequently, the action stops while the reasoner presents the "message" of the play. This device is considered too artificial to make truly excellent drama, since it relieves the author of the task of making his point a part of the texture of the play itself and it can even backfire if the author's head is at war with his heart. For example, *What Price Glory?* is supposed to be an anti-war play, according to the authors' stated intentions; but the total impact of the play seems to argue more strongly that war is fun, than that war is hell. Determining the meaning of a play, then, is not a question of finding an official spokesman for the author, but of finding the center of gravity of the work itself.

It is in determining the meaning of a play that we should call upon our thorough knowledge of the work, our analysis. One could well say that the final purpose of analysis is synthesis. We examine the parts of a play in detail in order to attain a better understanding of the whole. We analyze in order to know, in the deepest sense, what a play is about. Analysis assumes that there has been a pattern of action presented through plot, structure, characters, language, music or rhythm, and (imagined) spectacle, a pattern that has a meaning of its own which emerges only through the congruent interaction of the parts of a play. Therefore: the characters as we know them through their words and actions; the language as it both explicitly defines what is going on and projects an atmosphere that suggests it; the symbolism as it brings together a group of associations within the play, and over and above it, together constitute the meaning of the play. It seems necessary that they be experienced before the meaning can be fruitfully discussed. For that reason, we want to guard against the facile summation offered by a raisonneur.

Although the raisonneur may be contrived, we must still formulate our experience of the play in words, and there may well be characters in plays who utter remarks that seem, to the reader or spectator, to sum up the essential meaning of the play. Some would find in Gloucester's comment in *King Lear*, "As flies to wanton boys are we to the Gods./They kill us for their sport," an instance of Shakespeare's expressing his own convictions. This may be the case. However, the test lies, not so much in determining which (if any) character is the spokesman, as in determining whether the action of the play bears out the alleged summation. In *King Lear*, it is not Gloucester's saying it that constitutes the most important argument for the truth of his comparison (indeed, it might argue against it), but the belief that this sentiment adequately conveys the central idea of the play as the action reveals it. Were we to seek a spokesman as such, Edgar would serve much better. He is a sympathetic character who, among other things, remains loyal while others are shedding old loyalties; who leads his father, despite his father's rejection of him, to self-understanding.

Because of Edgar's character and conduct, what he says is likely to be of consequence in the play. Nevertheless, the true test is still whether it fits the total action of the play.

The question that arises in the case of any statement from the play or any statement provided by the critic must always be the same: Does this statement fairly represent the thought of the play as a whole? Is it a wrong headed or, perhaps, only a partial view? Here is where the careful reading and the careful analysis of technique will make the difference. If in *Lear*, Gloucester's statement is true, how do we account for the sensation of triumph in defeat that great tragedies, including *King Lear*, so often project? Gloucester's remark may be paralleled by Lear's own haunting, "I am bound upon a wheel of fire." There is no question that the two observations epitomize the intense suffering endured by both men in the play. However, do they account for the whole action? If so, why does Shakespeare (and we may certainly hold him accountable for this) arrange for order to reassert itself at the end of the play in the form of Albany? Why does not Shakespeare's view of society impel him to show the world at the end of this play in total chaos, to drive home the idea that men are but meaningless insects to wanton gods? Is it not more likely that Gloucester's comment, like Lear's in his agony, must be balanced by the other side shown in the play — that represented by Cordelia, by the loyal and perceptive Edgar, by the understanding of Lear himself? What of the serenity of Lear as he rises above the petty intrigues and selfish squabbles of the world when he says, "We two will sing like birds i' the cage"? Or Edgar's comment to Gloucester himself: "Men must endure/ Their going hence, even as their coming hither: Ripeness is all." Even more significant, what of Edgar's forgiveness of his brother when he urges, "Let's exchange charity" and says, of the same Gods his father earlier likened to wanton boys: "The Gods are just, and of our pleasant vices/Make instruments to plague us"? This certainly suggests a more purposeful procedure in the universe than the Gloucester's assertion. Finally, what of Albany's statement close to the end: "All friends shall taste/The wages of their virtue, and all foes/The cup of their deservings."?

In a play as rich as *King Lear*, we perhaps cannot expect to find a spokesman to sum up all that Shakespeare wanted the play to contain. Nor need we feel that a single line or two from any figure must be found. Certainly, though, some of the major issues of the play are powerfully evoked by the lines cited here and they can at least form the basis for an intelligent and thoughtful evaluation of the play's meaning. If the reader's analysis leads him to that kind of evaluation, he will be justified in believing his analysis has been worthwhile. The meaning of a play, the final result of reading, analysis, and evaluation, comes very close to answering the deceptively simple question with which one begins his reading of the play: "What is it about"?

AIDS IN INTERPRETATION

Plays, like every other work of man, occur in definite times and places and bear upon them the marks of a specific culture and set of circumstances. Great interest attaches to these matters because they often contribute to our understanding of the works of the past. Beginning students are sometimes distrustful of this interest. As they distrust analysis and abstraction for their presumed deadening effect on the work, so they distrust "external" considerations for their presumed irrelevance. Both suspicions are misplaced, at least as far as concerns the balanced and sincere lover of literature. We do not want "the tail to wag the dog," but neither do we want to chop the tail off. We must keep in mind that the reason we do not always have to read social history or literary biography or comparative religions to understand the latest novel is simply that it is of our own time. However, once the concerns of a period transform themselves into other concerns, that is, once current events become history, the same problems that beset us in reading older literary works will present themselves to our descendants when they read the works of our day. These apparently external matters, then, are actually part of the culture that any writer assumes as he writes.

The problem for students of literature is knowing what to study and how to evaluate it. Each work will present different problems; some will be more complex than others. The details of such study cover vastly more than could be contained in a single book. Countless periods and times come under our scrutiny, and each play will make different demands on our knowledge and offer different rewards. This is precisely why the study of literature is so fundamentally humanizing: it constantly turns the student to wider fields of investigation and a wider understanding of life. In the following paragraphs, we will briefly review the areas that frequently impinge on literature in order to suggest the scope of possible auxiliary study.

LITERARY HISTORY AND BIOGRAPHY. Literary history is, broadly, the study of literature as a continuous body of material with innumerable interconnections among its constituent parts (individual works) and innumerable influences and parallels that exhibit a continuity and pattern in time. Besides being an individual literary work, every play occupies a place in literary history. Literary history is that discipline concerned with establishing the context in which a work appears, that is, the shifts in taste and literary practice that have exerted influence on writers at different times; the concept of genre is an example of literary history at work. Plays can frequently be better understood when we know something about their literary context. Biographies of authors, in turn, arise from our interest in literary works and in the men who produced them. Occasionally, biographical information will illuminate literary works, although extreme caution must be urged on the beginner not to treat plays as biographical documents. For the most part, the nonspecialist will derive the greatest help from what we may call literary biography: that is, an understanding of the author's literary development, his interest in certain themes and procedures at various times in his career. The application of personal biography to literature is perhaps nowhere so delicate a matter as in the drama where personal spokesmen for the author are even rarer than ideological spokesmen. Still, a knowledge of literary history and literary biography will considerably contribute to our understanding of the development of the drama and of the place a play occupies in our culture.

POLITICAL AND SOCIAL HISTORY. Since the drama inevitably reflects life, it does so in terms of a particular time and of particular issues. A knowledge of the political and social conditions of the time of the play can be so important as to be indispensable to an understanding of a particular work; at the least, it is never a hindrance. We have already touched on the importance of these nonliterary historical elements in considering the various playhouses that have been used throughout the history of the drama. The design of a theater is a matter of social history, yet we have seen how this can become a matter of literary consequence as well. Generally, the more one knows about life and society in the period in which a play was written, the greater will be his understanding of the work. Of course, we do not want history, as such, to usurp the place of the literary work; as in all these auxiliary studies, we investigate the political and social history of the period in which a work was written to understand the work itself better.

OTHER DISCIPLINES. There are any number of other studies or disciplines that we can call upon in interpreting plays and literary works. Again, these should be approached with caution. Yet plays do treat human psychology; they have social dimension; and they may embody certain religious beliefs or philosophical attitudes. They may even have affinities with other arts or other literary types. We have already noted that verse plays are also poetry and can be looked at from the point of view of poetry. Many critics approach all literary works from one or another point of view. Some apply Freudian or Freudian-based psychology in their interpretations; others consider plays as expressions of a particular philosophy or religion; others see all literary works in terms of their attitude toward social classes. Since playwrights frequently choose to treat these same matters in their plays, we can hardly rule out the aid derived from disciplines like psychology, sociology, religion, philosophy, and the other arts when we examine plays. As always, the key lies in maintaining a proper perspective on the literary work so that it does not become a mere excuse for our discovery of a favored doctrine.

There remains to be said only a word about play reading and play going. These activities should never be considered as mutually hostile. Reading is no substitute for the experience of a live production; neither, however, is it a secondary or useless activity. Certainly, one will be a better reader of plays by becoming a spectator; similarly, one will be a better spectator by becoming a reader. We must remember that good productions are a result of intelligent readings. There is, finally, an advantage enjoyed by the reader of plays. Once the play is over, "there our actors," as Prospero said, prove to be "all spirits, and are melted into air, into thin air." For the reader, they may come back to life again, and again, on the printed page.

SOME SUGGESTIONS
FOR FURTHER READING

The publishers of books printed after 1945 are listed in their current forms.

I. General Works on Drama, Theory, and Genres

Anderson, Maxwell, *The Essence of Tragedy* (New York: Anderson House, 1939).

Bentley, Eric, *The Life of the Drama* (New York: Atheneum Publishers, 1964).

_____, *The Playwright as Thinker* (New York: Harcourt, Brace & World, Inc., 1946).

Bergson, Henri, *Laughter: An Essay on the Meaning of the Comic.* (London: Macmillan & Co., Ltd., 1911). Trans. by C. Brereton and F. Rothwell.

Boulton, Marjorie, *The Anatomy of Drama* (London: Routledge & Kegan Paul Ltd., 1960).

Butcher, S. H., *Aristotle's Theory of Poetry and Fine Art* (4th ed.; New York: Dover Publications, 1951).

Clark, Barrett H., ed., *European Theories of the Drama* (rev. ed.; New York: Crown Publishers, Inc., 1947).

Disher, Maurice W., *Melodrama* (London: Macmillan & Co., Ltd., 1954).

Drew, Elizabeth, *Discovering Drama* (New York: W. W. Norton & Company, Inc., 1937).

Fergusson, Francis, *The Idea of a Theater* (Garden City, N. Y.: Doubleday & Company, Inc., 1953).

Freytag, Gustav, *Technique of the Drama* (Chicago: Scott, Foresman and Company, 1894). Trans. by Elias MacEwan.

Granville-Barker, Harley, *On Dramatic Method* (London: Sidgwick & Jackson, Ltd., 1931).

_____, *The Use of the Drama* (Princeton, N, J.: Princeton University Press, 1945).

Greig, John Y. T., *The Psychology of Laughter and Comedy* (New York: Dodd, Mead & Company. Inc., 1923).

Hamilton, Clayton, *The Theory of the Theatre* (New York: Henry Holt and Company, Inc., 1910).

Matthew, Brander, *A Study of the Drama* (New York: Charles Scribner's Sons, 1910).

Millett, Fred B. and G. E. Bentley, *The Art of the Drama* (New York: Appleton-Century Company, 1935).

Nicoll, Allardyce, *The Theory of Drama* (London: George C. Harrap & Co., Ltd., 1931).

Olson, Ender, *Tragedy and the Theory of the Drama* (Detroit:

Wayne State University Press, 1961).

Peacock, Ronald, *The Art of the Drama* (London: Routledge and Kegan Paul, Ltd., 1957).

Potts, L. J., *Comedy* (London: Hillary House Publishers, Ltd., 1949). Part of Hutchinson's University Library.

Price, W. T., *The Technique of Drama* (New York: Brentano's Publishers, 1913).

Smith, Willard, *The Nature of Comedy* (Boston: R. G. Badger, 1930).

Steiner, George, *The Death of Tragedy* (New York: Random House, Knopf, Inc., 1961).

Styan, J. L., *The Elements of Drama* (Cambridge, England: Cambridge University Press, 1960).

Thompson, Alan R., *The Anatomy of Drama* (2d ed.; Berkeley, Calif.: University of California Press, 1946).

Young, Stark, *The Theatre* (New York: George H. Doran Company, 1927).

II. Drama and Theater Histories

A. WORLD DRAMA AND THEATER HISTORY.

Bates, Alfred, ed., *The Drama in History*. 22 vols. (London: The Athenian Society, 1913).

Cheney, Sheldon, *The Theatre: Three Thousand Years of Drama, Acting, and Stagecraft* (rev. ed.; New York:

David McKay, Inc., 1952).

Freedley, George and J. A. Reeves, *A History of the Theatre* (rev, ed., New York: Crown Publishers, Inc., 1955).

Gassner, John, *Masters of the Drama* (3d ed.; New York: Dover Publications, 1954).

Hartnoll, Phyllis, ed., *The Oxford Companion to the Theatre* (2d ed.; London: Oxford University Press, 1962).

Hughes, Glenn, *The Story of the Theatre* (New York: Samuel French, Inc., 1928).

Matthews, Brander, *The Development of the Drama* (New York: Charles Scribner's Sons, 1917).

Nagler, Alois M., *Sources of Theatrical History* (New York: Theater Annual, 1952).

Nicoll, Allardyce, *The Development of the Theatre* (rev. ed.; New York: Harcourt, Brace & World. Inc., 1946).

_____, *World Drama* (New York: Harcourt, Brace & World, Inc., 1950).

Stevens, Thomas Wood, *The Theatre from Athens to Broadway* (New York: D. Appleton & Company, Inc., 1932).

B. DRAMA IN VARIOUS COUNTRIES AND THROUGH THE AGES.

Bentley, Gerald Eades, *The Jacobean and Caroline Stage.* 5 vols. (Oxford, England: The Clarendon Press, 1941-1956).

Boyd, Ernest A., *Contemporary Drama of Ireland* (Boston: Little, Brown & Company, 1919).

Bieber, Margarete, *The History of Greek and Roman Theater* (2d ed.; Princeton, N. J.: Princeton University Press, 1961).

Chambers, E. K., *The Elizabethan Stage.* 4 vols. (Oxford, England: The Clarendon Press, 1923).

_____, *The Mediaeval Stage.* 2 vols. (London: Oxford University Press., 1903).

Downer, Alan S., *The British Drama* (New York: Appleton-Century-Crofts, 1950).

_____, *Fifty Years of the American Drama*, 1900-1950 (Chicago: Henry Regnery Company, 1951).

Esslin, Martin, *The Theatre of the Absurd* (Garden City, N. Y.: Doubleday & Company, Inc., 1961).

Flickinger, R. S., *The Greek Theatre and Its Drama* (2d ed.; Chicago: University of Chicago Press, 1922).

Garten, H. F., *Modern German Drama* (New York: Grove Press, Inc., 1962). By arrangement with Oxford University Press London.

Kitto, H. D. F., *Greek Tragedy* (3d ed,: London: Methuen & Co., Ltd., 1961).

Klenze, Camillo von, *From Goethe to Hauptmann* (New York: The Viking Press, Inc., 1926).

Lancaster, H. C., *A History of French Dramatic Literature in the Seventeenth Century.* 5 vols. (Baltimore: The Johns Hopkins University Press, 1929-1942).

Nettleton, George Henry, *English Drama of the Restoration and Eighteenth Century*, 1642-1780 (New York: The Macmillan Company, 1914).

Quinn, A. H., *A History of the American Drama* (New York: F. S. Crofts and Company, 1936).

Young, Karl, *The Drama of the Medieval Church* (Oxford, England: The Clarendon Press, 1933).

III. Stagecraft and Dramatic Technique

Archer, William, *Playmaking: A Manual of Craftsmanship* (New York: Small, Maynard Company, 1912).

Baker, George Pierce, *Dramatic Technique* (Boston: Houghton Mifflin Company, 1919).

Cheney, Sheldon, *Stage Decoration* (New York: The John Day Company, Inc., 1928).

Cole, Toby, and H. K. Chinoy, *Actors on Acting* (New York: Crown Publishers, Inc., 1949).

Craig, Edward Gordon, *On the Art of the Theatre* (London: William Heinemann, Ltd., 1911).

Duerr, Edwin, *The Length and Depth of Acting* (New York: Holt, Rinehart and Winston, Inc., 1962).

Gassner, John, *Producing the Play* (rev. ed.; New York: Holt, Rinehart and Winston, Inc., 1953).

Jones, Margo, *Theatre in the Round* (New York: McGraw-Hill, Inc., 1966).

Jones, Robert Edmond, *The Dramatic Imagination* (New York: Theatre Arts Books, 1941).

Lawson, John Howard, *Theory and Technique of Playwriting*

(rev. ed.; New York: Hill and Wang, 1964). Orig. published by G. P. Putnam's Sons, New York.

Oenslager, Donald, *Scenery Then and Now* (New York: W. W. Norton & Company, Inc., 1936).

Simonson, Lee, *The Art of Scenic Design* (New York: Harper & Row, Publishers, 1950).

Stanislavsky, Constantin, *An Actor Prepares* (New York: Theatre Arts, Inc., 1936).

IV. Periodicals on Drama and the Theater*

Drama. (Quarterly.) 1919.

Drama Critique. (Quarterly.) 1958.

Drama Survey. (Quarterly.) 1961.

Dramatics. (Eight issues per year.) 1929.

Educational Theatre Journal. (Quarterly.) 1949.

Maske und Kothurn. (Quarterly.) 1955.

Modern Drama. (Quarterly.) 1958.

Plays and Players. (Monthly.) 1953.

Revue d' Histoire du Théatre. (Quarterly.) 1948.

Shakespeare Quarterly. (Quarterly.) 1950.

Shakespeare Survey. (Annual.) 1948.

Theater Heute. (Monthly.) 1960.

Theater und Zeit. (Monthly.) 1954.

The Theatre. (Monthly.) 1959.

Theatre Arts. (Monthly.) 1916-1964. Discontinued.

Theatre Notebook. (Quarterly.) 1945.

Theatre Research. (Three issues per year.) 1958.

Theatre Survey. (Semiannual.) 1960.

Theatre World. (Monthly.) 1925.

Tulane Drama Review. (Quarterly.) 1957.

World Theatre. (Quarterly.) 1949.

* Dates refer to the year the periodical was founded.

A DRAMA GLOSSARY

The following list includes most of the terms used in the text as well as a number of practical theatrical and literary terms that the student will encounter in his study of the drama.

Abstract Set   Scenery consisting of drapes, single units of doors or windows arranged as a background for dancing or expressionistic drama.

Act   The main divisions of the play, usually marked by intervals in the stage performance. Five acts were common in Elizabethan drama, but three are the usual modern number. Whatever their number, an act is conceived as a substantial unified segment of the whole play that materially advances the total action.

Action   Along with *imitation*, the central element of Aristotle's theory of tragedy. A play as an "imitation of an action" means that the several events of the play together constitute one large human action. In this sense, action refers to the entire core of meaning of the events depicted on the stage. In a narrower sense, action is the physical movement of characters in the play.

Agon   Literally, a *contest*; in Greek comedy, the episode following the prologue and parodos in which characters argue opposing points of view on a topical issue.

Amphitheater Usually applied to the Greek theater, but properly applying only to the Roman one, which was exactly semicircular in form around a raised stage. Today, the word is loosely used to describe any arena in which the spectators sit in a semicircle of steeply raked seats with a stage at the bottom.

Anagnorisis Greek word used by Aristotle for the tragic hero's recognition of his situation as both the decree of fate and the consequence of his own faults.

Antagonist Character in opposition to the main character or protagonist of the play.

Anticlimax Period of tension after the climax, either a second climax or a lessening of the climax; also often used to denote a letdown or a ludicrous falling off from a high level.

Antimasque A kind of parody of a masque (*see* Masque), with comic performances and dances mocking the stately elegance of the masque which preceded it.

Antistrophe The second of three parts of the Greek choral song, delivered as the chorus circles back in the orchestra from left to right. *See also* Strophe and Epode.

Apron The part of the stage in front of the main curtain. In the theater of the Restoration and eighteenth century, this was the main acting area; after the curtain had gone up, the actors walked forward from the painted scenery and conversed on the apron. In some modern theaters, there is no apron at all.

Arena Stage   Modern form of theater in which the actors perform in an area in the center of the playhouse with the audience around them on three or four sides.

Arras Setting   A half-circle of draperies, usually neutral or black in color, around the back of the stage, used as a background for formal occasions or readings.

Aside   Words spoken by an actor to the audience so that the other characters on stage do not hear him.

Atellan Farces   Native (that is, non-Greek) Roman farces of a ribald nature, retained as interludes and entertainments after the introduction of Greek dramatic models; origin was the town of Atella (present-day Aversa), in the Campania. *See also* footnote 4, Chapter VI.

Auditorium   That part of the theater intended for the audience to sit or stand in while watching a performance. The auditorium may take any number of shapes and forms, from tiers of boxes to seats on all four sides of an acting area.

Backcloth   Painted cloth that hangs at the back of the scene and is suspended from the grid. It should not be confused with the backdrop.

Backdrop   Large flat surface at the rear of the stage which can be painted to suggest scenery. It is now usually painted to represent the sky, but in the seventeenth, eighteenth, and nineteenth centuries was used with wings and was a major part of the scenery.

Backing   Flats or curtains placed behind doors and windows to prevent the audience from seeing through them to the backstage area.

Backstage The area (which the audience does not see) behind the scene on the stage, where the actors wait to enter and scenery is shifted.

Ballad Opera A form of drama in which the action is interrupted, at intervals, for songs which usually consist of words set to widely known tunes. The most famous is John Gay's *The Beggar's Opera* (1728).

Ballet A dramatic entertainment in which there are no words and the story is told by dances to music.

Band-room A small room beneath the front part of the stage where the members of the orchestra wait until it is time to play.

Bit Part Very small part in a play, such as a servant with one line to speak. Performers in such roles are called "bit players."

Blackfriars Theatre The first private theater in England; converted from former Dominican monastic buildings in London in 1576; occupied by various companies, including boy acting companies, until refurbished in 1608 and used by Shakespeare's company, The King's Men.

Blank Verse The term for unrhymed iambic pentameter verse; the form in which the great majority of English verse plays (including Shakespeare's) are written. It is also widely used in nondramatic poetry.

Border Short curtain hung above the stage to hide the top of the scenery and the flies from the audience.

Bourgeois Drama   Applied generally to any play depicting middle-class and everyday life and, especially, to eighteenth-century plays of this type; e. g., Lillo's *The London Merchant* (1731), which is also called a "domestic tragedy."

Box Set   A stage setting built to look like a room, with three sides and a ceiling, often very elaborately designed and furnished. The full box set dates from about 1840.

Bridge   A piece of stage machinery that raises large groups of figures or scenery from beneath the stage to stage level.

Burlesque   1) A satiric play with a strong element of parody (especially of a work by the author's rival). Sheridan's *The Critic* and Gay's *The Beggar's Opera* are examples of the type.

2) In the United States, burlesque also means a kind of entertainment consisting of comic performances and striptease; originally presented in the theater, it is now chiefly to be found in nightclubs.

Buskin   The *cothurnus*, or thick-soled high boot worn by actors in Greek tragedy. It has come to be a term implying tragedy, since the buskin was exclusively used for tragic performances. *Contrast with* Sock.

Carpenter's Scene   A scene devoted to material of lesser importance than the main plot, played on the apron in front of the curtain to give the stagehands time to erect a spectacular stage setting; still used in musical comedy and revues.

Catalyst, Catalytic Agent   Term in modern theater describing a character whose function in a play is to introduce a change or disruption into a stable situation and, thus, to initiate the action of the play; similar to inciting force.

Catastasis   Greek word for the crisis or height of the action in the structure of a four-act play.

Catastrophe   In the structure of four-act and five-act plays, the final event or conclusion; generally used for the last events, often deaths, in a tragedy.

Catharsis   Greek term used by Aristotle to describe the purgation of pity and fear experienced by the audience at a performance of a tragedy.

Chamber   Curtained room above the inner stage or study in the Elizabethan play-house, in front of which ran the tarras. Both were used for acting.

Character   The word for a person in a play and the word for the qualities which constitute that person. The qualities most important in character are those of mind and spirit that, together, distinguish one person's behavior and beliefs from those of his fellow man.

Character Man, Character Woman   Theatrical terms for actors who play the main older roles, such as Polonius and Gertrude in *Hamlet*. *See also* Old Man, Old Woman.

Choregus   Greek word for the patron of the chorus, who provided for their room. board, and rehearsals.

Choreography   The creation of ballet in terms of dancing, grouping, staging, etc.

Choreutae   Members of the Greek tragic chorus.

Chorus   1) In Greek drama, a group originally of twelve, then fifteen, men and women who comment on the main action.

   2) In Elizabethan drama, the actor who often speaks the prologue, as in Shakespeare's *Henry V*.

   3) In modern musical productions, a group of dancers and singers who perform together.

Chronicle History Play   A play dealing with actual historical events and persons; often part of a series, as with Shakespeare's history plays, and, usually, in chronological order.

Climax   The highest point of audience interest in a play; sometimes loosely used as a synonym for crisis, but the two need not occur together. In the five-act play, the climax normally falls in Act IV.

Closet Drama   Drama intended by its author to be read only and not to be acted on the stage.

Clown   Comic character with a long history in the drama. Generally, a male actor who provokes laughter with slapstick humor.

Commedia dell'arte   A form of improvised comedy that flourished in Italy in the sixteenth, seventeenth, and early eighteenth centuries and, from there, spread its influence throughout Europe. Punch and Judy, as well as Harlequin and Columbine originated with the *commedia dell'arte*. The form acquired its name because it was performed by professionals who improvised their material around a rough (but well-known) plot.

Comédie Larmoyante   *See* Sentimental Comedy.

Comedy   In general, a drama with a happy ending. Its object is to entertain; often, to provoke laughter; and, frequently, to satirize manners. Comedy is concerned with men in their social capacities and is heavily dependent on codes of conduct, manners, and morality, which it uses to express or imply a standard against which deviations are measured. *See also* High Comedy and Low Comedy.

Comedy of Humours   Type developed by Ben Jonson, showing character eccentricities through the theory of four bodily humours or fluids. An example is Jonson's *Every Man in His Humour* (1598).

Comedy of Intrigue   Comic play that makes extensive use of a complicated plot with many surprises and reversals.

Comedy of Manners   A type of comedy first perfected in the late seventeenth century; concerned with the artificial manners of the leisure classes. It is often satirical and usually has brilliant, witty dialogue.

Confidant(e)   A character in whom the principal character confides, such as Horatio in *Hamlet*.

Conflict   The issue on which a play turns; often said to be the indispensable element. The rise and fall of the conflict forms the substance which the study of structure traces and reveals.

Convention   In the largest sense, a literary convention is a practice agreed-upon by authors, such as pastoral elements in elegies. In the drama, a convention is an agreement between audience and players, such as the willingness to accept a representation of a place as that place or the acceptance of characters speaking in verse. Thus, there came to be conventions for conveying various theatrical effects, for example soliloquies to show interior thoughts and asides to project private reactions or intentions. Conventions may change with different theatrical eras, but each era will have its conventions.

Costume Drama A play, set in a period other than the present, requiring extensive costuming.

Curtain-raiser A short play, usually a one-act farce, which comes before the main play of the evening.

Cothurnus *See* Buskin.

Crisis Term used in discussion of play structure to designate the point at which the complications of the plot come to a head and, thenceforth, determine the direction of the rest of the play; synonymous with "turning point." Sometimes used interchangeably with "climax," but *see* Climax.

Curtain Scene Scene immediately preceding the dropping of the curtain at the end of a scene or act; frequently, a scene of great intensity.

Cyclorama Curved background to a stage setting. At one time, built of smooth cement so that it reflected lights thrown onto it, but now often of canvas or drapes.

Décor Furnishing and decorations of a set.

Decorum Literally, *that which is fitting*; applied to action and events thought to be in harmony with the spirit of the play and to conventions governing character presentation, for instance, lofty poetry for noblemen and prose for rustics and common people in Elizabethan drama.

Decorum of Action Neoclassical term for action suitable to the theater and the play as deduced from Greek tragedy. It came to mean the avoidance of blood-shed and scenes of physical suffering on the stage because they are absent in Greek drama.

Dénouement Literally, the *untying*; the moment when all the mysteries of the plot are revealed. Usually comes with, or after, the climax.

Deus ex Machina Literally, "god from the machine." Originally referred to the arrival on stage of a heavenly figure by means of a crane in Greek drama. The god miraculously effected a happy ending. Now, it has come to mean any sudden resolution of a difficult situation by arbitrary means.

Dialogue Literally, *conversation, colloquy*; the words spoken by the characters in a play, normally in exchange with each other. Also, broadly used for all the language of a play.

Dianoia *See* Thought.

Diction The language of a play; one of the six elements Aristotle listed as essential to the drama.

Didasculus Greek for *trainer*; the term for the director in Greek drama.

Dionysia Any of several Greek festivals to Dionysus. Specifically, the City or Great Dionysia, held each spring, which was the occasion for play competitions. *See also* Lenaea.

Dionysus A Greek god, originally of vegetation, later of wine and the grape, in whose honor plays were presented. In Latin, Bacchus. *See also* Dionysia, Lenaea, Thymele.

Director The person responsible for the staging of a play from the artistic, as opposed to the financial and administrative, aspect. In England, he is called the "producer."

Dithyramb   One of the origins of drama; a hymn in honor of Dionysus, performed by a chorus of fifty. Eventually, the leader of the chorus became detached as a soloist, and this led to dialogue.

Domestic Tragedy   A tragedy about undistinguished contemporary people, rather than persons of high rank or historical importance. The term is applied to Elizabethan plays like Thomas Heywood's *A Woman Killed with Kindness* (1603) and modern plays like Arthur Miller's *Death of a Salesman* (1949).

Donnée   French word for *that which is given*; i.e., the situation or information presented to the audience at the beginning of a play.

Downstage   The part of the stage nearest the audience.

Drama   Literally, a *doing*, or *performing*; the word for the whole area of theatrical endeavor. Also, a synonym for a play.

Dramatic Irony   The irony produced when the audience is aware of something that a character or characters in the play do not yet know. It is frequently used to heighten tension or suspense, or to increase our sympathy and understanding.

Dramatic Poetry   The use of poetry for the drama; plays that use verse for the speeches of the characters, such as those of Shakespeare. It is poetry that must also satisfy the demands of the drama.

Dramatis Personae   Literally, the *masks of the play*. Used generally to mean the cast of characters, especially in the Elizabethan drama.

Dramatic Time That period of time which elapses in the story of the play (as opposed to physical time, which is the period itself during which the play takes place in the theater).

Drame French word for drama, used to mean that genre of serious plays which cannot be classified as tragedy.

Drawing-room Comedy Term used to describe modern comedy by its customarily domestic setting. It covers a wide range of plays, all having in common a preoccupation with social situations in the upper-middle and upper classes.

Drop Curtains hung above the acting area, which contract the acting area when they are down and expand it when raised.

Elizabethan Drama Narrowly, the plays written during the reign of Elizabeth I (1558-1603), with subsequent drama styled after the monarchs as Jacobean [James I (1603-1625)] and Caroline [Charles I, (1625-1642)] drama. However, the term is generally used for all English theatrical activity from the mid-sixteenth century to the closing of the theaters in 1642.

Epeisodion Greek word for the passages of action and dialogue, in the drama, that alternate with choral odes. In effect, they constitute the acts of the Greek drama.

Epic Theater Term associated with Bertolt Brecht (1898-1956); denotes an antirealistic style of play production which encourages the audience to observe, rather than to identify with, the characters. Examples are Brecht's *Mother Courage* (1938) and *The Caucasian Chalk Circle* (1944-1945).

Epilogue A final solo speech by an actor or actress summing up the play for the audience.

Episode Any brief, unified portion of a play; sometimes used interchangeably with "scene." In Greek drama, the units of the action were separated by choral odes. Hence, they are analogous to acts. *See* Epeisodion.

Epitasis Greek word used in the discussion of the structure of a four-act play; means the rising action.

Epode The last of the three parts of the Greek choral song, delivered when the chorus is stationary, having moved from right to left and then back. *See also* Strophe and Antistrophe.

Exodos Ritual departure song of the Greek chorus as it moves out of the orchestra at the end of a play; a choral recessional.

Exposition Term used, in discussing play structure, to denote that portion of the play (normally Act I) in which the playwright sets forth the information needed by the audience to understand the play and the situation. It is sometimes called the "introduction."

Expressionism A nonrealistic style in the drama and other arts that flourished after World War I. Expressionism seeks to project states of mind and emotions onto the stage. It frequently effects this with macabre and dream-like settings, rather than a faithful copying of external reality. American examples include O'Neill's *The Hairy Ape* (1922) and Rice's *The Adding Machine* (1923).

Falling Action Term used in discussion of play structure to indicate the period in the play after the crisis or turning point has been reached and the action is flowing to its destined end; normally, Act IV of the five-act play. The term applies only to the action, not to audience interest. Also called the "return."

Farce A form of comedy the object of which is to provoke uncomplicated laughter. It usually has a highly improbable plot and a good deal of slapstick.

First Folio The first collected edition of Shakespeare's plays (1623).

Five-act Structure A way of describing the form of a play when it falls into the five developmental divisions of introduction, rising action, crisis, falling action, and catastrophe.

Flat Piece of scenery made of canvas and stretched over wooden framework. It can be painted and placed alongside others to make the back or sides of a set.

Flies A name given to the space above the stage, hidden from the audience by the border, where scenery, drops, etc., can be raised or lowered.

Folk Drama Term frequently applied to drama that glorifies a group of simple people and their attitudes about life. Marc Connelly's *The Green Pastures* (1930) is an example. Also used in the past to mean plays actually created by the people, such as the festival dramas and mummers' plays of the Middle Ages.

Fool Originally, an entertainer attached to the royal court, later, a comic character who is often allowed license in speaking the truth to persons of high position. Feste in shakespeare's *Twelfth Night* is an example.

Footlights   Lights arranged along the front of the stage so that they light up the scene from below.

Foreshadowing   The warning given to the audience of an event (usually unfortunate) that will happen later in the play.

Forestage   An alternate name for the apron, the part of the stage in front of the proscenium arch.

Front-of-House   Theatrical term applying to the part of the theater in front of the proscenium and any other parts used by the audience, rather than the players.

Full Scenery   Settings in which every part must be changed for each scene, as contrasted with permanent sets or detail sets, in which only small amounts of scene-changing during performance are necessary.

General Utility   Stock company term for the actors who played every kind of minor role in all kinds of plays.

Genre   French word for a literary type, such as fiction, poetry, drama. In the latter, it refers to the various types of plays: tragedy, comedy, etc.

Globe Playhouse   The most celebrated of the Elizabethan playhouses; the official playhouse of the Lord Chamberlain's Men, later The King's Men, Shakespeare's theatrical company. Built in 1599 in London on the south bank of the Thames, destroyed by fire in 1613, rebuilt 1614.

Groundlings   Elizabethan name for the people who stood around the edge of the platform stage to watch performances. They were also sometimes called "stinkers."

Grand Drape Curtain hung in front of the main curtain at the top of the proscenium arch to decorate it and reduce the size of the opening.

Gridiron, or Grid A framework of wood or metal across the top of the stage to support, raise, and lower scenery.

Hamartia Aristotle's word for the flaw in the character of the tragic hero that brings about his downfall.

Heavens In the Elizabethan playhouse, the term for the roof-like canopy over part of the acting area. It was painted blue and decorated with signs of the zodiac.

Heavy Lead Stock company term for an actor who specialized in playing the villain in melodrama.

Heavy Woman Stock company term for an actress who specialized in the older parts in tragedy, such as Lady Macbeth or Emilia in *Othello*.

Heroic Drama Type of play written in rhymed couplets and applying the principles of the epic poem to drama; in vogue, in the English theater, from 1664-1678. John Dryden's *Conquest of Granada* (1670) is an example.

High Comedy Comedy which achieves its effect from character, plot, language, and satire rather than from physical devices. Its appeal is primarily to the intellect and it may well have an ultimately serious purpose. *Contrast with* Slapstick and Low Comedy.

Historical Drama Broadly, any play about an historical event. In the United States, most frequently used for plays written about events of American history and designed for special commemorative presentation in outdoor amphitheaters on sites associated with those events. The plays of Paul Green and Kermit Hunter are examples.

Hubris (Hybris) Greek word used by Aristotle to describe the tragic hero's over-confidence, which contributes to his downfall at the hands of fate or the gods.

Image, Imagery Term for any expression, reference, or allusion that appeals to the senses, such as colors, sounds, odors, visual description. Also, the collective term for images or a pattern of images in a literary work.

Imitation Aristotle's word ("mimesis" in Greek) for the way in which drama presents men's actions. Imitation is not the exact copying of reality so much as a plausible presentation of the way men behave.

Incidental Music Music performed during a play, as opposed to the musical back-ground for opera, musical comedy, etc.

Inciting Moment or Inciting Force Technical term used in discussions of dramatic structure to mean that event which immediately follows the exposition and begins the rising action. It is often the introduction of a new character, or some news which disrupts a stable situation.

Ingénue Theatrical term for the actress who plays young female love-interest roles, such as Juliet in *Romeo and Juliet*.

Inner Stage Curtained room at the inner end of the platform in the Elizabethan playhouse. It was used for disclosures and intimate scenes in acting. Also called the "study."

Inscenierung German word meaning the whole visual stage picture, including lighting and setting.

Interlude Short dramatic sketch which began during the sixteenth century and reached its highest development in England in the early part of the sixteenth century. John Heywood (1497-1580) was the best-known writer of interludes, which were intended to be played as entertainments at banquets or between the acts of longer plays. His most famous Interlude is *The Four P's* (written sometime between 1530 and 1540).

Introduction *See* Exposition.

Juvenile Lead Stock company term for the young actor who took the parts of the lover and hero.

Juvenile Tragedian Stook company term for the young actor who played such parts as Laertes, Macduff, etc., that is, the secondary young parts in tragedy.

Kommos In the Greek drama, a lyrical song between the chorus and the protagonist; in tragedy, it is usually found as an interlude.

Leading Man, Leading Woman Theatrical terms for actors, especially mature stars, who play leading, but not juvenile, roles, Such roles are the older counterparts of juvenile and *ingénue* roles and most often encountered in drawing-room plays. *Also called* "principal man" or "principal woman."

Legitimate Drama Term which arose during the eighteenth century when the licensed theatres in London were struggling against new theaters then sprouting. It referred to five-act plays in which there was no singing or dancing or comic sketches. In the United States today, it refers to live theatrical entertainment as opposed to films or television.

Lenaea Greek festival to Dionysus celebrated in January–February; one of the two yearly occasions on which plays were presented. *See also* Dionysia.

Liaison des scénes French expression for the linkage of scenes, a feature of French seventeenth-century neoclassical drama. This convention demanded that at least one person from the preceding scene must be on stage in the present one.

Limelight Brilliant white light produced by burning calcium; used during the nineteenth century for lighting the stage and, especially, for spotlights. Now, figuratively, the most conspicuous spot, the center of attention.

Liturgical Drama Term for the mystery plays which grew out of the liturgy of the church in the Middle Ages. Sometimes restricted to those early chanted exchanges that preceded the development of the full mystery cycles. *See* Mystery Plays.

Living Newspaper Kind of dramatic sketch (usually collectively written) executed in short swift scenes, as much like the movies as possible. It proposes to dramatize political and social problems and to advance solutions. It was used, in the United States, by the socially conscious Federal Theater Project of the 1930s. Typical titles are *Spirochete, Power,* and $E = MC^2$.

Low Comedian Stock company term for the actor who played broad comedy parts and, also, comic relief parts, for example, the Gravedigger in *Hamlet*.

Low Comedy As opposed to high comedy, low comedy gains its effect, which is usually hearty laughter, from the use of slapstick and broad comic devices, instead of character and dialogue.

Mask (*v.*) To conceal from the audience, whether with scenery, drapes, or even persons.

Mask (*n.*) A cover or disguise for the face: commonly used in Greek drama and used occasionally since for special effects.

Masque Court entertainment which flourished in early seventeenth-century England. It featured actors lavishly costumed and masked, who present a gift or compliment to a royal personage before they join in a general dance. Ben Jonson was the most accomplished writer of masques; but students are, today, more familiar with Shakespeare's masque in *The Tempest* (1610) and Milton's *Comus* (1634).

Mathema Greek word meaning "that which is known." Applied to the tragic hero's perception of his fault as a result of the recognition.

Melodrama Serious play which does not attain the heights of tragedy nor have the same purpose as comedy. The word originally meant drama with music; now, it frequently is unfavorably applied to nineteenth-century plays that exaggerate moral qualities of good and evil to emphasize virtue triumphant. However, also applicable to serious modern plays that fall short of tragedy. Comparable to *drame*.

Middle Comedy Type of Greek comedy (400-336 B.C.) that

followed old comedy and featured chiefly literary satire. *See also* New Comedy.

Miles Gloriosus   Latin phrase for a stock comedy character; namely, the old soldier who continually brags of his exploits while actually being a coward and scoundrel. Plautus wrote a play with that title, and Falstaff reveals elements of the type in his character.

Mime   Acting entirely by movement and facial expression without words. Also, the word for an actor who so performs.

Mimesis   *See* Imitation.

Miracle Play   Broadly used as synonymous with the medieval mystery play; more narrowly, restricted to plays based on a saint's life or a miracle performed by a saint. *See* Mystery Play.

Mise en Scéne   French phrase for setting; encompasses the whole area of the stage picture and the arrangement of persons in a scene. It combines the meaning of "direction" and "stage setting."

Monologue   Speech delivered alone. Sometimes used to mean soliloquy. Also, the term for a short dramatic type in which one person speaks and performs all the action.

Morality Play   A late medieval (fifteenth- and sixteenth-century) form of drama intended to present a moral to the audience through the use of allegorized figures of virtues and vices. *Everyman* (circa 1485) is the best example.

Motivation   Cause or causes that move a character in a play to behave as he does; the "reason" a character does something.

Mummer   A jesting, miming performer usually in a procession or spectacle. Early Greek comic festivals featured mummers.

Mummers' Play   A subliterary drama performed by amateurs in English villages on certain religious festivals. The only plot concerns the fight of St. George and the Dragon.

Music   Listed by Aristotle as one of the six essential elements in the drama. Today, frequently interpreted as the rhythm and harmony of a play.

Musical Comedy   Light entertainment consisting of music, songs, and dances, in addition to dialogue and a story.

Music-Hall   English entertainment similar to vaudeville and variety.

Mystery Play   Medieval drama concerned with Biblical subjects, presented in various English towns on Church festival days, by the members of trade guilds. Four cycles of such plays now survive from the fourteenth century; they are known by the names of the towns where they were performed: York, Chester, Coventry, and Wakefield (or Towneley).

Naturalism   Style of playwriting and production which arose in the late nineteenth century in reaction against earlier styles and as an attempt to reproduce life as exactly as possible; usually associated with philosophical determinism, the doctrine that all life and character are determined by natural causes. In literature, naturalism is considered an extreme form of realism, one that concentrates on exhibiting causes and effects (especially among the lower classes) and upon depressing social situations. Zola's *Thérèse Raquin* (1873) is an example, as to a certain extent, is O'Neill's *Anna Christie* (1922). *See also* Slice of Life.

Neoclassic Drama Generally, the drama of the neoclassical period (in England, 1660-1798). Specifically, the heroic drama of the Restoration and the imitations of classical drama, such as Addison's *Cato* (1713). In France, the mid-seventeenth-century drama of Corneille and Racine.

New Comedy Greek comedy (beginning in 336 B.C.) that influenced the Roman comedy of Plautus and Terrence. It turned mostly on events of everyday life. *See also* Old and Middle Comedy.

Obligatory Scene Any scene of a play which the audience has been led to expect as inevitable, because of the construction of the situation. Also called *scène-à-faire*.

Old Comedy The earliest Greek comedy (circa 465-400 B.C.). It is chiefly political and social satire. *See also* Middle and New Comedy.

Old Man Stock company term for the actor who took the parts of older men such as Polonius. *See also* Character Man.

Old Woman Stock company name for the actress who specialized in older parts, such as Juliet's Nurse in *Romeo and Juliet*.

Onkus Lofty headdress used by Greek tragic actors.

Opera Drama in which singing plays an essential part. Opera ranges from grand opera, in which everything is sung, to light and comic opera, in which songs alternate with dialogue.

Orchestra In the Greek theater, the proper term for the circular acting area; deriving from the word meaning *to dance*, since the chorus originally performed a dance.

Orchestra Pit Area immediately in front of the stage, in the modern theater, where musicians sit to play for opera or ballet or to supply incidental music.

Outer Stage *See* Platform.

Pageant Originally, the term (in many variant spellings) for the moveable wagons on which plays were presented in medieval England. Currently used to mean a dramatic entertainment, often with a procession, celebrating the history of a place or institution.

Pantomime Performance given entirely in mime (without words). Also, the verb for this kind of acting.

Parabasis In Greek comedy, a choral song directly addressed to the audience after the actors have departed. The most distinctive feature of old comedy, dropped in middle and new comedy.

Paraskenion (*pl.* **Paraskenia**) Wings of the scenery building in the Greek theater projecting toward the audience.

Parodos (*pl.* **Parodi**) Ramplike passageway on either side of the Greek theater, which provided entrance for both audience and actors. Also, the first song of the chorus in Greek drama as the chorus enters the theater and moves to the orchestra.

Passion Play Play performed by amateurs in central Europe on Good Friday, depicting the Biblical story of Christ's suffering on the cross. The only important surviving one is that given at Oberammergau, Bavaria, every ten years.

Pastoral Genre of drama which flourished in Europe during the Renaissance, featuring an artificially rural background and dealing with shepherds and shepherdesses in idealized form.

Shakespeare's romantic comedies (for instance, *As You Like It*) employ pastoral elements, but pure examples are found in seventeenth-century tragicomedies, such as Fletcher's *The Faithful Shepherdess* (1608-1609).

Pathema Greek word meaning *passive suffering*; applied to the hero's feelings at his reversal of fortune in Greek tragedy.

Pathos Greek word for *suffering*; applied by Aristotle to the feelings expressed by a tragic hero. It arouses pity and compassion in the spectators.

Peripeteia (peripety) Greek word meaning a *reversal of circumstances*; applied to the point in the plot where the hero's fortunes are suddenly changed.

Picture-frame Stage Term for the visual effect of the modern realistic proscenium arch stage where the structure frames the stage as in a picture. *See also* Box Set.

Pièce-à-Thèse French phrase meaning *a play with a thesis or argument*; used to describe a play which takes a position on a certain question, usually, a social or political one.

Pièce-Bien-Faite French for *well-made play*; a type perfected in the nineteenth century by Scribe (1791-1861) and Sardou (1831-1908). In such plays, a neat plot structure with no unresolved situations takes precedence over other features.

Pit Ground floor of a conventional theater auditorium, immediately in front of the stage. In the Elizabethan playhouse, the open area around the platform where standing spectators watched the play. Also called the "yard."

Plastic Scenery Scenery built in three dimensions, rather than painted on a flat surface.

Platform Raised, projecting stage of the Elizabethan playhouse, extending to the midpoint of the building and partially roofed by a canopy. It was the major acting area and was surrounded on three sides by standing spectators. Also called the "outer stage."

Playbill or **Program** Sheets of brochures, like small magazines, which give the audience information about the play and actors.

Plot The arrangement made by the playwright of the events of the story of a play, an arrangement designed to show not only sequence but also cause and effect. Plot, in its entirety, is the pattern of interlocking events that propels a story forward from conflict to resolution.

Poetic Drama Play written in verse, rhymed or unrhymed. In English, iambic pentameter unrhymed verse (blank verse) is the most frequently used type. Shakespeare's plays are the best-known verse plays, but later authors (Dryden, T.S. Eliot, Maxwell Anderson) have also written poetic drama.

Poiema Greek word for *purpose*, used for the hero's intentions at the beginning of a tragedy, which are later thwarted by fate.

Point of Attack Point in the story at which the playwright has chosen to begin his play.

Practical Scenery Those parts of a stage set which can be used, for example, doors and windows which can be opened.

Principal Man, Principal Woman *See* Leading Man, Leading Woman

Private Theater Term applied to Elizabethan playhouses which required advance subscription for admission, although anyone could subscribe. Also denotes the rectangular, enclosed, artificially illuminated structure of such playhouses. *See also* Public Theater.

Producer The person who raises the money to put on a play and arranges the business operation of it; in England, the person who directs the play (in America, called the "director").

Proletarian Drama Genre of drama which deals with the working classes from a Marxist or socialist point of view. Common in the American theater in the 1930s, it colored the early plays of Clifford Odets and others. *See* Living News-paper.

Prologue Literally, a *speech before*; a monologue by an actor introducing the action of the play. In Greek drama, the first passage of dialogue before the entrance of the chorus.

Prompter Person who, during a performance, remains in the wings following the script so that he can give the actors their words if they forget them. In the Elizabethan theater, he was called the "book holder."

Properties, Props Any article, piece of furniture, or object used in the décor of a play or by the actors in their parts.

Proscenium Derived from the Greek "proskenion" (*pl.* "proskenia"); a courtyard-like area formed by the projecting wings (*paraskenia*) of the scenery building. Subsequently, the term for the framing walls of the modern theater which provide the opening through which the audience sees the stage.

Proscenium Arch Opening in the proscenium which allows the audience to see the stage; the picture frame formed by the side and top walls of the modern stage. *See* Proscenium.

Proscenium Arch Theater Term for the conventional design of the modern theater in which the audience is separated from the stage by the framing proscenium arch. *See* Proscenium and Proscenium Arch.

Protagonist Leading character in a play who is the main focus of the audience's attention. Originally in the Greek drama, the first of three who were present throughout the action of the play. The word means *first contestant*; the other characters were the *deuteragonist* and the *tritagonist* (second and third contestants).

Protasis Greek word used in the discussion of the structure of a four-act play, meaning the introduction or exposition.

Public Theater Term applied to Elizabethan playhouses like the Globe, which offered performances at no advance subscription, although prices varied with the quality of the seat. Also, denotes the octagonal or circular, open-at-the-top architecture of such playhouse. *See also* Private Theater.

Quarto The normal book size for separate printings of Elizabethan plays; thus, the "*Hamlet* Quarto" is the separate publication of *Hamlet*.

Raisonneur Character in the "well-made play" (*Pièce-bien-faite*) who speaks for the author and advances his ideas on the action and, often, on larger issues underlying the play.

Rake To cause to slant upward or downward: The floor of an auditorium is usually raked away from the stage. At one time, it was common for the floor of a stage to be raked upward from the audience, but this is now rare. In the late eighteenth-century theater, the wings or flats were "raked" or angled.

Realism A style of playwriting and production which seeks to reproduce people and life as they are, without violation of conventional appearances and probability. The most common setting and subject for realistic drama is middleclass life, and the common theatrical form is the three-act prose play presented in a proscenium arch theater. Realism has been the prevailing mode in the commercial theater since the late nineteenth century; among the playwrights associated with it are Ibsen, Shaw, and Chekov.

Recognition *See* Anagnorisis.

Régisseur French term for the director.

Repartee Rapid, witty exchanges of dialogue, like a verbal duel; common in high comedy.

Repertory, Repertoire Parts or plays which an actor or company is prepared to perform.

Repertory Theater A company of actors which has a number of plays prepared for performance at any time and alternates them by the week or day. *See also* Stock Company.

Resolution The way in which the situation in a play is brought to a conclusion; in discussions of structure, the portion of the play devoted to such a conclusion.

Restoration Comedy The witty comedies of manners of the Restoration period (1660-1700) in England by such dramatists as Congreve, Etherege, and Wycherly.

Return Synonym for falling action in discussion of the structure of five-act plays. Also, a flat used at the edge of the stage, set far enough back from the tormentor to make a break through which entrances can be made; sometimes used instead of a tormentor.

Revenge Tragedy An Elizabethan type popularized by Thomas Kyd's *Spanish Tragedy* (1586) depicting revenge for the death of a relative, with much intrigue, madness, and blood-letting. Also called "tragedy of blood." *Hamlet* is an example, as are the more horror-filled Jacobean tragedies like Webster's *Duchess of Malfi* (1614).

Reversal *See Peripeteia.*

Revue Theatrical entertainment consisting of songs, sketches, dances and monologues, usually satirizing contemporary manners and issues.

Rhythm The unified feeling of the movement and flow of an entire play. *See* Music.

Rising Action Term used in discussion of play structure to designate the complications of the plot leading to the crisis or turning point; normally, Acts II and III in five-act plays.

Romantic Comedy In the Elizabethan theater, a type represented by Shakespeare's *As You Like It* (1599), which features a pastoral setting, much disguise, and an attractive and clever heroine; now, generally used to mean a comedy in which sentimental love conquers all.

Romantic Drama Plays of the romantic period in literature (late eighteenth-early nineteenth centuries), especially the German drama of Schiller (1759-1805).

Rostrum A platform of any height or size used to raise actors above the level of the stage; usually reached by a ramp.

Satyr-play The fourth play which a Greek tragedian had to present at a competition, the others being tragedies. The satyr play is not a satire, nor is it properly a comedy, but it is a kind of farce. The only complete surviving example is Euripedes' *Cyclops*.

Scene 1) Physical setting of a play, or of part of a play.

2) Segment of the action smaller than an act.

Narrowly, any part of the action in a single place with an unchanging number of speakers. Broadly, a brief unified portion of the total action that has its own identity and development.

Scène-à-Faire See Obligatory Scene.

Scrim Netting used like a curtain for various nonrealistic stage effects, because it is transparent or opaque depending on the direction of the light. Frequently used in the modern theater for scenes treating emotional states and the interior life of characters.

Script The working copy of a play distributed to the actors, technicians, etc., from which the play is produced on the stage.

Second Character Man, Second Character Woman Stock company terms for actors who play secondary, but significant, character roles (frequently servant roles and, frequently, comic).

Senecan Tragedy Narrowly, the plays of the Roman stoic philosopher Seneca (first century A.D.). Generally, the use of

Senecan models and characteristics (sensationalism, ranting, bloodshed) in the plays of the Elizabethan drama, beginning with Sackville and Norton's *Gorboduc* (1562) and continuing in the plays of Kyd. Marlowe, Shakespeare, and Webster. *See* Revenge Tragedy.

Sentimental Comedy Form of comedy which arose in the eighteenth century. Often, it is not truly comic, but invites sentimental reflections on bravery, youth, motherhood, etc. Also referred to as "weeping comedy" or *comédie larmoyante*.

Set Any arrangement of scenery for a particular scene of a play. Plays may have a single set or several sets.

Set Piece Scenery which can stand by itself without support, often used for silhouettes and expressionistic effects.

Skeleton Setting Stage Setting that gives only the barest minimum to suggest locale, and leaves the rest to the audience's imagination.

Skene, Skenotheke The small hut in the early Greek theater used by the actors to change costumes; the scenery house. Ancestor of our words "scene," "scenery."

Skit Short scene of dialogue or pantomime, usually building to a comic or satiric point at the end.

Slapstick A comic device which uses physical accidents, such as falls, slaps in the face, and sudden appearances, to provoke laughter. Derived from a two-piece stick with which farce comics used to strike each other, because it made a tremendous noise.

Slice of Life The motto of the naturalists in plays and novels; from Zola's expression *tranche de vie*. Literature was conceived as presenting an unadorned image of reality. *See* Naturalism.

Social Problem Play Play that treats a common social issue, such as class or political antagonisms. *See* pièce à thèse.

Sock Light, soft shoe of the classical actor of comedy, as opposed to the high boot of the tragic actor. *See also* Buskin.

Soliloquy Speech made by a character who is alone on the stage, supposed to be either thinking his thoughts aloud or communicating to the audience.

Spectacle One of the six elements Aristotle listed as essential to drama. It may be interpreted as the visual aspect of the drama.

Stage Directions Author's notes to a play roughly indicating how he wants it to be acted. These notes always refer to the way the actor, not the audience, sees the stage (*see* Stage Right, Stage Left), but sometimes they are written also with the reader in mind.

Stage Presence An actor's ability to impress and interest the audience when he is on stage.

Stage Right, Stage Left The sides of the stage from the actor's point of view (which is opposite to that of the audience).

Stasimon Greek choral song delivered in the orchestra during the course of a play in alternation with the passages of dialogue. Divided into three parts: the strophe, antistrophe, and epode.

Stichomythia Dialogue in Greek drama, in which the characters alternately speak single lines of verse, one line to each, with, great speed and emphasis. Similar to, but more formalized than, repartee.

Static Play   A play in which there is very little action and the characters are essentially the same at the end as in the beginning. Maeterlinck's *The Blue Bird* (1908) is an example.

Stock Character   *See* Type Character.

Stock Company   Company of actors who were connected with a theater (or a number of theaters) in one area in which they performed a different play each night. Largely displaced in the late nineteenth century, by performers acting in long runs on Broadway and by touring companies. In the modem theater, the surviving form is the summer stock theater, a stationary group of actors (often with visiting stars) that performs during the summer in a resort or suburban community. *See also* Repertory Theater.

Stock Situation   A   frequently recurring situation in the drama ranging from a basic plot situation (boy meets girl) to a single detail (misplaced letter).

Straight Man, Straight Woman   Theatrical term for actors who play conventional secondary roles unmarked by idiosyncrasies of behavior or appearance, for instance, Horatio in *Hamlet*.

Strophe   The first of the three parts of the Greek choral ode, delivered as the chorus circles from right to left in the orchestra. *See* Antistrophe and Epode.

Study   *See* Inner Stage.

Sturm und Drang   Literally, *storm and stress*. German literary movement in the last quarter of the eighteenth century. It began in the drama and took its name from Klinger's play

Sturm und Drang (1776). Generally, a revolt against neoclassicism and a movement toward greater freedom and passion in art.

Super (Supernumerary) Theatrical term for the people who walk onto the stage without having any speech to make, whose function is merely to swell the size of a crowd.

Symbol, Symbolism A symbol is something (object, word, idea) that stands for something else; that is, it suggests a meaning beyond itself. When consciously used in symbolism, it suggests a meaning, or meanings, that enlarge the significance of the whole work. Symbolism may be based on established symbols (the flag, the American eagle) or on symbols invested with significance only in the work at hand (Desdemona's, handkerchief, or the toy animals in *The Glass Menagerie*).

Symbolist Drama Plays in which symbols convey the theme. Often the symbolism is vague, suggesting more than it states. An example is Maeterlinck's *Pelléas and Mélisande* (1892).

Tag The last line of a scene or play.

Tarras The terrace in the Elizabethan playhouse, the balcony area above the platform and in front of the chamber on the second level. Used as an acting area.

Teaser A border which conceals the flies and determines the height of the proscenium arch opening.

Tempo The timing of the scenes of a play.

The Theatre The first permanent English theater building, erected in 1576 in the northern outskirts of London by James

Burbage (*d.* 1597); dismantled by Burbage's sons in 1598, who used the materials to construct the Globe in 1599.

Theater of Dionysus Oldest known Greek theater, built by the end of the sixth century B.C. on the southeastern slope of the Acropolis near the Temple of Dionysus. It is the parent theater of Western drama.

Theater of the Absurd An inclusive term for a mid-twentieth-century school of playwrights whose plays demonstrate a universe in which all meaning, purpose, and attainment is absurd. An example is Samuel Beckett's *Waiting for Godot* (1956).

Theatricalism Broad term in the twentieth-century theater for a number of non-realistic styles. It is usually applied when great reliance is placed on a non-realistic stage design and use of lighting and sound.

Theme The major idea expressed by a play, but not its subject matter, *See also* Thought.

Thespis The reputed founder of the Greek drama in 534 B.C. The term "thespian" used for an actor (today, often in jocular sense) comes from his name.

Thought One of the six elements Aristotle listed essential to the drama. It is taken to refer to the intellectual content, the meaning and theme, of the play.

Thunder Sheet A thin sheet of iron, the traditional means for producing the sound of thunder backstage. Today, the effect is more commonly produced by records.

Thymele The altar to Dionysus in the center of the orchestra of the Greek theater.

Tiring House Literally, the *attiring house*, the three-level enclosed portion of the Elizabethan playhouse that stood behind the stage and acting areas. Here actors changed costumes and equipment was stored.

Tormentor Originally, a sliding extension of the proscenium edge that concealed the backstage and reduced the size of the proscenium opening. Now a fixed flat, often covered in black velvet.

Tragedian A term for the writer of tragedies and also a theatrical term for the actor who plays the lead in tragedies.

Tragedy Play dealing with a serious subject in an elevated style, frequently in poetry. It normally features a reversal of fortune from good to bad and ends in castastrophe and death for the protagonist and others. Tragedy is the genre of plays most concerned with ultimate questions of the meaning and significance of life.

Tragedy of Blood *See* Revenge Tragedy.

Tragicomedy A play that develops tragically but ends happily, often by the use of a deus ex machina. Beaumont and Fletcher's *Philaster* (1610) is an example. Also, a term broadly used to mean any play with mixed tragic and comic elements.

Tragic Flaw *See* Hamartia.

Trap Opening in stage floor, through which the actors could enter (by coming up) or exit (by going down). There were several different names for varying types of traps placed in certain sections of the stage floor, for example, star trap, corner trap, vamp trap, etc.

Trope In drama, the early medieval expansions of liturgical texts which were acted during the church service, first at Easter and, later, also at Christmas.

Turning Point Another word for "crisis," used in discussion of play structure to mean the cresting point of the action, after which all events move in a certain direction. In five-act plays, it normally occurs in Act III.

Type Character Character drawn according to an established pattern of human behavior (for example, the jealous husband) and exhibiting little or no individual qualities. Also called "stock character."

Unit Setting The use of prefabricated pieces of scenery, such as doors, arches, and pillars, in various combinations to make a background. Often used in abstract or all-purpose settings.

Unities Often called the Greek or Aristotelean unities, being those of action, time, and place. Aristotle mentioned only the unities of action and time, but French classical theorists of the sixteenth and seventeenth centuries added place and made the unities a rule for the drama.

Upstage Back part of the stage, furthest from the audience, as opposed to downstage.

Utility Character In playwriting, a character who is of limited value in the plot but useful for transmitting exposition. *However, see also* General Utility.

Variety An entertainment similar to vaudeville; a string of skits, songs, and dances. Now found chiefly in night clubs and television.

Vaudeville   An entertainment popular in the United States in the first third of the twentieth century. It consists of singing, dancing, and comedy in individual sketches with no plot or connecting thread.

Walking Lady, Walking Gentleman   Stock company term for actors and actresses who played minor roles in comedy, acting as foils for the leading parts.

Well-made Play   See Pièce-bien-faite.

Wings   In the modern theater, that part of the backstage area which is at the sides of the acting area and in which actors wait for their entrances. Earlier, it also referred to flats or to other pieces of scenery placed at the sides of the set parallel with the proscenium arch. In the early modern theater, the wings were rolled out full-face toward the audience.

Yard   *See* Pit.

김계숙 ───

▌약 력

  1953년 서울 출생
  연세대학교 영어영문학과 및 동대학원 졸업
  성균관대학교 영어영문학과 박사
  University of Wisconsin 방문교수
  현) 상명대학교 영어교육학과 교수
    상명대학교 인문학 연구소 소장

▌주요 논문 및 저서

  『우리 읍내』(상명대학교 출판부)
  『핀터의 정치적 마인드』(한국학술정보(주))
  「연극주의와 경극」
  「드라마를 활용한 효과적인 영어교육」
  「작품에 반영된 작가의 삶」
  외 다수

연극 소개하기

희곡의 A부터 Z까지

초판인쇄 | 2010년 3월 31일
초판발행 | 2010년 3월 31일

지은이 | G. B. Tennyson
옮긴이 | 김계숙
펴낸이 | 채종준
펴낸곳 | 한국학술정보㈜
주 소 | 경기도 파주시 교하읍 문발리 파주출판문화정보산업단지 513-5
전 화 | 031) 908-3181(대표)
팩 스 | 031) 908-3189
홈페이지 | http://www.kstudy.com
E-mail | 출판사업부 publish@kstudy.com
등 록 | 제일산-115호(2000. 6. 19)

ISBN 978-89-268-0908-2 93840 (Paper Book)
      978-89-268-0909-9 98840 (e-Book)